금빛 슈발리에

키아르네
장편소설

금빛 슈발리에 2

초판 1쇄 인쇄 2018년 7월 24일
초판 1쇄 발행 2018년 8월 13일

지은이 키아르네
발행인 오영배
기획 박성인
책임편집 김수현, 김소빈
디자인 권지연
제작 조하늬

펴낸곳 (주)삼양출판사 · 피오렛
주소 서울시 강북구 도봉로 173
대표 전화 02-980-2112 **팩스** / 02-983-0660
편집부 전화 02-980-2116 **팩스** / 02-983-8201
블로그 blog.naver.com/dan_gul
출판등록 1999년 3월 11일 제9-00046호

ISBN 979-11-283-9508-6 (04810) / 979-11-283-9506-2 (세트)

fi ret 은 (주)삼양출판사의 로맨스 판타지 문학 브랜드입니다.

금빛
슈발리에

2

키아르네 장편소설

fio
ret

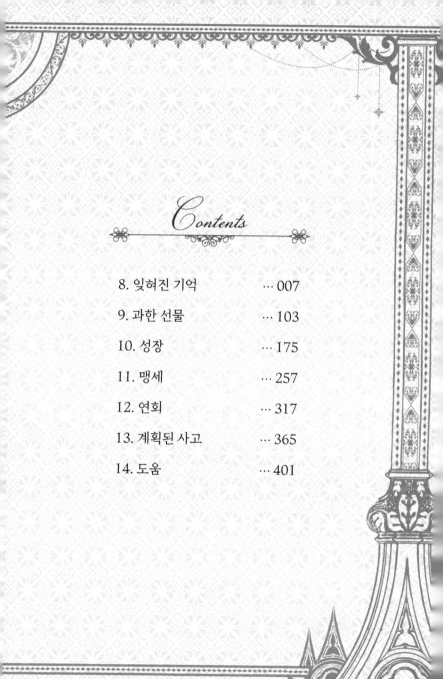

Contents

8

잊혀진 기억

수도 변경에 괴조가 나타난 지 며칠이 지났다.

애쉬는 다친 기사들에 대한 후속 조치와 기사단 재정비로 바빴다. 게다가 왕비 습격 사건의 범인도 잡아야 한다. 결국 애쉬는 세이레나에게 한동안 수업을 멈추자고 말했다.

다행이다. 세이레나는 그렇게 생각했다. 약혼했다고 해도 세이레나는 애쉬가 매일 밤 헌터 저택을 찾는다는 소문이 기껍지 않았다.

다른 사람이 알았다면 또 고리타분하다며 놀랄 생각을 하며 그녀는 고개를 끄덕였다.

물론 세이레나 역시 바빴다. 그녀는 이참에 옷을 전부 수선해야겠다고 생각하며 하녀들의 도움을 받아 가지고 있던 드레스를 전부 꺼냈다. 훈련하면서 옷이 조금씩 맞지 않기 때문이다.

"새로 한 벌 사시는 게……."

속상한 마음에 세이레나에게 드레스를 입히던 애나가 말했다. 허리는 맞았지만 근육이 생기면서 어깨나 팔이 조금 작다. 가슴도.

에구. 애나는 가슴도 좀 작은 것을 확인하고 속으로 혀를 찼다. 차라리 한 벌 샀으면 하는데 세이레나는 고개를 저으며 말했다.

"됐어. 어차피 입을 일도 별로 없을 거야. 수선해 줘."

새해가 되면서 검정색 드레스를 벗었다고 좋아했더니 이제는 수선한 드레스를 입는단다.

애나는 속상한 마음에 한숨을 내쉬었다.

꽃보다 더 고운 내 아가씨가 어쩌다 이렇게 변하셨담. 매년 신년 파티가 열릴 때쯤엔 새 드레스를 사고 싶어 하셨는데.

그녀는 여전히 세이레나의 짧은 머리카락이 마음에 들지 않았다. 예전에는 허리까지 닿는 긴 머리카락이라 매일 아침 어떻게 묶을지 고민했었다. 이렇게 꼬아 볼까, 저렇게 땋아 볼까.

하지만 목을 드러낼 정도로 시원해진 세이레나의 머리카락은 고작해야 빗어서 핀을 꽂는 것뿐이다. 그것도 세이레나가 훈련하면 거추장스럽다고 못 꽂게 한다.

"왕궁 신년 파티는 어쩌시려고요?"

애나는 불만스러운 목소리로 말했다.

매년 왕궁 신년 파티에 가는 걸 기대하시더니. 아무리 약혼했다지만 우리 아가씨가 이렇게 예쁘다는 걸 온 나라에 알려야 해!

의무감 가득한 애나의 말에 세이레나는 픽 웃으며 말했다.

"나 그날 근무야."

"뭐라구요?"

드레스 치마 단을 정리하던 애나가 깜짝 놀라서 벌떡 일어났다.

말도 안 돼!

"왜요? 작년에도 근무였잖아요!"

그때 세이레나는 애나에게 한참 투덜거렸다. 하필이면 근무냐고.

하지만 지금의 세이레나는 달랐다. 그녀는 다른 하녀가 수선할 부위를 확인할 수 있도록 팔을 쭉 뻗으며 말했다.

"할 수 없어. 홀수 분단은 전부 경비 서야 하거든."

"그래도, 빠지실 거죠?"

꼭 참가해야 하는 이유가 있는 기사는 빠질 수 있다. 당연히 작년의 세이레나는 빠지려고 했다. 결국, 근무했지만.

그녀는 어깨를 으쓱하며 말했다.

"아니, 일할 건데."

"네에?"

"근무 서면 수당이 쏠쏠하게 나오거든."

게다가 지금은 오 분단. 수당은 봉급에 비례해서 나오기 때문에 아주 쏠쏠하다.

"설마 하루 종일 근무하실 건 아니죠?"

애나는 마지막 희망을 부여잡고 말했다.

하지만 오히려 이런 이벤트가 있는 날은 사람이 부족하기 마련이다. 기사단은 낮 근무와 밤 근무가 있지만 기사들은 대부분 귀족이니까.

세이레나는 애나의 간절한 심정도 모르고 활짝 웃으며 말했다.

"풀 근무하면 수당이 더 나온대!"

아이고. 애나는 그대로 털썩 주저앉았다. 꽃같이 고운 우리 아가씨가 어쩌다가 수당, 수당 하게 됐나.

이게 다 헌터 경과 백작님 때문이다. 애나는 재정을 엉망으로 만들고 갑자기 죽은 백작도, 형에게 엄청난 돈을 매달 타 쓰던 주제에 형이 죽자마자 들어와서 재산을 탐하려는 게일도 다 미웠다.

"혹시 공작님이 드레스 같은 거 안 주신대요?"

응? 세이레나는 반대쪽 팔을 쭉 뻗다가 애나를 쳐다봤다.

다른 하녀들도 세이레나의 드레스에서 손봐야 할 곳을 체크하다가 애나를 쳐다봤다.

그랬으면 좋겠다. 다들 예쁜 아가씨가 예쁜 드레스를 입길 바랐다. 못된 아드리아나보다 우리 아가씨가 훨씬 예쁜데!

그렇지 않아도 어느 귀족의 연회에 아드리아나가 게일과 함께 헌터 백작가의 초대장으로 참석했다는 소식을 들은 탓에 하녀들은 모두 분기탱천해 있었다.

"글쎄. 생일 선물로 훈련장 받았잖아?"

세이레나는 이제 완공된 훈련장을 떠올렸다.

낡은 바닥과 벽을 뜯어고쳤다. 그리고 새로 벽을 세워 정원과 차단했다. 대신 새로운 벽에 커다란 문을 이중으로 세 개나 만들어서 여름이면 문을 열어 놓고 정원을 구경할 수 있게 해 놓았다.

이제는 화로를 하나만 놓아둬도 적당히 훈훈하다.

"아니, 하지만."

애나는 더 이상 말을 잇지 못하고 입을 벙긋거렸다. 보석은? 드레스는? 구두는? 그레이윈드 공작이잖아?

왕실 다음으로 부유한 집안. 훈련장을 고치는데 어마어마하게 돈이 들어가긴 했지만 그래도 생일 선물로 드레스 정도는 줬어도 되잖아?

애나는 그렇게 생각했지만 차마 말로 내뱉지 못했다.

"데니스."

애쉬는 자기 사무실에서 나오며 데니스에게 말을 걸었다.

왜? 데니스가 고개를 돌린 순간 애쉬가 기침했다.

"엣취."

"엇, 감기 걸린 거 아니야?"

"아니, 그건 아닌데."

최근 몇 년 동안 감기에 걸린 적이 없다.

오한이 들었나 보지. 담담한 애쉬에게 데니스가 킬킬대며 말했다.

"누가 네 욕하나 보다."

"누가?"

"모르지, 나야."

애쉬의 머릿속에 세이레나가 떠올랐다. 그녀라면 그의 욕을 하고도 남을 것 같다.

그는 데니스에게 서류를 내밀며 말했다.

"왕궁 파티 때 경비 스케줄이야."

아, 그래. 데니스는 자리에서 일어나서 서류를 받아 들었다. 그리고 목소리를 낮춰 말했다.

"헌터 백작 말인데."

애쉬의 시선이 재빨리 행정실을 훑었다. 그는 말없이 고개를 바깥쪽으로 까딱했다. 나가서 말하자는 의미에 데니스는 먼저 행정실 밖으로 나섰다.

훈훈한 행정실과 달리 복도의 차가운 공기가 두 사람을 반겼다.

데니스는 꾸벅 인사를 하고 지나가는 페이지를 향해 가볍게 손을 흔들었다.

애쉬의 무심한 시선이 그들을 스쳤다. 그러고 보니 에즈라도 곧 페이지로 들어올 것이다. 지난 몇 주, 애쉬가 훈련 시킨 덕분에 에즈라의 가는 팔에도 근육이 붙기 시작했다. 바빠서 한동안 헌터 저택에 가 보지 못했는데…… 훈련은 꾸준히 하고 있겠지.

"헌터 백작 말이야."

데니스는 인적이 드문 곳까지 가서 입을 열었다. 곧 눈이 내릴 것처럼 하늘이 회색으로 물들어 있었다.

"음."

애쉬는 에즈라에게 입단 선물로 뭘 주면 될까 하고 고민하며 고개를 끄덕였다. 검을 줄까. 그 핑계로 세이레나에게도 검 하나 사 주고 싶은데.

"지난번에 왕비님을 공격한 녀석들이 헌터 백작과 이어지더군."

애쉬의 눈이 가늘어졌다. 어떻게? 말 없는 질문에 데니스는 머리를 긁적였다.

"죽은 녀석들을 역추적하니까 뒷골목 길드가 하나 나오는데……."

"백작이 들락거렸다는 곳 말이군."

그렇지. 데니스가 고개를 끄덕였다. 하지만 그 이상으로 연결되어 있지는 않다. 왕비의 죽음을 백작이 사주했다거나 하는 그런 증거가 없다는 말이다. 게다가 굳이 백작이 사주할 이유도 없다.

아니면. 애쉬는 그와 약혼하면 왕비가 되지 않는 거냐던 세이레나의 말을 떠올렸다. 헌터 백작은 자기 딸을 왕비로 만들 생각이었던 걸까.

"무슨 생각해?"

애쉬가 아무 말도 하지 않자 데니스가 물었다. 어째 상사의 얼굴이 점점 심상치 않아지는 게 불길했다.

"어떤 사람이 자기 딸을 늙은 왕과 결혼시키려 할까?"

"권력에 미친 사람?"

데니스는 반사적으로 대답하고 눈을 크게 떴다. 설마 그거?

하지만 애쉬가 다시 말했다.

"차라리 일 왕자비가 되는 게 나을 텐데?"

어차피 왕비로 만들고 싶다면 현 왕의 왕비가 아니라 일 왕자의 왕자비로 만드는 게 더 나을 거다.

죽이기에도, 만들기도.

"하지만 헌터 백작은 죽었잖아?"

애쉬의 말에 데니스가 반박했다. 애쉬의 말은 헌터 백작이 죽기 전에나 가능성 있는 말이다.

게다가.

"헌터 경은 너와 약혼했으니 왕비가 될 가능성도 없고."

애쉬의 눈이 다시 가늘어졌다. 뭔가가 있다. 얇고 가는 실이 손가락에 걸릴 듯 눈앞에서 흔들리는데 손을 뻗어도 걸리지 않는 느낌.

불쾌한 기분에 그는 팔짱을 꼈다. 세이레나는 왕비에게 사고가 날 거라는 것을 알고 있었다.

그리고 공격도. 게다가 백작은 죽기 전, 왕비를 공격하려는 자들이 소속된 길드에 들락거렸다.

"파혼해 달라고 했잖아."

덤덤한 애쉬의 말에 데니스가 말했다.

"파혼 경력도 왕비 후보로 못 들잖아."

그래. 애쉬는 고개를 끄덕였다. 왕비가 되려고 파혼하려는 건 아닐 거다. 오히려 세이레나는 애쉬에게 그와 약혼하면 왕비가 될 수 없냐고 묻더니 한다고 했다.

"레나는 원치 않았을 수도 있지."

"헌터 백작은 헌터 경을 왕비로 올리고 싶어 했는데 헌터 경이 싫어했다고?"

그래. 애쉬의 말에 데니스는 흠, 하고 생각에 잠겼다. 그럴 수 있겠다. 그가 아는 예전의 세이레나 헌터는 조금 철이 없고 의지가 약한 여자였다. 약간 수줍음도 있었고. 그런 여자라면 다 늙은 왕과 결혼하는 걸 반길 리가 없다.

게다가 데니스는 지금의 세이레나를 안다. 그녀는 그럴 리가 없다.

"그럼 그 녀석들은 뭐지?"

데니스의 말에 애쉬가 낮은 목소리로 말했다.

"헌터 백작은 수족일 뿐이고 배후가 있다는 말이지."

흠. 그렇다면. 데니스 역시 목소리를 낮춰 말했다.

"헌터 백작 부부의 사망이 사고가 아닐 수도 있다는 거네."

응? 생각하지 못한 말에 애쉬가 고개를 들었다. 그쪽으로는 생각도 못 했다. 그는 주변을 훑어보고 말했다.

"마차 사고였지? 누가 조사했지?"

"조사할 것도 없었어."

데니스를 어깨를 으쓱해 보였다. 조사라는 건 의혹이 있을 때나 하는 거다. 헌터 백작 부부의 사망은 말 그대로 사고처럼 보였다.

"마차가 미끄러져서 그대로 넘어지고 거기에 깔린 백작 부부와 마부가 사망했으니까."

"누가 쫓아온 흔적은 없고?"

위협한 게 아니냐는 말이다. 데니스는 턱을 쓰다듬었다.

그날은 기사단 입단 시험이 열린 날이었다. 귀족 자제들은 유모나 시종이 함께 갔다가 시험이 끝나기를 기다려 같이 돌아온다.

하지만 헌터가는 달랐다. 그들에게 기사단 입단은 집안 대대로 내려오는 맹세였기 때문에 헌터 백작 부부가 직접 데려다줬다. 그리고 아들이 시험 보는 동안 집으로 돌아가려던 길에 마차 사고가 났다.

이른 아침이었고 다들 시험으로 이목이 쏠려 있어서 그 시간대에 길을 지나다니는 사람이 없었다.

사고는 그대로 방치되었고 헌터 백작 부부와 마부는 마차에

깔린 채 서서히 숨을 거뒀다.

"딱 봐도 사고였으니까, 제대로 조사도 안 했을걸."

데니스의 말에 애쉬의 눈이 날카로워졌다. 세이레나와 에즈라는 몰랐을 것이다. 백작 부부의 사망 직후 방에 틀어박힌 두 사람을 보면 몰랐던 게 확실했다.

애쉬는 문득 백작이 세이레나에게 장부 보는 법을 전혀 알려주지 않았다는 사실을 떠올렸다. 세이레나는 헌터 백작의 후계자가 될 몸이다. 그런데도 열아홉 살이 될 때까지 아무것도 가르치지 않았다. 그저 예쁘고 곱게만 키웠다. 검술에 엄청난 재능이 있는데 그걸 키우려는 노력조차 하지 않았다.

"내 생각에, 헌터 백작은 레나를 왕비로 보낼 생각이었던 것 같아."

"응?"

데니스는 무슨 소린가 하고 애쉬를 쳐다봤다. 아까 한 말 아니야? 왜 또 하는 건데?

하지만 애쉬는 자신의 생각을 확신했다. 들어오는 돈보다 더 많이 나가는 돈. 헌터 백작은 돈을 물 쓰듯 썼다. 제대로 된 저금조차 없었을 것이다.

그리고 그 화려한 추모식. 그건 세이레나의 결혼 자금이었다는 소문이 돌았다. 제대로 된 저금도 없으면서 딸의 결혼 자금만 그 정도로 모아 놓은 게 이상하다 생각했는데 세이레나를 왕비로 보내려 했다고 생각하면 말이 맞는다.

하지만 왜 하필 왕비일까. 일 왕자의 왕자비도 아니고.

"이상하잖아. 어차피 죽일 거면 왕비님보다 왕자비가 나을 텐데 말이야."

뭐, 그렇긴 한데. 데니스는 머리를 긁적이며 말했다.

"그렇게 따지면 아직 미혼인 이 왕자도 있지."

"이 왕자는 왕위에 오르기 어렵잖아."

그럴까. 데니스는 친구를 쳐다봤다. 왕위 계승 3위. 기사단의 단장이자 소드 마스터인 슈발리에.

데니스는 애쉬가 왕위를 찬탈하고자 마음먹는다면 가능할 수도 있다고 생각했다. 그러니 왕도 하나뿐인 조카를 그리 미워하는 거겠지. 문제는 애쉬가 전혀 그럴 생각이 없다는 점이다.

"멀쩡한 왕비를 죽이고 늙은 왕의 왕비로 젊고 예쁜 딸을 보내려는 사람인데 이 왕자를 왕으로 올릴 생각은 안 하겠냐?"

데니스의 별생각 없는 빈정거림이 애쉬에게는 섬광처럼 꽂혔다.

그의 시선이 데니스를 향했다.

"어? 왜?"

애쉬의 시선에 당황한 데니스가 눈을 깜빡였다.

애쉬는 속삭이듯 말했다.

"헌터 백작이 레나를 올리려 한 게 왕비가 아니라면? 이 왕자비라면?"

그러면 대충 맞아떨어진다.

애쉬는 장부에 있던 〈2〉라는 숫자를 떠올렸다. 그건, 이 왕자를 의미하는 게 아니었을까.

데니스는 턱을 쓰다듬었다. 헌터 백작이 이 왕자를 왕으로 추대하려 했다? 하지만…….

데니스는 솔직하게 물었다.

"그럼 왕비님을 죽이려 한 것도 이 왕자라는 말일까? 왜?"

일 왕자라면 몰라도 자기를 낳은 친모가 왕비인데 그 왕비를 죽여서 이 왕자가 얻는 이득이 뭐지?

"그게 가장 문제야."

애쉬는 어두운 목소리로 말했다. 그의 생각 역시 그 지점에서 멈춰 있었다.

왕비 습격 사건이 있었을 때부터 지금까지 그는 범인을 찾고 있다. 하지만 실마리가 없다. 왕비가 죽어서 이득인 사람이 없기 때문이다. 하지만 반대로 왕비가 죽으면 안 될 사람을 고르자면 그건 이 왕자일 것이다.

현 왕비가 낳은 아들이 아니기는 하지만 일 왕자는 장자라는 이유로 이미 계승권 1위다. 거기에 왕자비도 있다. 하지만 이 왕자가 가진 건 현 왕비의 친자식이라는 것뿐이다. 자신이 가진 유일한 패를 버릴 이유가 뭐란 말인가.

"일 왕자가 수를 쓰는 거라면?"

데니스의 말에 애쉬의 시선이 그를 향했다. 그는 어깨를 으쓱해 보이고 말을 이었다.

"이 왕자가 자길 음해하려 했다고 할 수도 있는 거잖아."

"너무 위험해."

애쉬는 딱 잘라 데니스의 생각을 부인했다. 왕비를 죽인 범인으로 지목되면 자신이 누명을 썼다고 주장한다?

굳이 그런 짓을 할 이유가 없다. 별일 없다면 일 왕자가 왕이 될 텐데 뭐 하러 그런 위험한 짓을 한단 말인가.

"그럼 역시 이 왕자인가?"

데니스의 말에 이번에는 애쉬가 어깨를 으쓱하며 말했다.

"폐하일 수도 있지."

"폐하? 그분이 왜 왕비님을 죽여?"

"일 왕자의 자리를 공고히 하기 위해서?"

아무래도 현 왕비는 이 왕자의 생모니까 권력이 분산되는 것을 막고자 하는 걸 수도 있지. 하지만 애쉬는 자신이 말했음에도 그 말을 믿지 않았다.

왕이 자신의 자식을 아끼지 않는다는 사실은 제쳐 두고서라도 왕이 왕비를 죽인다는 건 말도 안 되는 일이라는 생각이 들기 때문이다.

"우리 폐하가 그 정도로 일 왕자의 자리를 보전시키려 한다면 너도 안전하진 않아."

데니스의 말에 애쉬는 쓰게 웃었다. 그래. 그 말도 맞다. 동생의 아들. 기사단의 단장. 그리고 젊은 공작.

애쉬는 왕위에 욕심은 물론 생각조차 없지만, 그의 생각과 달리 그는 왕위와 아주 가까웠다.

당장 후사가 없는 일 왕자. 그리고 이 왕자. 왕과 함께 이 두 왕자가 죽으면 애쉬가 왕이 된다. 만약 애쉬에게 욕심이 있었다면 두 왕자를 죽이려 들었겠지.

"어느 한쪽에 붙어야 할지도."

애쉬의 말에 데니스가 한쪽 눈썹을 들어 올렸다. 네가? 그럴 수 있겠어?

글쎄. 애쉬는 고개를 저으며 말했다.

"솔직히 말하면 그러고 싶지 않아."

"나도 네가 누군가의 밑에 붙는 걸 보고 싶진 않다."

데니스의 신랄한 말에 애쉬는 한쪽 눈썹을 들어 올렸다. 누군가의 밑?

"데니스, 우린 기사야. 폐하의 밑에 붙어 있다고."

"아, 우리가 왜?"

라고 말리 기사단은 왕족이 아니라 나라에 귀속된다. 약한 자를 지키고 정의를 수호하며 옳은 것을 쫓는다. 그것이 타인머스를 세운 기사의 다짐.

왕족이나 귀족을 위한 기사단이 아니라 나라를 위한 기사단이다. 타인머스를 세운 왕과 네 명의 기사는 왕과 부하의 관계가 아니었기 때문이다. 왕이라 해도 나라를 위태롭게 한다면 라고말리 기사단은 왕에게도 검을 겨눌 수 있다.

물론 실제로 왕에게 겨눈 적은 한 번도 없지만.

"우리가 왕의 밑에 있다고 왕의 명령을 무조건 따르는 건 아니 잖아."

그렇지. 애쉬는 데니스의 말에 어깨를 으쓱해 보였다. 불합리한 일에는 따르지 않는다. 그것이 정의가 아니고 옳은 것이 아니라면 거부할 수 있다. 그건 라고말리 기사단의 대부분이 귀족이기에 가능한 일일 것이다.

"게다가 내가 어느 한 왕자의 편을 들면 오히려 위협적으로 느낄걸."

동감이다. 이번에는 데니스가 애쉬의 말에 고개를 끄덕였다.

라고말리 기사단의 단장이 어느 한 왕자의 편을 든다면, 그게 설령 이 왕자라 해도 차기 왕은 이 왕자 쪽으로 기울어질 것이다.

"그럼 어떻게 해야 하지?"

"우선은 헌터 백작을 조사해 봐야지."

응? 애쉬의 말에 데니스는 무슨 소리냐는 듯 그를 쳐다봤다. 우리 방금 왕위 이야기하고 있지 않았어?

하지만 애쉬는 덤덤하게 말했다.

"왕비 습격 사건에 헌터 백작이 연루돼 있는 것 같으니까 그걸 먼저 조사해야 하지 않겠어?"

"왕은 어쩌고?"

어쩌고 말고 할 것도 없다. 애쉬는 입을 다물었다. 상대는 왕이다. 그가 왕비를 죽이려 했다는 증거가 있다면 모르지만 지금은 추측일 뿐이다.

"추측일 뿐이잖아. 할 수 있는 일이나 하자고."

왕이 왕비를 죽이려 하는지도 모른다고 생각하는 건 너무 위험한 일이다. 게다가 왕은 애쉬가 아주 어릴 때부터 그를 싫어했다. 그는 그가 다섯 살일 때 자신을 쳐다보던 왕의 눈초리를 기억한다.

그때 이미 일 왕자가 열 살이었다. 애쉬가 일 왕자의 상대가 되지 않았을 때도 왕은 애쉬를 싫어했다.

증오에 찬, 이해할 수 없는 시선. 하지만 애쉬는 아무에게도 그것을 이야기하지 않았다. 그조차도 이해할 수 없었으니까.

"추측일 뿐인 건 헌터 백작도 마찬가지 아니야?"

데니스가 물었다. 헌터 백작이 죽기 전에 들락거리던 길드가 왕비를 습격한 자들이 소속된 길드라고는 하지만 증거가 있는 것도 아니다. 오히려 헌터 백작이 수상한 낌새를 느끼고 조사하려 들락거렸다고 하면 덮어질 의혹이다.

애쉬는 잠시 턱을 쓰다듬었다. 세이레나가 보여 준 장부에 있던, 출처가 불분명한 돈. 〈2〉를 이 왕자라고 생각한다면 헌터 백작은 이 왕자와도 엮여 있다는 말이 된다. 그렇다면 배후는 이 왕자라는 말이 되겠지.

하지만 아니라면?

애쉬의 생각이 다시 처음으로 돌아왔다. 이 왕자는 왕비를 죽여야 할 이유가 없다. 게다가 헌터 백작은 〈2〉에서 받은 돈을 다시 〈2〉로 돌려줬다. 그가 죽기 일주일쯤 전에.

"헌터 백작이 사망하기 일주일쯤 전부터 조사해 봐."

"왜? 아는 거라도 있어?"

"확실하진 않아."

그래서 말해 줄 수가 없다. 무엇보다 애쉬는 여기에 세이레나도 엮여 있다는 사실이 불편했다.

그녀는 모른다. 모를 것이다.

애쉬는 자신에게 장부를 보여 주던 세이레나의 태도에서 그것을 확신했다. 그러니 굳이 데니스에게 말하지 않는 쪽을 선택했다.

만약 헌터 백작이 정말 왕비 습격 사건에 연루돼 있다면 그때 말해도 늦지 않을 것이다.

"헌터 백작의 행적이라면 헌터 경도 주시해야겠군."

데니스의 말에 애쉬의 눈이 가늘어졌다. 헌터 백작의 동생. 게일 헌터. 그도 몰랐을까? 알 수 없다.

애쉬는 고개를 끄덕였다.

"그래. 그쪽도."

먼저 들어간다. 데니스가 자신의 어깨를 툭 치고 들어간 다음에도 애쉬는 그 자리에 가만히 서 있었다.

후우. 한숨을 내쉬자 입김이 퍼져 나갔다.

날이 추워지고 있군. 애쉬는 왕궁 파티 날은 더욱더 추울 거라고 예상했다. 그가 알아차린 것들을 세이레나에게 알려 줘야 한다. 그녀는 알아야 할 자격이 있고 의무가 있으니까. 헌터 백작의 계획을 몰랐다면 더더욱 알아야 할 것이다.

"싫어하겠지."

그는 씁쓸하게 말했다.

세이레나는 애쉬의 이야기를 들으면 화를 낼 것이다. 그리고 그를 미워할 것이다. 여기서 더 미움받고 싶지 않은데. 그는 픽 웃으며 돌아섰다. 그렇지 않아도 그가 한동안 바빠서 세이레나 혼자 훈련해야 할 거라고 하자 반기는 기색이었다.

미움받고 싶지 않다. 다른 사람들이 그를 미워하건 말건 상관하지 않았던 것과 달리 애쉬는 세이레나가 자신을 미워하는 게 신경 쓰였다.

솔직히 말하면 싫었다. 그냥 미움받고 싶지 않다는 걸 넘어서서, 그는 세이레나가 자신을 향해 자주 웃어 줬으면 좋겠다고 생각했다.

* * *

"잘 다녀와."

세이레나는 에즈라의 배웅을 받으며 저택에서 나왔다. 오늘은 가정 교사가 동생과 함께 있어 줄 것이다.

에즈라는 훨씬 좋아졌다. 잘 먹었고 방에 틀어박히거나 갑자기 우울해하던 모습도 줄어들었다.

역시 함께 있었어야 했어. 세이레나는 그렇게 생각하며 기사단으로 들어섰다. 매일 함께 훈련했더니 에즈라와 사이가 부쩍 가까워졌다.

"좋은 날씨."

오후 근무라 출근하던 모아나가 기사단 마구간으로 다가오는 세이레나를 발견하고 손을 흔들었다. 그 옆에 로렌도 어딘지 모르게 쓴웃음을 지으며 서 있었다.

"전혀 좋은 날씨가 아닌데?"

세이레나는 말에서 내리며 말했다. 하늘은 회색빛이라 금세라도 눈이 내릴 것 같다.

"올해 첫눈이 내릴 것 같잖아. 좋은 날씨지."

"첫눈이?"

무슨 소린지 모르겠다. 어리둥절해 하는 세이레나를 보고 로렌이 말했다.

"순찰 돌아야 하니까 좋은 날씨라고 포장하는 거야. 어서 장단 맞춰 줘."

아. 그래서였군. 세이레나는 억지로 미소 비슷한 것을 만들어 냈다.

"와, 그러게. 첫눈 오는 날 낭만적으로 순찰하겠다. 좋은 날씨네."

젠장. 모아나는 욕을 내뱉으며 안으로 들어갔다. 출근 도장 찍은 뒤 다시 순찰 지역으로 가야 한다.

"따뜻하게 입고 왔어?"

로렌은 그런 모아나의 뒤를 따르며 세이레나에게 물었다. 늦은 밤까지 경비를 서야 하니 두껍게 입는 게 좋다.

"음. 뭐. 그렇지."

사실 작년에 근무를 섰다지만 얼마나 추웠는지 기억나지 않는다.

십 년 전 일이니 당연할 것이다. 그래서 세이레나는 최대한 움직임이 불편하지 않은 한도 내에서 따뜻하게 입고 왔다.

그 말은 내의 두 장과 셔츠 두 장, 조끼와 재킷을 입었다는 뜻이다. 그리고 망토도. 가장 걸리는 건 장갑이었다.

세이레나는 슬쩍 자신의 손으로 시선을 던졌다. 말을 타고 올 때 손이 시려웠는데 밤에 경비를 설 때는 얼마나 시릴지 걱정되었다.

"다들 고생해."

출근 도장을 찍은 모아나가 어깨를 늘어뜨리며 다시 나가자 세이레나와 로렌은 자기 자리를 찾아 들어갔다. 각 분단장들이 맡아야 할 자리를 설명하기 시작했다. 왕궁 파티라 귀족은 참석해야 하는 만큼 빈자리가 많았다.

세이레나는 자신이 아직 백작이 아니어서 다행이라고 생각했다. 만약 그녀가 백작이라면 그녀도 왕궁 파티에 참석해야 했을 것이다.

상위 귀족—공작, 후작, 백작—은 왕궁에서 여는 파티나 연회에 죽을 만큼 아픈 게 아니라면 참석해야 하는 게 의무다.

만약 참석해서 왕을 본다면. 그리고 이 왕자를 본다면.

윽. 세이레나는 저도 모르게 고개를 저었다. 아직은 왕을 보면 그녀가 어떤 반응을 보일지 자신도 알 수가 없다.

"레나."

각 분단별 브리핑이 끝나고 단장이 가벼운 주의 사항을 알리는 순서가 끝나자마자 애쉬는 세이레나를 찾았다.

"네?"

세이레나는 유진 바로 앞에 서 있었다. 어째 둘이 앞뒤로 서 있는 일이 많은 것 같은데. 애쉬의 눈이 잠깐 가늘어졌다가 돌아왔다.

"마지막 근무지 어디야?"

경비 업무라 세 시간 근무 후 한 시간 휴식, 장소를 바꿔서 네 시간 근무하게 된다. 중간 쉬는 시간에 비는 곳을 없애기 위해 유진은 네 시간 근무 후 한 시간 쉬고 장소를 바꿔서 세 시간 근무하게 된다.

"두 번째 근무지라면……."

세이레나는 두 번째 근무 장소를 이야기하며 애쉬의 모습을 살폈다. 왕의 조카인 그가 왕궁에서 여는 파티에 불참할 리가 없다.

오늘 애쉬는 기사복이 아니라 연미복 차림이었다. 기사복 대신 하얀 셔츠에 검정색 타이를 맨 검정색의 연미복. 그 위에 하얀 모피를 덧댄 검정색 코트를 입고 있었다.

검정색 머리카락은 포마드로 정리해서 앞머리를 뒤로 넘겨 버린 탓에 평소보다 훨씬 날카로워 보인다. 게다가 늘 입는 기사복이 아니라 성장 차림이라 공작으로 보였다.

원래 공작이긴 하지만. 세이레나는 잠시 멈칫했다. 그리고 보니 기사단 단장일 뿐 아니라 공작이지.

유진 역시 잠시 멍하니 애쉬를 쳐다봤다. 와, 엄청 잘생겼네. 게다가 위험해 보인다. 여자들이 그의 눈빛 하나에 자지러지는 이유를 알겠다.

"아, 거기."

애쉬는 세이레나의 말이 끝나자마자 알겠다는 듯 고개를 끄덕였다. 정문에서 조금 떨어진 곳이다.

처음엔 건물 안에서, 두 번째엔 건물 밖에서. 그렇군. 나중에 그쪽으로 가 봐야겠다. 그렇게 생각하며 애쉬가 말했다.

"퇴근할 때 같이 가."

"왜요?"

그렇게 물어볼 줄 알았다.

애쉬는 쓰게 웃었다.

유진 역시 눈을 동그랗게 떴다. 약혼자가 집에 갈 때 같이 가자는데 좋아하는 게 아니라 왜냐니.

세이레나는 아차 해서 재빨리 말을 이었다.

"피곤하실 텐데 전 신경 쓰지 않으셔도 돼요."

아니, 그것도 틀렸다. 유진의 얼굴은 풀렸지만 애쉬는 고개를 기울였다. 약혼한 관계치고는 너무 거리가 있는 말이다.

"고생했는데 데려다주고 싶어서. 나 오늘 마차 가져왔거든."

퇴근하고 나면 새벽인데 말을 타고 퇴근하게 하고 싶지 않다.

"하지만 말은⋯⋯."

"가져오라고 하면 되지."

"아니요, 괜찮아요."

세이레나는 고개를 저었다. 오늘 풀 근무라 내일은 쉴 수 있다. 그녀가 천천히 가져오면 된다.

"그럼, 이따가 봐."

애쉬는 씩 웃으며 그렇게 말했다. 그의 시선이 잠시 유진을 향했다가 원래대로 돌아갔다.

파티 준비를 위해 기사들이 흩어졌다. 세이레나 역시 자신이 서 있어야 할 장소로 향했다.

"사람 많네."

세이레나는 벽에 붙어 서서 중얼거렸다. 사람이 많다. 마지막으로 파티에 참석한 게 언제였더라.

왕비가 되기 전에 참석한 건 까마득하게 멀게 느껴졌다. 당장 떠오르는 건 그녀가 왕비였을 때 참석한 파티다.

왕이 죽기 전에는 왕과 함께 몇 번 얼굴을 비췄다. 솔직히 오래 있고 싶었지만 그럴 수 없었다. 그녀는 왕이 가자고 하면 가야 했으니까.

춤도. 춤도 춰 본 적이 없다. 왕비가 된 뒤로 세이레나는 아무
와도 춤을 추지 못했다. 왕은 늙었고 두 왕자는 자기보다 어린
새어머니를 달가워하지 않았기 때문이다.

마지막으로 춤을 춘 게 언제였지.

세이레나는 멍하니 마지막으로 춤을 췄던 것을 기억해 내려
했지만 쉽게 떠오르지 않아 눈살을 찌푸렸다. 그녀로서는 십 년
전의 일이니 당연한 일일 것이다.

하지만.

"아니, 잠깐."

문득 세이레나의 뇌리에 누군가와 춤을 췄던 게 떠올랐다. 왕
비였을 때다. 왕의 시선을 의식했던 게 기억났다. 이상하다. 상
대는 왕이 아니었다.

등에 느껴지는 왕의 시선을 의식했으니 당연하다면 당연할
것이다. 그날 밤, 질투에 눈이 먼 왕이 그녀에게 윽박질렀던 것
도 기억났다.

하지만 딱 하나. 상대가 누구였는지는 기억나지 않았다. 키가
크고 단단한 몸이었다. 간신히 기억해 낸 게 그것뿐이라 세이레
나는 저도 모르게 얼굴을 붉혔다.

남자가 뭘 입었는지, 무슨 말을 했는지. 어떻게 생겼고 어떤
목소리를 가졌는지. 아무것도 기억나지 않는다.

하지만 키가 크고 단단한 몸에 안겨서 춤을 추는 동안 서글펐
던 건 기억났다.

"내가 뭘 착각하고 있나?"

이건 대체 뭐지? 그 남자는 누구고?

세이레나는 당황해서 기억을 더듬기 시작했다. 왕비인 동안 그녀는 아무와도 춤을 춘 적이 없다. 그렇게 기억하고 있었다. 하지만 기억을 떠올리려 애쓰면 쓸수록 하나씩, 하나씩 뭔가가 떠오르기 시작한다.

큰 키. 커다란 손. 따듯한 체온. 그리고 조금은 쌀쌀맞지만 다정한.

빠바밤.

갑자기 악기가 울리기 시작해서 세이레나는 고개를 번쩍 들었다.

입장을 알리는 음악이 시작됐다. 건물 밖에서 기다리고 있던 사람들이 하나둘 입장하는 게 보였다.

파티가 시작됐다. 신년 파티라 대부분의 귀족이 참석한다. 그 말은 하위 귀족인 '경'도 온다는 뜻이다.

"에헴."

상당히 빠른 시간에 도착해서 입장을 기다리던 게일은 참석자를 확인하는 기사에게 이름을 댄 뒤 아드리아나를 돌아봤다.

오늘 아드리아나는 평소보다 예쁘다. 돈을 들여 꾸몄으니 당연했다.

"소지하신 무기는 놓고 가셔야 합니다."

경비를 서는 기사들을 제외하면 무기 소지가 금지된다. 무기 소지를 확인하는 기사에게 게일은 눈살을 찌푸리며 말했다.

"없네."

요즘 기사들은. 쯧쯧. 그는 가볍게 혀를 차며 아드리아나의 드레스를 확인하는 여기사를 돌아봤다. 여자가 기사라니. 웃기는 소리다. 게다가 작위도.

타인머스는 남녀 상관없이 장자가 후계자가 되지만 이웃 나라는 오직 남자만 작위를 받을 수 있다고 들었다.

타인머스도 그랬어야 했다. 그래야 세이레나에게 백작 위가 가지 않았을 텐데. 어쩌면 자신이 가질 수도 있었던 작위에 대한 욕심에 게일은 혀를 찼다.

어쩌면. 어쩌면 조금만 더 하면.

"애슐리 어시스 백작!"

그 순간, 게일의 뒤에서 시종이 백작의 입장을 알렸다. 여자 백작이었던 모양이다.

게일의 얼굴이 일그러졌다. 백작, 후작, 공작, 왕족의 입장은 알리게 되어 있다. 그는 그런 게 부러웠다. 자신의 명예를 느낄 수 있는 사소한 부분. 파티나 연회에 참석할 때 시종이 외치는 이름과 작위. 왕의 가장 가까운 곳까지 갈 수 있는 자격. 누구에게도 고개를 숙이지 않아도 되는 지위.

"예쁜 우리 딸."

게일은 자산의 팔에 얹은 아드리아나의 손을 토닥이며 미소 지었다. 그가 검술에 재능이 있었다면 좋았을 것이다. 하지만 게일은 세이레나가 입단하는 해까지 오 분단까지밖에 올라가지 못했다. 그렇다면 딸을 통해서 신분 상승을 노리는 수밖에.

그래도 세이레나보다는 낫지. 게일은 그렇게 생각하며 빙그레 웃었다. 그 계집은 기껏 해 봐야 십이 분단이다. 그는 아직 세이레나가 오 분단으로 승단했다는 것을 모르고 있었다.

"아빠도 참."

아드리아나는 게일의 칭찬에 배시시 웃었다. 수도에 와서 세련된 여자들에 기가 죽었지만, 그녀는 곧 세이레나를 떠올렸다.

예쁘긴 하지만 멍청한 계집애. 기사단에서 검이나 휘두르는 그런 계집애보다 내가 훨씬 더 낫지. 난 책도 읽는다고.

읽는 건 잡지가 전부지만 아드리아나는 그렇게 생각하며 턱을 들었다.

우리가 멍청한 귀족보다 나아. 아드리아나와 게일의 시선에 파티장 벽 쪽에 붙어 서서 경비를 서는 기사들이 들어왔다.

세이레나는 거기 있었다. 정문에서 조금 떨어진 안쪽. 조금만 늦게 들어왔다면 보지 못했을 것이다. 기사복을 입은 데다가 세이레나가 작아서.

저 나쁜 년.

아드리아나는 욱해서 세이레나를 향해 몸을 돌렸다. 세이레나가 지불을 거부하는 바람에 아드리아나는 가지고 있던 보석을 파는 수밖에 없었다. 의상실에서 완성된 옷값을 달라고 독촉했기 때문이다.

"나중에 더 좋은 걸 사 주마."

게일이 그렇게 달랬지만 아드리아나는 세이레나의 머리카락을 휘어잡고 집까지 끌고 가고 싶었다.

이번에야말로 가만두지 않을 거야. 그렇게 다짐하는 딸에게 게일이 말했다.

"인사 먼저 하자꾸나."

왕궁에서 여는 파티는 고위 귀족들과 안면을 틀 수 있는 좋은 기회다. 그래야 나중에 열리는 귀족들의 개인 파티에 초대받을 수 있다.

아드리아나는 세이레나를 힐끔 흘겨보고 게일과 함께 몸을 돌렸다.

"가는군."

애쉬는 게일과 아드리아나가 세이레나를 힐끔거리다가 몸을 돌리는 것을 보고 긴장을 풀었다.

그는 두 사람이 들어오는 순간부터 여차하면 세이레나에게 갈 생각으로 긴장하고 있었다.

바로 가지 않은 건 그녀가 그걸 싫어한다고 생각했기 때문이다.

"누가 가?"

데니스가 무슨 일이냐는 듯 물었다. 아니야, 아무것도. 애쉬는 고개를 저었다. 반대편에서 로렌이 잔을 들고 다가오며 물었다.

"세이 봤어?"

세이가 누구야? 데니스는 어리둥절한 표정을 지었고 애쉬는 못마땅하다는 표정을 지었다.

"헌터 경 말이야."

"더 예쁜 쪽?"

데니스의 웃기지도 않는 농담에 분위기가 얼어붙었다.

이 미친놈이? 로렌은 잔을 든 채 멍하니 있다가 말했다.

"한 번만 더하면 아주 죽여 버린다."

우씨, 로렌은 나만 미워해. 데니스는 조금 기가 죽어서 다시 말했다.

"단장님 약혼녀 말이지?"

"응. 아까 출근할 때 만났거든. 우리 단장님은 약혼녀 얼굴 좀 보셨나?"

"봤어."

못마땅한 나머지 애쉬는 딱딱하게 말했다. 그가 부르지 않는 애칭이 또 있다는 게 마음에 들지 않는다. 하지만 그걸 티 낼 수도 없는 노릇이라 애쉬는 아무 말도 하지 않았다.

"램버트 경이랑 나란히 서 있더라."

"언제?"

애쉬의 눈초리가 날카로워졌다.

이것 봐라? 데니스와 로렌의 시선이 부딪쳤다. 로렌은 곧 모른 척하고 말했다.

"아까 단장님이 훈화할 때."

로렌과 데니스는 이런 특별한 날 애쉬가 주의 사항을 전달하는 것을 훈화라고 비꼬곤 한다.

뭐, 훈화면 훈화지. 평소라면 쓰게 웃었을 애쉬는 세이레나와 유진이 나란히 서 있던 게 자신도 본 장면이라는 사실에 여유 있는 마음으로 말했다.

"같은 분단이잖아."

에이, 재미없어. 로렌과 데니스의 시선이 다시 부딪쳤다. 단장은 영 놀리는 재미가 없다니까.

"필립스 경!"

그때 나이 지긋한 여백작이 로렌에게 다가왔다. 윽. 나이 많은 귀족을 싫어하는 데니스는 재빨리 뒤로 물러났다.

로렌은 빙그레 웃으며 백작의 손을 잡아 가볍게 입을 맞추며 말했다.

"어시스 백작님."

"난 참 필립스 경이 좋아."

어시스 백작은 친밀하게 로렌의 등을 토닥이더니 물었다.

"왕비님을 구했다며?"

아, 그 이야기였군. 데니스는 재빨리 애쉬를 끌고 물러났다. 잘못하면 두 사람도 이야기에 엮이게 된다.

"그렇게까지 안 했어도 됐을 텐데."

애쉬는 어시스 백작과 로렌에게서 좀 멀어지자 픽 웃으며 말했다. 어시스 백작은 괜찮은 사람이다. 로렌 같은 여기사를 꽤 좋아하기도 하고. 하지만 데니스는 머리를 긁으려다 간신히 멈추며 말했다.

"난 저분 불편해."

데니스는 불편할 것이다. 그는 어시스 백작이 좋아하지 않는 부류다. 가볍게 여자에게 추파를 던지는 남자.

실력과 상관없이 어시스 백작은 가벼운 사람을 좋아하지 않았다. 그리고 자기 일을 제대로 못 하는 사람 역시 좋아하지 않았다.

"저분이 기사단에 오셔서 네가 일하는 걸 보셔야 할 텐데."

애쉬는 농담처럼 말했다. 데니스는 자기 일에서는 철저하다. 부단장이기도 하지만 단장인 애쉬가 대타를 맡길 정도니까. 하지만 데니스는 애쉬의 말에 기겁해서 말했다.

"아, 부르지 마. 부르면 나 병가 내고 튈 거야."

알았다. 애쉬는 픽 웃었다.

그때 시종이 외쳤다.

"국왕 폐하 납시오!"

국왕 부부가 도착했다. 순식간에 장내가 조용해졌다. 적막하기까지 한 침묵 속에서 국왕이 건물 안으로 들어섰다.

세이레나는 하얗게 질린 얼굴로 고개를 숙였다. 도저히 왕을 볼 용기가 없었다. 참석자들은 고개를 숙여야 하지만 경비인 기사들은 다르다.

애쉬는 홀 안을 둘러보다가 세이레나가 고개를 숙이고 있는 것을 보고 눈을 가늘게 떴다.

"좋은 시간 보내고 있는가."

타인머스의 국왕이 말했다. 목소리를 듣자마자 세이레나는 오한이 올라와서 사람들이 일제히 대답하는 것도 깨닫지 못했다. 그리고 누군가 자신의 곁에 다가오는 것도.

"괜찮아?"

애쉬가 말을 걸었을 때에야 그녀는 그가 자신의 앞에 서 있다는 것을 깨달았다.

세이레나의 눈이 커졌다.

아, 이런. 애쉬는 그녀의 자수정 같은 눈동자가 부풀어 오르는 것을 보고 또 소리 없이 다가오지 말라고 화낼 거라 예상했다.

"아니……."

괜찮다. 그렇게 말하려 했지만 세이레나는 말이 나오지가 않았다. 온몸에 힘이 쭉 빠지고 팔다리가 부들부들 떨렸다. 이어서 왕이 말을 하기 시작했을 때 그녀는 저도 모르게 애쉬의 옷깃을 잡았다.

"레나?"

느닷없는 그녀의 태도에 애쉬는 깜짝 놀라서 그녀의 팔꿈치를 잡으며 속삭였다.

"괜찮아? 어디 아파?"

"아……."

괜찮다. 아무렇지 않다. 그렇게 말하고 싶었다. 하지만 도저히 목소리가 나오지 않아서 세이레나는 입을 벌린 채 굳었다.

과호흡인가? 애쉬는 세이레나의 얼굴을 보기 위해 무릎을 굽혔다. 아니, 굽히려 했다. 그때, 세이레나가 그의 재킷 안쪽으로 파고들었다.

"레나?"

평소와 달라도 너무 다르다. 세이레나는 이렇게 그에게 바짝 붙지 않는다. 아니, 그가 다가가면 그만큼 한 발짝 떨어질 정도다.

애쉬는 갑작스러운 그녀의 태도에 멍하니 세이레나를 쳐다보고 있었다. 덜덜 떠는 손으로 재킷 안쪽으로 손을 집어넣은 세이레나가 마치 숨는 것처럼 그의 가슴에 얼굴을 묻었다.

자연스럽게 재킷 단추가 빠져나가면서 세이레나의 머리를 덮었다. 누가 본다면 애쉬가 자신의 재킷으로 세이레나를 가리고 있는 것처럼 보일 것이다.

무슨 일이지? 애쉬는 세이레나의 금발 머리를 내려다보며 이맛살을 찌푸렸다.

지금 그녀의 모습은 어린아이가 이불 안으로 숨는 것처럼 보였다. 무서운 것을 보기라도 한 것 같다.

무서운 것? 애쉬의 고개가 왕을 향했다. 왕과 왕비가 들어오기 시작할 때부터 세이레나의 상태가 나빠졌다. 그의 시선이 왕과 왕비 뒤로 선 왕자들을 향했다.

일 왕자? 아니면 이 왕자 두 왕자의 얼굴이 애쉬의 시선에 들어왔다가 왕의 눈에 한 번이라도 들기 위해 몰려든 사람들 때문에 가려졌다.

어느 쪽 왕자지? 애쉬는 왕자들의 얼굴을 확인하기 위해 몸을 틀었다.

그때…….

"흑."

애쉬가 움직이려는 것 같자 세이레나는 저도 모르게 그를 끌어안았다. 가지 마. 가면 안 돼. 숨을 곳이 사라진다. 너무 밝아서 눈을 뜰 수가 없었다. 필사적으로 끌어안은 세이레나의 팔 힘에 애쉬의 눈이 가늘어졌다.

"기분이 좋아야 하는데."

애쉬는 한숨을 내쉬며 세이레나의 등을 쓰다듬었다. 그녀가 그를 끌어안고 있으니 기분이 좋아야 하는데 불쾌했다.

이렇게까지 그녀를 겁먹게 만든 녀석이 누구일까. 상사인 그에게 당돌하다 싶을 정도로 대꾸하던 세이레나가 이 정도로 겁을 먹었다는 게, 겁을 먹게 만든 상대가 있다는 게, 그 상대에게 화가 났다.

왕의 이야기는 그리 길지 않았다. 새해를 맞이하여 얼굴 한번 보자고 불렀다는 말부터 다들 건강하게 지내라는 덕담까지.

생각보다 길어지는군. 애쉬가 쓰게 웃으며 세이레나를 내려다봤다. 아직 이쪽의 상태를 눈치챈 사람은 없었다. 다들 왕에게 집중하고 있기 때문이리라.

세이레나의 떨림이 잦아들었다. 다행이군. 애쉬는 세이레나의 작은 몸을 끌어안고 가볍게 쓰다듬었다.

그녀가 맨정신이라면 어린아이 취급하지 말라고 했을 것이다. 아니, 그 이전에 이 정도로 가까워질 수도 없었겠군.

애쉬가 한숨을 내쉬었을 때 마지막으로 재미있게 지내다 가라는 말과 함께 왕의 훈시가 끝났다.

"폐하!"

"전하, 전하."

왕이 왕비와 왕자들을 끌고 몸을 돌리자 귀족들이 왕과 왕자들에게 한 번이라도 말을 붙이기 위해 따라나섰다.

사람들이 우르르 움직이기 시작했다. 이제는 떨어져야 한다.

애쉬는 조심스럽게 세이레나의 등을 토닥이며 그녀를 불렀다.

"레나."

잔뜩 움츠리고 있는 어깨가 움찔하고 떨리는 게 느껴졌다. 그녀가 이 정도로 겁먹은 이유가 뭘까. 사람들의 이목 따위는 신경 쓰지 않고 이대로 끌어안고 안전한 곳으로 데려갔으면 좋겠다. 세이레나가 안심할 수 있도록. 하지만 그래서는 안 되겠지. 애쉬는 한숨을 내쉬었다.

단단하고 좋은 냄새가 났다. 세이레나는 정신이 들자 제일 먼저 그 사실을 깨달았다. 손에 닿는 것은 고급 천의 감촉. 따뜻하고 부드럽고 단단했다.

"헉."

고개를 든 그녀는 애쉬를 보고 깜짝 놀라서 물러났다. 애쉬의 눈이 부드럽게 휘어졌다.

"괜찮아?"

"어, 아니……."

큰 키. 그리고 단단한 몸.

세이레나의 기억 속에 뭔가가 피어올랐다가 눈 깜짝할 사이에 사라졌다. 너무 순식간에 사라져서 세이레나조차 깨닫지 못했다.

세이레나는 당황해서 입을 뻐끔거리며 서 있었다. 몰랐다. 그게 애쉬라는 것을. 아니, 알았나? 알았던 것도 같다.

무슨 말을 해야 하는지, 무슨 생각을 해야 하는지도 모를 정도로 혼란스러운 세이레나에게 애쉬가 나직하게 물었다.

"무슨 일인지 이야기해 줄 거야?"

애쉬가 물었다.

뭐라고? 세이레나는 그의 질문을 이해하지 못하고 멍하니 서 있었다.

세이레나의 눈동자가 불안정하게 흔들렸다. 무슨 일이냐고? 뭘? 방금 전에 그녀가 한 짓? 아니면 왜 그랬는지?

말할 수 없다.

애쉬는 참을성 있게 그녀의 대답을 기다리고 있었다. 대체 무슨 생각을 하고 있는 걸까. 겁먹게 하고 싶지 않다. 그녀가 자신을 친밀하게 느꼈으면 좋겠다. 자신에게 마음을 털어놓고 이야기해 줬으면 했다.

하지만 그렇지 않겠군. 애쉬는 흔들리던 세이레나의 자줏빛 눈동자가 견고해지는 것을 보고 생각했다.

"죄송합니다."

"명령이 아니니까 죄송할 것 없어."

애쉬는 그렇게 말하며 세이레나에게서 한 발짝 물러났다. 그러나 아직도 세이레나의 손이 그의 허리를 꽉 잡고 있었다. 그녀역시 그 사실을 깨닫고 얼굴을 붉혔다.

애쉬는 그런 그녀에게 덧붙였다.

"그냥 걱정됐던 것뿐이야."

평소의 세이레나라면 어째서냐고 반문했을 것이다. 하지만 그걸 생각하지 못할 정도로 동요하는 것을 보고 애쉬는 눈을 가늘게 떴다. 무슨 일일까. 걱정됐다. 그리고 궁금했다. 하지만 말해 주지 않겠지.

"그러고 보니 그레이윈드 공작이 약혼했다더군요."

"아, 들었어요."

왕족이 떠나자 사람들의 관심은 남아 있는 하나뿐인 왕족에게 몰렸다.

애쉬 그레이윈드 공작.

사람들의 머릿속에 젊고 잘생긴 공작이 떠올랐다. 그리고 그와 약혼한 운 좋은 백작 영애도.

"집안이 기울었다고는 해도 헌터 경도 참 미인이죠."

"맞아요. 기사치곤 좀 작지 않나 했는데 기사로서도 실력이 뛰어난 모양이더군요."

이건 또 무슨 소리야? 게일과 떨어져 남자들과 이야기하던 아드리아나가 고개를 기울였다.

삼삼오오 모인 사람들이 세이레나와 애쉬의 이야기를 하고 있었다.

"공작님이 참 탐났는데. 아, 물론 제 딸 상대로요. 호호."

중년의 귀족 여성이 그렇게 말하자 모여 있던 사람들 사이에서 웃음이 터져 나왔다.

"오히려 그동안 상대가 없었다는 게 이상할 정도였죠."

"맞아요. 둘 다 미남 미녀에 집안도 괜찮은데 아직도 약혼을 안 했었잖아요?"

"요새는 젊은 사람들은 연애결혼을 선호한다니까요."

"어머, 세상에. 망측해라."

나이 지긋한, 노년의 귀족 부인이 저도 모르게 신음했다. 우리 때는 연애결혼은 꿈도 못 꿨는데.

"배우자의 얼굴은 첫날밤 보는 게 처음이었는데 세상 참 좋아졌네요."

"어휴, 그런 말 마세요. 요새 젊은이들이 얼마나 영악한데요? 이 사람 저 사람 연애하다가 더 좋은 사람과 결혼한답니다."

"그건 영악한 게 아니라 영리한 거죠."

다시 웃음이 터졌다.

귀족의 결혼은 집안이 맞는 사람끼리 혼담을 보내 조율하는 게 대부분이다. 하지만 세이레나와 애쉬의 약혼은 애쉬가 세이레나에게 반해 약혼을 졸랐다는 소문이 퍼져 있었다.

"헌터 경이 미인이긴 하죠."

"그 눈동자 봤어요?"

"눈동자가 어떤데요?"

아직 세이레나를 모르는 남자가 물었다. 사람들이 그를 쳐다보며 한마디씩 했다.

"자수정 같아요."

"가장 고귀한 눈동자라고 하죠."

"네 기사의 중 하나의 피를 이어받았다고 하더군요."

늘 헌터 백작이 말하던 거다.

"우리 딸은 네 기사 중 하나의 피를 이어받았답니다. 가장 고귀한 눈동자가 그 증거죠."

"오, 그러고 보니."

사람들이 고개를 끄덕이기 시작하자 아드리아나의 얼굴이 일그러졌다.

"짜증 나."

그게 뭐가 예쁘다는 거야? 눈만 커다래서 멍청해 보인다. 뭐가 고귀한 눈동자라는 거야? 세이레나나 그녀나 같은 헌터가의 피가 흐르고 있다.

세이레나에게 네 기사 중 하나의 피가 흐른다면 그녀에게도 흐를 거다. 그런데 왜 사람들은 세이레나만 예쁘다고 하는 건데?

"헌터 양?"

아드리아나와 대화하던 남자가 갑작스러운 아드리아나의 변화에 놀라 그녀를 불렀다. 방금 전까지 어느 찻집에 대해 이야기하던 중이었다.

"그레이윈드 공작님과 약혼한 헌터 양 말이에요."

아드리아나는 언제 얼굴을 일그러뜨렸냐는 듯 미소 지으며 입을 열었다.

헌터 양? 남자의 얼굴에 어리둥절한 표정이 떠올랐다.

"제 사촌이거든요."

"아, 그렇습니까?"

남자는 아드리아나가 말하는 헌터 양이 누군지 떠올리려 했다. 헌터 양이라면 라고말리 기사단의 헌터 경을 말하는 건가? 어째서 헌터 양이라고 하는 거지?

"어쩌나 남자를 밝히는지, 부끄러워 죽겠어요."

"네?"

이건 또 무슨 소리야? 남자의 미소가 무너졌다.

아드리아나는 그가 떨떠름한 표정을 짓는 것도 모르고 말을 이었다.

"매일 다른 남자를 만나러 가는 걸 말리느라 얼마나 힘들다고요. 덕분에 전 세이레나 뒤만 쫓아다니느라 수도 구경도 못 하고 있어요."

"그거, 어, 안됐군요."

남자가 할 수 있는 말은 그것뿐이었다. 세이레나 뒤만 쫓아다니느라 수도 구경도 못 하고 있다고? 아까 무슨 공원에 있는 찻집이 참 좋더라고 말하지 않았나? 남자의 머릿속에 의문이 계속해서 떠올랐다.

아드리아나는 남자가 원하는 말을 하지 않자 샐쭉한 표정을 지었다. 이 정도면 나랑 같이 세이레나 욕을 해 주거나, 어딜 데려가 준다고 해야 하는 거 아니야?

하지만 세이레나는 그레이윈드 공작과 약혼한 기사다. 그녀가 기사가 아니고 집 밖으로 잘 나오지 않았으며 아무와도 약혼하지 않았다면 남자도 거리낌 없이 욕했을 것이다.

하지만 지금의 세이레나는 아무 생각 없이 아드리아나의 말에 동조해 욕할 수 있는 사람이 아니다.

상대방이 원하는 말을 해 주지 않자 아드리아나는 뽀로통해서 나중에 보자는 말도 없이 물러났다.

"저 여자 누구야?"

머쓱해진 남자에게 친구가 물었다. 남자는 갸웃하며 말했다.

"헌터 양이래."

"헌터 양? 그레이윈드 공작과 약혼한 사람?"

"아, 아니야. 그건 헌터 경. 저건 헌터 양이야."

"아, 그럼 헌터 경의 사촌인가 보네. 그 여자."

"그 여자? 알아?"

아드리아나에 대해 전혀 모르고 있던 남자가 눈을 동그랗게 뜨자 친구가 그의 어깨를 툭 치며 말했다.

"헌터 백작 부부의 장례에 참가하려고 올라와 놓고 정작 검정색 드레스를 빼놓고 온 여자잖아."

"응? 무슨 소리야?"

"수도에 오자마자 옷 가게로 돌진했다더군. 그리고 헌터 백작 부부의 추모식에도 안 나타났고."

"허."

남자는 어이가 없어서 머리를 쓸었다. 뭐 저런 여자가 다 있지?

그는 친구에게 말했다.

"아까 나한테 뭐라고 했는지 알아? 헌터 경이 남자를 밝혀서 자기가 힘들어 죽겠다더군."

"자기가 왜 힘들어?"

그러게나 말이다. 남자는 킬킬 웃으며 말했다.

"매일 다른 남자를 만나러 가는 걸 말리느라 죽겠다던걸?"

"허, 그럴 리가."

남자의 말에 친구 역시 웃음을 터트렸다. 게다가 그는 다른 소문을 알고 있다.

"그레이윈드 공작이 약혼녀를 만나러 매일 헌터 백작가로 출퇴근한다는 소문이 있는데?"

두 사람의 웃음소리가 커졌다.

뭐야? 웃음소리를 들은 다른 사람들이 다가왔다.

"뭐 재미있는 이야기라도 있어요?"

누군가의 질문에 남자는 흐, 하고 웃음을 흘리며 말했다.

"그레이윈드 공작과 약혼한 헌터 경 말입니다. 그분의 사촌인 헌터 양은 헌터 경이 부러운 모양입니다."

사람들의 눈동자가 초롱초롱해졌다. 누군가의 시기 질투로 인한 구설만큼 재미있는 것도 없다.

"어머, 공작님."

아드리아나는 애쉬가 사람들과 떨어지는 것을 기다렸다가 다가갔다.

젊고 잘생긴 공작. 이런 남자가 어째서 저런 따분하고 멍청한 계집애와 약혼한 걸까. 세이레나보다 내가 더 낫지. 아드리아나는 그렇게 생각하며 애쉬에게 미소 지었다.

"헌터 양."

애쉬는 아드리아나를 보고 가볍게 고개를 끄덕였다. 별로 상대하고 싶지 않지만 세이레나의 사촌이다.

아드리아나가 생글 웃었다.

"세이레나가 참 좋은 분과 약혼해서 저도 기뻐요."

"그렇습니까."

애쉬의 대답은 냉정했다. 그는 자신의 저택에서 열린 연회에서 아드리아나와 게일이 어떻게 행동했는지 기억했다. 그래서 아드리아나가 뻔뻔하다고 생각했다.

"솔직히 말하면, 세이레나에게 너무 과분한 분이죠."

아드리아나는 그렇게 말하며 애쉬에게 달라붙었다. 그 태도가 익숙해서 애쉬는 한쪽 눈썹을 들어 올렸다. 가끔 그에게 정부 관계를 맺자며 접근하던 유부녀들이 하던 짓이다. 그런 걸 이런 미혼의 젊은 아가씨가 하는 건 처음 봤다.

"그렇지 않습니다."

애쉬는 냉정하게 잘라 내며 슬쩍 뒤로 물러났다. 가까웠던 탓에 아드리아나의 향수 냄새가 풍겼다.

익숙한 향인데. 그는 곧 근신 중인 세이레나를 찾아간 날 서재에서 나던 냄새라는 것을 깨달았다.

그때 왔다 간 것이 이 여자였군. 그리고 에즈라를 협박한 것도. 그 사실을 깨닫자 애쉬는 아드리아나가 역겹게 느껴졌다. 자기보다 훨씬 나이 어린 사촌을 협박했다니. 불쾌한 여자다.

애쉬가 무슨 생각을 하는지도 모르고 아드리아나는 그의 팔을 끌어안으며 말했다.

"세이레나의 어느 점이 마음에 들었어요?"

아까 세이레나가 그를 끌어안았을 때와는 완전히 다른 느낌이 들었다. 불쾌한 것이 기어오르는 기분에 애쉬는 팔을 털어 내지 않기 위해 애써야 했다.

"그걸 말로 해야 압니까?"

애쉬는 아드리아나의 팔에서 자신의 팔을 쑥 빼며 말했다. 털어 내지 않으려 했지만 그가 조금 세게 뺀 탓에 아드리아나가 비틀거렸다. 그 모습을 보면서도 애쉬는 그녀를 부축해야 한다거나 사과해야 한다는 생각이 들지 않았다.

기분 나쁜 여자. 그리고 기분 나쁜 여자의 아버지. 이런 여자의 아버지이니 얼마나 끔찍한 남자일지 상상이 간다.

"네?"

아드리아나는 애쉬의 쌀쌀한 말과 행동에 놀라 고개를 들었다가 그의 표정을 보고 멈칫했다.

애쉬는 냉정한 표정으로 말했다.

"사촌이면 잘 아실 텐데요. 헌터 경이 얼마나 아름답고 훌륭한 사람인지."

이렇게까지 대놓고 쌀쌀맞게 굴 줄은 몰랐다. 아드리아나는 애쉬의 말보다 그의 태도에 얼어붙어 있었다. 그는 아드리아나의 얼굴을 보고 다시 말했다.

"그리고 사촌의 약혼자에게 이렇게 가깝게 붙는 건 좋은 행동이 아닙니다."

뭐? 아드리아나의 눈이 커졌다.

애쉬는 잠시 뜸을 둔 뒤 "그럼 이만." 하고 깍듯하게 예를 갖춰 떠났다.

애쉬가 사라진 뒤에도 아드리아나는 자신이 무슨 일을 당했는지 몰라 멍하니 서 있었다.

냉정하고 차가웠다. 그리고 무례했나? 딱 집어서 무례하다고 말할 만한 부분은 없었다. 하지만 그녀를 싫어한다는 티가 나는 태도였다.

날 왜 싫어하지? 아드리아나의 머릿속에 반사적으로 세이레나 탓이라는 생각이 들었다.

"그년이."

세이레나가 약혼자에게 그녀의 욕을 한 게 분명하다. 나쁜 년. 싸가지 없는 년. 아드리아나는 씩씩대며 몸을 돌렸다.

피곤하다. 세 시간 근무가 끝난 뒤 세이레나는 휴게실로 향하며 생각했다.

이거 피곤하다. 계속 미동도 없이 서 있는 게 쉬운 일이 아니다. 게다가 사고가 일어나지 않는지 확인해야 한다.

"헌터 경?"

누군가 그녀에게 말을 걸었다. 근무가 끝난 기사들이 우르르 가고 있던 터라 세이레나는 고개를 돌려 목소리의 주인을 찾았다.

"세이레나 헌터 경. 맞지?"

남자 기사였다. 누구더라. 세이레나는 덤덤하게 고개를 끄덕였다.

"그런데."

남자는 씩 웃더니 가 버렸다.

뭐지? 세이레나의 몸이 움츠러들었다. 그녀가 근무할 때도 비슷한 일이 있었다. 사람들이 그녀를 기웃거리는 걸 봤다. 뭘까. 안 좋은 생각이 들었다.

그녀에 대한 악질적인 루머들. 그런 게 이번에도 일어난 게 아닐까.

세이레나는 떨어지지 않는 걸음을 억지로 떼어 냈다. 또 그런 루머가 퍼지면 어떻게 해야 하지? 목구멍에 뭔가가 걸린 듯한 느낌이 들었다. 구역질이 난다.

세이레나는 휴게실로 향하던 걸음을 파우더 룸으로 돌렸다.

"세이, 휴식 시간이야?"

세이레나가 파우더 룸으로 들어서자마자 누군가 벌떡 일어나서 다가왔다. 그녀는 익숙한 붉은 머리의 여기사를 보고 저도 모르게 안도의 한숨을 내쉬었다.

"피곤하지?"

로렌은 세이레나의 얼굴에서 피곤함을 읽었다. 세 시간을 서 있었으니 피곤할 만도 하다. 그녀는 재빨리 자기가 앉아 있던 자리로 친구를 데려가 앉히며 말했다.

"뭐 마실래? 가져올까?"

"아니야, 고마워."

세이레나가 아니라고 했지만 로렌은 음료를 가지러 돌아섰다.

일 분단은 다른 기사들처럼 경비를 서지 않는다. 게다가 로렌은 현역인 슈발리에. 왕궁에서 열리는 파티라면 반드시 참석해야 한다. 그래서 로렌은 오늘 기사복이 아니었다. 애쉬와 마찬가지로 그녀 역시 정장을 입고 있었다. 물론 정작 소매 밑에 붕대로 감은 팔이 있다.

"아 참, 소개가 늦었네. 백작님, 이쪽은 헌터 경이에요. 세이레나 헌터."

돌아섰던 로렌은 잊고 있던 것을 떠올리고 다시 돌아와서 말했다.

세이레나의 옆에 앉아 있던 노부인이 빙그레 미소 지었다.

아는 사람이다. 세이레나는 노부인을 보고 멈칫했다.

어시스 백작. 왕비였을 때 그녀를 마음에 들어 하지 않던 백작이다. 대하기 어려운 사람이라 세이레나의 표정이 굳었다.

"세이, 이분은 어시스 백작님이셔. 애슐리 어시스 백작님."

"필립스 경에게 이야기 들었네. 아주 훌륭한 기사라면서."

애슐리가 빙그레 웃으며 손을 내밀었다. 인자한 미소에 세이레나는 얼떨떨한 기분이 들었다. 이렇게 인자한 사람이 아니었다. 그녀가 알기로는. 늘 그녀를 못마땅한 표정으로 쳐다보곤 했다. 그래서 세이레나는 이 사람 앞에 서면 항상 기가 죽었다.

"처, 처음 뵙겠습니다."

세이레나는 저도 모르게 벌떡 일어나며 말했다. 손을 잡는 태도에서 긴장한 게 보여, 애슐리는 저도 모르게 소리 내서 웃었다.

"뭘 그렇게 긴장하고 그래? 앉아, 앉아."

세이레나는 파우더 룸을 둘러본 뒤 앉았다. 다행히 다른 여자들은 그녀에게 관심을 기울이지 않고 있었다.

"나, 음료수 가져올게."

말을 마친 로렌이 몸을 돌렸다.

"로렌, 팔은?"

세이레나가 묻자 그녀는 그대로 괜찮다는 듯 손을 흔들었다.

애슐리가 재빨리 소리쳤다.

"난 따뜻한 걸로 해 줘!"

그러더니 세이레나를 돌아보며 덧붙였다.

"나이를 먹으니까 으슬으슬 추워서."

"아, 저, 제 옷 벗어 드릴게요."

어머. 애슐리는 세이레나가 벌떡 일어나서 망토를 벗는 것을 눈을 동그랗게 뜨고 쳐다봤다.

검정색의 망토를 애슐리의 어깨에 꼼꼼하게 덮은 다음에야 세이레나는 다시 자리에 앉았다.

"고마워."

애슐리는 다시 빙그레 웃으며 인사했다.

다행이다. 세이레나는 조금 안심해서 미소 지었다. 늘 그녀를 못마땅해하던 사람이다. 왜 못마땅해하는지도 알고 있다. 왕비였던 그녀가 늘 아드리아나와 숙부에게 휘둘렸기 때문이다. 그래서 세이레나는 지금 애슐리가 자신에게 미소를 짓는 게 기뻤다.

"그레이윈드 공작과 약혼했다고."

애슐리가 물었다.

아, 네. 세이레나가 다시 긴장해서 대답하자 그녀는 고개를 기울이며 웃었다.

"좋은 사람이지."

애쉬가? 세이레나의 눈이 동그래졌다가 원래대로 돌아왔다.

그래, 좋은 사람이다.

애쉬는 공작에 기사단 단장이라는 점 외에도 능력 있고 세이레나와 에즈라에게 잘해 준다.

"검밖에 모르는 게 흠이지만."

세이레나의 눈이 다시 동그래졌다.

이거 욕인가? 그녀의 표정을 본 애슐리가 빙그레 웃었다.

"어릴 때부터 봤는데 통 여자에 관심이 없어서. 십 대 때는 이성에 관심이 있을 만도 한데 누구한테 마음 주는 걸 못 봤거든."

애슐리의 기억이 십 대의 애쉬에게로 향했다. 전 공작이 살아 있을 때도 애쉬는 인기가 많았다. 하지만 그때도 애쉬는 여자에게 관심이 없었다.

그래서 애슐리는 걱정했다. 그에게 접근하는 유부녀의 수가 늘어나서.

뭐, 남색가인 거 아니냐는 우려는 이 기사에게 말하지 않아도 되겠지. 애슐리는 그렇게 생각하며 말했다.

"헌터 경과 약혼해서 참 잘됐어요. 게다가 공작이 헌터 경을 짝사랑했다면서?"

뭐? 세이레나는 그대로 굳었다. 누가 뭘 어떻게 해?

사교계엔 그런 소문이 돌고 있다. 애쉬가 세이레나와 결혼하고 싶어서 헌터 백작에게 몇 번이나 청혼서를 보냈다고 말했기 때문이다.

하지만 세이레나는 그런 소문을 처음 들었다. 그녀가 당황할 때 음료수를 가지러 갔던 로렌이 돌아왔다.

"여기 음료를 가져왔습니다. 따뜻한 차예요."

"고마워."

"그리고 이건 세이 거."

세이레나는 다행이라고 생각하며 로렌에게 잔을 받아 들었다. 순간 무슨 표정을 지어야 할지 몰라 곤란했다.

로렌은 잔을 모두 나눠 준 뒤 세이레나에게 물었다.

"세이, 여기 오기 전에 휴게실 안 갔다 왔어?"

"어, 응. 안 갔다 왔는데."

"분단장이 휴게실로 안 왔다고 찾길래."

"아."

잠깐 얼굴에 물만 적시고 가려고 했는데 잊어버렸다.

세이레나는 그대로 벌떡 일어났다.

"너 여기 있다고 말해 뒀으니까, 안 가도 되는데."

로렌이 말했지만 세이레나는 고개를 저었다. 그렇지 않아도 애쉬의 약혼녀라 다른 사람들이 특혜를 받는다고 생각하게 하고 싶지 않았다.

"고마워요."

애슐리가 걸치고 있던 세이레나의 망토를 건네며 말했다. 그녀는 이 말수 적은 여기사가 마음에 들었다. 그리고 조금 융통성없게 구는 것도.

세이레나는 망토를 팔에 걸치고 로렌에게 받은 잔을 든 채 휴게실로 향했다. 이상한 소문이 돌까 봐 두려워했던 마음이 좀 풀어졌다.

"세이레나 헌터, 첫 번째 근무 끝났습니다."

세이레나는 휴게실로 들어가며 말했다. 누군가 그녀가 들어갈 수 있도록 문을 잡아 주었다.

"어, 잘 왔어."

분단장인 제이콥이 반겼다.

잘 왔다고? 어리둥절해 하는 세이레나에게 그가 말했다.

"아까 필립스 경한테 안 와도 된다고 하긴 했는데 방금 단장님이 널 찾아서. 사람을 보내야 하나 고민하던 차였어."

단장님? 세이레나는 반사적으로 고개를 돌렸다가 문을 잡고 서 있는 애쉬를 발견했다.

이 사람, 진짜 기척이 없네. 당황하는 그녀에게 애쉬가 다가가며 물었다.

"휴식 시간일 거 같아서 잠깐 얼굴 보려고 왔는데 파우더 룸에 있다고 해서 고민하던 참이었지."

"왜요?"

응? 세이레나의 말에 애쉬는 잠시 멈칫하고 말했다.

"거기 있는 게 더 편할까 해서."

아. 세이레나는 고개를 끄덕였다. 그건 맞다. 하지만 어차피 와야 했으니까.

그런 세이레나의 손에서 잔을 가져가며 애쉬가 말했다.

"나가서 앉자."

여긴 눈이 너무 많다.

애쉬의 말에 휴게실에 있던 기사들이 휘파람을 불며 농담을 던졌다.

"단장, 정원 오른쪽 큰 나무 뒤가 제일 좋아요."

"시끄럽다."

애쉬는 냉정하게 농담을 자르고 돌아섰다.

세이레나가 망토를 걸치며 물었다.

"정원으로 가요?"

응? 애쉬는 세이레나가 농담하는 건가 하고 그녀의 얼굴을 쳐다봤다.

농담이라고 하기엔 표정이 너무 진지하다. 설마 저 농담이 무슨 의민지 모르나?

그럴 수도. 애쉬의 한쪽 눈썹이 올라갔다. 최소한 그가 아는 여자들은 저게 무슨 의민지 안다. 그러니까 예를 들면 로렌이라거나.

"아니야, 거긴 너무 어둡잖아."

애쉬는 그렇게 말하며 세이레나와 함께 테라스로 나갔다.

안쪽에서 흘러나오는 빛과 바깥쪽 벽에 걸린 램프. 그리고 중간중간에 놓아둔 화로 덕분에 테라스도 밝았다. 아주 밝지는 않지만 상대방의 얼굴은 확인이 가능하다.

세이레나는 그렇게 생각하며 애쉬와 약간 틈을 두고 섰다.

"괜찮아?"

애쉬가 물었다.

뭘? 세이레나는 어리둥절해서 대답했다.

"어, 네. 늘 하던 거와 비슷하니까요."

"그게 아니라."

애쉬는 쓰게 웃었다. 근무가 괜찮냐고 물어본 게 아니다. 그는 그녀와의 거리를 확인하며 입을 열었다.

이 정도 거리를 편하게 느끼는군.

"아까 파티가 시작할 때 말이야."

왕이 입장했을 때. 애쉬는 완곡하게 그렇게 말했다. 왕과 그의 가족들이 들어왔을 때 세이레나의 태도를 본 탓에 신경 쓰였다.

"아."

세이레나의 얼굴이 당혹으로 물들었다.

"그건 말하지 않을 거라고……."

"말하라는 게 아니야."

다시 세이레나의 표정이 방어적으로 변하자 애쉬는 재빨리 부드럽게 말했다.

그때 왜 그랬는지를 말하라는 게 아니다.

"지금 괜찮냐고 물어보는 거지."

"아."

세이레나의 얼굴이 누그러졌다. 그녀는 고개를 숙였다가 그를 힐끔 쳐다봤다. 당연히 물어볼 거라 생각했다. 왜 그랬냐고. 무슨 일이냐고. 그렇게 물어보고 그녀가 대답할 때까지 귀찮게 굴 거라 생각했다.

세이레나는 조심스럽게 물었다.

"왜 안 물어봐요?"

"물어보길 원해?"

"그건 아니지만요!"

깜짝 놀란 대답에 애쉬는 픽 웃었다. 물어보고 싶다. 걱정됐다. 그리고 궁금했다. 그 두 가지 감정 때문에 세이레나가 근무하는 내내 그는 미칠 것 같았다.

하지만.

애쉬의 시선이 다시 두 사람 사이의 거리로 향했다. 이 이상 다가가면 세이레나는 도망친다.

"물어보고 싶지."

애쉬는 뒷 목에 손을 대며 말을 이었다.

"하지만 네가 말하고 싶지 않으니까."

"않으니까?"

더 이상 이어지지 않는 말에 세이레나가 되물었다.

애쉬는 시선을 정원 쪽으로 던졌다.

정원에 뭐가 있나? 세이레나는 저도 모르게 애쉬에게 다가갔다.

"안 물어봐."

애쉬가 씩 웃으며 말했다.

검정색 눈동자가 반짝였다. 위험해 보이면서 동시에 장난꾸러기 소년 같았다.

결혼도.

세이레나는 애쉬가 에즈라의 질문에 대답하던 것을 떠올렸다. 그녀가 원치 않으면 아무것도 안 한다고 했다.

이상한 기분이 들었다.

세이레나는 게일과 왕을 떠올렸다. 둘 다 그녀를 사랑한다고 생각했다. 하지만 둘 다 그녀가 원하는 것과 원하지 않는 게 무엇인지 관심을 갖지 않았다.

말로는 그녀를 위해서, 그녀에게 가장 좋은 것이니까 그렇게 했다고 했지만 사실은 아니었다.

문득 기억나지 않는 것이 떠올랐다.

희미한 안개 같은 기억.

그녀와 춤을 추던 큰 키와 단단한 몸.

"애쉬."

세이레나는 그를 부르며 한 발짝 다가갔다. 두 사람의 틈이 주먹 하나가 들어갈 정도로 가까워졌다.

애쉬는 아무 변화도 없이 그녀를 내려다보고 있었다. 그는 여기서 자신이 어떤 반응을 보이더라도 세이레나가 다시 물러날 거라는 것을 직감적으로 알았다.

"저기."

세이레나는 말을 하려다 말고 멈췄다. 이상한 소리라고, 웃기는 말이라고 하면 어쩌지? 그녀는 다시 애쉬를 쳐다보고 침을 한 번 삼켰다.

애쉬는 참을성 있게 그녀를 기다렸다. 지금 상태로는 세이레나가 그를 죽이겠다고 해도 그는 그러라고 할 것 같은 심정이었다.

"저기, 나랑 춤 한번 춰 줄래요?"

천천히 애쉬의 눈동자가 커졌다.

우스운 질문이긴 하다. 좀 어이없는 질문이기도 하고.

세이레나는 애쉬의 눈이 커지는 것을 보고 뒤로 주춤 물러났다. 아니, 물러나려 했다. 그보다 먼저 애쉬가 세이레나에게 손을 내밀었다.

"올해의 첫 춤 파트너라니, 영광인데."

애쉬의 농담을 듣고 나자 세이레나의 긴장이 풀렸다. 다행이다. 바보 같다고 비웃지 않았어.

세이레나는 그의 손을 잡으며 물었다.

"무슨 춤 출 수 있어요?"

솔직히 말하면 세이레나는 다 까먹었다. 십 년이나 지나서 어쩔 수 없다.

"글쎄."

애쉬는 그렇게 말하며 세이레나의 허리에 손을 얹었다. 솔직히 말하면 그도 춤은 그저 그렇다. 아주 잘 추는 것도 아니고 아주 못 추는 것도 아닌 딱 중간. 적당히 예의 차릴 정도로만 배웠다.

"음악은 어떻게 하고요?"

정작 춤을 추자고 하니 이것저것 걸리는 게 많다. 안쪽에서 음악을 연주하고 있기는 하지만 희미해서 잘 들리지 않는다.

애쉬는 고개를 들었다가 말했다.

"내가 부르지 뭐."

"진짜로?"

못 할 거 뭐 있어? 그는 씩 웃으며 천천히 세이레나의 허리를 잡은 손에 힘을 줬다.

"흠. 음음."

노래를 부른다더니 허밍이다.

세이레나는 어이가 없어서 애쉬를 쳐다보다가 스텝을 놓쳤다. 애쉬는 재빨리 세이레나를 부축하고 씩 웃었다.

애쉬의 대체 무슨 노래인지 모를 허밍과 함께 두 사람은 천천히 춤을 췄다.

세이레나는 기사복을 입고 있었지만 두 사람 다 크게 개의치 않았다.

잘 추는 거 같은데. 세이레나는 고개를 갸웃하며 생각했다. 그녀가 스텝을 놓쳐도 애쉬는 아무렇지 않게 다음 스텝으로 인도한다.

그건 그가 검술에 일가견이 있기 때문이겠지. 결국은 검술도 박자와 스텝의 문제다.

천천히 두 사람의 춤이 이어졌다. 어느새 애쉬의 허밍도 사라져 있었다. 그는 골똘히 생각에 잠긴 세이레나를 내려다봤다.

역시 그건 거짓말인 걸까. 그는 남자와 피부가 닿는 게 싫다던 세이레나의 말을 떠올렸다. 그래서 결혼하고 싶지 않다고 했다. 하지만 그런 것치고는 세이레나는 애쉬와 닿는 것을 그렇게 싫어하는 기색이 아니었다. 가끔 놀라기는 해도 지금처럼 먼저 다가오기도 한다.

그런 거짓말을 한 이유가 뭘까.

애쉬의 눈동자가 가늘어졌다. 겉으로 보기에 세이레나 헌터는 평범한 백작 영애다. 살면서 큰 사건을 겪은 적은 없다. 기사들의 신상 기록에도 그렇게 나와 있다. 하지만 지금 그녀의 모습은 뭔가를 숨기는 것 같다. 그리고 약간의 트라우마도.

그녀가 무슨 생각을 하는 걸까. 궁금하다. 왜 두려워하는지, 뭘 말하지 않는 건지. 전부 알고 싶었다.

그리고 왕비님의 사건도. 어떻게 안 걸까. 감이라고 했지만 의심스럽다.

헌터 백작이 무슨 짓을 하고 다녔던 걸까. 객관적으로 생각하면 헌터 백작이 왕비 살해에 엮여 있고 세이레나는 그걸 어떤 식으로든 알고 있다는 결론이 나온다.

하지만 애쉬는 그렇지 않을 거라는 생각이 들었다. 겁을 집어먹은, 두려워하는, 필사적인 세이레나의 눈동자가 자꾸만 떠올랐다.

"저기."

정적을 깨고 세이레나가 입을 열었다.

애쉬는 한쪽 눈썹을 들어 올렸다. 설마 내 생각을 읽은 건 아니겠지?

그럴 리 없다.

세이레나는 애쉬를 올려다보며 말을 이었다.

"애쉬, 우리 혹시 예전에도 춤춘 적 있어요?"

한쪽 눈썹을 들어 올린 애쉬의 표정이 그대로 멈췄다. 춤춘 적이 있냐고? 그는 세이레나를 끌어안은 채 뒤로 물러나며 말했다.

"아니. 있다면 기억을 못 할 리가 없어."

애쉬는 단호하게 말했다. 세이레나와 춤을 춘 적이 있다면 그는 절대로 기억할 거다. 익숙하지 못한 듯한 세이레나를 품에 안고 리드하는 게 기분 좋았다.

"그렇죠?"

세이레나는 그렇게 중얼거리며 다시 고개를 숙였다. 만약 그와 춤춘 적이 있다면 기억할 거다. 이런 남자와 춤을 추고 잊어버릴 리가 없다.

세이레나는 한 손을 애쉬의 손에 잡히고 다른 한 손은 그의 어깨에 얹은 채 생각했다.

가물가물한 기억 속에서 떠올린 남자의 몸이 애쉬와 비슷했다.

손을 얹은 어깨의 높이.

그녀의 손을 감싼 남자의 손.

스텝을 밟을 때 가볍게 스치는 단단한 다리.

그리고 보폭.

하지만 고개를 들어 애쉬의 얼굴을 쳐다보면 기억 속에 가물거리며 떠오르던 남자의 얼굴이 안개처럼 스러져 버리는 것이다.

가물가물한 기억이라 확신할 수가 없다.

어쩌면 이게 그녀의 기억이 아니라 바람 같은 걸 수도 있다.

하지만 어째서?

세이레나가 애쉬와 춤을 추고 싶어 할 정도로 그를 좋아한다면 말이 된다. 하지만 그녀는 애쉬를 좋아하지 않는다.

오히려 이상할 정도로 싫어하지.

"어?"

문득 이상한 생각에 세이레나는 반사적으로 고개를 들었다. 검정색 눈동자가 그녀를 내려다보고 있다가 눈이 마주치자 무슨 일이냐는 듯 부드러워졌다.

"나, 당신을 안 좋아하죠?"

세이레나의 말에 애쉬가 다시 한쪽 눈썹을 들어 올렸다. 그녀의 질문에 이번엔 좀 상처받았다. 하지만 그는 티 내지 않고 물었다.

"네 감정을 나한테 물어보는 거야?"

"아니, 아니, 그게 아니라."

세이레나의 얼굴이 달아올랐다. 그를 싫어한다.

한 달 전만큼 보는 것도 짜증 날 정도로 싫어하는 건 아니지만 지금은 조금 불편할 정도다.

같이 몸을 맞대고 춤을 출 정도로 나아졌으니 확실히 그 정도로 싫어하는 건 아니다.

하지만 어째서 그렇게 싫어한 걸까.

세이레나의 머릿속에 모아나의 이상하다는 듯한 표정이 떠올랐다. 그 전에는 그 정도로 애쉬를 싫어하지 않았다고 했다. 만약 정말 싫어했다면 연기를 아주 잘하는 거라고.

"나랑 약혼하기 전에 별다른 일이 없었죠? 싸웠다거나……."

아니, 이건 말이 안 된다.

세이레나는 십이 분단의 기사고 애쉬는 기사단의 단장이다.

싸웠다기보다는……. 세이레나는 다시 말했다.

"날 혼낸 적, 없죠?"

애쉬의 고개가 기울어졌다. 그가 꾸짖은 기사는 꽤 된다. 그러니 그는 기억을 못 해도 혼난 기사는 기억할 것이다. 하지만 애쉬는 자신이 세이레나를 혼내지 않았다는 것을 확신했다.

약혼하기 전까지 세이레나는 그의 관심 밖에 있었다. 사실 엄밀히 말하면 관심 밖인 건 아니었다.

세이레나가 처음 기사단에 들어왔을 때 애쉬는 재능 있는 기사가 들어왔다는 기대감에 가슴이 설레었었다.

하지만 그녀는 검술과 기사단에 관심이 없었고 자신의 재능을 키우는 게 아니라 썩히기만 했다.

안타깝게도 애쉬는 검을 가볍게 대하는 자를, 자신의 재능을 썩히는 자를 좋아하지 않는다.

세이레나의 재능은 검의 길을 가려는 사람이라면 뭔가를 포기하고서라도 얻고 싶어 하는 재능이었고 애쉬의 눈에 그런 재능을 가지고도 검을 등한시하는 세이레나가 탐탁지 않았다.

그렇기 때문에 그는 의식적으로 그녀를 관심 밖으로 밀어냈었다.

"그래."

지금은 다르다.

그는 검에 진지한 세이레나가 좋았고 그녀를 알면 알수록 기사로서의 세이레나가 아니라 세이레나라는 사람 자체가 좋아졌다.

혼냈길 바라는 건가. 애쉬는 어리둥절해서 생각했다.

지금 세이레나가 뭘 하는 거지?

어느새 두 사람은 춤을 추던 자세 그대로 멈춰 있었다.

"당신은 젊고 능력 있고 잘생긴 공작이죠. 기사단 단장이고 소드 마스터이기도 하고요."

애쉬를 수식하는 단어들이 세이레나의 입에서 나왔다.

응? 어리둥절해 하던 애쉬의 얼굴이 가볍게 달아올랐다. 그런 단어로 자신이 수식된다는 걸 안다. 사람들이 그를 그렇게 부른다는 것도 안다.

천재 기사.

젊은 공작.

하지만 그걸 정면에서 누군가에게 들은 적은 없다.

애쉬는 부끄러워해야 할지, 기뻐해야 할지 몰라 세이레나를 쳐다봤다.

"최소한 날 괴물 같은 걸로 생각하지 않아서 다행이긴 한데."

애쉬의 말에 세이레나의 눈이 동그래졌다. 어째서? 그녀는 어리둥절해 하다가 물었다.

"어, 내가 당신을 피해서 그렇게 생각하는 줄 알았어요?"

"음."

애쉬는 부정인지 긍정인지 모를 소리를 냈다. 솔직히 말하면 그렇다. 세이레나가 그를 싫어하는 티를 내서, 별로 좋아하지 않는 것 같아서 상처받았다. 하지만 그녀는 대부분의 남자를 다 피하는 것 같아서 약간 안도하고 있었다. 그리고 애쉬보다 더 싫어하는 남자가 있으니까 괜찮다고 생각했다.

"아니, 당신이 괴물이라고 생각하는 건 아니에요. 좋은 사람이라고 생각해요."

왕이나 숙부인 게일과 달리 애쉬는 그녀가 싫어하는 이유가 없다.

왜일까.

세이레나는 그 이유를 생각하느라 자신의 말을 들은 애쉬의 얼굴이 굳는 것을 알아차리지 못했다.

"좋은 사람이라."

애쉬는 한숨 쉬듯 말했다. 그녀에게 그는 좋은 사람이 되고 싶은 생각은 없다. 누군가 그를 좋아하면 누군가는 그 이유로 그를 싫어하기 마련이다. 그는 그런 하고많은 사람 중 하나가 되고 싶지 않았다.

"분명히 후회할 것 같지만."

애쉬는 그렇게 중얼거리고 세이레나에게 말했다.

"레나, 난 좋은 사람이 될 생각 없어."

"네?"

세이레나의 눈이 동그래졌다. 그럼 나쁜 사람이 되고 싶나? 왜?

어리둥절해 하는 그녀에게 애쉬가 계속해서 말했다.

"남자가 되고 싶은 거지."

당신 남자잖아. 세이레나의 눈에서 그걸 읽은 애쉬가 씩 웃었다.

"지금은 여기까지만 하지."

뭘? 어리둥절해 하는 세이레나의 손을 놓고 애쉬가 물러났다.

따듯하던 몸이 떨어지자 세이레나는 갑자기 춥게 느껴졌다. 추운 게 맞다. 그녀는 애쉬의 몸에서 나오던 열기가 얼마나 따듯했는지를 새삼 깨달았다.

세이레나가 이해하지 못하면 그걸로 괜찮다. 아직은. 애쉬는 유진을 떠올렸다. 그가 세이레나에게 말을 걸려 할 때마다 매번 그녀의 뒤에 있던 녀석.

"단장의 권한으로 너와 더 있고 싶지만."

애쉬는 그렇게 말하며 시계를 꺼냈다.

아, 근무 시간. 휴식 시간인 한 시간이 거의 다 지나가고 있었다.

세이레나는 재빨리 돌아서서 안쪽으로 들어갔다. 다음 근무지로 가기 전에 보고를 해야 한다.

"아, 인사."

세이레나는 애쉬에게 먼저 가겠다고 말하지 않은 것을 깨닫고 뒤를 돌았다.

애쉬는 거기 그대로 서 있었다. 밝은 안쪽보다 조금 어두운 테라스에 서 있는 애쉬는 검정색 옷과 머리 때문에 마치 정원의 어둠에 녹아든 것처럼 보였다.

어서 가. 애쉬는 입 모양만으로 그렇게 말하며 손을 흔들었다.

묘한 기분이 들었다.

"남자라고?"

세이레나는 분단장에게 보고하고 두 번째 근무지에 도착해서도 애쉬가 한 말의 의미를 생각했다.

남자가 되고 싶은 거라고 했다.

그게 그런 의민가?

그러니까, 그녀에게 이성으로 느껴지고 싶다는 거?

세이레나의 머리가 갸우뚱했다.

"하지만 애쉬는 나를 좋아하지 않는다고 했는걸."

정확히 말하면 부하로, 약혼자로 그녀를 좋아한다고 했다. 그건 이성으로서 좋아한다는 말이 아니었다.

이성으로 보이고 싶다는 건 세이레나가 애쉬를 좋아하길 바란다는 건가?

"그러고 보니."

그녀는 애쉬를 싫어한다. 싫어했다. 왜 싫어했던 건지 이유를 알 수가 없다.

애쉬도 세이레나를 꾸짖거나 싸운 적이 없다고 했지만 세이레나도 애쉬와 부딪친 적이 없다. 십 년 전 일이라 가물가물하지만 없었던 것 같다.

모아나도 그녀에게 오히려 애쉬를 좋아하는 편이었다고 했고…….

머릿속이 혼란스러워, 세이레나의 미간에 주름이 생겼다.

"설마."

내가 애쉬를 좋아했나?

세이레나는 뒤통수를 한 대 맞은 것 같은 충격에 눈을 크게 떴다.

마법사가 대가로 사랑을 받기도 한다는 이야기를 들었다. 왜 사랑을 가져가는지는 모르지만.

마법사들은 천성이 악해서 남의 불행을 즐거워한다는 말도 들었다.

"그런 사람으로는 보이지 않았는데."

타인의 불행을 기원하고 즐거워하는, 그런 사람으로는 보이지 않았다.

마법사가 사랑을 가져가면 어떻게 되는 걸까.

세이레나의 생각이 다시 대가로 튀었다.

그래서 애쉬를 싫어하게 된 건가?

그녀가 그를 사랑해서?

"나쁘지 않아."

세이레나는 거세게 뛰는 심장을 가라앉히기 위해 가슴을 누르며 속삭였다.

괜찮아.

나쁘지 않아.

고작 그거라면.

사랑하는 사람을 싫어하게 되는 거라면, 차라리 괜찮아.

어차피 그녀는 애쉬에 대한 기억이 없다. 뭔가를 아쉬워하려면 그 빈자리를 느껴야 하는 것이다. 하지만 세이레나는 애쉬와 한 어떤 기억도 없었다.

그녀가 왕비로 살았던 구 년 동안, 그녀는 애쉬와 나눈 다정한 말 한 마디, 눈짓, 몸짓 하나 기억하는 게 없었다.

기억하지 못하는 것을 그리워할 수는 없는 것이다.

"하지만."

딱 하나 걸리는 게 있다.

세이레나는 진정되는 심장 박동을 느끼며 생각했다. 그녀가 애쉬를 사랑했다면, 그래서 그게 대가였다면 그건 엄청나게 큰 사랑이었을 것이다.

마법사가 말했다. 마법을 이루기 위해서는 마법의 크기만큼 대가가 필요하다고.

예를 들어 식물을 자라나게 하려면 그 식물이 자람으로써 바꿰게 될 세상에 바뀌는 만큼의 대가를 치러야 한다고 말했다.

세이레나의 인생은 바뀌었다. 죽었어야 할 왕비가 죽지 않았다. 그리고 세이레나가 오 분단이 되면서 그녀의 자리에 있던 사람이 한 분단 밑으로 내려갔다.

마법이란 그런 것이다. 그 마법으로 바뀌는 것에 대가를 치러야 한다.

애쉬를 향한 세이레나의 사랑이 그 정도로 크고 강렬했다는 뜻이 된다.

그리고 그 이야기는.

"부……."

세이레나의 입에서 단어가 나오다 말았다.

말도 안 돼.

무서운 단어에 그녀의 심장이 다시 세차게 뛰기 시작했다. 그녀는 왕비였고 애쉬는 미혼의 기사단장이었다. 그녀가 그 정도로 크고 거대하게 애쉬를 사랑했다 해도 그건 허락받지 못한 사랑일 것이다.

"그럴 리 없어."

세이레나는 고개를 저었다. 그럴 리 없다. 그녀는 자신이 그런 짓을 할 수 있는 사람이 아니라는 걸 알았다.

그리고 애쉬도. 그녀가 아는 한 애쉬는 왕비가 아니라 누구라도 해도 불륜 따위를 저지를 사람이 아니다.

게다가, 두 사람이 불륜이었던 기억은 지워졌다 해도 마법사에게 소원을 빈 기억까지 사라진 게 이상하다.

"잊어버리자."

백보 양보해서 정말로 그녀가 돌아오기 전 삶에서 애쉬를 사랑해서 돌아오는 대가로 애쉬와 연결된 모든 기억을 잃고 그를 싫어하게 됐다면 오히려 잘됐다.

미움받았고 배신당했고 버림받으면서 그녀의 자존감은 밑바닥까지 떨어졌다.

나는 사랑받을 자격이 없어.

나는 예쁘지도, 영리하지도, 착하지도 않아.

그렇게 자신을 정서적으로 학대하는 세이레나가 유일하게 가지고 있는 자존심은 남에게 비난받을 짓은 하지 않았다는 것이었다.

매일 밤 남자를 들이는 탕녀라고 비난받았지만 그녀는 결혼한 왕 이외의 남자와 침대에 누운 적이 없다.

나는 사치하지도, 남자를 밝히지도 않았어.

그것만이 그녀가 가지고 있는 자긍이었다.

"헌터 경."

사박사박하고 누군가 멀리서 그녀를 향해 걸어오고 있었다. 세이레나의 손이 반사적으로 검 손잡이로 향했다.

"램버트 경?"

그녀를 찾아온 것은 유진이었다.

무슨 일이지? 세이레나의 눈이 동그래졌다.

"들어가서 한 시간 더 쉬어."

"뭐?"

유진은 세이레나에게 들어가라고 말한 뒤 볼을 긁었다.

경비 근무는 세 시간 근무 후 한 시간 쉬고 장소를 바꿔 네 시간을 근무하거나 네 시간 근무 후 한 시간 쉬고 장소를 바꿔 세시간을 근무하거나다.

세이레나는 전자였고 유진은 후자였다. 그는 방금 네 시간의 근무를 마쳤다. 분단장에게 근무를 마쳤다는 보고를 하고 세이레나를 찾아왔다.

"어, 그러니까, 헌터 경 대신 내가 여기서 한 시간 더 근무할테니까 너는 들어가서 더 쉬라고."

"어째서?"

그야. 유진은 곤란한 표정을 지었다.

"내가 빚을 졌으니까."

이렇게라도 갚고 싶다. 그 때문에 세이레나가 손해를 봤다. 어떻게든 유진은 그 손해를 메워 주고 싶었다.

하지만 세이레나는 고개를 저으며 거절했다.

"필요 없어."

"하지만……."

괜찮다가 아니라 필요 없다. 하지만 유진은 그 차이를 깨닫지 못하고 있었다.

세이레나가 다시 필요 없다고 말하려 했을 때였다.

"어, 뭐야? 램버트 경도 와 있었네?"

정장 차림의 남자 둘이 세이레나를 향해 다가오며 말했다.

"어?"

돌아본 유진은 로딘과 그의 형을 보고 놀라서 눈을 크게 떴다.

로딘은 얼마 전 기사단을 그만두고 나갔다. 정확히 말하면 쫓겨났다.

애쉬가 그렇게 말한 건 아니지만 다들 그렇게 알고 있다. 하지만 왜 쫓겨났는지를 아는 사람은 적었다.

세이레나는 당연히 말하지 않았고 애쉬는 사람들의 시선에 그녀가 힘들어할까 봐 말하지 않았던 것이다.

"바이트 경."

유진은 그렇게 말하며 세이레나의 앞에 서려 했다. 그는 로딘이 쫓겨난 이유를 알고 있다.

설마 헌터 경에게 쫓겨난 복수를 하러 온 건 아니겠지?

"여, 로딘."

멀리서 몇 명의 남자들이 더 다가왔다.

이건 뭐지?

눈을 동그랗게 뜨고 놀라는 유진과 달리 세이레나는 검에 손을 갖다 대고 있었다.

여기서 이들이 갑자기 모임을 갖기로 했을 리가 없다.

세이레나는 유진도 한패인지 가늠하기 위해 그를 쳐다봤다.

"뭐야, 기사가 둘인데?"

멀리서 다가온 남자들이 누구에게랄 것도 없이 물었다. 그러자 로딘이 세이레나를 가리키며 말했다.

"여기, 이 여자야."

"바이트 경. 무례하잖아."

당황한 유진이 로딘의 팔을 내렸지만 이미 남자들은 세이레나를 알아보고 다가오고 있었다.

천천히 조여 오는 듯한 남자들의 행동에 세이레나의 눈이 싸늘해졌다.

"뭐야, 완전 쪼끄마하네."

"바이트 경. 창피한 줄 알아라."

남자들의 비웃음에 로딘의 얼굴이 달아올랐다. 이래서 오고 싶지 않았는데. 그는 괜히 형을 노려봤다.

로딘의 형, 에밀은 금발 머리에 자주색 눈동자를 가진 미인을 쳐다보고 있었다.

저 여자가 동생이 기사단에서 쫓겨난 이유라고 했다. 엄청난 미인이잖아? 그는 예상치 못한 사실에 놀라 굳어 있었다.

파티에서 만난 에밀의 친구들의 대화는 그의 동생이 기사단에서 쫓겨났다는 이야기로 흘러갔다.

"사람을 가둬? 어떤 사람인데 그런 멍청한 짓을 한 건데?"

"로딘이 위협을 느낄 정도로 실력이 좋았나?"

로딘은 바이트 집안에서 가장 검술에 재능이 있는 자였다.

에밀의 친구들은 순식간에 헌터 경이라는 기사에 대해 관심을 갖기 시작했다. 그리고 헌터 경이 여기서 근무한다는 사실을 알고 모여든 것이다.

"세이레나 헌터?"

에밀의 친구가 히죽대며 물었다.

세이레나는 그를 싸늘하게 쳐다보며 말했다.

"세이레나 헌터, 경이겠지."

남자들이 잠시 멈칫했다. 그들은 서로를 쳐다보더니 곧 웃음을 터트렸다.

"경이라고?"

"하하하, 여기 경이 아닌 사람도 있나?"

그 무례한 태도에 유진이 눈살을 찌푸릴 정도였다. 하지만 세이레나는 덤덤한 표정으로 서 있었다.

기분 나쁘지 않은 게 아니다. 기분은 나빴다. 하지만 뭘 어떻게 할 수 있는 것도 아니고 이런 수준 낮은 사람들을 굳이 상대할 필요가 없다고 생각했다.

그때 가장 뒤에 있던 남자가 나서서 말했다.

"그래, 헌터 경. 그 실력 좀 볼까?"

"실력?"

세이레나의 미간에 주름이 생겼다. 어떻게?

그녀가 어리둥절하기도 전에 남자가 말했다.

"여기서 한번 보자고. 기사님 실력을."

명백한 도발이다. 하지만 세이레나는 깨닫지 못했다. 그녀는 어리둥절한 표정으로 그를 쳐다보며 말했다.

"당신 말대로 경이 아닌 사람이 없다면 다 기사였을 텐데 굳이 볼 필요가 있어?"

남자의 입술이 삐딱하게 올라갔다. 그는 빈정거리며 말했다.

"왜? 겁나신가 봐, 우리 기사님이."

아, 이건 알겠다. 세이레나는 드디어 그가 빈정거린다는 사실을 깨달았다.

그녀는 검에서 손을 떼고 말했다.

"기사의 실력을 보고 싶을 정도로 자신의 기사단 생활이 형편없었나 보지?"

뭐? 남자의 표정이 붉으락푸르락해졌다. 그와 동시에 모여 있던 남자들이 웃음을 터트렸다.

"보는 눈은 있네."

"맞는 말이지. 너 기사단에서 엉망이었잖아."

"아, 닥쳐!"

남자가 소리를 빽 질렀다. 확실히 그의 기사단 성적은 좋지 않다. 그만두고 나올 때 십 분단이었다.

하지만 그는 자신의 실력 정도면 이런 작은 여자쯤은 충분히 이길 수 있다고 생각했다.

게다가 기사단을 나간 뒤에도 꾸준하게 훈련하고 있다. 그의 실력은 기사단을 그만뒀을 때보다 더 나아졌을 것이다.

"검 들어, 헌터."

남자는 화가 나서 경칭도 생략하고 말했다.

세이레나는 그를 쳐다보며 담담하게 말했다.

"내가 검을 든다 해도 당신은 어쩌려고? 설마 내 검에 죽고 싶다는 뜻은 아니겠지?"

아, 맞다. 남자들은 자신들이 검이 없다는 것을 떠올렸다. 애초에 가지고 다니지 않는 자도 있지만 가지고 다녔다 해도 오늘 파티는 무기 소지 금지다.

"네년 정도면 나뭇가지로도 충분해."

말도 안 되는 소리에 세이레나는 픽 웃었다.

로딘도 움찔하고 나서려다 멈췄다. 그는 세이레나를 가둔 문이 뚫려 있던 것을 봤다.

하지만 그게 헌터 경의 짓이라는 증거는 없잖아?

로딘의 머릿속이 자신에게 편리한 쪽으로 굴러가기 시작했다.

"거절한다."

세이레나는 팔짱을 끼며 말했다. 마음 같아서는 검을 들어 저 멍청한 녀석의 나뭇가지와 함께 옷도 두 조각을 내 주고 싶지만 참았다.

허락받지 않은 대련은 금지다. 정확히 말하면 진검을 사용한 대련이 금지지만 세이레나는 아직 대련 그 자체가 금지라고 알고 있었다.

"왜? 실력이 안 돼서?"

세이레나가 거절하자 남자가 이죽거렸다.

그럴 리가. 세이레나는 픽 웃으며 입을 열었다. 하지만 그녀가 말하기 전에 유진이 나섰다.

"내가 상대하지."

뭐? 남자들의 시선이 유진을 향했다. 세이레나 역시 눈을 동그랗게 뜨고 그를 쳐다봤다.

"램버트 경, 네가 왜?"

로딘이 물었지만 유진은 아무 말도 하지 않았다. 이건 자신의 탓이다. 자신이 로딘과 그 패거리에게 말을 잘못한 탓이다. 그러니 그가 세이레나를 지켜야 한다.

유진은 그렇게 생각했다.

"아, 이 여기사가 램버트 경의 이건가 봐?"

남자는 유진과 세이레나의 얼굴을 번갈아 보더니 새끼손가락을 들어 보이며 말했다.

세이레나와 애쉬의 약혼은 사교계에 이미 공식적으로 알려졌다.

하지만 남자는 눈앞의 헌터 경이 그 헌터 경이라고는 생각하지 못하고 있었고 로딘은 알았지만 지적하지 않았다.

이거가 뭔데? 세이레나는 이해하지 못해서 눈을 동그랗게 떴고 유진은 얼굴을 붉혔다.

그게 아니다.

하지만 그가 그렇게 말하기 전에 남자가 "어라?" 하고 놀라더니 말했다.

"뭐야, 진짠가 본데?"

유진이 세이레나의 앞에 서 있는 탓에 그녀는 그의 얼굴을 보지 못했다. 그래서 세이레나는 남자가 뭘 보고 진짜라고 하는지 몰랐다.

"아니야!"

유진은 반사적으로 소리를 질렀다. 하지만 남자들은 재미있다는 듯 낄낄거렸고 그 소리에 놀란 건 세이레나뿐이었다.

"얼굴 좀 반반하다 싶더니 결국 남자한테 붙는 그렇고 그런 기사였나 봐?"

남자가 이죽이며 말했다. 그게 세이레나의 신경을 건드렸다. 아니, 그게 아니라. 유진은 뭐라도 덧붙이려 입을 열었다. 하지만 그와 동시에 그의 옆으로 바람이 불었다.

바람?

뒤는 벽밖에 없다. 세이레나와.

유진이 고개를 돌렸을 때 세이레나는 거기 없었다.

"다시 말해 봐."

남자의 눈이 부풀어 올랐다. 그는 꿀꺽 침을 삼키고 눈동자만 돌려 자신의 목젖을 겨눈 검 끝을 쳐다봤다.

못 봤다.

이 여기사가 검을 꺼내는 것을.

유진 옆으로 뛰어나오는 것은 봤다. 하지만 어느샌가 그녀의 검이 남자의 목을 겨누고 있었다.

"아, 아니, 난⋯⋯."

남자는 숨 쉬는 것도 잊고 말했다. 숨을 쉬었다간 검 끝이 목에 찔릴 것 같다.

그런 그의 모습을 세이레나는 냉정한 시선으로 쳐다보고 있었다. 정말로 그를 죽일 수도 있다는 표정에 남자는 소름이 돋았다.

이 여자 뭐야?

"말조심해."

세이레나는 그렇게 말하면서 물러났다. 검을 검집에 꽂는 것을 보며 남자는 안도의 한숨을 내쉬었다.

어, 뭐야? 뜻밖의 일에 놀라 굳어 있던 로딘과 에밀의 친구들도 시선을 교환하기 시작했다.

"야, 쫄았냐?"

에밀의 친구들이 낄낄대며 입을 열었다.

뭐야, 이 멍청이들은? 유진은 저도 모르게 눈살을 찌푸렸다. 뭐 이런 양아치 같은 놈들이 다 있지? 그는 로딘을 향해 말했다.

"바이트 경, 형과 친구들을 데리고 가는 게 어때?"

로딘은 에밀을 쳐다봤다. 그리고 에밀의 친구들도. 그럴 수 있다면 애초에 오지도 않았을 것이다.

"누구 마음대로 오라 가라야?"

세이레나에게 공격받던 남자가 울컥해서 소리쳤다. 그는 당장 세이레나에게 겁을 먹었다는 게 자존심 상했다.

본때를 보여 주지. 그는 그대로 세이레나를 향해 주먹을 휘둘렀다.

"헌터 경!"

유진의 고함이 울려 퍼졌다.

세이레나는 반사적으로 뒤로 물러나 남자의 공격을 피했다. 뭐 이런 놈이 다 있어? 세이레나는 그대로 다리를 뻗었다.

애쉬가 그녀에게 가르쳐 준 거였다. 공격을 받았으면 재빨리 반격해야 한다. 그렇지 않으면 상대가 다시 공격할 시간을 주게 된다.

남자의 공격은 빗나갔지만 세이레나의 공격은 아니었다. 허공에 주먹을 휘두르는 바람에 휘청한 남자의 몸이 낮아졌다. 세이레나는 그대로 그의 어깨를 걷어찼다.

"악!"

남자가 세이레나의 공격에 뒤로 넘어지자 남자들이 움찔했다. 뭐야? 그들은 서로 시선을 교환하더니 세이레나에게 달려들며 소리쳤다.

"너 죽을 줄 알아!"

"이 나쁜 년이!"

왜 이래? 세이레나는 당황해서 눈을 동그랗게 떴다.

그녀는 공격하길래 반격한 죄밖에 없다. 하지만 이미 세이레나가 마음에 들지 않는 저들이 그런 것까지 생각할 리가 없다.

세이레나는 반사적으로 검 손잡이에 손을 가져가다가 움찔했다. 맞다, 검을 사용하면 안 된다.

어쩌지?

"헌터 경!"

유진이 깜짝 놀라서 소리쳤다. 누군가 세이레나를 걷어차려 하고 있었다.

세이레나는 몸을 굴려 공격을 피했다. 그리고 다리를 뻗어 자신을 치려 했던 남자의 발목을 걷어찼다.

"악!"

콰당하고 남자가 넘어졌다. 그는 걷어차인 발목을 잡고 끙끙댔다. 이쯤하고 물러나면 좋을 텐데. 친구가 끙끙대는 것을 본 에밀이 덤벼들었다.

아, 맙소사. 세이레나는 한숨을 내쉬었고 유진이 끼어들었다.

"그만둬!"

유진은 에밀과 로딘을 향해 소리쳤다. 하지만 그만두라고 해서 그만뒀다면 싸움이 일어날 리가 없다. 로딘은 유진의 턱을 주먹으로 후려치며 소리쳤다.

"닥쳐, 이 배신자야!"

로딘의 주먹이 유진의 턱에 꽂혔다.

윽. 유진은 예상하지 못한 공격에 비틀거렸다. 그사이 세이레나는 뒤로 물러나면서 벽을 한 번 차고 그 반동으로 맞은편 남자를 걷어찼다. "퍽!" 하는 큰 소리와 함께 남자가 비명을 질렀다.

"으아악!"

남자의 어깨를 걷어찬 세이레나의 몸이 가볍게 바닥에 안착했다. 상대는 여섯. 이쪽은 둘.

세이레나는 로딘과 뒤엉켜 싸우는 유진을 보고 계산을 다시 했다. 이쪽은 하나. 상대는 넷.

에밀이 그래도 형이라고 동생을 구하려는지 유진의 귀를 잡아당기고 있었다.

"이 미친년!"

그런 욕은 상관없다. 세이레나는 픽 웃었다. 미친년 따위로는 이제 화도 나지 않는다. 그녀는 몸을 낮춰 남자의 주먹을 피하며 말했다.

"미친년 무서워서 우르르 몰려온 주제에."

남자들의 얼굴이 달아올랐다. 이년, 진짜 가만두지 않을 거야!

하지만 그보다 먼저 세이레나의 주먹이 남자의 턱을 강타했다. 퍽 하고 절묘하게 맞은 주먹에 남자의 눈앞이 흔들렸다.

*　　　*　　　*

"애쉬."

어느 백작과 이야기 하고 있던 애쉬에게 데니스가 다가왔다.

무슨 일이야? 눈빛만으로 묻는 그에게 데니스가 속삭였다.

"헌터 경이 근무하는 쪽에서 소란이 벌어졌어."

다른 일이었다면 데니스 선에서 처리했을 거다. 하지만 소란이 일어난 장소를 알자마자 그는 애쉬에게 알려야겠다고 생각했다.

데니스의 예상대로 애쉬는 그의 말을 듣자마자 이야기하던 백작에게 잠시 실례한다는 말을 끝으로 몸을 돌렸다.

"무슨 일인지는 모르고?"

"싸움이 벌어진 거 같다는데 거기 헌터 경이 얽혀 있는지는 아직 몰라."

거기까진 확인 못 했다. 다만 그는 소란스럽다는 제보를 들었을 뿐이다. 때리고 맞는 소리, 신음이 들린다고 했다. 거기에 세이레나가 얽혀 있는지는 아직 모른다.

하지만 애쉬는 세이레나가 분명 소란의 한가운데에 있을 거라고 생각했다. 그의 걸음 속도가 빨라졌다.

"너, 이……!"

남자가 세이레나의 뺨을 때리려 했다. 하지만 그녀는 몸을 틀어 남자의 손을 피했다.

멍청한 남자네. 세이레나는 그렇게 생각했다. 공격하면서 저렇게 몸을 크게 벌리는 건 좋지 않다. 남자의 어깨가 서로 반대편을 향하고 있어서 세이레나가 접근하기 쉬워 보였다.

"이렇게 해야지."

그녀는 그대로 남자의 팔 안쪽으로 들어가 그의 뺨을 가볍게 툭 치고 나왔다.

남자의 얼굴이 벌게졌다. 열 받는다.

세이레나는 아까부터 이런 식이었다. 누군가 그녀를 공격하면 그 공격을 피한 뒤 상대방을 상태 불능으로 만드는 게 아니라 가벼운 공격을 가했다. 특히 얼굴이나 손처럼 보이는 곳은 절대 티가 나지 않도록 때렸다. 그건 그녀가 돌아오기 전 삶에서 배운 것이기도 했다.

대부분의 사람은 보이지 않는 곳에서 일어나는 일에 대해서는 무관심하다. 옷으로 가려지는 신체의 상처는 아무도 모른다. 오히려 그런 게 있으리라고는 생각하지도 못한다.

마치 왕비의 흉터처럼.

"나쁜 년!"

남자의 고함을 들으며 세이레나는 머리카락을 잘라서 잘됐다고 생각했다. 저들은 몇 번이나 그녀의 머리카락을 움켜쥐려 했지만 번번이 놓쳤다.

왜 남자들은 여자의 머리카락을 잡아당기려고 하는 걸까. 소소한 의문을 품으며 세이레나가 남자의 발을 세게 밟고 뒤로 물러났을 때였다.

"아아악!!"

"너 죽을 줄 알아!"

에밀이 주워 든 나뭇가지를 쳐들었다. 그걸로 세이레나를 내려치려는 순간이었다.

"그만."

낯익은 목소리에 세이레나의 고개가 돌아갔다.

애쉬가 왔다.

세이레나는 눈을 동그랗게 떴다. 그리고 그 순간 애쉬가 그녀에게 달려들었다. "픽!" 하고 나뭇가지가 애쉬의 옆구리를 때리고 지나갔다.

"애쉬!"

"애쉬!"

데니스와 세이레나가 동시에 그의 이름을 불렀다.

맙소사! 본의 아니게 애쉬를 때리게 된 에밀은 자신이 한 짓을 깨닫고 창백하게 질렸다.

죽었다. 에밀은 애쉬를 알아봤다. 귀족 중에 기사단장의 얼굴을 모르는 사람이 오히려 적을 것이다. 그는 나뭇가지를 툭 떨어트리더니 뒤로 슬금슬금 물러나기 시작했다.

애쉬 역시 에밀이 자신을 알아봤다는 것을 알았다. 그렇다면 세이레나와 자신의 관계도 알았을 것이다.

"반역인가?"

애쉬는 자신의 생각보다 더 냉정하게 말했다. 세이레나는 그의 약혼자다. 기사단장의 약혼자를 공격하려 했단 말이지? 그는 이들이 상상도 하지 못할 정도로 멍청한 건지 죽음을 불사할 정도로 세이레나를 싫어하는 건지 궁금했다.

아마 전자일 것이다. 기사단은 작위가 아니라 실력으로 분단을 나누니까 이런 식으로 착각하는 멍청이들이 있다.

"바, 반역?"

로딘이 당황해서 소리쳤다.

로딘 바이트 경. 애쉬의 눈이 가늘어졌다. 그의 시선이 세이레나를 때리려던 남자를 향했다. 저건 에밀 바이트 경. 바이트가의 두 형제가 여기 와 있었다.

"바이트가는 왕궁에 반역을 저지르려 한 모양이군."

"네에?"

에밀이 깜짝 놀라 도망치려는 것도 잊고 물었다.

애쉬는 세이레나의 얼굴을 살피고 그녀가 다치지 않았는지 확인했다. 하지만 세이레나는 그것보다 애쉬의 옆구리가 걱정됐다.

"괜찮아요?"

내가 할 말인데. 애쉬는 쓰게 웃었다. 험한 일을 당한 건 그가 아니라 세이레나다. 그는 대답 대신 물었다.

"괜찮아?"

다친 데는 없어 보인다. 하지만 나뭇가지로 때리려는 걸 봤으니 몸 어딘가에 멍이 들지 않았으리라는 보장이 없다. 어쩌면 뼈가 부러졌을지도 모른다.

애쉬의 시선이 넘어진 남자들을 향했다. 남자 일곱이 여자 하나를 공격했다.

유진은 세이레나를 도우려는 편이었지만 평소 로딘과 어울리는 걸 봤기 때문에 애쉬와 데니스는 그가 세이레나를 도우려 했다고는 생각하지 못했다.

"데니스, 다 끌고 가. 감히 왕궁에 반역을 꾀한 자들이니 내가 직접 심문하지."

싸늘한 목소리에 넘어진 남자들이 일어날 생각도 하지 못한 채 몸을 떨었다.

하지만 에밀이 소리쳤다.

"바, 반역이라뇨! 저흰 그저……."

그저? 애쉬의 한쪽 눈썹이 올라갔다.

에밀은 주위를 두리번거리다가 자신이 떨어트린 나뭇가지를 발견하고 그것을 집어 들었다.

"대, 대련 중이었습니다!"

대련 중? 세이레나의 미간에 주름이 생겼다. 그래 봤자 그거 금지일 텐데?

하지만 대련 자체는 금지가 아니다. 진검 대련이 금지지.

그 사실을 모르는 세이레나에게도 에밀의 변명은 말도 안 되게 느껴졌다. 그리고 그건 애쉬에게도 마찬가지였다.

"대련이라."

애쉬는 세이레나를 놓고 물러나며 말했다. 그때까지도 그는 세이레나를 끌어안고 있었다.

"누구와 누가 했다는 거지?"

"당연히 저와 저기, 헌터 경이죠."

에밀은 이것 보라는 듯 나뭇가지를 들어 올리며 씩 웃었다. 그는 예전에도 비슷한 짓을 한 적이 있다. 막 기사단에 들어왔을 때.

귀하게 자란 귀족 아이들이 열세 살이 되면 페이지로 들어오면 별일이 다 있기 마련이다.

여러 명이 한 명을 때리는 경우도 심상치 않게 벌어진다. 그러다가 단장에게 걸리면 에밀은 대련 중이라고 둘러대곤 했다.

이번에도 마찬가지다. 대련은 금지가 아니고 훈련의 일환이다. 오히려 근무 중에 대련한 헌터 경만 혼나겠지.

에밀은 그렇게 생각했다.

"미친……."

세이레나가 울컥해서 소리치려 했다. 하지만 애쉬는 재빨리 그녀의 입을 막고 말했다.

"대련이라면 어쩔 수 없지. 근무 중 대련이니 헌터 경만 혼나야겠군. 그렇지?"

애쉬의 손에 입이 막힌 채로 세이레나는 눈동자만 굴려 그를 노려봤다.

진심이야? 그녀의 시선에 애쉬는 씩 웃었다.

"헌터 경을 너무 혼내지는 마세요."

에밀은 비열하게 웃으며 말했다.

빌어먹을 자식! 속으로 욕을 하는 세이레나와 달리 애쉬는 느긋하게 웃으며 물었다.

"그럼, 헌터 경이 사용한 검은 어디 있지?"

엇. 에밀이 움찔했다. 그는 그제야 애쉬의 미소가 싸늘하다는 것을 깨달았다.

"이상하군, 안 그래? 대련이라면 둘 다 검을 들고 있어야 하는데 바이트 경은 나뭇가지를 들고 있었다 치면, 여기 헌터 경은 대체 뭘 들고 있었던 거지?"

와. 세이레나는 자신이 검을 꺼내지 않은 것을 다행이라고 생각했다.

그녀는 싸움 중간부터는 이게 더 이상 소란 없이 끝나지 않을 것이라는 것을 깨닫긴 했다. 에밀이 핑계 댄 대련이 아니라 공격이라면 검을 뽑아도 된다. 하지만 정신이 없어서 검을 뽑을 수가 없었다.

그게 세이레나를 구했다.

"게다가 설령 대련이라고 해도, 왕궁 파티의 경비를 서는 기사에게 와서 대련을 한다?"

분위기가 싸늘하게 얼어붙었다.

세이레나는 저도 모르게 하늘을 올려다봤다. 눈 오려는 거 아니야?

"왕궁 경비 중인 기사를 공격하고 대련이라고 거짓말까지? 이건 아무리 봐도 반역이지."

데니스가 끼어들었다. 그는 애쉬가 이 녀석들에게 겁을 주려한다고 생각했다.

헌터 경을 공격하긴 했지만 검을 들고 있진 않았다. 반역으로 처리되진 않을 거다. 하지만 경비 중인 기사에게 린치를 가했으니 왕궁 보안을 무너트리려 한 죄로 혼이 나겠지.

"데니스, 반역자들을 전부 끌고 가."

애쉬의 말에 데니스가 손짓했다. 그의 신호에 따라 기사들이 넘어진 남자들을 붙잡았다.

"잠깐, 잠깐만! 반역이 아니라!"

세이레나를 제일 처음 공격하려 한 남자가 소리쳤지만 소용없었다.

데니스는 어이없다는 듯 말했다.

"왕궁 건물을 지키는 기사 공격해 놓고 반역이 아니라니, 무슨 소리야?"

멍청한 놈들이군. 애쉬와 데니스의 시선이 부딪쳤다. 고개를 절레절레 흔드는 데니스에게 뒷일을 맡긴 애쉬는 다시 세이레나에게 돌아섰다.

"다친 곳은?"

애쉬가 짧게 물었다. 어디 부러지거나 피가 나는 건 없는지 허락만 된다면 그녀의 몸을 더듬어 확인하고 싶다는 표정이다.

없다. 세이레나는 걱정스러운 표정으로 그녀를 내려다보는 애쉬를 보고 픽 웃었다. 부러진 곳도 없고 피 나는 것도 없다.

오히려 그녀를 공격한 녀석들이 어디가 부러지거나 피가 날 것이다.

"없어요."

세이레나는 옷을 털며 말했다. 남자들과 싸우느라 여기저기 흙이 묻긴 했다. 하지만 다친 곳은 없었다.

"별일 없어서 다행이야."

애쉬의 말에 세이레나는 빙그레 웃었다. 검이 없어서 조금 힘들긴 했다. 몬스터처럼 검으로 베거나 썰 수가 없으니까. 하지만 어쨌든 해냈다. 남자 넷을 상대로 싸움에서 이겼다는 생각에 세이레나의 기분이 좋아졌다.

"당신 덕분이에요."

"나?"

애쉬가 무슨 소리냐는 표정을 지었다. 세이레나는 그를 올려다보며 솔직하게 말했다.

"전에 공격받으면 바로 반격하라고 했잖아요."

그 덕분에 무사할 수 있었다.

남을 때리는 것을 머뭇거리지 마라, 너를 공격한 이상 저쪽은 네가 다치기를 원하는 거다. 그게 도움이 되었다.

그렇군. 애쉬도 빙그레 웃었다. 도움이 되어서 다행이다. 그때 데니스가 끼어들었다.

"두 분 다정하게 이야기하는 걸 방해해서 미안한데……."

다정하게? 세이레나는 눈을 동그랗게 떴고 애쉬는 무슨 일이냐는 듯 그에게 돌아섰다.

데니스가 한쪽에 서 있는 유진을 가리키며 말했다.

"저 녀석이 자기는 헌터 경을 공격한 게 아니라고 하는데?"

"맞아요!"

잊고 있었다! 하마터면 큰일 날 뻔했다. 세이레나는 데니스에게 말했다.

"절 도와줬어요!"

"아, 그럼 반역자가 아닌 거지?"

엄청난 단어를 농담처럼 입에 올린 데니스가 알겠다는 듯 돌아섰다. 그가 유진을 지키고 있던 기사들에게 풀어 주라고 하자 유진이 머리를 긁적이며 다가왔다.

진짜로 끌려갈 줄 알았다.

어차피 그가 에밀과 로딘을 상대로 싸웠으니 곧 상황 파악이 됐을 테지만 세이레나가 말을 해 줘서 끌려가지 않고 해결됐다.

"도와줘서 고마워."

세이레나가 먼저 말했다. 원하던 도움은 아니지만 어쨌든 도움받았다. 유진은 세이레나의 인사에 눈을 동그랗게 뜨더니 얼굴을 붉히며 말했다.

"아, 아니, 난 그냥. 모른 척 갈 수가 없어서."

"그래. 어쨌든 도와줬잖아. 고마워."

세이레나의 인사에 유진은 머리를 긁적였다.

이놈 봐라? 데니스의 시선이 유진에게서 애쉬를 향했다. 과연, 애쉬는 눈을 가늘게 뜨고 유진을 쳐다보고 있었다.

"이제 빚은 없는 거지?"

갑자기 세이레나가 물었다.

응? 모여 있던 세 사람의 얼굴에 의문이 떠올랐다. 무슨 빚?

유진도 모르겠다는 표정이라 세이레나는 다시 말했다.

"네가 나한테 빚이 있다며. 이걸로 그러니까……."

뭐라고 하더라? 예전에 쓰던 건데.

세이레나는 그녀가 왕궁으로 들어가기 전에 모아나와 사용했던 말을 떠올렸다.

"퉁 친 거지?"

유진의 표정이 일그러졌다. 그게 아니다. 그는 빚을 갚으려고 도왔던 게 아니었다. 하지만 세이레나의 앞에서 차마 그게 아니라고는 말할 수 없었다.

"어, 어. 그렇지."

"잘됐다."

세이레나는 진심으로 다행이라고 생각하고 있었다. 유진은 홀가분해졌으니 좋고 그녀는 그가 그녀를 귀찮게 하지 않으니 좋고.

둘 다 좋으니까 된 거 아닌가?

그런 그녀의 태도에 애쉬와 데니스가 웃음을 터트렸다.

9

과한 선물

"애쉬."

기사단 건물 안으로 들어서는 애쉬에게 데니스가 기다렸다는 듯 다가왔다.

일이 많아서 어제도 늦게 퇴근했다. 애쉬는 피곤한 얼굴을 문지르며 그를 쳐다봤다.

"좋은 아침."

얼굴은 전혀 좋은 아침이 아니다. 밤늦게 퇴근하고 이렇게 이른 아침에 출근하면 누구라도 지칠 것이다. 게다가 대체 며칠째지? 데니스는 왕궁 파티 날로부터 날짜를 셌다.

일주일. 딱 일주일째다.

"잠은 제대로 자고 있어?"

친구의 걱정 어린 말에 애쉬는 씩 웃었다. 잠은 제대로 자고 있다. 일이 많아서 지치는 것뿐이다. 그리고 그날 이후로 세이레나를 제대로 보지 못했다는 것도 그의 기분을 묘하게 가라앉혔다.

어떻게 지내고 있을까. 애쉬의 머릿속에 세이레나를 향한 걱정이 떠올랐다. 그런 일을 당하고 집으로 돌아갔으니 걱정되지 않을 수가 없다.

"무슨 일이야?"

애쉬의 대답이 아닌 질문에 데니스는 한쪽 눈썹을 들어 올렸지만 곧 포기하고 말했다.

"바이트 경과 그 패거리들 말이야."

패거리들?

애쉬의 한쪽 눈썹이 올라갔다. 그 표정에 데니스는 '뭐가 어때서?'란 표정을 짓더니 말을 이었다.

"진짜 반역으로 처벌 요청할 거야?"

"반역이잖아."

"아, 쫌."

데니스의 입에서 한숨이 새어 나왔다. 그 녀석들이 멍청한 짓을 하긴 했다. 왕궁 파티를 경비하는 기사를 공격하는 건 보통 멍청한 짓이 아니긴 하다. 하지만 그걸 반역이라고 하는 건 너무 과하다.

그는 애쉬의 눈치를 살폈다. 그의 상사는 정말로 화났다.

애쉬의 태도에는 변화가 없었지만, 데니스는 그가 바이트 형제와 그 패거리들을 반역으로 보고하겠다는 점에서 얼마나 화가 났는지 깨달았다.

썰렁한 복도로 한 무리의 기사가 지나갔다.

"단장님."

가장 선두에 있던 기사가 인사를 건네자 애쉬는 가볍게 고개를 끄덕였다.

기사는 이어서 데니스에게도 인사를 건넸다.

"부단장님."

데니스 역시 고개를 끄덕해 보였다.

오 분단 분단장이다. 그의 뒤로 오 분단 기사들이 걸어오고 있었다. 브리핑을 마치고 근무지로 가는 모양이군. 데니스는 기사들을 보며 생각했다.

오 분단이 이번 주 어디 근무더라?

"단장님, 부단장님."

익숙한 목소리가 인사를 건넸다.

짧은 금발을 흔들며 세이레나가 다가오고 있었다. 정확하게 말하면 두 사람을 지나가는 거지만.

데니스는 반사적으로 애쉬를 쳐다봤다. 애쉬가 세이레나를 향해 인사를 건넸다.

"안녕, 레나."

세이레나가 잠깐 머뭇거리더니 곧 가볍게 고개를 꾸벅하고 지나갔다. 하지만 데니스는 봤다. 애쉬의 표정이 부드럽게 풀리는 것을. 방금 전까지만 해도 무표정이었던 얼굴이 마치 봄이 오는 것처럼 부드러워졌다. 칠흑같이 검은 눈동자에 따듯한 열기가 어렸다.

뭐 이런 놈이 다 있어? 데니스는 움찔하고 물러났다. 그는 지금까지 애쉬가 이 정도로 변화를 보이는 것을 처음 봤다.

"야, 너 표정 끝내준다."

세이레나가 지나간 뒤 데니스는 떨떠름하게 말했다. 재작년에 어느 영애가 애쉬에게 한 번만 웃어 주면 안 되냐고 애원하던 게 떠올랐다.

그건 확실히 애원이었다. 한 번만 자기를 향해 미소를 보여 주면 소원이 없겠다고 했으니까.

그리고 작년, 어느 부인이 애인이 싫다면 춤 한 번만 추면 안 되냐고 했었지.

그 외에도 몇 번 더.

일화를 떠올리는 데니스에게 애쉬가 어리둥절한 표정으로 물었다.

"무슨 표정?"

"방금 웃은 거 말이야."

"내가?"

아니, 안 웃었는데.

애쉬는 손을 들어 자기 얼굴을 만졌다. 웃은 적 없다. 그는 그냥 세이레나를 보고 인사를 건넸을 뿐이다.

그런 애쉬의 반응에 데니스는 저도 모르게 입을 딱 벌렸다.

본인은 안 웃었다는데 데니스가 보기엔 확실히 표정이 풀어졌었다. 그 말은 애쉬 그레이윈드는 세이레나 헌터만 보면 저도 모르게 표정이 풀어진다는 말이다.

"이 꼴을 작년과 재작년 여자들이 봤어야 하는데."

데니스의 탄식에 애쉬는 무슨 소리냐는 듯 그를 돌아봤다.

아니야, 아무것도. 데니스는 손을 저어 보이며 말했다.

"그보다, 바이트 형제한테 반역은 너무 심한 거 같은데."

또 그 소린가. 애쉬의 한쪽 눈썹이 올라갔다.

"안 심해."

"아, 물론. 그 멍청이들이 멍청한 짓을 했지. 감옥에 갇혀서 두 달 정도 고생할 짓을 하긴 했어. 하지만 두 달 정도 고생하는 거랑 반역은 다르잖아."

반역은 삼대가 멸족이다.

바이트 형제와 그 부모, 그리고 그 자식이 있다면 자식까지 사형이다. 물론, 형제만 사형에 부모와 자식은 감옥에 갇히거나 추방되기도 한다. 그리고 그 가문 사람들은 작위가 박탈되고 평민이 된다. 그건 너무 과하다.

데니스는 그 지점을 지적하고 있었다.

"그냥 근무 중인 왕궁 기사를 공격했다면 모르지만 레나는 파티가 열리는 왕궁 건물을 지키고 있었잖아."

그러니 반역이라는 거다. 하지만 데니스는 고개를 저으며 말했다.

"그 건물 안에 왕족이 있었다면 그렇겠지. 하지만 그분들 떠나신 지 몇 시간이나 지난 다음이었다고."

애쉬의 미간에 주름이 생겼다. 그래서 봐주라고? 그는 혼자 남자 여섯 명과 싸우던 세이레나를 떠올렸다. 절대 용서할 수 없다.

"레나는 내 약혼자야."

애쉬가 나직하게 말했다.

안다. 데니스는 한숨을 내쉬며 말했다.

"알아. 약혼자가 공격당해서 기분 나쁜 거. 하지만 반역은 아니라는 거지."

"아니."

데니스는 애쉬의 말을 잘못 이해하고 있었다. 애쉬는 씩 웃으며 다시 말했다.

"레나는 내 약혼자야. 나는 왕족이지."

데니스의 눈이 동그래졌다. 그와 동시에 입도 딱 벌어졌다. 이 미친놈이? 그는 어이가 없어서 소리쳤다.

"너 미쳤냐?"

그는 애쉬를 알고 지내면서 한 번도 그가 자신이 왕족이라고 말하거나 행동하는 것을 본 적이 없다.

애쉬 그레이윈드. 왕족이긴 하다. 그의 아버지가 왕의 동생이었으니까.

하지만 애쉬는 그걸 그리 달가워하지 않았다. 왕에게 위협적으로 보이지 않도록 늘 조용히, 기분이나 표정 변화를 드러내지 않고 지냈다. 그런다고 존재감이 지워질 남자는 아니지만. 그랬던 남자가 이제 와서 자신의 권리를 이용하겠다고? 그것도 케케묵은걸?

데니스는 어이가 없어서 고개를 절레절레 흔들었다.

미쳤다. 미쳤어, 그레이윈드.

"그래서? 이제와서 네가 왕족이니 너와 약혼한 헌터 경도 왕족이라고 우기려고?"

말도 안 되는 소리다. 아직 결혼도 안 했는데 무슨 왕족이란 말인가. 게다가 애쉬의 왕족이라는 권리는 애쉬까지만이다. 그가 자식을 낳으면 그 자식은 그냥 귀족이 된다.

뿐만이랴? 이 왕자가 그레이윈드 공작이 될 테니 애쉬의 자식부터는 공작이 아니라 후작이 된다.

"글쎄."

애쉬는 어깨를 으쓱하며 걸음을 멈췄다. 어느새 두 사람의 기사단장의 사무실 앞에 와 있었다.

"와, 애쉬 그레이윈드."

데니스는 어이없다는 듯 신음을 흘렸다. 결혼하고 나서 배우자에게 반하는 귀족은 몇 명 봤다. 결혼 후 정부에게 푹 빠져 사달라는 대로 재정이 파탄 나도록 사 주는 멍청한 귀족도 봤다.

하지만 그는 자신의 친구가 그렇게 될 거라고는 생각도 못 했다.

그런 친구의 반응에 애쉬는 픽 웃었다. 그는 자신의 사무실 문을 열며 말했다.

"농담이야."

데니스는 그대로 얼어붙었다. 저 미친놈이 지금 뭐라고? 그는 그의 뒤를 따라 들어가며 물었다.

"농담이라고?"

"그래."

그 정도로 화가 났다는 거지 실제로 그렇게 하겠다는 건 아니다.

반역이 그렇게 쉽게 뒤집어씌울 수 있는 것도 아니고 왕자를 죽이려 했던 거라면 모를까 고작 왕궁 기사를 공격했다는 걸로 반역죄를 씌울 수는 없다.

게다가 아무리 그레이윈드 공작이라고 해도 바이트 백작가와 함께 잡힌 남자들의 집안에서 "네, 알겠습니다." 하고 반역죄를 받아들일 리도 없다.

반역은 삼대가 멸족. 그들은 분명 애쉬와 세이레나의 흠집을 내려 할 것이다. 그렇지 않으면 자신들이 죽을 테니까.

"어떤 벌을 줘야 할지 고민 중이야."

애쉬의 말에 데니스는 고개를 저었다. 그렇겠지. 분명 애쉬는 가장 센 벌을 받게 하려 할 것이다.

"어, 헌터 경."

그날 점심, 데니스는 점심 식사를 하러 가는 세이레나를 발견하고 손을 들어 보였다.

"안녕하세요."

세이레나가 덤덤하게 인사를 건넸다.

확실히 미인이긴 하다. 아니, 엄청난 미인이다. 기사치고는 작고 가느다란 몸에 새하얀 얼굴. 그리고 커다란 자수정 같은 눈동자.

세이레나는 객관적으로도 주관적으로도 미인이었다. 그리고 기사로 보이지 않는다. 이렇게 작고 가느다란 몸으로 전투 중에 날아다닐 거라 생각할 수 있는 사람이 누가 있을까. 아마 타인머스로 한정하면 그녀가 가장 아름다울 것이다. 다른 나라는 안 가 봐서 모르겠지만. 데니스는 그렇게 생각을 덧붙이며 말했다.

"조만간 그 머리, 유행할 것 같던데."

"머리요?"

세이레나가 무슨 소린지 모르겠다는 표정을 지었다.

응? 데니스는 고개를 갸웃하며 말했다.

"헌터 경의 그 짧은 머리 말이야. 단발이라고 하나, 숏커트라고 하나. 그거, 조만간 유행할 거라고."

"아, 그래요? 운 좋게 유행을 탔네요."

아니야, 아니라고! 데니스는 욱해서 말하려다 멈췄다. 헌터 경이 유행을 탄 게 아니라 유행을 선도하는 거다. 하지만 세이레나는 전혀 모르는 표정이었다.

신기한 사람이다.

데니스는 곧 그녀가 자신이 얼마나 미인인지 모르는 것처럼 보인다는 것을 깨달았다.

이상한 일이다. 작년의 세이레나 헌터 경은 자신이 예쁘다는 걸 알았다. 소심하긴 했어도 긴 금발을 공들여 가꾸고 꾸미는 걸 좋아했다. 수줍음이 있는 건 애쉬 앞이라 그렇다는 걸 데니스는 알고 있었다.

하지만 지금의 세이레나 헌터는 마치 자신이 아름다운 것을 모르는 것처럼 보였다. 혹은 부인하거나.

신기한 일이군. 그는 턱을 쓰다듬으며 세이레나를 쳐다봤다. 갑자기 사람이 이렇게 확 달라지기도 하나?

"무슨 일 있었어?"

데니스의 질문에 세이레나는 무슨 소리냐는 듯 그를 쳐다봤다.

무슨 일이냐니? 그녀는 조용히 말했다.

"부모님이 돌아가신 걸 말씀하시는 건 아니겠죠?"

그건 아니겠지. 데니스는 헌터 백작 부부의 추모식에도 왔다.

데니스는 세이레나의 말에 머리를 긁적이며 말했다.

"뭔가 달라져서."

그게 그렇게 티가 나나? 세이레나는 애써 아무렇지 않은 척하며 생각했다.

애쉬도 그랬다. 뭔가 숨기는 게 있냐고. 모아나도 그녀에게 뭔가가 달라졌다고 했다. 그녀는 최대한 예전의 세이레나로 행동하고 있지만 그게 아닌 모양이다.

단어 한 방울, 행동 한 조각. 사소한 것이 그녀의 변화를 사람들 앞에 드러났다.

말을 덜해야겠군. 그렇게 생각하며 세이레나는 데니스에게 말했다.

"사람이 살다 보면 달라질 수도 있겠죠."

"그렇긴 한데."

데니스는 머리를 긁적이다 생각났다는 듯 말했다.

"아, 맞다. 헌터 경을 공격한 그 멍청이들 말이야."

"네."

그 멍청이들이 누군지 안다.

세이레나가 안다는 표정을 짓자 데니스가 말을 이었다.

"아마 크게 벌 받을 거야. 애쉬는 반역까지 생각한 모양이지만."

"반역이요?"

세이레나의 눈이 동그래졌다. 그녀도 그날 밤 애쉬가 반역 운운한 건 안다. 하지만 그녀는 그가 그저 겁주려고 말한 거라고 생각했다.

"헌터 경도 그 멍청이들한테 공격당했으니 썩 좋은 기분은 아닐 테지만, 그 건물에는 폐하도 안 계셔서 반역까지는 무리일 거야. 왕자님 한 분이라도 있었다면 또 모르지만."

동의를 구하는 데니스의 말에서 세이레나는 아무 말도 하지
않았다. 돌아오기 전에 그녀가 감옥에 가고 재판을 받은 이유가
떠올랐다.

일 왕자와 손을 잡고 이 왕자를 죽이려 한 죄. 감옥에서 억울
하다고 소리 지르는 그녀에게 게일이 찾아와서 말했다.

"반역자 주제에 시끄럽다."

반역이라고?

그때는 반역이라는 말에 그대로 기절했다. 그리고 정신이 들
자마자 죽을 거라는 것을 직감하고 좌절한 채 울었다. 그 상황
까지도 세이레나는 숙부의 말을 의심하지 않았다.

아니, 의심할 의지가 없었다.

모든 것은 숙부의 말대로 진행되었으니까.

세이레나는 멍청했던 자신을 떠올리고 입술을 깨물었다.

왕이 죽은 뒤 정무는 일 왕자가 보고 있었다. 이 왕자도 일 왕
자를 돕고 있었다고는 하지만 어디까지나 이 나라는 장자가 왕
이 된다.

물론 일 왕자가 아직 왕이 된 건 아니었지만 일 왕자와 세이레
나가 손을 잡아 이 왕자를 죽이려 한 게 어째서 반역이 되지?

"애쉬도 헌터 경만큼이나 그 녀석들에게 화났더라고."

데니스는 세이레나의 표정이 좋지 않자 재빨리 말했다. 에이, 괜히 말했나. 그는 후회 비슷한 것을 하며 말을 이었다.

"하지만 반역이 보통 죄도 아니고. 안 그래? 삼대가 멸족인데."

"아, 뭐. 네. 그렇죠."

세이레나는 애써 기억에서 벗어나 대충 대답했다. 배고팠는데 식욕이 싹 가셨다. 그녀는 돌아오기 전 자신의 인생에서 있었던 음모의 배후에 게일이 있다고 생각했다. 그가 모든 것을 꾸민 것이라고, 일 왕자와 그녀가 내통했다는 증거를 만들고 이 왕자를 공격해서 세이레나를 죽이려 한 거라 생각했다.

그때는 그렇게 생각했다.

감옥에 갇힌 채 모욕적인 대접과 비참한 감정에 허덕이느라 무엇 하나 곰곰이 생각할 겨를이 없었다.

그녀가 생각한 건 오직 하나.

왕비가 되기 전으로 돌아갔으면. 숙부가 오기 전으로 돌아간다면.

의미 없는 가정이었지만 괴로운 현실 속에서 그녀가 제정신을 유지하게 해 줄 희망이 되어 주었다.

그리고 그 희망을 이루기 위해 세이레나는 마법사에게 영혼을 팔기로 결심했다.

"어, 식사 시간인데 오래 잡아서 미안하네."

데니스는 그렇게 말하고 돌아섰다. 아, 괜히 말했나. 그는 머리를 긁적이며 식당으로 향했다.

대화하는 동안 세이레나의 표정이 좋지 않았다. 그게 못내 마음에 걸렸다.

점심을 거르고 근무지로 돌아온 세이레나는 입술을 깨물며 생각에 잠겼다.

왕비의 사고는 그녀가 아는 대로였다. 사고가 일어날 뻔했고 그걸 그녀가 막았다. 하지만 바로 이어서 왕비를 살해하려는 시도가 있었다.

누군가 왕비를 죽이려는 사람이 있는 거다. 그리고 세이레나에게 보호받을 때 왕비의 태도…… 왕도 이걸 동의한 거냐고 물었다.

그 말은…….

"그놈은 범인이 아니라는 거겠지."

왕비를 죽이려는 건 왕이 아니라는 뜻이다. 그럼 누구지?

왕비가 죽어서 이득을 얻을 사람은 없다. 굳이 따지면 일 왕자 정도겠지만 그것도 억지일 것이다.

"이 왕자, 는 말이 안 되고."

자기 어머니를 죽일 이유가 없다. 그가 왕이 되고 싶다면 더더욱.

세이레나는 그녀의 두 번째 양아들이었던 이 왕자를 떠올렸다.

브리츠 타인머스. 아드리아나와 결혼한 이 왕자.

일 왕자는 세이레나와 손잡고 이 왕자를 죽이려 했다는 죄목으로 감옥에 갇혔다. 그리고 사형을 당했겠지. 그녀와 마찬가지로. 그렇다면 왕위는 이 왕자에게 돌아갔을 것이다.

만약 일 왕자가 왕이 되었다면 어땠을까. 아니, 왕이 죽기 전이었다면?

세이레나의 머릿속이 복잡해졌다.

"이젠 상관없는 일이야."

고개를 저어 생각을 쫓아내려 했다.

왕비는 죽지 않았다. 그리고 그녀는 애쉬와 약혼했다. 그러니 그녀가 겪은 일은 일어나지 않을 것이다. 하지만 또 다른 생각이 머리를 들고 일어났다.

너만 안전하면 되는 거야? 다른 사람은?

만약 이 왕자와 게일이 손을 잡고 음모를 꾸민 거라면 일 왕자는 억울한 누명을 쓰고 사형을 기다린 게 된다.

세이레나처럼.

그리고 왕비님.

세이레나의 생각이 왕비로 향했다. 겁에 질린 모습과 손목의 상처를 허둥지둥 감추던 모습이 연달아 떠올랐다.

너만 안전하면 돼?

그 지옥에서 너만 벗어나면 되는 거야?

죄책감이 세이레나의 가슴에 얼룩지기 시작했다.

＊　　＊　　＊

"헌터 경, 있어?"

애쉬는 오 분단의 근무가 끝나자마자 오 분단 대기실을 찾았다. 점심시간에 먹을 것을 사러 갔던 데니스가 돌아와서 자기가 괜한 말을 한 것 같다고 했기 때문이다. 별다른 이야기는 아니었다.

세이레나를 공격했던 남자들이 벌을 받지만 그게 반역죄는 아니라는 이야기였다고 했다. 그런데 그 이야기를 할 때 세이레나의 표정이 좋지 않았다는 말에 애쉬는 신경이 쓰였다. 그럴 리는 없지만 혹시 자기를 공격한 남자들이 반역죄로 벌을 받길 원했던 걸까.

"어, 단장님."

퇴근 준비를 하던 유진이 상사를 보고 움찔하고 말했다.

"헌터 경이라면 이미 퇴근했습니다."

세이레나는 밤 근무인 모아나와 만나 그녀의 근무지까지 함께 갔다가 집으로 돌아갔다. 하지만 그걸 유진이 알 리가 없다.

벌써? 애쉬의 시선이 시계를 향했다. 퇴근 시간이긴 하다. 예전이었다면 훈련장에서 훈련을 하고 돌아갔을 테지만 집에 제대로 된 훈련장이 생긴 지금은 그럴 필요가 없기 때문일 것이다.

좋은 건가. 애쉬는 마구간으로 향하며 갸웃했다. 세이레나가 편하게 훈련하게 된 건 좋은데 그녀를 기사단에서 더 자주 볼 수 없는 건 안 좋다.

"어서 오십시오."

헌터가의 집사는 애쉬를 보자마자 바로 안으로 맞이했다. 미리 온다는 연락이 없었지만 그는 세이레나의 약혼자다.

이게 바로 특혜지. 애쉬는 묘한 뿌듯함을 느끼며 집사의 뒤를 따랐다. 연락 없이 와도 받아들여지는 거.

"애쉬?"

세이레나는 서재에 앉아 있다가 놀라서 일어났다. 무슨 급한 일이 있나? 바빠서 한동안 못 올 것 같다고 했는데.

"안녕."

서재로 들어선 애쉬의 시선이 세이레나를 향했다. 괜찮아 보인다. 데니스가 표정이 안 좋다고 해서 걱정했는데 지금 세이레나는 괜찮은 것 같았다.

"안녕하세요."

그의 시선이 일어서 있는 에즈라를 향했다.

에즈라는 손님이 올 경우를 위해 준비한 소파에 앉아 있다가 애쉬를 맞이하기 위해 서 있었다.

"훈련은 잘하고 있지?"

애쉬의 희미한 미소가 순식간에 장난꾸러기 같은 표정으로 변했다.

아, 젠장. 세이레나는 재빨리 고개를 숙였다. 예전에는 몰랐던 걸 지금은 알게 되면서 눈이 밝아졌지만 마음은 불편해졌다. 그녀는 늘 에즈라에게 저렇게 구는 애쉬가 좋았다. 의지할 수 있는 롤모델. 에즈라에게 가장 필요한 사람이 되어 준다는 게 고마웠다.

하지만 그녀가 돌아오기 전 애쉬를 사랑했을지도 모른다는 생각을 하게 된 뒤로는 그가 불편해졌다.

아니, 그녀가 그의 좋은 점이라고 생각하는 부분이 불편해졌다.

애쉬의 좋은 점을 발견할 때마다, 좋은 사람이라고, 잘생겼다고, 멋지다고 생각할 때마다 그녀는 사라져 버린 자신의 감정을 떠올리며 생각했다.

저래서 내가 사랑했었겠구나, 라고.

"그럼요."

에즈라가 의젓하게 대답하자 애쉬는 씩 웃으며 에즈라의 어깨를 툭 쳤다. 어린아이로 취급하지 않는 그의 태도에 에즈라 역시 빙그레 웃었다.

"나, 너희 누나랑 단둘이 대화 좀 해도 될까?"

애쉬의 부탁에 에즈라의 시선이 세이레나를 향했다.

"좋은 시간 보내세요."

에즈라는 의미심장한 미소를 지으며 서재 밖으로 나갔다. 물론 문도 닫는 것도 잊지 않았다.

"내가 못 살아."

세이레나는 이마를 짚으며 한숨을 내쉬었다. 애쉬는 그녀가 고개를 들어 자신을 쳐다보자 어깨를 으쓱해 보이며 말했다.

"난 그냥 둘이 이야기하게 해 달라고 했을 뿐이야."

"당신한테 뭐라고 하는 거 아니에요."

곧이어 하녀가 차를 내왔다.

세이레나는 책상 앞에서 빙 돌아 나오며 물었다.

"몸은 어때요?"

"내 몸?"

생각하지 못한 질문에 애쉬의 고개가 갸웃했다. 세이레나는 다시 물었다.

"옆구리 말이에요. 멍들었을 것 같은데."

아, 그거. 애쉬의 머릿속에 세이레나를 감싸고 대신 맞은 그날의 기억이 떠올랐다. 물어볼 줄 몰랐는데. 아니, 당연히 물어봤으려나. 그는 씩 웃으며 말했다.

"괜찮아."

"멍, 안 들었어요?"

애쉬는 희미해져 가는 멍을 떠올리며 표정 변화 없이 말했다.

"응. 운 좋게도."

"다행이다."

세이레나는 안도의 한숨을 내쉬며 소파에 앉았다. 그녀를 감싸다 맞았다. 그녀는 그에 대한 자신의 감정과 별도로 그가 다치는 것을 원하지 않았다.

"그나저나."

애쉬는 세이레나의 맞은편에 앉으며 물었다.

"데니스 말이, 네 표정이 안 좋았다고 하길래."

"내가요?"

세이레나는 잔을 들다 말고 멈칫했다.

표정이 안 좋았나? 그녀는 고개를 갸웃하며 말했다.

"좀 놀랐을 뿐이에요."

"그 녀석들이 반역죄로 끌려가지 않아서?"

응? 세이레나의 눈이 동그래졌다.

아, 그렇게 오해했구나. 그녀는 곧 피식 웃으며 말했다.

"그 반대라서요."

"반대?"

"진짜로 반역죄로 처벌하려고 했나? 하고 놀랐죠."

뭐야. 애쉬는 저도 모르게 한숨을 내쉬었다. 그럼 그렇지. 세이레나가 그들이 반역죄로 처벌받지 않아서 기분 나빠할 리가 없다. 그는 찻잔을 들며 한결 침착해진 목소리로 말했다.

"어떻게 할지 생각 중이야."

세이레나는 고개를 끄덕였다. 애쉬라면 잘 처리할 것이다. 그녀에게 너무 무른 것을 제외하면.

잠깐. 세이레나는 잠시 멈칫했다가 가볍게 그를 노려보며 물었다.

"또 내가 못 미더워서 이상하게 처리하는 건 아니죠?"

완전히 찍혔군. 애쉬는 두 손을 들어 보였다. 그녀가 못 미더워서 그런 게 아니다. 그는 그냥 그녀가 걱정돼 견딜 수가 없었던 것뿐이다.

하지만 그걸 세이레나에게 말하면 지금 이렇게 나란히 앉는 것조차 거부할 수 있다는 걸 애쉬는 알았다.

"그런 거 아니야."

패배의 표시에 세이레나는 고개를 끄덕였다. 언젠가, 언젠가 그녀도 로렌처럼 누구나 인정하는 기사가 될 수 있지 않을까.

"사과하러 왔었어요."

세이레나가 찻잔을 들어 올리며 말했다.

애쉬는 주어가 빠진 그 말을 기가 막히게 알아듣고 물었다.

"전부 다?"

세이레나를 공격한 녀석들 가문에서 그녀에게 사과하러 찾아왔었다는 말이다.

세이레나는 고개를 저었다.

"아뇨. 바이트가만 빼고요."

음. 애쉬는 차를 한 모금 마시고 말했다.

"바이트 백작이 자존심이 세긴 하지."

안다. 세이레나는 사과하러 찾아온 사람들을 보고 나서야 그들을 떠올렸다.

왕비인 그녀가 만나는 사람들은 대부분 지위가 있는 나이 든 사람들이기 마련이다.

바이트가의 형제는 그때도 사고를 쳐서 백작이 왕에게 용서를 구하기 위해 찾아왔었다. 그때 백작과 함께 찾아온 사람들이 이번에 그녀에게 찾아온 사람들이었다.

"그렇죠."

세이레나는 왕에게 아들을 살려 달라며 애걸하던 백작을 떠올리며 조용하게 말했다. 그 집안이 어떤 타입인지 알겠다.

"그보다."

세이레나는 차를 한 모금 마시고 다시 입을 열었다.

"지난번에 할 이야기 있다고 하지 않았어요?"

왕궁 파티에서 돌아오는 길에 애쉬가 자기 마차를 타고 가라고 했다. 할 이야기도 있다고. 그때는 바이트 형제와 그 패거리들의 사건으로 조서를 쓰느라 정신이 없어서 이야기를 할 수가 없었다.

게다가 그 사건 이후로 애쉬가 더 바빠져서 그와 얼굴을 맞대고 이야기하는 게 최근 들어 처음이다.

"아."

애쉬는 세이레나에게 하려 했던 이야기를 떠올렸다. 이런 분위기에서는 하고 싶지 않았는데.

그는 차를 내온 하녀가 나가면서 문을 살짝 열어 둔 것을 돌아봤다.

세이레나의 명령이다. 그녀는 남자 손님이 있을 때 절대 문을 닫지 말라고 명령했다.

약간 고리타분한 명령에 젊은 사용인들은 고개를 갸웃거렸지만, 중년의 사용인들은 흐뭇해했다.

"문 좀."

애쉬는 일어나며 말했다. 닫을게, 라는 말은 하지 않았지만 세이레나는 알아차렸다.

"안 돼요."

"응? 왜?"

애쉬가 문손잡이를 잡은 채 뒤를 돌아보았다. 어쩐지 곤란해하는 세이레나의 얼굴이 거기 있었다.

"미혼 남녀가 한방에 있는데 문을 닫으면……."

다시 한 번 애쉬는 자신이 잡고 있는 문손잡이를 돌아보고 세이레나를 쳐다봤다.

그게 사장된 예법인 건 알지? 그렇게 말하고 싶었지만 어쩐지 세이레나의 표정이 필사적이라 그렇게 말할 수가 없었다.

신기할 정도로 고리타분한 부분이 있단 말이야.

애쉬는 문손잡이에서 손을 떼고 돌아섰다. 그는 그대로 문 옆 벽에 몸을 기대며 물었다.

"그럼, 나와 좀 가까워야 하는데 괜찮겠어?"

무슨 소린지 모르겠다.

하지만 세이레나는 문손잡이를 놓는 그의 태도에 안도해서 고개를 끄덕였다.

언젠가 어떤 남자와 문이 닫힌 방에 단둘이 있었던 적이 있다. 대화 내용은 별게 아니었다.

세이레나의 머릿속에서 남자와의 대화가 희미하게 떠올랐다가 가라앉았다.

누구였지? 기억도 나지 않는다.

하지만 그녀가 외간 남자와 단둘이 문 닫힌 방에 있었다는 이야기는 왕의 귀에 들어갔고, 그날 밤 세이레나는 분노한 왕의 검에 팔이 꿰뚫렸다.

그때 겪었던, 검에 팔이 꿰뚫렸던 감각이 되살아나 세이레나는 멀쩡한 팔을 문질렀다.

"일상생활을 하는 건 가능하지만 검을 들기는 좀 어려우실 겁니다."

의사가 그렇게 말했을 때도 세이레나는 아무 반응 없이 앉아 있었다. 어차피 왕비의 몸으로 검을 들 일이 있을 리가 없다.

그렇게 생각했다.

"추워?"

세이레나가 팔을 문지르는 태도에 오해한 애쉬가 재빨리 다가오며 물었다. 그의 시선이 장작이 몇 개 남지 않은 벽난로로 향했다.

"아뇨, 아니에요."

장작을 더 태우지 않는 건 앞으로 다가올 더 추운 겨울을 견디기 위해서다. 그리고 예전이라면 싸늘하다고 생각했겠지만 근육이 생겨서 생각만큼 춥지는 않았다.

애쉬의 눈이 가늘어졌다.

"이리 와."

그는 세이레나 옆에 앉아 한쪽 팔을 소파 등받이 위에 얹으며 말했다.

이게 뭔데? 세이레나의 얼굴에 어리둥절한 표정이 떠올랐다.

설마 이것도 모르나? 애쉬는 당황해서 말했다.

"좀 가까워질게."

응? 눈을 동그랗게 뜬 세이레나 옆에서 애쉬가 순식간에 다가왔다. 그는 세이레나의 작은 어깨 뒤 등받이 위에 팔을 얹었다.

"어……."

흠칫하고 놀라는 세이레나에게 애쉬가 말했다.

"다른 사람에게 들리지 않았으면 해서."

아. 세이레나의 시선이 열린 문을 향했다. 그렇군. 그녀는 조금 생각하다가 애쉬의 몸에 바짝 붙었다.

어라. 이번엔 애쉬가 당황했다. 그는 이 정도로 붙을 생각이 아니었다. 그냥 좀 가까운 데서 속삭일 생각이었을 뿐이다.

"해요."

어쩐지 결연한 세이레나의 태도에 애쉬는 저도 모르게 웃음이 나왔다.

그는 자꾸만 누군가 잡아당기는 것 같은 입꼬리를 내리며 말했다.

"아버지의 일기장에 이상한 내용 없었어?"

아버지의 일기장? 세이레나는 무슨 소린지 몰라 멍하니 애쉬를 쳐다봤다.

그는 얌전하게 그녀의 대답을 기다리고 있었다.

"이상한 내용이요? 어떤 거요?"

"음, 그러니까."

곤란한 듯한 표정이 애쉬의 얼굴에 떠올랐다.

세이레나는 그 얼굴을 묘한 기분으로 쳐다보고 있었다. 그림이 살아 움직이는 느낌이네. 흑요석 같은 눈동자가 먼 곳을 쳐다보더니 곧 세이레나를 향했다.

응? 애쉬는 눈이 마주치자 깜짝 놀라서 시선을 돌리는 세이레나의 행동에 어리둥절한 표정을 지었다.

뭐지? 그는 이걸 어떻게 설명해야 할지 고민하고 있었다.

하지만 세이레나의 태도를 보자 순간적으로 고민하던 걸 잊어버렸다.

"애쉬, 이상한 내용이 뭔데요?"

"어? 아."

뭐였지? 그는 잠깐 생각하다가 말했다.

"일기장에 왕자나 왕과 관련된 건 없었어?"

"네?"

세이레나의 눈이 동그래졌다.

무슨 소리지, 그게? 그녀는 멍하니 그를 쳐다보다가 물었다.

"아버지가 폐하나 왕자님들과 만났는지를 물어보는 거예요?"

만났다고 해야 하나, 명령을 받았다고 해야 하나.

애쉬는 떨떠름한 표정으로 고개를 끄덕였다. 일기장에 헌터 백작이 무슨 짓을 했는지, 무슨 생각을 했는지 나와 있지 않았을까.

하지만 세이레나는 고개를 저었다. 그렇지 않아도 게일이 일기장을 살핀다기에 그녀도 밤을 새 가며 읽었다. 그러니 그런 게 있었다면 그녀가 먼저 알았을 거다.

괜히 게일이 일기장과 장부를 살피는 것을 그냥 둔 게 아니다. 그녀가 봤을 때 별게 없었기 때문이다.

"그럼 뭔가 이상한 건? 암호 같다거나, 해석이 안 된다거나."

설마. 세이레나는 애쉬의 눈을 빤히 쳐다봤다. 그녀의 자주색 눈동자가 응시하자 애쉬는 저도 모르게 시선을 피했다.

"뭘 말하고 싶은 거예요?"

세이레나가 애쉬의 시선을 따라가며 물었다. 그는 끙 하고 신음하더니 입을 열었다.

"지난번 왕비님 사건 말이야."

어느 사건? 왕비님 사건은 두 가지가 있다. 검에 금이 간 사건과 살해 위협을 받은 사건. 둘 다 같은 날이긴 하지만.

"왕비님이 공격받은 사건."

애쉬가 말을 덧붙이자 세이레나는 고개를 끄덕였다. 아, 그거.

그는 그녀가 알아듣자 다시 말을 이었다.

"데니스가 조사해 봤거든. 죽은 녀석들을."

도망치지 못한 녀석들 중에 살아남은 녀석은 없었다. 목숨이 붙어 있는 녀석은 필사적으로 도망쳤다는 말이기도 하지만 동시에 도망칠 수 없는 녀석을 같은 편이 죽였다는 말이기도 하다.

자기편에게도 가차 없는 녀석들이다.

"네."

세이레나는 눈을 깜빡이며 그의 말을 기다렸다. 조그마한 얼굴의 커다란 자주색 눈동자가 그를 보고 있었다. 그러면서 금빛 속눈썹이 팔랑이는 게 보여 애쉬는 저도 모르게 침을 삼켰다. 젠장. 역시 억지를 부려서라도 문을 닫았어야 했다. 이렇게 가까이 앉아 있는 게 오히려 그에게는 좋지 않았다.

애쉬는 고개를 내리지 않으려 애쓰며 말했다.

"뒷골목의 길드에 드나들던 녀석들이라더군."

"뒷골목 길드요?"

그게 뭐야? 어리둥절해 하는 그녀에게 애쉬가 설명했다.

"도둑, 암살 같은 거 말이야. 남들이 안 하는 더러운 일만 맡는 길드가 있어."

"그게 뒷골목 길드군요."

"그렇지."

"그럼 그자들이 도둑이나 암살자들이었다는 말인가요?"

애쉬는 씩 웃었다. 암살자도 있긴 했다. 하지만 대부분 용병이었다.

"용병 길드가 있는 건 알지?"

"네."

세이레나는 얌전하게 고개를 끄덕였다. 왕비였을 때 무역상이 잠적한 사건으로 알았다. 무역상을 잡기 위해 기사를 보냈지만 기사만으로는 수가 부족해서 용병도 보냈었다.

"용병 길드에 드는 건 믿을 수 있는 사람이라는 증거가 필요해. 동료나 주변인의 추천도 있어야 하고 개인의 실력도 있지."

길드도 의뢰인의 신뢰와 돈으로 돌아가는 곳이다. 그러니 당연히 길드원들의 간단한 신상을 파악하거나 보증인을 두려 한다.

그건 비단 용병 길드만의 일이 아니라 모든 길드에서 길드원에게 바라는 것이기도 하다.

단 한 곳. 뒷골목 길드만 빼고.

"여긴 길드에 들어갈 수 없는 녀석들이 모인 곳이지."

애쉬의 설명에 세이레나는 눈을 동그랗게 떴다. 길드에 들어갈 수 없는 녀석들? 그는 그녀의 표정을 보고 다시 설명했다.

"어느 길드가 신뢰가 중요하잖아? 자신들이 제공하는 게 믿을 수 있다는 거 말이야."

만약 용병 길드라면 이 용병이 의뢰인을 해치지 않을 거라는 신뢰.

상인 길드라면 이 상인이 의뢰인을 속이지 않을 거라는 신뢰.

그런 것들이 필요하다.

하지만 사람을 해친 적 있는 용병은?

사람을 속인 적 있는 상인은?

"길드마다 기준이 있지만 보통 한두 번은 실수로 치는 편이야. 등급으로 관리하거든."

길드에서 제시한 일을 훌륭히 해결할수록 등급이 올라간다. 당연히 의뢰를 해결하지 못하면 등급이 내려간다.

기사단과 비슷하네. 세이레나는 그렇게 생각하고 피식 웃었다.

하지만 어지간해서는 길드에서 쫓겨나지는 않는다. 너무 큰 사건을 치거나 범죄자가 되지 않는다면.

"범죄자는 길드에 들 수가 없지. 하지만 범죄자라고 해서 아무 일도 못 하고 굶어 죽을 수는 없으니까."

그런 사람들이 모여서 길드를 만들었다. 거긴 사기꾼도 있고 도둑도 있고 용병도 있다. 그래서 그냥 길드라고 부르지만 위치가 뒷골목에 있어서 뒷골목 길드라고 부른다.

"그런 길드에 소속된 사람이었다는 말이군요."

그래. 애쉬는 세이레나의 말에 고개를 끄덕였다. 그러다가 곧 해야 할 말이 떠오르는 바람에 그의 얼굴이 어두워졌다.

"데니스 말이, 헌터 백작이 사망하기 전에 그곳을 몇 번 왕래했다더군."

"뒷골목 길드요?"

애쉬는 아무 말도 하지 않았다. 그는 그저 세이레나가 그게 무슨 의민지 스스로 생각하는 것을 기다렸다.

"당신은 아버지가 왕비님의 습격에 연관되어 있다고 생각하는 거군요."

세이레나는 그가 예상한 것보다 훨씬, 훨씬 침착하게 말했다. 그를 밀어내거나 소리를 지르거나 화내지 않았다. 울거나 기절하지도 않았다. 그저 그 자주색 눈동자를 빛내며 조용하게 말했을 뿐이다.

애쉬의 눈이 가늘어졌다.

"괜찮아?"

"네. 사실은 음, 저도 좀 생각을 했거든요."

애쉬의 한쪽 눈썹이 올라갔다. 그래?

그는 최대한 침착하게 말하려 했다. 하지만 그게 무슨 의미냐고 다그치고 싶었다.

생각했다고? 뭘? 대체 뭘 알고 있지? 뭘 숨기고 있는 거야? 나한테 말하면 안 돼? 내가 널 지킬 수 있도록 하면 안 되는 거야?

하지만 그는 세이레나가 가장 바라지 않는 게 그거라는 걸 잘 알았다.

"왕비님 사건 말이에요. 검에 금이 갔고 그 사건을 피하자마자 바로 공격이 일어났죠. 그건 누군가 왕비님의 죽음을 바란다는 뜻일 테고요."

그래. 이번에는 애쉬가 말없이 고개를 끄덕였다. 세이레나는 차분하게 말을 이었다.

"하지만 아버지가 왕비님의 죽음을 바랄 이유가 없지 않나요?"

그건 그렇다. 애쉬의 미간에 주름이 생겼다. 그게 가장 문제였다.

그는 나직하게 말했다.

"그래서 물어본 거야. 혹시 네 아버지가…….'"

"왕비님을 죽이고 싶어 할 만한 사람의 사주를 받았는지 말이죠."

그래. 애쉬는 지금 이 순간 세이레나가 영리한 게 다행인지 불행인지 모르겠다고 생각했다.

이런 이야기를 그가 구구절절 말하지 않는 건 다행이지만 자신의 아버지가 왕비를 죽이기 위해 사주받았다는 것을 자기 입으로 말하는 건 꽤 괴로울 것이다.

"하지만 아버지가 돌아가신 지 시…….'"

하마터면 십 년이라고 말할 뻔했다. 세이레나는 가까스로 말을 멈추고 입이 마른 것처럼 잔을 들어 목을 축였다.

"거의 두 달이 지났어요. 왕비님이 공격당하신 건 이번 달이었고요."

헌터 백작이 사망하고 꽉 채운 한 달이 지난 다음에야 왕비에게 사건이 벌어졌다. 그러니 헌터 백작과 왕비의 죽음은 관계없을 가능성이 높다.

세이레나는 그렇게 말하려 했다. 하지만 자신을 지그시 쳐다보는 애쉬의 눈동자를 보는 순간 숨이 탁 막혔다.

볼 때마다 놀라게 될 정도로 잘생긴 얼굴이다. 애쉬의 검정색 눈동자가 그녀를 응시하고 있었다. 누군가 그녀를 그런 식으로 쳐다보는 건 처음이었다. 묘한 기분이 들었다.

마치 세상에 그녀 혼자만 있는 기분. 아주 중요한 사람이 된 것 같은 기분.

검정색 눈동자가 말을 잃을 정도로 따뜻하게 느껴져서 이대로 시간이 멈췄으면 좋겠다고 세이레나는 생각했다.

애쉬는 그녀가 잠시 말을 멈추고 그의 품 안에서 살짝 몸을 돌려 찻잔을 들어 올려 차를 마시는 것을 지켜보고 있었다.

우아한 태도였다. 물 흐르듯 이어지는 움직임에 저도 모르게 시선이 빼앗겼다. 그리고 가녀린 어깨와 목이 그의 시선 아래에 드러났다.

"애쉬?"

세이레나가 무슨 일이냐는 듯 그를 불렀다. 그 순간 애쉬는 움찔하고 물러났다. 저도 모르게 세이레나를 넋을 잃고 쳐다보고 있었다.

"아, 음. 그래. 헌터 백작이 사망하고 한 달 뒤에 사건이 일어났지."

방금 뭐였지? 세이레나는 고개를 갸웃했다.

애쉬는 차로 목을 축이고 조심스럽게 말했다.

"우리가 장부에서 본 거 기억나?"

"어떤 거요?"

"출처를 알 수 없는 금액 말이야."

세이레나의 눈이 깜빡였다. 기억난다. 앞에 〈2〉가 적혀 있었다. 헌터 백작이 죽기 한 달쯤 전에 들어왔던 돈이 죽기 일주일쯤 전에 도로 나갔다.

"설마 그게 아버지가 왕비님을 죽이는 대가로 받은 돈이라고 하려는 건 아니겠죠? 아버지는 그 돈을 그대로 돌……."

말하던 세이레나의 눈이 그대로 부풀어 올랐다. 알아차렸군. 애쉬는 씁쓸한 표정으로 찻잔을 들어 올렸다. 영리한 사람이니까 그가 생각한 것을 그대로 따라갈 것이다.

그녀가 그보다 늦게 알아차린 건 아버지가 그런 짓을 할 거라고 생각도 못 했기 때문이겠지.

"설마."

세이레나의 입에서 신음이 흘러나왔다. 설마. 아버지가 왕비를 죽이라는 명령을 거부한 걸까? 거절한 탓에 사고를 당한 걸까? 전혀 생각도 못 했다.

하지만 왕비의 금이 간 검. 그리고 헌터 백작 부부의 마차 사고.

"그게 사고가 아니라고 생각해요?"

"글쎄."

애쉬는 세이레나의 말에 부정도 긍정도 하지 않았다. 그는 찻잔을 내려놓고 침착하게 말했다.

"다시 조사를 하려고 해."

"그, 그게 돼요?"

이미 헌터 백작 부부의 사망 사건은 끝났다. 애초에 조사가 이뤄지지도 않았다.

하지만 그게 사고가 아니었다면? 살인이었다면? 누가 부모님을 죽인 거지?

세이레나의 머릿속이 복잡해졌다. 제일 먼저 떠오른 건 숙부였다. 하지만 숙부일 리가 없다. 없나?

세이레나는 저도 모르게 애쉬를 쳐다봤다. 그러자 그가 마치 그녀의 생각을 읽은 것처럼 말했다.

"이미 헌터 경이 살던 지방에 사람을 보내 놨어."

헌터 백작 부부가 사망했을 때 그들이 거기 있었는지 확인하기 위해서다. 하지만 세이레나는 아버지의 죽음에 숙부는 연루돼 있지 않을 거라 생각했다. 그녀를 이용한, 씹어 죽여도 부족할 놈이지만 그건 아닐 거다.

숙부와 아드리아나를 미워하면서도 딱히 손을 대지 않은 건 그녀가 겪은 그 모든 일들이 일어나지 않은 일이기 때문이다.

하지만 헌터 백작 부부의 사망에 숙부가 손을 댔다면 가만두지 않을 거다.

"나는 뭘 하면 돼요?"

세이레나의 말에 애쉬는 씩 웃었다. 그럴 줄 알았다. 그는 그녀가 분명 이럴 거라 생각했다.

"사람을 보냈으니 확인해 보고 돌아오겠지. 그때 알려 줄게.

그전까지 너는……."

애쉬의 시선이 이제는 세이레나가 사용하는 책상으로 향했다.

"헌터 백작의 행적을 찾아봐 줘."

데니스에게도 부탁하긴 했다. 하지만 딸이니까 데니스가 차마 찾지 못하는 부분을 찾을 수도 있겠지.

세이레나는 고개를 끄덕였다. 일기장을 좀 더 찾아볼까. 그녀가 놓친 부분이 있을지도 모른다. 그때 애쉬가 그녀에게 몸을 기울이며 말했다.

"헌터 백작이 어울렸던 사람과 만나 봐."

그런 방법도 있군.

안타깝지만 세이레나는 아버지가 누굴 만났는지는 잘 모른다. 십 년 전 일이기 때문이다. 아버지의 친구라 부를 수 있는 사람들은 알지만.

"초대받은 파티가 몇 개 있어요."

세이레나의 말에 애쉬가 한쪽 눈썹을 들어 올렸다. 헌터 백작부부가 사망 후 세이레나는 개인적인 초대에는 응하지 않았다. 장례 후 한 달 정도는 초대에 응하지 않는 것도, 초대하지 않는 것도 예의긴 하다. 하지만 지금은 두 달째고 조금씩 초대장이 오고 있다.

"아버지 친구분들이 절 생각해서 초대장을 보내 주셨거든요."

약혼하기도 전에 아버지가 죽은 세이레나를 불쌍하게 여겨서 괜찮은 남자를 만날 수 있도록 초대해 줬던 거다. 하지만 세이레나는 굳이 그 부분은 말하지 않았다.

"드레스가 필요하겠군."

애쉬의 말에 세이레나가 활짝 웃었다. 수선해 둬서 다행이다. 기껏 하녀들이 품을 늘려 놨는데 못 입으면 아쉽다.

*　　*　　*

"단장님, 이야기 좀 합시다."

데니스가 복도를 지나가는 애쉬를 불렀다.

응? 애쉬는 미카엘에게 이동하며 보고를 받다가 고개를 들었다. 데니스가 장난치듯 실실 웃으며 손을 흔들고 있었다.

뭔데? 애쉬는 미카엘에게 그대로 진행하라고 한 뒤 데니스에게 다가갔다.

"오늘도 멋지십니다."

"아프면 병가 내고 꺼져."

애쉬의 말에도 데니스는 씩 웃었다. 그는 방금 들은 재미있는 이야기를 애쉬에게 말하고 싶어서 입이 근질근질하던 차였다. 이 정도 구박은 받을 만하다.

"헌터 경이 파티에 참석한대."

데니스는 애쉬가 분명 "누가?"라고 물어볼 거라 생각했다. 그러면 "당연히 예쁜 쪽이지!"라고 대꾸하려고 준비하고 있었다.

하지만 애쉬는 덤덤하게 말했다.

"알아."

"그래, 더 예쁜 쪽!"

애쉬의 한쪽 눈썹이 올라갔다.

어, 이게 아닌데. 당황하는 데니스에게 그가 말했다.

"아프면 병가 내고 꺼지랬다."

"아니, 그게 아니라. 안 놀라?"

"놀라고 말고 할 게 뭐 있어? 헌터 경이 파티에 간다는데."

"그러니까, 헌터 경이 그 늙은 아저씨 쪽이 아니라 네 약혼녀 거든?"

"알아."

"알아?"

어, 뭐야. 재미있는 광경을 볼 줄 알았는데 아닌 모양이다. 쳇. 김이 빠진 데니스에게 애쉬가 말했다.

"내가 가라고 권한 거야."

"네가? 약혼자를? 파티에?"

데니스의 태도만 봐선 파티가 무슨 음탕하고 저속적인 장소 인 것 같다. 애쉬는 어이가 없어서 물었다.

"왜 놀라?"

"아니, 그냥."

애쉬가 유진에게 보이는 표정만 봐서는 세이레나를 혼자 파 티에 내보내지 않을 줄 알았다.

의외로 여유 있네? 데니스는 마지막으로 공격했다.

"그런데 가면 헌터 경이 다른 남자들과 춤춰야 하는 거 알지?"

순식간에 애쉬의 표정이 차가워졌다. 그는 싸늘한 목소리로 물었다.

"그래서?"

아, 그래. 데니스가 바란 건 이런 태도였다. 이걸 로렌한테도 보여 줘야 하는데. 그는 팔짱을 끼며 말했다.

"방금 표정 변한 거 알지?"

"뭐?"

애쉬는 당황해서 자기 얼굴을 문질렀다. 내 표정이 변했어? 어떻게?

하지만 데니스는 이미 킬킬대고 있었다.

기분 나쁘다. 애쉬는 애써 담담하게 말했다.

"춤추러 가는 게 아니야. 물론 춤춘다고 해도 그건 레나의 마음이지."

"춤추러 가는 게 아니라고?"

파티에? 그게 무슨 소리야? 어리둥절해 하는 데니스에게 애쉬가 몸을 기울였다.

"헌터 백작 부부의 사고사에 대해 이야기했거든."

"흠."

그거 엄청났겠네.

안됐다는 시선의 부하에게 애쉬는 덤덤하게 말했다.

"뭘 하면 되냐고 하길래 헌터 백작과 친했던 사람들이 뭐 들은
게 없는지 알아봐 달라고 했어."

"그것뿐이야?"

"응?"

"헌터 경 말이야. 반응이 그것뿐이었냐고."

그래. 애쉬는 쓰게 웃었다. 그도 세이레나의 차분한 반응에
놀랐다. 자기 아버지가 누군가의 수하로 위험한 일을 하다가 거
부하고 죽임당했을지도 모른다는 소식을 들은 사람치고는 반응
이 너무 냉정하고 차분했다.

"본인도 그럴지도 모른다고 생각했다더군."

애쉬의 말에 데니스는 "허." 하고 신음을 토했다. 그렇다곤 해
도 너무 냉정하다. 그는 허리에 손을 얹으며 말했다.

"나만 헌터 경이 변한 것 같아?"

애쉬는 아무 말도 하지 않았다. 그래. 변했다. 그게 좋은 쪽 변
화라 모른 척하고 있었을 뿐이다.

세이레나가 감추고 있는 것들. 그리고 그녀의 변화.

대체 뭘까. 궁금하지만 그녀는 말하려 하지 않는다. 그렇다면
애쉬도 캐묻지 말아야겠다고 생각했다. 그는 신년 파티에서 마
치 숨는 것처럼 그를 끌어안던 세이레나를 떠올렸다.

숨기는 게 뭔지 몰라도 세이레나에게는 엄청난 트라우마인
게 분명했다.

"뭐, 좋은 변화라고는 생각하지만."

데니스는 그렇게 말하며 애쉬의 어깨를 툭 쳤다. 그는 세이레나가 어떻게 변하는지는 상관없다. 하지만 그녀가 애쉬의 약혼자인 이상 세이레나의 변화가 애쉬에게 어떤 피해도 되지 않길 바랄 뿐이다.

"여기서 뭐해? 두 사람."

빨간 머리 여기사가 건들거리며 다가왔다. 긴 팔을 휘적휘적 휘두르는 폼이 우스꽝스럽다.

데니스는 눈을 동그랗게 뜨고 물었다.

"왜 그러고 다녀?"

"아, 뼈가 잘 붙었나 확인하느라."

붕대를 푼 지는 며칠 됐지만 오늘 마지막으로 의사에게 다녀온 참이다. 잘 붙었다는 말에 로렌은 기분이 좋았다.

로렌이 애쉬와 데니스에게 다가가자 길쭉한 그림이 완성됐다. 여전히 팔을 흔드는 로렌을 향해 애쉬가 말했다.

"뼈가 잘 붙은 건 다행이지만 팔 휘두르고 다니지 마라."

복도에서 그렇게 걸어 다니면 누군가와 부딪치게 된다.

"넵."

로렌은 애쉬의 말에 자세를 바로 하더니 별렀다는 듯 물었다.

"세이가 파티 가는 거 알아?"

안다. 로렌의 시야에 애쉬와 데니스의 시선이 부딪치는 게 들어왔다.

"안 그래도 그 이야기하던 중이었어."

데니스는 킬킬대며 말했다. 그으래? 로렌이 씩 웃으며 말했다.

"파티 가면 세이가 다른 남자들과 춤춰야 하는 거 알지?"

"너희들 뭐 문제 있는 거 아니냐?"

애쉬는 이마를 짚으며 한숨을 내쉬었다. 왜 다들 그런 걸 묻는 건데? 어째 가장 신임하는 부하들이 다 이 꼴이냔 말이다.

"그거 애쉬가 가라고 권한 거래."

"그 많은걸?"

"응?"

애쉬의 눈이 동그래졌다. 많다니, 뭐가? 그의 표정에 로렌이 씩 웃었다. 몰랐구만.

"세이레나 헌터 경이 온다는 소문이 퍼진 파티에 가고 싶어 하는 사람들이 명단 돌리고 있다구."

"다들 심심해서 미친 모양이군."

애쉬가 이맛살을 찌푸리며 말했다. 겨울이라 딱히 놀 거리가 없긴 하다. 하지만 로렌은 검지를 흔들며 쯧쯧 하고 혀를 찼다.

"미친 게 아니라, 세이가 워낙 미인이니까 다들 얼굴 한번 보겠다고 그러는 거지."

애쉬의 표정이 일그러졌다. 젠장.

못마땅해하는 그의 태도에서 로렌은 이것도 알려 줄까 잠시 고민했다. 지금까지 약혼은커녕 데이트한 여성도 없이 검에만 매진한 공작의 약혼자다. 심지어 그 공작이 좋아서 쫓아다니다가 간신히 약혼했다는 소문까지 돌고 있다.

다들 세이레나가 어떤 사람인지 궁금해하는 건 당연했다. 게다가 왕비님을 구한 여기사.

로렌을 이어 현재 라고말리 기사단의 두 번째 여 슈발리에가 될지도 모를 세이레나를 다들 주시하고 있는 것이다.

"어디 어디인지 알려 줄까?"

약 올리는 듯한 로렌의 태도에 애쉬는 못마땅하게 말했다.

"됐어."

"하긴, 약혼자한테 직접 물어보면 되겠지. 하지만……."

로렌이 손가락을 들어 보이더니 훗 하고 웃으며 말했다.

"세이가 모르게 가서 짠! 하고 나타나는 게 더 재미있지 않겠어?"

"뭐가 재미있는 건데?"

애쉬는 못마땅한 표정으로 말했지만 로렌에게 세이레나가 참석하기로 했다는 파티의 명단을 듣기는 했다.

"명단 돌리는 건 몰랐는데, 넌 어떻게 알았어?"

로렌이 세이레나가 누구 파티에 가기로 했는지 말하자 데니스가 분하다는 표정으로 물었다.

로렌은 훗 하고 코웃음 치며 말했다.

"어시스 백작님이 우리도 언제 여기사 출신들끼리 모이자고 연락하셨거든."

윽. 데니스의 표정이 일그러졌다. 어시스 백작은 불편하다.

게다가 여기사 출신끼리라.

"그분은 널 좋아하시더라."

"세이도 좋아하서."

그래? 애쉬가 한쪽 눈썹을 들어 올렸다. 언제 만났지?

로렌은 다시 뽐내는 듯 웃으며 말했다.

"그분은 예쁘고 실력 있는 기사를 좋아하시잖아?"

"예쁜 건 빼라."

"야, 나 정도면 미인이거든?"

또 시작한다. 애쉬는 투닥거리는 두 사람에게서 물러났다. 로렌과 데니스는 서로 자기가 더 예쁘다고 싸우고 있었다.

멍청이들. 애쉬는 고개를 절레절레 흔들며 사무실로 돌아왔다.

세이레나가 참석하는 파티 명단이 돌고 있다고?

애쉬의 눈이 가늘어졌다.

"모아나, 나 이거 괜찮아?"

세이레나는 마차에서 내리기 전에 모아나에게 물었다. 수선한 드레스가 괜찮은지 모르겠다. 하녀들과 방에서 거울에 비춰봤을 때는 그녀의 기준에 너무 촌스러웠다.

"예뻐, 예뻐."

모아나의 말에 세이레나는 안도했다. 걱정됐다. 십 년 전으로 돌아온 그녀의 기준으로 지금 그녀의 옷은 촌스러웠으니까. 하지만 모아나도 비슷한 드레스를 입고 있는 걸 보니 새삼 패션이 바뀐다는 게 이해가 됐다.

모아나는 세이레나의 짧은 머리카락 위에 포인트로 꽂은 핀을 한 번 매만졌다.

역시 그 긴 머리카락을 자른 건 아깝다. 하지만 이것도 사랑스러웠다. 턱까지 오는 짧은 금발이 부드럽게 웨이브 져서 세이레나의 얼굴을 감싸고 있었다.

덕분에 그 아래 가느다란 목이 돋보인다. 게다가 자주색 눈동자 역시 더 빛나는 듯했다.

"어머, 세상에."

모아나와 세이레나가 들어서자 부인이 입을 가리며 가볍게 탄성을 내뱉었다.

모아나는 어두운 갈색 머리카락을 반 묶음 해서 어깨 위에 늘어트리고 있었다.

어두운 갈색 머리카락의 모아나와 환한 금발을 가진 세이레나. 두 사람은 이번 사교계에서 전혀 다른 매력을 지닌 가장 아름다운 아가씨들이다.

비록 세이레나는 이미 약혼했지만.

"쿨린 경 옆에 있는 아가씨는 누구예요?"

"저 아가씨가 헌터 경이에요."

"그레이윈드 공작과 약혼한 헌터 경이요?"

사람들 사이에 가볍게 소란이 일어났다. 미인이다. 하지만 그것보다 기사로 보이지 않는다. 작은 체구에 짧은 단발머리와 가느다란 목이 마치 요정처럼 보였다.

"저 아가씨가 왕비님을 구했다고요?"

사람들은 믿을 수 없다는 듯 수군거렸다.

천인공노할 왕비님 습격 사건에서 왕비님을 구한 두 여기사가 있다. 하나는 누구나 아는 빨간 머리의 슈발리에, 로렌 필립스. 그리고 하나는 공작의 약혼녀 세이레나 헌터.

세이레나를 모르는 사람들은 대체 어떻게 생겼길래 지금까지 여자를 거들떠보지도 않던 공작이 쫓아다니다가 약혼한 거냐고 궁금해 했다.

"저런 미인이 작년까지 약혼도 안 했었다고요?"

한 남자가 놀랍다는 듯 말했다. 저 정도 미인이면 청혼이 쇄도했을 것이다. 하지만 헌터 백작은 세이레나에게 그 어떤 청혼도 알리지 않았다. 그리고 어느 남자도 소개해 주지 않았다.

"그러고 보니 이 왕자님이 헌터 경을 마음에 들어 하셨다는 말이 있었는데."

중년의 남성이 저도 모르게 말하자 사람들의 시선이 그에게 몰렸다. 뜨거운 시선을 받은 남자는 당황해서 말했다.

"아, 아니, 그냥, 그런 말이 있다고요."

"이 왕자님이 헌터 경을 마음에 들어 하셨다고요?"

"어, 그냥 미인이라고 한마디 하셨을 겁니다."

미인이라고 한마디 하는 것과 마음에 들어 하는 건 하늘과 땅

차이다.

쯧. 누군가 혀를 차자 남자는 당황해서 땀을 닦았다.

"그레이윈드 공작과 약혼한 걸 보니 마음에 들어 하신 건 아닌 모양이네요."

한 부인이 그렇게 말하자 사람들은 곧 남자에게서 주의를 거뒀다.

그러게. 이 왕자가 마음에 들어 했다면 세이레나가 애쉬와 약혼했을 리가 없다. 아무리 공작이라 해도 왕자보다 높을 수는 없다. 게다가 이 왕자인 브리츠와 애쉬는 나이 차도 그리 나지 않는다.

"저 정도 미인이라면 저도 미인이라고 한마디 하겠는데요."

누군가의 우스갯소리에 가볍게 웃음이 터졌다. 그 웃음을 따라 남자의 말도 사람들의 기억 속에서 희미해졌다.

"미쳤나 봐."

모아나는 동료와 이야기하다가 들어오는 남자를 보고 저도 모르게 중얼거렸다.

"응?"

라고말리 기사단의 기사인 베키는 모아나의 시선을 따라 문으로 고개를 돌렸다.

거기에 화려한 드레스를 입은 여자와 그녀의 아버지인 듯한 남자가 들어오고 있었다.

"누군데?"

베키의 질문에 모아나는 몸을 돌리며 말했다.

"세이레나 숙부랑 사촌이야. 나 잠깐 세이레나한테……."

갔다 올게. 말이 끝나기도 전에 베키가 모아나를 밀었다.

"어서 가."

기사단의 여기사들은 게일과 아드리아나에게 그리 좋은 감정을 가지고 있지 않았다.

헌터 백작 부부의 추모식에 조카인 아드리아나가 참석하지 않은 것을 보기도 했지만 그레이윈드 공작의 파티에서 두 사람이 추태를 보인 것도 봤기 때문이다.

게다가 아드리아나가 기사단의 남기사들에게는 친한 척 말을 걸면서 여기사들의 인사는 받는 둥 마는 둥 한다는 소문까지 퍼져 있었다.

베키는 재빨리 다른 동료를 찾아 발을 옮겼다. 다른 여기사들에게 동료의 적이 나타났다는 걸 알려야 했다.

*　　*　　*

"초대해 주셔서 감사합니다."

세이레나는 이 파티를 연 스티븐슨 자작에게 인사를 건넸다. 백작은 아버지의 친구였다. 심지어 그는 친구가 빚진 소소한 금액을 갚겠다는 세이레나의 말에 그럴 필요 없다고 말한 사람 중하나였다.

"잘 지내고 있니?"

스티븐슨 자작의 말에 세이레나는 빙그레 미소 지어 보였다.

"그럼요. 덕분에 에즈라도 잘 지내고 있어요."

"그래. 다행이구나. 그 친구가 갑자기 그렇게 가서……."

스티븐스 자작은 그렇게 말하다 입을 다물었다. 너무 어두운 이야기다. 그는 고작 두 달 전에 부모를 잃은 이 아름다운 아가씨를 슬프게 하고 싶지 않았다.

"혹시 도와줄 게 있다면 뭐든 말하렴."

"감사합니다."

세이레나는 반사적으로 인사하다가 아차 하고 다시 말했다.

"혹시 아버지와 연락하시던 분을 아세요?"

"연락?"

"집안일을 공부하느라 아버지의 장부와 일기를 살펴보고 있는데요, 투자하신 것도 있고 가끔 만나서 이야기하시던 분도 있는 것 같아서요."

아, 그래. 자작은 고개를 끄덕이며 턱을 쓰다듬었다. 씀씀이가 좋은 친구였다.

그는 잠시 생각하다가 말했다.

"몇 가지 투자를 하고 있었지. 무역에 투자한 것도 있고."

"드럼란리그 무역상 말씀하시는 건가요?"

"아, 그래."

드럼란리그를 왕복하는 무역상에게 투자했다. 그건 스티븐스 자작도 투자한 거다. 그는 세이레나를 쳐다보며 말했다.

"드럼란리그 무역에 대해서라면 얼마든지 알려 주마. 지금쯤 도착해서 계약하고 있을 거다. 도착하면 너도 재투자할지 결정해야 할 테니 말이다."

"그것 말고는 없었나요?"

"나와 함께한 투자는 그것뿐인데. 식당에 투자했다는 소식도 들었지."

식당은 처음 들었다.

세이레나가 모른다는 표정이라 자작은 재빨리 말했다.

"그건 아마 무디 백작일 거야. 내가 무디 백작에게 편지를 써 두마."

"감사합니다."

세이레나의 인사에 자작은 흐뭇하게 미소 지었다. 자신의 아들과 세이레나를 약혼시키고 싶었는데.

"네게는 잘된 일이지만 사실 내가 네 아버지에게 내 아들과 너를 약혼시키자고 한 적이 있었지."

"그래요?"

세이레나는 스티븐스 자작의 아들을 떠올렸다. 그녀보다 다섯 살이 많았다고 알고 있다. 기사단에 들어갔었지만, 곧 그만두고 나갔다고 들었다.

"미안하다고 거절하더구나."

그때는 좀 기분이 상했다. 하지만 스티븐슨 자작은 곧 그의 아들이 기사단을 못 버티고 나오자 수긍하는 수밖에 없었다.

백작 영애와 약혼하기엔 작위를 얻을 가능성이 없는 그의 아들이 너무 부족하다.

"스티븐슨 경은 한 번 본 적이 있는데, 좋은 사람 같던걸요."

세이레나의 위로에 자작은 쓰게 웃었다. 그는 아들이 기사가 되길 바랐다. 슈발리에가 되는 건 불가능하겠지만 그래도 혹시 모르니까. 하지만 통 검술에 재능이 없는 건 어쩔 수 없었다.

"날 닮은 모양이지."

자작은 그렇게 말한 뒤 웃었다. 그는 무역으로 큰돈을 번 사람이다. 드럼란리그와 타인머스의 무역로를 개척했다. 그 무역로는 드럼란리그와 타인머스 양쪽의 문화와 경제를 활성화 시켰다는 평을 받고 있었다.

"그럼 분명 무역에 재능이 있겠네요."

세이레나의 말에 자작은 흐뭇한 미소를 지어 보였다. 그녀의 말대로 스티븐슨 경은 무역에 재능이 있다. 그는 약간 들떠서 말했다.

"그래. 이번에 드럼란리그와의 무역도 그 녀석이 체결했거든. 생각보다 훨씬 재능이 있는 모양이야."

응? 세이레나의 표정이 굳었다. 이번 무역을 스티븐슨 경이 체결했다고? 그녀는 스티븐슨 자작에게 조심스럽게 물었다.

"그럼 혹시, 스티븐슨 경도 그 배에 타고 있나요?"

"그렇지. 그 녀석이 체결한 거니까. 첫 번째 계약을 성공적으로 마무리해서 그 녀석도 기세등등하더구나."

잠깐. 세이레나는 잠시 생각에 잠겼다. 그녀가 왕비로 있을
때, 무역상이 잠적하는 바람에 그들을 잡으러 기사와 용병들이
드럼란리그로 향했었다.

그때 결과가 어땠지? 별로 좋지 않았었던 것이 기억이 난다.

무역상들이 호위를 위해 고용한 용병들이 무역상과 싸우다
죽이고 도망친 사건으로 결론이 났다.

그때 무역상이 전부 죽었던가?

"세이레나?"

세이레나의 표정이 군자 자작이 그녀를 불렀다.

기억이 잘 나지 않는다. 그녀의 일이 아니라서 대충 넘겼었다.
그때 자세히 알아볼 걸 그랬다고 후회하며 세이레나는 재빨리
말했다.

"스티븐슨 경이 체결한 거면 당연히 투자해야죠."

그럴 돈이 있다면 말이지만. 투자 회수금이 들어오면 또 모르
겠다.

자작 역시 세이레나가 투자할 돈이 없다는 걸 알았다. 그러나
그는 그녀의 마음 씀씀이가 예뻐서 미소 지었다.

"네 아버지가 널 위한 좋은 남편감을 준비하고 있다고 했을
때 누군지 궁금했는데 그레이윈드 공작이라니 잘됐구나."

세이레나의 눈이 동그래졌다가 재빨리 돌아갔다. 아버지가
날 위해 남편감을 준비하고 있었어? 처음 듣는 소식이다.

"그래요?"

"그래. 아주 부유하고 지위가 높은 남자라고 했지."

그건 애쉬에게 딱 맞는 말이기도 해서 세이레나는 놀란 표정을 감출 수가 없었다.

아버지가 나와 애쉬의 결혼을 추진하고 있었다고?

"세이레나."

그때 모아나가 두 사람에게 다가왔다. 그녀는 스티븐슨 자작을 보고 재빨리 인사를 건넸다.

"멋진 파티예요, 자작님. 초대해 주셔서 감사합니다."

"아버지는 잘 계시지, 쿨린 경?"

"그럼요. 드레스 값으로 왜 이렇게 많이 쓰냐고 어제도 한소리 하셨는걸요."

모아나의 농담 섞인 말에 스티븐슨 자작은 껄껄대고 웃었다. 쿨린 자작도 어디서 빠지지 않는 부자다. 딸의 드레스 값 정도는 그리 대단한 지출도 아니다.

세이레나와 모아나는 스티븐슨에게 잠시 실례한다고 한 뒤 빠져나왔다.

"네 친척들 왔어."

세이레나의 표정이 굳었다. 그녀는 저도 모르게 말했다.

"수도에서 열리는 모든 파티에 참석하나?"

"그럴지도."

모아나는 친구의 말이 농담이라고 생각하고 웃다가 그녀가 진지한 것을 깨닫고 웃음을 멈췄다.

"어, 그러게. 이번 파티는 어떻게 온 거지?"

세이레나는 모아나의 질문에 담담하게 말했다.

"스티븐슨 자작님과 숙부도 친분이 있거든."

원래 스티븐슨 자작은 게일이 수도로 올라오면 자신의 파티나 연회에 초대하곤 했다. 그러니 이번에도 초대했겠지.

세이레나의 말에 모아나의 표정이 굳었다.

"어떻게 할래? 갈래?"

집으로 돌아가자는 말이다. 괜히 저들과 부딪칠 필요가 없으니까.

하지만 세이레나는 고개를 저었다.

"난 그냥 있을래. 괜히 내가 피할 필요 없잖아?"

그건 그렇지. 모아나는 고개를 끄덕이며 말했다.

"나한테서 떨어지지 마."

안 그래도 돼. 세이레나는 피식 웃었다. 친구가 자신을 걱정해 준다는 게 기뻤다.

"초대해 주셔서 감사합니다, 스티븐슨 자작님."

"오랜만이야. 잘 지내고 있나?"

"덕분에요."

게일은 자작에게 인사하며 아드리아나를 소개했다.

"아드리아나는 이미 알고 계시죠?"

스티븐슨 자작의 시선이 아드리아나를 향했다. 아드리아나가 입은 어깨를 드러낸 드레스는 어깨선을 따라 자잘한 보석이 박혀 있었다.

헌터 백작과 달리 헌터 경은 재정적으로 부유한 모양이군. 자작은 그렇게 생각하며 입을 열었다.

"오랜만이군, 헌터 양."

"불러 주셔서 정말 감사드려요, 자작님."

아드리아나가 가볍게 치마를 들어 올리며 인사했다. 예쁘장한 얼굴이다. 세이레나만큼은 아니지만.

자작은 아드리아나가 안됐다고 생각했다. 작위도 없고 세이레나보다 예쁘지도 않다. 그렇다고 기사단을 다녔던 것도 아니지.

그는 친절하게 물었다.

"수도 생활은 어때?"

"정말 재미있어요."

아드리아나는 눈을 깜빡이며 순진한 척 말했다. 그녀는 세이레나보다 어렸고 시골 출신이다. 그리고 세이레나와 달리 격의 없이 대화했다. 그건 쉽게 말하면 예의를 잘 모르고 생각이 짧다는 뜻이지만 일부 사람들에게는 좋게 보였다.

"수도에는 괜찮은 공연이 많지."

스티븐슨은 고개를 끄덕이며 말했다. 그러자 아드리아나가 속상하다는 표정을 지으며 말했다.

"전 한 번도 못 갔어요."

"응? 어째서?"

"어디서 하는지도 모르고, 뭐가 재미있는지도 모르겠더라고요. 공연이 그렇게 재미있다면서요?"

"아이고, 저런. 그렇구나."

스티븐슨 자작은 진심으로 아드리아나가 안 됐다고 생각했다. 시골에서 올라온 천진한 소녀. 그는 세이레나가 바쁜 모양이라고 생각하며 말했다.

"헌터 경이 바쁜 모양이지."

"그런가 봐요."

아드리아나는 입술을 삐쭉였다. 예의 없는 태도였지만 자작은 철없는 시골 아가씨라 생각했다. 그러면서도 그는 은연중에 세이레나의 우아한 태도와 아드리아나의 모습을 비교하고 있었다.

이게 백작 영애와 시골 소녀의 차이로군.

"아무래도 세이레나도 바쁠 테니까요."

게일이 사촌에게 무정한 세이레나를 변호하듯 말했다.

그렇군. 스티븐슨 자작은 세이레나가 바쁘기도 하지만 사촌을 돌봐 줄 재정적 능력이 없을 거라는 것도 알았다. 애초에 아드리아나는 세이레나가 책임져야 할 형제자매가 아니지만.

"세이레나."

스티븐슨 자작이 사람을 시켜 세이레나를 데려왔다. 무슨 일인가 하고 자작 옆으로 다가온 세이레나의 표정이 게일과 아드리아나를 보고 가볍게 굳었다.

"이번에 내가 극장을 하나 살까 하거든."

그는 아드리아나와 세이레나를 돌아보며 말했다. 이렇게 보니 확실히 비교된다. 세이레나는 작고 우아한 요정처럼 보인다. 하지만 아드리아나는 화려하게 꾸미긴 했어도 표정이나 태도가 그리 세련되지는 않았다.

그 차이는 세이레나가 십 년 가까이 왕비로 살아오면서 몸에 밴 태도와 습관 때문에 더 크게 두드러졌다.

"너희 둘이 극장에서 열리는 공연을 보면서 극장이 어떤지 봐 주면 어떻겠니?"

극장이 어떤지 봐 달라는 건 핑계에 불과하다.

세이레나는 자작이 그녀와 아드리아나가 함께 공연을 볼 수 있도록 배려하고 있다는 것을 깨달았다.

쓸모없는 배려지만.

"괜찮……."

"어머, 너무 좋아요!"

세이레나가 거절하기 전에 아드리아나가 재빨리 말했다. 그녀는 스스럼없이 자작의 팔에 매달리며 말했다.

"당연히 박스석이겠죠?"

자작과 세이레나, 게일의 눈이 동그래졌다. 무례한 행동이다. 하지만 자작은 시골에서 올라온 시골 소녀의 무지라 생각했다.

"하하. 박스석은 무리겠구나."

"어머, 그래요?"

아드리아나의 표정이 순식간에 가라앉았다. 스티븐슨 자작은 당황해서 말했다.

"그래도 둘 다 그다음으로 좋은 좌석으로 준비해 주마."

하지만 가라앉은 아드리아나의 표정은 돌아오지 않았다. 세이레나는 재빨리 말했다.

"아니에요, 자작님. 신경 써 주신 것만으로도 감사한걸요."

아드리아나와 나란히 앉아서 공연 따윌 볼 생각은 없다. 그런 생각에서 한 말이지만 자작은 고개를 끄덕이며 말했다.

"그래. 집안일에 기사단 일까지 하느라 바쁘겠구나. 기사단에서 실력이 좋다지?"

"그렇지도 않아요."

"그래도 오 분단이면 대단한 실력이지."

"오 분단?"

마지막 말은 엉뚱한 사람에게서 나왔다. 게일이 눈을 휘둥그레 뜨고 세이레나를 쳐다보고 있었다.

자작은 껄껄 웃으며 말했다.

"이런, 이런. 헌터 경도 몰랐던 모양이군."

"승단한 지 얼마 안 됐거든요."

세이레나가 변명처럼 말했지만 이미 늦었다.

게일은 화를 꾹 참으며 말했다.

"통 뭘 알려 주질 않는다니깐요. 약혼도 제가 제일 늦게 알았지 뭡니까? 하하."

웃으면서 하는 말이지만 비꼬는 말이었다.

그랬어? 자작이 쳐다보자 세이레나는 고개를 숙이며 말했다.

"갑작스러운 부모님 장례 때문에 제가 차마 신경을 못 써 드렸네요."

순식간에 두 사람의 구도는 숙부에게 모든 것을 숨기는 건방진 조카와 속상한 숙부에서 갓 부모를 잃은 조카에게 왜 자신을 신경 써 주지 않느냐고 따지는 생각 없는 숙부와 가련한 조카로 변했다.

"저런."

자작이 안됐다는 듯 세이레나의 어깨를 다독이며 말했다.

"네 부모님도 그렇게 갑자기 가실 줄은 몰랐을 거다."

"부모님께 부족하지 않은 후계자의 모습을 보여 드리고 싶은데 자꾸만 부족한 게 많아서 부끄러워요."

얘가 진짜 세이레나 맞아? 게일과 아드리아나의 눈이 동그래졌다.

이런 일이 일어나면 세이레나는 늘 어쩔 줄 몰라 하며 아무 말도 못 한 채 얼굴만 붉히고 있었다. 그런데 지금은 완전 청산유수였다.

"죄송해요, 숙부님."

세이레나의 말에 게일은 입을 딱 벌렸다. 완전히 그만 나쁜 사람이 되어 버렸다. 그는 부글부글 끓어오르는 화를 눌러 참으며 말했다.

"괘, 괜찮다."

"약혼은, 숙부님도 아시는 줄 알았어요. 서재에 청혼서가 있으니까 당연히 보셨을 줄 알았거든요."

스티븐슨이 게일을 돌아봤다.

"헌터 경, 헌터 백작의 서재에 드나들고 있나 보군?"

자작의 질문에 게일의 표정도 굳었다. 후견인이라고 해서 무조건 그 집안의 서재에 드나들 수 있는 건 아니다.

하지만 세이레나는 허락했다. 그걸로 게일은 자신이 후견인 일을 제대로 하지 못하는 핑계를 세이레나의 탓으로 댈 수가 없게 되었다.

게다가 집사가 보고 있으니 뭔가를 빼돌린다는 허튼짓도 할 수 없다. 게일이 서재를 드나드는 건 어디까지나 세이레나의 허락이 있기 때문에 가능한 것.

집사인 거드윈은 그 사실을 주지시키는 존재였다.

"네, 그렇죠. 하지만 청혼서가 어디 있는지는 몰랐기 때문에……."

"어머, 아버지께서 일기장에 끼워 두셨을 텐데. 못 보셨어요?"

이년이. 게일의 눈동자가 획 하고 세이레나를 쏘아봤다.

"흠."

스티븐슨 자작은 턱을 쓰다듬었다. 그 말은 게일이 헌터 백작의 서재에 드나들고 헌터가의 재정을 살피고 있다는 말이다.

그의 시선이 세이레나와 아드리아나의 드레스를 향했다. 세이레나가 입은 옷이 낡거나 허름한 건 아니다. 그녀는 백작 영애라는 자신의 위치에 맞는 옷을 입고 있었다.

하지만 아드리아나는······.

자작은 새삼 아드리아나의 옷에 박혀 있는 보석을 쳐다봤다. 저 옷 한 벌이면 세이레나가 입은 옷 세 벌은 맞출 수 있다.

게일과 세이레나의 대화를 듣고 나자 자작의 눈에 단순히 부유한 시골 처녀처럼 보였던 아드리아나의 의상이 과하게 보였다.

"훌륭한 후계자가 있어서 헌터 백작가는 다행이겠군, 헌터 경."

자작은 게일에게 말했다.

젠장. 게일은 애써 담담한 표정으로 말했다.

"그렇죠. 형님도 다행이라고 생각하실 겁니다."

스티븐슨 자작에게 잘 보였어야 했다. 그리고 세이레나가 무능력하고 건방지다는 이미지를 심어 줬어야 했는데 실패했다.

그는 아드리아나의 팔꿈치를 잡으며 말했다.

"신경 써 주셔서 감사합니다."

스티븐슨은 고개를 끄덕였다. 그와 동시에 게일이 아드리아나를 끌고 뒤돌았다.

후. 세이레나는 저도 모르게 한숨을 내쉬었다. 피곤하다. 그녀는 이런 게 늘 어색했다. 왕비였을 때조차도 사람들 앞에서 그녀의 망신을 주는 아드리아나에게 한 마디도 못하고 당했었다.

내가 이래도 되는 걸까. 그런 생각에 손이 떨렸다. 그녀는 하얗게 되도록 쥐어짜고 있던 자신의 손으로 시선을 떨어트렸다.

"힘내렴."

갑자기 스티븐슨 자작이 말했다. 힘들겠군. 그는 어린 백작 후계자가 안됐다고 생각했다. 하지만 동시에 나름대로 잘 해내고 있다고 생각했다.

"감사합니다."

세이레나의 얼굴에 어색한 미소가 떠올랐다. 이런 거로 응원받고 싶지 않았다. 집안의 부끄러운 부분을 보이는 건 그게 누구라 해도 싫은 법이다.

"괜찮아?"

스티븐슨 자작이 다른 사람과 이야기하기 위해 자리를 뜨자 모아나가 다가왔다.

"음, 뭐. 늘 그렇지."

아마 평생 괜찮을 날은 없을 것이다. 게일이 죽지 않는 한.

세이레나는 문득 자신이 게일의 죽음을 바라는지 생각했다. 아니, 바라지 않는다. 그녀는 게일이 괴로워하길 바랐다. 죽을 때까지. 하지만 그렇게 되기 위해 그녀가 게일에게 억지로 뭔가를 할 생각은 들지 않았다.

왕비로 살다가 돌아와서 그녀가 가지고 있는 유일한 자긍심은 그녀를 둘러싼 모든 소문이 루머와 음모라는 점이었다.

그녀는 순진하고 멍청하긴 했지만, 누군가에게 해를 끼치지는 않았다. 해를 끼치려 한 적이 없었다.

이번에도 마찬가지다. 그녀의 유일한 잘못은 왕과 결혼한 몸으로 애쉬를 사랑한 것이었겠지.

"헌터 경. 괜찮아?"

베키가 다가와서 물었다. 뜻밖의 인물에 세이레나는 눈을 동그랗게 떴다.

"어, 아니. 고마워. 음."

이 여기사의 성이 뭐더라? 그녀는 가까스로 기억해 내서 말했다.

"스완슨 경."

베키는 콧잔등을 찡그리며 말했다.

"여차하면 빼 주려고 대기 중이었거든."

"어, 진짜?"

내가 그렇게 안돼 보였나? 눈을 동그랗게 뜨는 세이레나에게 베키가 말했다

"나뿐만이 아니야. 내가 헌터 경한테 저기 여기사들끼리 할 말이 있다고 하면……."

베키가 고개를 돌렸다. 그 시선 끝에 드레스를 차려입은 젊은 여자들이 모여 있다가 세이레나를 향해 손을 흔들었다.

"저기서 빨리 와야 한다고 재촉하는 게 계획이었어."

맙소사. 세이레나는 저도 모르게 웃음을 터트렸다. 여기사들

이 그녀를 도와주려 할 줄은 몰랐다. 그녀들의 도움이 귀여웠다. 그리고 고마웠다. 그것이 그녀를 행복하게 만들었다.

"도와줘서 고마워."

"도와준 게 하나도 없는데, 뭐. 혹시 다음에 필요하면 얼른 부를게."

베키는 세이레나를 향해 주먹을 쥐어 "으쌰!" 하는 소리를 내더니 여기사들에게로 돌아갔다.

세이레나의 시선이 모아나를 향했다.

"내가 하자고 한 거 아니다?"

모아나는 어깨를 으쓱해 보이며 말했다. 그녀가 하자고 한 게 아니다. 여기사들끼리 수군수군하더니 헌터 경을 도와야겠다며 모아나에게 다가왔다.

"아니야, 고마워서 그래."

"고마울 게 뭐 있어? 네가 다 했는데."

그래도 누군가가 그녀를 지지해 준다는 건 아주 중요하다.

세이레나는 왕비였을 때를 떠올렸다. 그녀가 재판을 받을 때, 모아나가 나서서 항의해 주었다. 그리고 몇몇 여기사들도. 그게 얼마나 희망이 되었는지 모른다. 마지막까지 그녀가 목숨을 끊지 않게 해 준 소중한 순간이었다.

그리고 그 덕분에 세이레나는 지금 여기에 있다.

"거기 있어 준다는 것만으로도 고맙지."

낯간지러운 말에 모아나의 얼굴이 달아올랐다. 얘 왜 이래?

그녀는 세이레나의 얼굴을 힐끔 보더니 중얼거렸다.

"역시 변했어."

훨씬 좋은 쪽으로.

*　　*　　*

헌터 백작가로 선물이 도착한 것은 세이레나가 무디 백작의 연회에 가기 전날이었다.

"아가씨, 선물이 왔습니다."

"선물이요?"

아버지의 일기장을 샅샅이 훑어보고 있던 세이레나는 집사가 연 문으로 커다란 선물 상자를 들고 오는 하인의 모습에 눈을 동그랗게 떴다.

꼭 옷상자 같다.

하지만 그녀는 새 옷을 주문하지 않았다. 그리고 이 집에서 그녀의 옷을 사 줄 사람도 없다.

"누가 보낸 거예요?"

세이레나가 그렇게 물으며 일어났을 때 옷상자를 든 하인 뒤로 또 다른 하인이 상자를 들고 들어왔다.

응? 하인들이 선물 상자를 나란히 테이블 위에 올려놓고 물러났다. 총 세 개의 상자였다. 커다란 옷상자와 아주 작은 상자. 그리고 그 중간 크기의 상자.

"그레이윈드 공작께서 보내셨습니다."

세이레나의 시선이 집사를 향했다가 다시 테이블 위의 상자들로 옮겨 갔다.

그녀는 믿을 수 없다는 듯 물었다.

"그리고요?"

"전부 다, 그레이윈드 공작께서 보내신 겁니다."

"이거 다요?"

세이레나의 눈이 동그래졌다.

집사는 아가씨가 생각만큼 기뻐하지 않자 조금 머뭇거리며 물었다.

"하녀를 불러올까요?"

큰 상자는 분명 옷이다. 하녀가 크기가 맞는지 확인해야 할 것이다. 집사의 질문은 그런 의도였다.

"어, 네. 그래요. 일단……."

내 방으로.

세이레나의 명령에 대기하고 있던 하인들이 다시 원래대로 선물 상자를 들었다.

곧 세이레나의 방에 애나를 비롯한 하녀들이 들어왔다.

"공작님께서 보내신 거예요?"

애나가 꺅 하고 기쁨의 비명을 지르며 물었다. 그래, 그럴 줄 알았어! 그녀는 점점 애쉬가 마음에 들기 시작했다. 감히 우리 아가씨의 머리카락을 싹둑 잘라 간 놈팽이지만 이 정도면 용서

할 수 있다.

"그런 모양인데."

"열어 볼까요?"

애나의 질문에 다른 하녀들도 격하게 고개를 끄덕였다. 신년이 되어도 세이레나가 새 드레스를 구입하지 않아 서운하던 차다.

그래. 세이레나는 한숨을 내쉬며 고개를 끄덕였다. 그런데 이걸 받아도 될지 모르겠다.

"어머, 세상에."

애나가 옷상자에서 드레스를 꺼내며 감탄을 내뱉었다. 자주색과 분홍색으로 어우러진 드레스가 모습을 드러냈다.

맙소사. 세이레나는 하녀들이 양옆에서 드레스를 펼쳐 보이자 저도 모르게 입을 딱 벌렸다.

너무 예쁘다.

"입어 보세요!"

하녀들이 재촉했다.

세이레나의 손이 드레스의 천을 쓰다듬었다. 매끄러운 천위에 일일이 보석과 리본을 자수로 놓아 장식했다.

"하지만……."

이런 걸 받아도 되는 걸까. 마지막 순간까지 세이레나는 고민했다.

그녀는 애쉬와 파혼할 거다. 그러니 이걸 받아선 안 된다.

"어서요."

애나는 세이레나의 허락도 받지 않고 그녀의 등 뒤로 돌아가 단추를 풀기 시작했다. 입어만 볼까?

그녀가 왕비였을 때 입고 싶어 했던, 그런 드레스다. 왕비가 입기엔 너무 가벼워 보인다는 말에 단 한 번도 입지 못했다.

애나는 재빨리 세이레나의 옷을 벗기고 드레스의 리본을 풀어 벌렸다. 세이레나가 신발을 신지 않은 채 발을 들어 드레스 구멍으로 들어오자 하녀들이 드레스에 그녀의 몸을 통과시키기 시작했다.

어깨를 드러낸 디자인이었다. 드러난 쇄골이 어색해서 세이레나는 저도 모르게 목으로 손을 댔다. 왕비가 된 뒤로 너무 가볍다는 반대로, 그리고 몸에 난 상처 때문에 입을 수가 없었다.

드레스 위로 보이는 매끄러운 쇄골과 목에 세이레나는 넋을 잃고 거울 속의 자신의 모습을 쳐다봤다.

"너무 예뻐요."

애나가 뒤에서 그녀의 치마 단을 정리한 뒤 고개를 내밀었다.

어깨 바로 밑에서 소매가 부풀어 올라서 세이레나의 팔이 훨씬 가늘어 보였다.

"상의가 좀 심심하네요. 여기에 브로치 같은 걸 달면 되겠어요."

애나가 그렇게 말했을 때에야 세이레나는 상의가 심플하다는 것을 깨달았다. 전혀 깨닫지 못했다. 자신의 모습을 쳐다보느라.

돌아오기 전이라면 그녀가 새로 사는 드레스는 늘 목과 손목까지 가리는 드레스였을 것이다.

"아니면……."

애나가 중간 크기의 상자를 가져왔다.

"이게 제가 예상한 그거겠죠?"

"그거?"

무슨 소리냐는 세이레나를 보며 애나가 씩 웃었다. 그녀는 세이레나가 리본을 풀자 재빨리 묵직한 상자를 열었다.

"헉."

이게 뭔지 몰랐던 이유를 알겠다. 보석 선물치고는 상자가 컸기 때문이다. 그리고 큰 이유는 목걸이와 귀걸이, 팔찌까지 전부 세트로 놓여 있었기 때문이었다.

"어쩐지 팔을 드러낸 디자인이다 했어!"

애나는 팔짝팔짝 뛰며 좋아했다. 이 겨울에 팔을 드러낸 드레스라니 이상하다고 생각했다.

드러난 쇄골 위로 목걸이가 드리워졌다. 세이레나의 짧아진 머리카락 덕분에 귀걸이도 존재감을 뿜냈다.

세이레나는 애나의 도움으로 액세서리를 착용한 뒤 거울을 돌아봤다가 눈을 크게 뜨며 물었다.

"이거 혹시 다이아몬드야?"

색이 연한 루비라고 생각했다. 분홍색 다이아몬드가 목걸이에 달려 있었다.

"이건 뭘까요?"

이젠 아주 기대에 차서 반짝이는 눈으로 애나가 물었다. 그녀의 손에 가장 작은 상자가 들려 있었다.

글쎄. 세이레나는 그게 보석일 거라 생각했다. 귀걸이 같은 거. 하지만 이미 귀걸이는 그녀의 귀에 달려 있다.

그럼 이건 뭘까?

"열어 봐요, 아가씨."

애나의 재촉에 세이레나는 머뭇거리는 손으로 리본을 풀었다.

사실 지금도 너무 과하다. 왕비로 살았던 세이레나에게도 이건 너무 부담스러웠다.

"어머."

세이레나의 눈이 커졌다. 상자 안에 작은 머리핀이 들어 있었다. 나뭇가지에 꽃이 핀 모양을 조각한 머리핀이었다. 보석으로 만들어진 꽃이 불빛에 반짝였다.

"이거 다 진짜겠죠?"

애나가 초롱초롱한 눈으로 물었다. 분홍색 다이아몬드라니 엄청나게 희귀하다. 다이아몬드는 광석이 드래곤의 숨결을 오랜 기간 받아 만들어진다고 한다. 그리고 핑크 다이아몬드는 드래곤의 피가 섞여 그렇게 된 거라는 말이 있다.

세이레나는 목걸이의 보석을 들어 유심히 본 뒤 한숨처럼 말했다.

"진짜네."

안타깝게도.

공작이 보낸 건데 가짜는 아니겠지. 애나는 그렇게 생각하면서도 '감정인에게 확인해 볼까?' 하고 생각하고 있었다.

핑크 다이아몬드 중에 마법사가 임의로 색을 넣어 만든 것도 있다고 한다. 하지만 세이레나는 마법사가 색을 넣은 게 아니라는 것을 알았다.

이건 진짜다. 왕비로 살면서 그녀는 한눈에 보석을 보면 진짠지, 가짠지 알 수 있게 됐다. 그것만이 왕비로 살았던 삶에서 유일한 장점일 것이다.

하지만 이건 많은 보석을 봤기 때문에 가능한 일이다. 그녀는 애나가 그녀의 단호한 말을 이상하게 여기지 않는 것을 다행으로 여기며 말했다.

"나 이것 좀 도와줘."

"아, 네."

하녀들 사이에 짧아진 세이레나의 머리카락을 어떻게 가장 아름답게 꾸밀 수 있는지 의견이 오갔다. 그 사이에 세이레나는 거울 앞에 앉아 멍하니 팔찌를 내려다보고 있었다.

귀걸이와 목걸이, 그리고 팔찌. 거기에 드레스. 머리핀은 얼마 안 할 것이다. 물론 거기 박힌 보석이 진짜긴 하지만 드레스나 액세서리에 비하면 새 발의 피다.

이걸 다 받아도 되는 걸까. 세이레나의 마음에 갈등의 풍랑이 일었다.

그때 누군가 방문을 두드렸다.

"아가씨."

집사였다.

세이레나는 상체만 틀어 문을 쳐다봤다. 하녀가 문을 열자 집사가 커다란 꽃다발을 들고 들어오며 말했다.

"방금 도착한 겁니다."

"누가 보냈는데요?"

집사의 얼굴에 당연하다는 표정이 떠올랐다.

"그레이윈드 공작님입니다."

10

성장

"안녕, 레나."

애쉬가 비어 있는 세이레나의 옆자리에 앉으며 나직하게 인사를 건넸다.

백작의 말을 경청하던 세이레나는 애쉬의 등장에 화들짝 놀라 눈을 동그랗게 떴다.

"애쉬?"

어쩐지 그녀의 옆자리만 비어 있다 했다. 다른 사람들은 부부 동반으로 오거나 파트너와 함께 와서 나란히 앉은 건가 했더니 그녀의 약혼자를 위해 자리를 비워 둔 모양이었다.

"응. 나야."

그는 그렇게 말하며 재빨리 세이레나의 의상을 훑었다. 여기

오기 전에 거드윈에게 미리 물어보긴 했지만, 그가 보낸 옷과 액세서리 중 그 어느 하나도 하고 오지 않았다.

딱 하나, 머리핀만 빼고.

"안 입고 왔네."

"뭘요?"

모르는 척 묻는 그에게 세이레나는 새침하게 물었다.

애쉬가 고개를 기울이며 말했다.

"알잖아."

"너무 과해요."

거봐. 애쉬는 속으로 웃었다. 그래. 하녀들에게도 그렇게 말했다고 했다.

"뭐가? 드레스가? 목걸이가?"

아니면 팔찌가? 귀걸이가?

모두 세이레나와 아주 잘 어울릴 거라 생각했다. 자수정을 박은 귀걸이와 팔찌. 그리고 핑크 다이아몬드를 박은 목걸이. 거기에 맞춘 자주색과 분홍색의 드레스.

그는 보석을 보는 순간 이건 오로지 세이레나를 위해 만들어진 거라 생각했다.

"전부 다요."

세이레나는 자세를 고치며 중얼거렸다. 너무 과하다.

"어째서?"

애쉬가 모르겠다는 듯 물었다.

그 태연한 태도에 세이레나는 발칵 화를 내려다 참았다. 화내면 안 돼. 그녀를 생각해서 선물을 준 사람이다. 고맙다고 하지는 못할망정 화를 내는 건 옳지 않다.

문득 세이레나는 그제야 아직 애쉬에게 고맙다고 인사하지 않은 것을 깨달았다.

"아, 선물은 고마워요. 놀랐어요. 신경 써 줘서 고마워요. 전부 너무 예뻤어요."

애쉬는 턱을 괴며 싱글싱글 웃었다. 그녀의 솔직한 태도가 싫지 않다. 그는 백작을 힐끔 쳐다본 뒤 나직하게 말했다.

"그럼 가져."

"안 된다니깐요. 꽃이랑 머리핀만 받을게요."

"그건 마음에 들었어?"

애쉬의 시선에 세이레나의 머리로 향했다. 한쪽으로 넘긴 그녀의 금발을 단정하게 정리해서 애쉬가 선물한 머리핀으로 고정해 놓은 게 보였다.

세이레나는 살짝 얼굴을 붉히며 말했다.

"네."

"그럼 다른 것도 가져."

"하지만……."

"네 사이즈에 맞춘 드레스야. 나한테 돌려줘 봤자 난 입을 수 없다고."

그것도 그렇다. 세이레나의 얼굴에 망설임이 떠올랐다.

애쉬는 재빨리 말을 이었다.

"게다가 과할 게 뭐 있어? 내 약혼자인데."

하지만 세이레나가 걱정하는 건 그게 아니었다. 그녀는 작게 속삭였다.

"사치한다는 소리를 듣고 싶지 않아요."

뭐? 애쉬의 눈동자가 동그래졌다. 그는 믿을 수 없다는 눈으로 그녀를 쳐다봤다.

"내가 사치한다는 소리를 듣는 게 싫다고?"

"아뇨, 내가요."

누가 감히 그레이윈드 공작에게 사치한다고 할 수 있을까. 세이레나는 그렇게 생각했다. 하지만 그렇게 따지면 왕비에게도 사치한다는 말을 하는 건 우스운 소리다.

"네가 왜 사치한다는 소리를 들어?"

애쉬는 세이레나의 드레스를 쳐다봤다. 수선한 드레스였다. 애나와 하녀들이 온 힘을 다해 수선해서 수선했다는 티도 나지 않는다.

귀족 사회에서 주인의 옷차림은 주인만의 문제가 아니다. 그 뒤에 옷차림을 준비한 하녀의 책임도 된다. 자신의 일에 긍지를 가진 하녀들은 자신이 모시는 주인을 완벽하고 아름답게 보이도록 노력을 다했다.

애나는 자신의 일에 긍지가 있었고 주인인 세이레나는 아름답기 때문에 사교계의 누구보다 더 아름답게 꾸며 줄 자신도 있었다.

"이걸 왜 안 입으신다는 건데요?"

속상해하던 애나의 말을 떠올리며 세이레나는 미간을 찡그리며 말했다.

"제가 받기에 너무 과하니까요."

"어째서?"

애쉬는 이해할 수 없다는 듯 말했다. 사치한다는 소리를 듣는다면 비싼 선물을 한 그가 들어야 할 것이다.

세이레나는 비싼 선물을 받은 죄밖에 없다. 하지만 귀족 사회에서 비싼 선물을 받는다는 건 문제가 되지 않는다.

능력이 된다면 얼마든지 선물할 수 있고 받을 수 있다. 마음이 없는 남자에게 구혼을 받으며 받는다면 그건 약간, 아주 약간 문제가 될 수 있지만 애쉬는 세이레나의 약혼자가 아닌가.

"나는 네 약혼자고, 네게 이 정도 선물을 할 능력이 있어. 어째서 너와 내가 그런 소리를 들어야 하지?"

애쉬의 말에 세이레나는 입술을 깨물었다. 그의 말이 맞다.

"그럼 드레스만……."

"아버지께서 말이야."

드레스만 받겠다는 세이레나의 말이 끝나기 전에 애쉬가 재빨리 말했다. 그는 백작에게 눈인사한 뒤 말을 이었다.

"드레스를 사 줄까, 목걸이를 사 줄까 고민이 된다면 둘 다 사 주라고 하셨거든."

세이레나의 입이 딱 벌어졌다. 부유한 공작이나 할 수 있는 말이다.

"거기에 팔찌와 귀걸이도 포함돼요?"

"그럼. 목걸이를 사 줄까, 귀걸이를 사 줄까 고민된다면 둘 다 사 주라고도 하셨지."

어이가 없어서 세이레나는 픽 웃었다. 사실인지 아닌지 모르겠지만 어쩐지 사망한 전 그레이윈드 공작이 어떤 사람인지 알 것 같다.

그녀는 백작을 한 번 쳐다보고 애쉬에게 속삭였다.

"전 공작께서는 부인을 굉장히 사랑하셨나 봐요."

애쉬의 눈이 부드러워졌다. 그래. 그는 아버지의 심정을 이해하고 있었다. 그의 아버지는 어머니를 애지중지했다. 때론 불면 날아갈까, 쥐면 다칠까…… 아버지는 어머니를 잃을까 두려워하는 것처럼 보였다.

그야, 그의 어머니가 신경증이 좀 있긴 했지만.

"늘 운 좋게 얻은 자기 인생의 행운이라고 하셨지."

예상하지 못한 로맨틱한 표현에 세이레나의 눈이 동그래졌다.

애쉬는 씩 웃으며 말했다.

"그게 사실이기도 했고."

"두 분이 엄청 사랑하셨나 보죠?"

"그것도 그런데, 어머니의 약혼자가 아버지가 아니었거든."

애쉬는 말하다 말고 고개를 돌렸다. 백작이 애쉬와 세이레나를 쳐다보고 있었다.

"두 분 사이가 좋아 보이는군요."

다른 손님들도 세이레나와 애쉬를 보고 빙그레 웃었다. 그 말에 세이레나의 얼굴이 달아올랐다. 애쉬는 허리를 펴고 느릿하게 미소 지으며 말했다.

"죄송합니다. 너무 예뻐서."

웃음이 터져 나왔다.

뭐가? 세이레나는 눈을 동그랗게 떴을 때 맞은편에 앉은 귀족이 말했다.

"헌터 경이 미인이죠."

그제야 세이레나는 예쁘다는 게 자신을 칭한 말이라는 것을 깨달았다. 맙소사. 그녀의 얼굴이 분홍색에서 새빨갛게 변했다.

"무슨 소리예요?"

조금 떨어진 곳에 앉아 있던 남자 귀족이 부인에게 물었다.

부인은 빙그레 웃으며 속삭였다.

"공작이 헌터 경에게 반해서 몇 년 동안이나 혼사를 졸랐대요."

"아, 그래서 둘 다 그동안 약혼을 안 했던 거군요?"

"그렇겠죠."

아이러니하게도 애쉬와 세이레나가 그동안 약혼하지 않은 이유와 루머가 딱 맞아 떨어졌다.

사람들은 애쉬가 약혼하지 않은 이유가 세이레나 때문이라고 생각했고 세이레나 역시 공작에게 청혼서를 받은 백작이 망설이느라 약혼자가 없었다고 생각했다.

"어쩐지 여자한테 통 관심이 없더라니."

여귀족의 말에 그녀의 옆에 앉은 다른 부인이 웃으며 속삭였다.

"홀딱 빠져 있으니 그럴 만도 하죠."

"좋을 때예요."

사람들의 소근거림에 세이레나는 얼굴이 터질 것 같았다.

애쉬가 여자에게 관심이 없는 건 유명했기 때문에 그가 세이레나에게 대하는 걸 보는 사람마다 신기해했다. 솔직히 애쉬는 사람들이 자신에 대해 뭐라고 말하는지는 별 관심 없었다.

그는 헛소문이란 금세 사그라진다는 것을 알았고 세이레나와의 약혼처럼 왕의 명령이 아니라면 그게 자신에게 어떤 영향을 끼치지도 않았다.

신기한 사람이네. 세이레나는 애쉬를 힐끔거리며 생각했다. 그는 남들의 평가나 소문에 구애받지 않는 걸로 보인다. 루머에 시달렸던 그녀는 그런 애쉬의 태도가 대단하다고 생각했다.

"왜 더 안 먹어?"

애쉬가 나직하게 물었다.

세이레나는 식기를 내려놓은 상태였다. 맛이 없는 건 아닐 것이다. 무디 백작은 부유하고 그레이윈드 공작까지 온다고 해서 음식에 신경을 많이 썼다.

"입맛이 떨어졌어요."

세이레나는 그렇게 중얼거리며 컵을 잡았다. 아직도 얼굴이 화끈거린다. 애쉬가 그녀를 보고 예쁘다고 했다.

내가 예쁜가? 그녀는 오랜만에 자신의 외모에 대해 고민하고 있었다.

왕비가 되기 전에는 예쁘다고 생각했다. 부모님도 예쁘다고 했고 사람들도 예쁘다고 했으니까. 하지만 왕비가 된 후로는 아니었다. 아드리아나와 게일은 그녀보다 젊고 예쁜 사람은 왕궁에 널렸다고 말했다.

특히 아드리아나는 입에 달고 살았다. 그녀는 단둘이 있을 때면 늘 세이레나에게 이렇게 말했다.

"아버지 아니었으면 너 정도 얼굴로 어떻게 왕비가 됐겠니?"

처음엔 왕비가 되고 싶지 않았다고 반발했다. 그러면 아드리아나는 기껏 왕비로 만들어 줬더니 감사도 모르는 계집애라고 욕했다.

"일어나지 않을 일이지."

세이레나는 컵을 입에 갖다 대며 속삭였다. 일어나지 않을 일이다. 하지만 그녀가 왕비로 살았던 그 기간은 그녀의 몸과 영혼에 상처를 만들었다.

시간을 돌려 몸은 돌아왔지만 영혼은 상처받은 채였다. 그걸 극복하기란 쉽지 않을 것이다.

"어디 아픈 건 아니지?"

애쉬가 물었다. 그는 음식을 반 넘게 남기고 물만 마시는 세이레나를 걱정스럽게 쳐다봤다.

평소 세이레나가 먹는 것의 반도 못 먹었다. 기사의 기본은 체력. 뭐든 잘 먹어야 한다. 물론 귀족이라 그 '뭐든'에는 맛있고 좋은 재료만 포함되지만.

"응접실로 이동할까요?"

후식까지 먹고 나자 백작은 그렇게 말하며 일어났다.

애쉬는 세이레나가 후식으로 나온 애플파이를 다 먹어치운 것을 보고 안도했다. 몸이 안 좋은 줄 알았는데 그건 아닌 모양이다.

"백작님."

응접실로 향하자 집사가 쟁반에 음료를 가지고 들어왔다. 술과, 차. 약간의 과일과 과자.

세이레나는 차를 받아 든 뒤 백작에게 향했다.

"헌터 경."

백작은 술잔을 들고 있었다. 그의 시선이 벽 쪽에서 있는 애쉬를 향했다가 세이레나에게 돌아왔다.

"음식은 입에 맞았는지 모르겠군."

그도 세이레나가 음식을 남긴 것을 봤다. 세이레나는 뺨을 붉히며 말했다.

"아주 맛있었어요."

"공작이 잘해 주는 모양이군."

세이레나의 시선도 애쉬를 향했다. 그는 다른 남자와 대화를 나누고 있었다.

"제게는 과분한 분이죠."

그리고 곧 파혼할 거다.

그녀의 말에 백작이 술을 홀짝이며 말했다.

"사실 둘이 약혼한다고 했을 때 좀 놀랐어."

"그래요?"

"헌터 백작이 헌터 경의 남편감을 준비했다고 자신만만하기는 했는데……."

그게 애쉬는 아니었다. 백작의 시선이 애쉬의 칠흑처럼 검은 머리카락을 향했다.

"내가 잘못 들은 모양이야."

세이레나의 눈이 동그래졌다. 뭘? 그녀는 조바심 내지 않으려 애쓰며 물었다.

"아버지께서 제 남편감에 대해 이야기한 게 있었나요?"

"단편적으로."

백작은 다시 술을 홀짝였다. 그의 콧수염에 술이 묻었다. 백작은 손수건을 꺼내 입 주위를 닦고 다시 말했다.

"난 헌터 백작이 말한 남편감은 금발이라고 생각했거든."

"어째서요?"

"금발 머리 손주를 보게 될 거라고 했으니까."

세이레나의 시선이 다시 애쉬를 향했다. 두 사람이 만약 아이를 낳는다면 금발 머리가 태어날 가능성은 반반이다. 만약 애쉬가 금발이었다면 둘 다 금발이니 금발이 태어날 것이다.

"뭐, 아이를 몇 낳으면 그중 하나는 금발일 테니까. 내가 너무 깊이 생각한 모양이야."

백작은 그렇게 말하며 빙그레 웃었다.

그런 걸 수도 있다. 하지만 세이레나는 뭔가가 걸렸다. 그녀는 백작에게 물었다.

"혹시 아버지께서 그 남편감과 무슨 일을 한다고 하신 적은 없나요?"

무디 백작의 시선이 허공을 헤맸다. 그는 곰곰이 기억을 되새겨 보다가 말했다.

"한 번 있었지."

"있어요?"

"누가 무슨 부탁을 했다고 한 적이 있어. 내가 누구냐고 물어보니 사위가 될 수도 있는 사람이라고 하더군."

"무, 무슨 부탁이었는지도 아세요?"

세이레나의 심장이 거세게 뛰기 시작했다. 그녀는 조바심 내지 말자는 다짐도 잊고 백작에게 바짝 붙었다.

"대단한 부탁은 아니었던 것 같은데. 말을 전달해야 한다고 했던가."

이야기하던 애쉬의 시선이 세이레나를 향했다. 그녀는 무디 백작과 대화를 나누고 있었다. 무슨 이야기를 하는지 두 사람의 표정이 진지했다.

애쉬의 눈동자가 가늘어졌다. 무슨 이야기를 하는 걸까.

"말을 전달해요?"

"게임 중이었는데 늦었다면서 일어나길래 어디 가냐고 물어봤더니 말을 전달하러 간다고 하더군."

"그게 몇 시였어요?"

"그게 수요일 카드 게임이었으니까……."

무디 백작은 잠시 생각하다가 말했다.

"저녁 아홉 시가 좀 넘은 다음이었겠군."

백작의 말에 세이레나는 아버지가 매주 수요일이면 저녁 식사 후 친구들과 카드 게임을 즐겼다는 것을 떠올렸다.

"아버지와 카드 게임을 하신 분들이 백작님 말고 또 누가 있어요?"

"늘 하는 멤버라면 나와 네 아버지, 그리고……."

갑자기 백작의 말이 멈췄다. 세이레나는 에헴, 하고 그녀의 등 뒤에서 헛기침하는 애쉬의 목소리를 들었다.

"애쉬?"

"무슨 이야기를 하나 궁금해서."

애쉬는 세이레나의 옆에 서서 빙그레 미소 지었다.

보기 좋은 커플이다. 백작은 애쉬와 세이레나의 모습을 흐뭇한 표정으로 쳐다보며 말했다.

"공작은 헌터 경에게 눈을 못 떼는군."

세이레나의 얼굴이 확 하고 달아올랐다. 어쩌다 소문이 그렇게 나서. 하지만 애쉬는 능숙하게 받아들였다.

"예쁘잖습니까."

백작이 웃음을 터트렸다. 다른 사람이라면 눈에 콩깍지가 단단히 씌었다고 할 테지만 세이레나를 상대로는 사실이라 인정하는 수밖에 없다.

하지만 그렇다고 해도 귀족 세계에는 이런 식으로 배우자에게 푹 빠졌다는 걸 어필하는 사람이 별로 없어서 애쉬의 행동이 신기하게 느껴졌다.

"왜 자꾸 그러는 거예요?"

무디 백작에게 아버지와 카드 게임을 하던 사람들의 명단을 받은 뒤 세이레나는 애쉬를 끌고 구석으로 가며 속삭였다.

"뭐가?"

"그 이상한 행동 말이에요."

이상한 행동? 애쉬의 한쪽 눈썹이 올라갔다.

세이레나는 어이가 없어서 허리에 손을 얹으며 말했다.

"당신이 날 좋아해서 약혼했다고 소문내 준 건 고마워요. 하지만 그걸 자꾸 강조할 필요는 없잖아요?"

강조? 애쉬는 강조하는 말이 아니라고 하려다 입을 다물었다. 그는 일부러 그러는 게 아니다. 하지만 그걸 그대로 말했다가 세이레나는 또 물러날 거다.

"좀 더 티 내야 한다고 생각했을 뿐이야."

티를 내? 뭘? 세이레나가 고개를 갸웃했다. 애쉬는 그걸 보고 웃지 않으려 애쓰며 말했다.

"지난번 왕궁 파티 때 말이야. 널 공격한 멍청이들."

그 멍청이들이 여기서 왜 나와? 세이레나의 눈이 동그래졌다. 애쉬는 한숨을 내쉬며 말했다.

"소문을 믿지 않는 녀석도 있고 널 얕보는 녀석도 있으니까, 네가 내게 중요한 사람이라는 걸 그런 멍청한 놈들에게 인식시켜야 한다고 생각했어."

완전히 거짓말은 아니다. 특히 그녀가 그에게 중요한 사람이라는 것을 남들에게도 인식시켜야 한다는 건.

하지만 세이레나는 그렇게 생각하지 않았다. 그녀는 입을 뻐끔거리다가 말했다.

"날 보호해 줄 필요는 없어요."

그는 턱을 쓰다듬으며 말했다.

"필요의 문제가 아니라니까."

＊　　　＊　　　＊

"세이!"

이튿날, 출근 중이던 세이레나는 로렌과 마주쳤다. 일찍 왔네.

손을 흔드는 로렌에게 세이레나가 빙그레 웃었다.

"아침 훈련하려고?"

로렌이 물었다.

세이레나는 최근 아침 훈련에서 보이지 않았다. 훈련장이 좋아졌기 때문이다. 하지만 가끔은 다른 사람과 함께 훈련해 봐야 하지 않을까 하고 오늘은 나와 봤다.

"응."

"대련할래?"

로렌의 제의에 세이레나의 얼굴이 달아올랐다. 대련이 금지인 줄 알았던 게 떠올랐기 때문이다. 바이트 경과 그 패거리들에게 공격당한 사건 이후 알았다.

"나 사실 대련이 금지인 줄 알았다?"

세이레나는 솔직하게 고백했다.

로렌의 눈이 동그래지더니 그녀가 물었다.

"왜?"

"첫날에 램버트 경이랑 대련하다가 혼났거든. 그래서……."

"아, 진검으로 대련했구나?"

응. 고개를 끄덕이는 세이레나와 나란히 말을 움직이며 로렌이 깔깔대고 웃었다.

"사실 나도 처음엔 그거 이해 안 됐어. 대련은 되는데 진검 대련이 안 되다니, 왜 안 되는 거지? 하고."

"왜 안 되는 건데?"

세이레나는 여전히 몰랐다. 기사단 교본이라도 찾아봐야 하나? 페이지로 입단하면서 한 번 보고 던져 놨다. 게다가 그녀가 기사단 교본을 본 건 십육 년 전의 일이다.

그런 그녀를 향해 로렌이 손가락을 들어 흔들어 보이며 말했다.

"일단 검이 상하고, 대련용 검보다 위험하니까."

검이 상하는 건 이해된다.

세이레나는 자신의 검을 떠올렸다. 지난번 전투로 이가 다 나가는 바람에 창고에 처박아 놨다. 대신 그녀는 아버지가 아주 옛날에 쓰던 검을 창고에서 찾아서 들고 다녔다.

애쉬가 본다면 분명 한마디 할 것이다. 검이 그녀의 몸과 맞지 않다고. 하지만 애쉬는 바쁘니 한동안은 괜찮지 않을까.

세이레나는 가볍게 생각했다. 조만간 이번 달 봉급이 나올 테니까.

"대련용 검은 베이진 않으니까?"

베이지 않는다는 점에서는 안전하지만, 대련용 검도 맞으면 아프다. 그래서 가벼운 가죽 갑옷도 착용하고 대련을 하게 한다.

세이레나의 질문에 로렌이 빙그레 웃으며 말했다.

"남을 베는 게 문제가 아니야. 놀랍게도 자기 검에 자기 발을 찌르는 멍청이들이 있어."

세이레나의 입이 딱 벌어졌다. 어째서 그럴 수 있는 건데?

그녀의 표정에 로렌은 쿡쿡대고 웃었다. 공격할 게 아니라면 검을 검집에서 꺼내면 안 된다는 건 기본이다. 하지만 그 기본을 지키지 못하는 멍청이들이 있다.

"그러니 우리는 대련용 검을 쓰자구."

로렌의 말에 세이레나는 고개를 끄덕였다. 로렌의 제의가 아니었더라도 그녀는 대련용 검을 사용했을 것이다.

"안녕, 헌터 경. 그리고 로렌."

대련장으로 가는 길에서 두 사람을 만난 데니스가 씩 웃으며 인사를 건넸다.

늘 건들거리는 것 같은데 일만은 확실하게 한단 말이야. 세이레나는 그렇게 생각하며 고개를 꾸벅했다.

"안녕하세요, 부단장님."

"데니스라고 불러."

데니스는 그렇게 말하며 로렌의 어깨에 팔을 얹었다. 친밀한 행동에 세이레나는 고개를 끄덕였다. 하지만 로렌은 아니었다.

"하지 마, 하지 마, 세이. 이런 놈이랑 친해질 필요 없어."

"아, 왜? 너랑도 친해졌는데 나랑 친해지면 뭐가 어때서?"

"너랑 친해지면 나쁜 물이 든다니까."

"그건 너겠지."

엄청 친한 모양이네. 눈을 동그랗게 뜨고 두 사람의 대화를 지켜보던 세이레나가 웃음을 터트렸다.

"로렌과 부단장님은 친한가 봐요?"

"친하다니, 이런 멍청이랑."

"와, 나 상처받는다?"

"좀 받아라, 응? 왜 안 받냐?"

엄청 친한가 봐. 세이레나의 눈이 동그래졌다.

둘의 투닥거림은 대련장 앞까지 이어졌다.

"아, 좀 꺼져."

로렌이 데니스의 옆구리를 팔꿈치로 퍽 하고 때리며 대련장 문을 열었다.

아프겠다. 세이레나의 생각대로 데니스는 옆구리를 쓸며 한참 끙끙대다가 두 사람의 뒤를 따라 들어왔다.

"둘이 대련하게?"

데니스는 로렌이 대련용 검 두 자루를 꺼내자 눈을 동그랗게 뜨고 물었다.

"그래, 좀 꺼져."

로렌이 짜증을 내며 말했다. 데니스의 눈이 동그래졌다.

"너 대련하는 거, 윽!"

데니스의 말이 끝나기 전에 그의 가슴에 로렌의 팔꿈치가 꽂혔다.

"입 닥쳐, 데니스."

로렌의 눈동자가 경고를 담았다. 데니스는 재빨리 입을 다물고 물러났다.

세이레나는 무슨 일인지 몰라 두 사람을 쳐다보다가 물었다.

"로렌, 대련해도 되는 거야?"

로렌은 대련이 금지됐나? 세이레나의 머릿속에 안 좋은 기억이 떠올랐다. 하지만 로렌은 고개를 저으며 말했다.

"아, 아니야, 아니야. 멍청이들 때문에 그래."

"멍청이들?"

"승단 시험 이후에 일 분단한테 도전할 수 있잖아."

안다. 세이레나는 고개를 끄덕였다. 일 분단은 승단 시험을 보지 않는다. 그 말은 하위 분단으로 떨어지지 않는다는 말이다.

그래서 라고말리 기사단은 승단 시험 후 분단을 재편성하기 전까지 기사 단원이라면 누구나 일 분단 기사에게 대련을 신청할 수 있도록 했다.

일 분단 기사에게서 승리를 얻어 내면 이긴 기사가 일 분단으로 승급할 수 있는 것이다.

"나한테 몰리거든, 멍청한 새끼들이."

"몰린다고?"

세이레나의 눈이 동그래졌다. 무슨 소린지 모르겠다.

로렌은 인상을 찡그렸고 데니스는 재빨리 끼어들었다.

"로렌이 여자니까, 더 만만하게 보는 거지. 멍청한 새끼들."

뭐? 세이레나는 어이가 없어서 입을 딱 벌렸다. 믿을 수 없다. 그녀는 저도 모르게 물었다.

"소드 마스터가 만만해?"

현 라고말리 기사단의 셋뿐인 소드 마스터 중 하나다. 그런데 그 소드 마스터가 여자라는 이유만으로 만만하다고?

세이레나의 말에 데니스가 머리를 긁으며 말했다.

"뭐, 그런 멍청이들이 있어. 왕궁 파티 때 헌터 경을 공격한 멍청이들처럼 말이야."

실력과 상관없이 여자라는 이유만으로 더 만만하게 본다는 의미다.

세이레나의 미간에 주름이 생겼다. 그녀의 시선이 로렌을 향했다. 그녀는 그 순간, 로렌이 얼마나 힘들게 지금 이 자리에 도달했는지 아주 약간이나마 깨달았다. 현 라고말리 기사단의 유일한 여자 소드 마스터. 역사적으로도 여자 소드 마스터는 손가락을 꼽는다. 그녀가 왜 세이레나가 오 분단으로 승단했을 때 진심으로 기뻐했는지도 알겠다.

"하자."

로렌은 머쓱한 표정을 지으며 말했다. 이런 귀찮은 일까지 세이레나가 알게 하고 싶지 않았다. 하지만 반대로 생각하면 그녀가 일 분단으로 올라온다면 그녀도 당하게 될 일이기도 하다.

로렌보다 약하고 늦게 들어왔으니 더 심하겠지.

세이레나는 겉옷을 벗고 페이지들이 가져다주는 가죽 갑옷을 걸쳤다. 대련용으로 준비된 거라 훌륭한 수준은 아니지만 뼈가 부러지는 건 막아 줄 것이다.

"와."

선을 양보하며 로렌이 말했다.

순식간에 대련장에 기사들이 몰려들었다. 누군가 여기사 둘이 대련한다고 떠들어 댔기 때문이다.

재능을 보이며 쭉쭉 올라오는 신예 기사, 세이레나 헌터.

현 라고말리 기사단의 셋밖에 없는 소드 마스터이자 슈발리에인 로렌 필립스.

기사들은 팔짱을 끼고 방해가 되지 않도록 벽에 기대섰다.

"몇 합이나 갈 것 같냐?"

"난 다섯 합."

"난 열 합에 건다."

아무도 세이레나가 이길 거라고는 생각하지 않았다. 아무리 세이레나가 빠르게 성장하고 있다 해도 소드 마스터를 이길 리가 없다.

세이레나는 검을 늘어트린 채 서서 로렌의 자세를 살폈다. 어딜 공격해야 할지 모르겠다. 로렌의 자세에는 빈틈이 없었다.

세이레나도 자신이 질 거라는 건 알고 있다. 하지만 대련은 이기고 지는 게 문제가 아니다. 그녀는 침을 한 번 삼키고 발을 내디뎠다.

"탕!" 하고 두 사람의 검이 부딪쳤다. 로렌은 세이레나의 검을 가볍게 튕겨 내고 슬쩍 틀어 아래쪽으로 찔러 들어갔다. 다시 세이레나의 검이 막혔다.

괜찮은데? 로렌의 입술에 미소가 걸렸다. 반응이 빠르다. 그리고 공격이 예리하다. 하지만 힘이 약하다.

로렌이 상대하는 남자들에 비하면 터무니없이 약했다. 이건 단련하라고 해야겠는걸. 그녀는 그렇게 생각하며 가볍게 속도를 높였다.

"뭐야?"

어느새 들어왔는지 애쉬가 데니스에게 나직하게 물었다. 두 사람은 어깨를 나란히 하고 로렌과 세이레나의 대련을 지켜보며 말했다.

"아, 로렌이 제의했어."

"로렌이?"

애쉬의 한쪽 눈썹이 올라갔다. 그 역시 로렌이 얼마나 대련을 싫어하는지 안다.

일 분단은 대련 신청을 거부할 수 없다. 그래서 그녀는 도전이 들어올 때마다 귀가 더러워질 것 같은 욕을 내뱉으며 대련장으로 향하곤 했다.

"별일이네."

애쉬의 말에 데니스가 킬킬대며 말했다.

"귀여운 아이는 검으로 찔러도 예쁘다는 거겠지."

"레나가 귀여운 아이라는 거야?"

"우리가 보기엔 그렇잖아."

빠르게 성장하는 재능은 데니스가 보기에도 좋다. 그렇게 말하며 데니스는 어깨를 으쓱해 보였다.

그 순간에도 세이레나는 로렌의 검을 막아 내고 있었다.

탕, 탁, 탕, 타닥.

몇 번이나 검이 부딪치는 소리가 들렸다.

"괜찮은데?"

벽에 기대고 선 기사가 말했다. 로렌의 실력에 세이레나가 근접하게 따라가고 있었다.

"저 정도면 우리도 상대할 수 있겠어."

멍청한 소리에 유진의 눈초리가 올라갔다. 그는 옆 기사를 향해 나직하게 말했다.

"멍청한 소리 마."

저건 로렌이 봐주는 거다. 애쉬와 데니스의 눈에도 당연히 로렌이 얼마나 세이레나를 봐주는지 보였다.

이만큼 올 수 있겠어? 그럼 이건? 여기로는?

로렌의 속도가 조금씩 올라갔다. 그와 함께 세이레나의 움직임도 빨라졌다.

세이레나는 아무 생각도 못 하고 있었다. 뭔가를 생각할 겨를이 없다. 로렌의 공격은 빨랐고 유연했다. 공격이 보이지만 막는 것만으로도 힘겨웠다. 하지만 로렌의 모든 공격을 어떻게든 막고 있기는 하다.

그게 하위 분단의 기사들에게는 세이레나가 로렌의 상대가 되는 것처럼 보였다.

"저 정도면 소드 마스터도 별거 아니네."

멍청한 놈. 티커는 무슨 일인가 하고 구경하러 왔다가 그 소리를 듣고 혀를 찼다. 그는 팔을 뻗어 헛소리한 녀석의 뒤통수를 갈겼다.

"아!"

퍽 하는 소리와 함께 기사가 뒤통수를 감싸며 인상을 썼다. 그는 뒤를 돌아봤다가 티커를 발견하고 '어?' 하고 눈을 크게 떴다.

"저게 별거 아닌 거로 보이면 넌 검 쥘 자격도 없는 거다, 멍청아."

세이레나가 너무 잘 막아 내니까 상대적으로 별게 아닌 것처럼 보이지만 그건 로렌이 세이레나가 가까스로 막을 수 있는 정도로 속도 조절을 해 준다는 말이다.

데니스는 팔짱을 낀 채 애쉬에게 고개를 기울였다.

"로렌이 나보다 더 낫네."

"음." 하고 애쉬의 고개를 희미하게 끄덕했다.

라고말리 기사단 소속의 소드 마스터는 셋뿐. 애쉬 그레이윈드, 로렌 필립스, 데니스 발자크. 누구나 인정하는 일인자는 애쉬지만 로렌과 데니스 중 누가 이인자인지에 대한 의견은 분분

했다.

분명 더 먼저 소드 마스터가 된 건 데니스다. 하지만 지금 로렌의 실력은 데니스를 살짝 웃돌고 있었다.

"너 방 빼야겠다."

애쉬가 농담처럼 말했다. 부단장직을 내려놓으라는 뜻이다. 하지만 데니스는 개의치 않았다. 그는 어깨를 으쓱하며 말했다.

"난 좋은데 로렌이 하려고 할까?"

"부단장은 기사들한테 벌을 줄 수 있으니까 하려고 하지 않을까?"

"단장님, 저 열심히 하겠습니다."

로렌이 부단장이 되어 기사에게 벌을 내린다면 데니스는 순식간에 가장 많은 벌을 받을 것이다. 그 사실을 깨달은 데니스가 재빨리 애쉬에게 아양을 떨었다.

됐다. 애쉬는 손을 흔들고 다시 팔짱을 꼈다.

세이레나가 헐떡이기 시작했다.

"탕." 하고 세이레나의 검이 로렌의 검을 막았다. 하지만 힘이 부족해서 곧 미끄러졌다.

젠장. 평소라면 욕을 했을 테지만 그럴 겨를도 없었다. 그녀는 검을 고쳐 잡고 다음 공격을 막으려 했다. 하지만 공격이 이어지지 않았다.

응? 세이레나의 시선이 로렌의 얼굴로 향했다. 그녀는 지금 공격하라고 기다려 주는 거다. 반사적으로 그것을 깨달은 세이레나는 재빨리 검을 찔러 들었다.

획 하고 로렌이 검 표면으로 세이레나의 검을 흘려보냈다. 세이레나와 달리 로렌은 움직이지도 않았다. 헐떡이는 세이레나와 달리 로렌은 지치지 않았다.

이것도 실력의 차이다.

세이레나는 입술을 깨물고 회수한 검을 다시 찔렀다. 로렌이 몸을 틀며 피했다. 간발의 차로 검이 그녀의 옆구리를 비켜 갔다.

"방금 그건 거의 성공할 뻔하지 않았어?"

누군가 물었다. 티커는 어이가 없어서 끼어들었다.

"넌 눈을 뽑아야겠다."

로렌은 그 정도만 움직여도 피할 수 있다는 것을 안다는 거다. 자신의 몸을 알고 있으며 상대의 실력을 간파했다는 뜻이다.

세이레나의 검이 안쪽으로 파고들었다. 이번에는 로렌도 슬쩍 피하는 걸로는 무리라 그녀는 재빨리 옆으로 물러났다.

세이레나는 검을 회수한 채 바로 공격했지만 속도가 느렸다.

"졌습니다."

하위 분단 기사들에게는 세이레나가 중간에 갑자기 멈추는 걸로 보였다.

세이레나의 검이 로렌의 몸 안쪽까지 접근하고 있었다. 그녀는 검을 로렌의 허리를 향해 크게 원을 그리다 멈췄다.

졌다. 세이레나는 그대로 검을 회수하려 했다. 그때 애쉬가 나섰다.

"잠깐."

응? 세이레나와 로렌의 시선이 그를 향했다.

애쉬는 세이레나의 손을 잡아 그 자리에 고정시키며 말했다.

"방금 헌터 경이 왜 패배를 시인했는지 아는 사람?"

티커가 손을 들었다.

데니스는 어이가 없어서 허리에 손을 얹으며 말했다.

"양심 좀 가져라."

하위 분단 기사들은 아무도 몰랐다. 그들은 세이레나가 왜 패배를 시인했는지도 깨닫지 못했다. 그때 누군가 손을 들더니 주저하며 말했다.

"헌터 경이 지쳐서 그런 게 아닙니까?"

"아니."

그럼 뭐야? 다들 세이레나가 지쳐서 포기한 거라 생각했다. 하지만 지친 거라면 굳이 공격 도중에 포기 선언을 할 필요는 없다.

애쉬는 훈련장 안을 둘러봤다. 훈련장에 있는 몇 안 되는 이 분단과 삼 분단 기사들은 알아차린 상태였다. 그들은 벽에 기댄 채 씁쓸하게 웃고 있었다.

고작 오 분단의 기사가 저기서 멈췄다는 게 놀라웠다.

"레나, 할 수 있겠어?"

애쉬가 물었다.

세이레나는 애쉬에게 손을 잡힌 채 그를 쳐다봤다.

"힘들면 내가 할게."

"괜찮아요."

애쉬의 시선이 이번에는 로렌을 향했다.

할 수 없지, 뭐. 로렌 역시 고개를 끄덕이자 애쉬는 세이레나의 손을 놓고 물러났다.

"잘 봐."

다음 행동을.

그 말은 나오지 않았지만 다들 애쉬가 로렌과 세이레나에게 뭘 요구했는지 알았다.

세이레나는 손을 털고 검을 다시 잡았다. 멈췄던 자세 그대로 두 사람이 자리 잡았다.

"천천히 해."

윙크하며 말하는 로렌의 말에 세이레나는 심호흡했다. 천천히 할 수 있을까.

가끔 이렇게 시범을 보이는 경우도 있다. 보통 훌륭한 대련일 경우가 그렇다.

하지만 세이레나가 시범을 보이기는 처음이었다. 그만큼 로렌과 세이레나의 대련이 남들의 공부가 될 만큼 훌륭했다는 뜻이다.

로렌의 인도를 따라갈 뿐이었지만 다른 사람들의 공부가 된다는 생각에 세이레나의 표정이 굳었다. 부담스럽고 긴장됐다.

하지만 그만큼 세이레나의 가슴이 벅차올랐다.

다시 세이레나의 검이 로렌의 허리를 향해 크게 원을 그렸다.

로렌은 물러나는 게 아니라 그대로 세이레나의 검 안쪽으로 파고들었다. 그리고 다음 순간, 로렌의 검이 세이레나의 목에 다가와 있었다.

"어?"

다들 벽에서 등을 떼고 한 걸음 내디뎠다. 내가 지금 뭘 본 거지? 그들이 눈을 동그랗게 뜨자 로렌이 쓰게 웃었다.

"한 번 더 할까요?"

세이레나가 담담하게 물었다.

아니, 애쉬는 고개를 저으며 세이레나의 손에서 검을 받아 들었다.

"한 번이면 됐어."

알아차릴 녀석은 그걸로 충분할 거다. 그는 세이레나의 옆에 서서 훈련장의 기사들을 향해 말했다.

"방금 그걸 시범을 보기 전에 알아차린 사람?"

하나둘 손을 들었지만 전부 이 분단과 삼 분단뿐이었다. 일 분단은 손을 들 필요도 없다. 티커는 자신이 뒤통수를 때린 기사의 어깨에 팔을 올리며 말했다.

"저걸 몰랐다는 건 넌 로렌이 아니라 헌터 경 발끝에도 못 간다는 뜻이지."

그 말에 기사가 욱하는 표정을 지었지만 곧 고개를 떨궜다.

사실이다. 여기 있는 기사들 태반은 세이레나가 왜 공격 도중에 멈췄는지도 몰랐다.

"잘했어."

애쉬는 세이레나에게 고개를 기울이며 웃었다. 로렌 역시 세이레나의 어깨를 끌어안으며 말했다.

"와, 너 잘하더라."

"네가 봐준 거잖아."

알았어? 로렌이 미안하다는 표정으로 웃었다. 하지만 세이레나는 화나지 않았다. 그녀는 로렌을 향해 말했다.

"지도, 고마워."

사실 봐준 게 아니었다. 지도한 거였다. 세이레나는 공격을 시작하면서 로렌의 스텝이 일정하다는 것을 깨달았다. 어지러운 그녀의 스텝과 달랐다.

로렌은 멋쩍은 표정을 짓더니 손을 흔들며 말했다.

"무슨 지도야? 그냥 대련한 거지."

"아니야. 엄청 공부가 됐어."

"어떤 공부?"

애쉬가 끼어들었다. 세이레나는 음 하고 망설이다가 말했다.

"체력을 더 키워야 한다는 거요."

지금까지는 한 시간 정도 달리기를 하고 검술 훈련을 시작했다. 하지만 삼십 분 정도 더 늘려야 하지 않을까. 그리고 또 체력 훈련도.

"너무 조급해할 것 없어."

어떤 운동을 할지 고민하는 세이레나에게 애쉬가 다가가며 말했다.

"오버 트레이닝은 오히려 독이니까."

그럴까. 세이레나는 멀어지는 로렌에게 시선을 던졌다. 그녀의 뒤로 데니스가 따라가고 있었다. 여자치고는 큰 키와 긴 팔다리. 그리고 유연한 몸. 모두 부러웠다.

"왜 봐줬어?"

데니스는 로렌의 뒤를 따르며 물었다. 이번 대련에서 로렌은 세이레나를 지도했지만 그녀는 원래 그런 사람이 아니다.

로렌은 대련하면서 누군가를 지도한 적이 없다. 누군가 도전하면 가차 없다 싶을 정도로 짓밟았다. 다시는 덤빌 수 없도록.

이번 대련으로 어느 멍청이가 로렌을 만만하게 생각할지도 모른다. 그런데도 로렌은 세이레나를 봐주며 대련을 했다.

"음, 누군가와 대련을 하다 보면 눈빛이 보이잖아?"

로렌은 목을 돌리며 말했다. 그녀에게 도전하는 멍청이들은 늘 그녀 정도면 이길 수 있을 거라 생각하는 게 보였다.

소드 마스터지만 여자니까, 쉬울 거라고 근력으로는 자기가 이길 거라고 생각해서 힘으로 덤비는 꼴을 질리도록 봤다.

그런 녀석들은 다시는 생각도 못 할 정도로 짓밟아 줬다. 그 정도로 로렌의 대련은 가차 없었다. 하지만 세이레나는 아니었다.

"세이는 눈빛이 딱 내가 상대가 될까? 라는 눈빛이더라고."

그녀는 세이레나가 성장하길 바랐다. 그녀는 재능이 있고 이끌어 주는 사람이 놀랄 정도로 빠르게 흡수했다.

"그래서 봐준 거야?"

"음. 좀 쉽다고 생각하면 자신감을 얻지 않을까 해서."

로렌은 세이레나가 자신을 손만 뻗으면 닿을 수 있는 단계로 여기길 바랐다. 그래야 자신감을 갖고 더 노력할 테니까. 그녀는 가차 없이 찍어 눌렀다가 세이레나가 소드 마스터라는 단계가 절대 손에 닿지 않는 먼 것으로 여길까 봐 걱정됐다. 그래서 노력하지 않을까 봐 걱정됐다.

"그게 도움이 됐을까?"

데니스가 물었다.

글쎄. 로렌은 망설이다가 말했다.

"내가 봐준 걸 세이가 알아차려서."

어떻게 될지 모르겠다. 그런 의미에 데니스가 고개를 갸웃하며 물었다.

"하지만 지금 설사 몰랐다 해도 언젠가는 알게 될 텐데?"

"그때는 세이의 실력이 성장했을 때니까, 다음 단계로 넘어가려고 하지 않을까?"

그녀가 봐 온 세이레나라면 그럴 거라 생각했다. 앞이 보이지 않는 데도 여기까지 달려왔으니까.

로렌의 말에 데니스는 픽 웃으며 그녀의 어깨를 툭 쳤다.

"그럼 지금도 괜찮을 거야."

"그럴까?"

"실제로 지도해 줘서 고맙다고 했잖아."

그랬지. 로렌은 고개를 끄덕였다. 그녀는 데니스를 돌아보고 그의 복부를 주먹으로 퍽 치며 말했다.

"좀 어른 같았어."

"억!"

느닷없는 공격에 데니스가 배를 감싸고 허리를 숙였다.

"야!"

그는 휘파람을 불며 가 버리는 로렌을 보며 소리쳤다.

"고마우면 말로 해, 제발!"

로렌과 세이레나의 대련이 끝나자 구경하던 기사들도 훈련장을 나와서 흩어지기 시작했다.

"와, 소드 마스터는 소드 마스터야. 마지막 공격은 아직도 뭔지 모르겠어."

"그거 이런 거지? 헌터 경이 검을 크게 휘두르니까 그 사이로 끼어든 거."

"거길 들어갈 생각을 했다는 게 놀랍지 않냐? 헌터 경 몸도 작은데."

기사들은 근무지로 향하며 방금 본 대련을 반추하고 있었다. 몇몇은 로렌이 검을 찌르는 것을 기억나는 대로 따라 하기도 했다. 그녀가 세이레나가 막을 수 있도록 속도를 늦춰 줬기 때문에 가능한 일이다.

"그럼 그 대련은 필립스 경이 헌터 경을 봐준 거지?"

"그럴걸. 원래 필립스 경은 손속이 매섭거든."

"이번 승단 시험 때 도전한 애들 못 봤냐? 코가 납작해지던데."

"그럼 헌터 경은 왜 봐준 거지?"

누군가 의문을 제기했다. 원래 대련을 좋아하지 않는 로렌이 먼저 하자고 제안하기까지 했다. 그들의 머릿속에 한 가지 답이 떠올랐다.

"단장님 약혼자라서?"

"그건 아닐걸."

뒤따라가던 유진이 툭 끼어들었다. 그는 로렌이 세이레나를 봐줬다고 생각하지 않았다.

"그럼 뭔데?"

걷고 있던 기사들이 발걸음을 멈췄다.

유진은 팔짱을 낀 채 말했다.

"헌터 경이 패배 선언한 거 말이야. 검을 휘두르다 말고 멈췄잖아."

"그랬지."

"거기서 헌터 경이 멈춘 이유가 뭐였냐?"

"그야, 그대로 공격하면 두 합 만에 지니까 어차피 패배할 거 먼저 선언한 거 아니야?"

검이 목에 닿는 것보다 그렇게 하는 게 덜 꼴사납기도 하고.

기사의 말에 주변에 선 기사들이 고개를 끄덕였다.

"맞아. 그럼 그걸 헌터 경보다 먼저 알아차린 사람 있어?"

애쉬가 물었을 때처럼 유진이 물었을 때도 아무도 대답하는 사람이 없었다.

유진은 허리에 손을 얹으며 말했다.

"공격하면 두 합 만에 진다는 거, 우린 깨닫지도 못한 그걸 헌터 경은 공격하는 순간 알아차렸다는 말이잖아."

어. 기사들 사이에 침묵이 흘렀다. 그건 생각도 못 했다.

"그, 그러네?"

누군가 놀랍다는 듯 중얼거리자 유진은 고개를 절레절레 흔들었다.

"근데 그게 봐준 거랑 무슨 상관인데?"

아오, 이 멍청이들. 유진은 화가 나서 머리를 헤집었다.

이런 멍청이들이랑 저런 대련을 함께 봤다니! 그는 저도 모르게 버럭 소리 질렀다.

"이 멍청아! 대련하기 싫어하는 필립스 경이 지도하고 싶어 할 정도의 실력이라는 뜻이잖아!"

*   *   *

"아가씨."

세이레나가 근무를 끝내고 집으로 돌아갔을 때 저택의 분위기가 심상치 않았다. 그녀는 자신을 맞이하는 집사의 얼굴을 보고 미간을 좁혔다. 어쩔 줄 몰라 하는 게 그가 어찌할 수 없는 일이 벌어진 게 분명했다.

"뭐죠?"

"빨리 가 보셔야 할 것 같습니다."

세이레나의 말에 집사는 그녀를 집 안으로 안내하며 나직하게 설명했다.

"헌터 경께서 집안 재정을 위해 몇 가지 바꿔야겠다고 하셨습니다."

왜 안 하나 했다. 세이레나 역시 나직하게 물었다.

"더 이상 바꿀 게 없을 텐데요."

새해가 왔지만 세이레나는 아무것도 구입하지 않았다. 새 드레스는 물론이고 매년 새로 구입한 침대 커버나 소파 커버, 커튼도. 헌터 백작 부부가 사망하기 전까지는 매년 하던 거지만 올해는 사치라고 판단했다. 에즈라의 기사단 입단을 위해서 사용해야 할 돈이 있으니까.

라고말리 기사단은 기사들에게 봉급을 주지만 페이지들에게는 주지 않는다. 대신 돈도 받지 않는다. 페이지들은 기사단에서 훈련을 받는 대가로 노동력을 제공한다. 기사들의 갑옷과 말을 관리하고 자질구레한 심부름을 한다. 때론 전령으로 뛰어다니기도 한다.

그러기 위해서 필요한 건 자신의 기사복과 말. 그리고 검. 이건 각자 준비해야 한다. 가장 비싼 건 말이지만 이건 이미 헌터 백작이 미리 돈을 지불해 놨기 때문에 해결됐다.

세이레나는 게일이 손대기 전에 에즈라의 기사복을 위해 전문 의상실에 미리 돈을 지불해 놨다.

"그게……."

집사가 말을 잇기 전에 에즈라가 뛰어 나왔다.

"누나!"

슬슬 누나가 아니라 누님이라고 불러야 할 텐데. 세이레나가 가벼운 걱정을 할 때 에즈라의 뒤를 따라 가정 교사가 걸어 나왔다.

"선생님?"

마흔 정도 나이의 여자는 커다란 가방을 들고 있었다. 그게 짐 가방이라는 것을 깨달은 세이레나가 고개를 기울였다.

"무슨 일이시죠?"

세이레나의 물음에 가정 교사가 민망한 미소를 지어 보였다. 거드윈이 재빨리 세이레나에게 속삭였다.

"헌터 경께서 헌터가의 재정을 위해 지출을 줄여야 한다고 하셨습니다."

"그것과 에즈라의 가정 교사가 무슨 상관인데요?"

"그게, 이제 도련님도 기사단에 들어갈 텐데 가정 교사는 필요 없다고……."

무슨 말인지 알겠다.

세이레나는 천천히 코트를 벗어 집사에게 건네며 말했다.

"죄송해요, 선생님. 기분 상하셨겠지만 에즈라를 위해 이번만 넘어가 주세요."

"괜찮아요, 헌터 경."

마흔의 가정 교사는 미소를 지으며 세이레나를 쳐다봤다. 그녀는 세이레나도 가르쳤다. 갑작스러운 헌터 백작 부부의 사망에 가능하면 곁에 있어 주고 싶었지만 어쩔 수 없다.

"연이 여기까지인가 보죠."

그녀는 그렇게 말하며 에즈라를 돌아보았다.

"헌터 군, 누님의 말을 잘 듣도록 해요."

"아뇨, 선생님."

세이레나가 가정 교사의 말을 잘랐다. 아무래도 그녀가 말을 잘못한 모양이다. 세이레나는 무슨 소리냐는 듯 자신을 쳐다보는 가정 교사에게 말했다.

"제 숙부가 뭘 착각한 모양이에요. 저와 에즈라는 선생님이 필요해요. 남아 주세요."

"하지만……."

헌터 경이 말했다. 더 이상 가정 교사에게 지불할 돈이 없으니 나가 달라고. 에즈라도 열세 살이나 됐으니 가정 교사가 필요 없지 않느냐고 했다.

세이레나는 그녀에게 숙부가 뭐라고 말했는지 알 것 같아서 더 듣지 않고 고개를 저었다. 그녀는 장갑을 벗어 집사에게 건네고 가정 교사의 손을 잡았다.

"숙부는 걱정 마세요. 에즈라에게 선생님이 얼마나 필요한지 아는걸요. 게다가 저도 선생님이 여기 계셨으면 좋겠고요."

"어머."

가정 교사의 눈이 가볍게 젖었다. 그녀는 세이레나가 자신을 그 정도로 신경 써 줄 줄은 몰랐다. 물론 좋아하긴 했다. 그녀는 세이레나가 열일곱 살이 될 때까지 에즈라와 함께 그녀도 가르쳤으니까. 하지만 후견인의 의사에 반해서 그녀를 붙잡아 줄 정도로 좋아할 줄은 몰랐다.

"헌터 경, 헌터 경의 말이 얼마나 고마운지 몰라요. 하지만 내가 남아 있으면 분란만 일어날 거예요."

헌터가의 재정을 조여 보겠다는 게일의 의지는 확고했다. 가정 교사를 남기려면 세이레나는 게일과 싸워야 할 것이다. 가정 교사는 세이레나가 숙부와 다투게 하고 싶지 않았다.

"그건 걱정 마세요. 저도 충분한 돈을 벌고 있으니까요. 선생님을 이렇게 보내는 건 선생님뿐 아니라 저희 헌터가에도 큰 수치예요."

가정 교사의 얼굴에 놀라움이 떠올랐다가 가라앉았다. 그녀는 이 젊은 아가씨가 이렇게나 어른스러워졌다는 게 놀라웠다.

집사가 재빨리 하인을 불러 가정 교사의 짐 가방을 받아 들게 했다.

"선생님께서 기분 상하셨을 테니 원하신다면 방을 바꿔 드리세요."

더 좋은 방을 내 드리라는 말이다.

세이레나의 말에 거드윈은 고개를 끄덕였지만 그렇지 않을 거라 생각했다. 가정 교사는 집주인과 사용인 중간 단계의 사람이다. 어디에도 속하지 못한다는 점에 외로워하는 경우가 많다. 하지만 방금 세이레나는 가정 교사에게 친절을 베풀었다. 뿐만 아니라 이 집에서 필요한 사람이라고 말했다.

분명 그녀는 오늘 일로 행복해할 것이다.

"숙부는 어디 있죠?"

세이레나는 재킷을 벗으며 물었다. 애나가 세이레나의 재킷을 받아 들었다. 집사는 다른 하녀들에게 세이레나의 코트와 장갑을 건네며 말했다.

"서재에 계십니다."

"잠깐 보자고 전해 주세요. 응접실에서."

일부러 서재가 아닌 응접실에서 보자고 한 건 어디까지나 그가 이 집의 손님이라는 것을 은연중에 보이기 위해서다.

서재에서 만나는 건 은밀한 이야기를 하거나 친한 사람일 때의 일이다.

게일은 이 둘 중 어느 쪽에도 속하지 않았다.

"보자고 했다고?"

세이레나가 옷을 갈아입고 응접실로 내려갔을 때 게일은 소파에 앉아 있었다. 그녀는 게일 앞에 술잔이 놓여 있는 것을 보고 이맛살을 찌푸렸다가 곧 냉정한 표정을 지었다.

"에즈라의 가정 교사를 해고하셨다고요."

"그래. 에즈라도 이제 기사단에 들어갈 테고 열셋이니 가정 교
사가 필요하진 않잖니?"

"하지만 아드리아나는 작년까지도 가정 교사가 있었죠."

세이레나의 지적에 게일이 헛기침했다. 그는 세이레나를 힐끔
쳐다보고 다시 말했다.

"이 집의 재정을 위해서 한 일이다."

"그럼 저와 에즈라에게 말하셨어야죠."

"내가 후견인인데 그 정도 일도 네게 허락을 받으란 말이냐?"

그래, 그래서 싫었다. 세이레나는 한숨을 내쉬었다. 그녀는 차
를 가져온 하녀에게 물러가도 된다고 눈짓한 뒤 말했다.

"저는 그렇다 쳐도, 에즈라는 부모님이 돌아가신 지 이제 두
달밖에 안 된 애예요. 그런 애에게 가정 교사를 말없이 빼앗으면
얼마나 충격받을지 생각하셨어요?"

생각했을 리가 없다.

게일의 표정이 눈에 띄게 당황으로 물들었다.

세이레나는 찻잔을 들어 올리며 덤덤하게 말했다.

"허락을 받으시라는 게 아니라, 숙부님께서 정말 이 집안을 위
하고 저희를 걱정하신다면, 가정 교사를 자르기 전에 한마디 정
도는 하실 수 있었지 않나요?"

"아, 아니, 나는."

게일은 멈칫했다. 그는 세이레나와 에즈라 따위를 걱정한 게 아니다. 가정 교사에게 줘야 할 돈이 아까웠던 것뿐이다.

그는 에헴 하고 헛기침한 뒤 말했다.

"그래, 미처 생각을 못 해서 미안하구나. 이게 다 너희를 위한 일이란다. 가정 교사에게 가는 돈을 아껴서 우리 에즈라 옷 한 벌 해 줘야 하지 않겠니? 곧 기사단에 입단하는데 말이야."

"그러셨군요. 숙부님 덕분에 에즈라에게 옷을 해 줄 수 있겠네요. 그렇지 않아도 그 애 기사복과 정장 때문에 고민하고 있었는데 이리 신경 써 주시니 얼마나 감사한지 몰라요."

세이레나는 차를 한 모금 마신 뒤 찻잔을 내려놓았다.

넘어갔나? 게일이 안도의 한숨을 내쉬었을 때 그녀가 생글 웃으며 말했다.

"앞으로 가정 교사의 월급을 아낀 금액은 전부 에즈라를 위해 의상실로 보내면 되겠네요."

"뭐?"

게일은 이게 무슨 소린가 하고 눈을 깜빡였다.

세이레나는 고개를 기울이며 말했다.

"숙부님도 기사단 생활을 하셨으니 아시겠지만, 그 나이 또래 남자애들이 얼마나 옷이 금세 작아지고 쉽게 더러워지는지 아시잖아요? 에즈라를 위해 의상비를 확보해 주신다니, 얼마나 감사한지 모르겠어요."

"아니, 그래도 그 돈을 에즈라의 의상비로 다 쓰는 건 너무 과해."

"그럼 어디에 쓰시게요?"

세이레나가 눈을 동그랗게 뜨고 쳐다보자 게일이 입을 다물었다. 말없이 그가 가져가려 했다. 하지만 저렇게 대놓고 물어보니 자신이 쓰려 했다고 말할 수가 없었다.

"어, 어흠. 우리 아드리아나 말이다. 너도 알잖니? 전에 의상실에서 옷을 주문한 거. 그것도 지불이 안 끝났으니······."

"지금, 에즈라의 가정 교사를 해고한 돈으로 아드리아나의 옷을 사 주신다는 말이세요?"

세이레나는 믿을 수 없다는 듯 말했다. 그녀의 태도에 게일이 당황해서 손을 저었다.

"이, 일단 급한 불부터 끄고······."

"숙부님."

세이레나는 믿을 수 없다는 표정을 재빨리 지우고 걱정스럽다는 표정을 지었다. 그녀는 테이블 위로 몸을 내밀며 말했다.

"혹시, 빚을 지셨어요?"

"뭐? 그, 그게 무슨 소리야?"

"그게 아니라면 숙부님께서 아드리아나의 드레스 값 하나 지불을 못 하실 리가 없잖아요. 이 집이야, 부모님의 빚을 갚느라 빈털터리가 됐다지만요."

"아, 아니지. 아니고말고."

"그렇죠. 숙부님은 현명한 분이니까요."

세이레나는 찻잔을 들어 부들거리는 입매를 가렸다. 현명하기는 개뿔. 당장 이 찻잔을 집어 던지고 싶어 손가락에 쥐가 날 노릇이다. 하지만 그녀는 혀를 깨물며 참았다.

"아, 의상은 그냥 두거라. 그것보다 말이다."

게일은 재빨리 주제를 바꿨다. 세이레나가 넘어올 줄 알았는데 넘어오지 않았다. 젠장. 그는 다른 패를 꺼내기로 했다.

"바이트 백작의 영식들과 문제가 좀 있었다면서?"

그건 또 어떻게 알았지? 세이레나는 찻잔을 내려놓으며 딱딱하게 굳은 표정을 지었다.

"네."

"적당히 넘어가자. 상대도 백작가 아니냐? 괜히 그쪽과 척을 지어 좋을 것 없지."

세이레나의 자줏빛 눈동자가 게일을 향했다. 그녀는 고개를 기울이며 물었다.

"제가 적당히 넘어간다고 되는 문제인가요?"

"너만 별일 아니었다고 하면 되지 않겠니?"

"반역이요?"

"뭐?"

이번에도 게일은 세이레나의 말에 깜짝 놀랐다.

반역이라고? 바이트 백작이 와서 이야기할 때는 그런 말이 없었다. 그의 아들들이 장난기가 좀 심해서 세이레나에게 시비를 걸었다고 했다. 그는 입을 다물었다가 다시 말했다.

"반역일 리가 없잖니. 네가 너무 예민하게 받아들이는구나."

"어머, 숙부님. 제가 감히 반역이라고 할 리가 없잖아요. 그건 기사단의 의견인 걸요."

"기사단의 의견?"

게일의 미간에 주름이 생겼다. 세이레나는 놀랐다는 표정을 지어 보이며 말했다.

"아무것도 모르고 그런 말씀을 하신 거예요? 숙부님, 바이트 경들과 그 친구들은 왕궁 파티 경비 중이었던 기사들을 공격했어요. 그중에 저도 있었고요."

게일의 눈이 커졌다. 그런 큰일인지는 몰랐다. 이건 세이레나가 봐줘서 될 일이 아니다. 그는 바이트 백작이 왜 자신에게 이야기했는지 잠시 생각했다.

자작 클럽에 앉아 있는 그에게 백작이 사람을 보내 불러냈다. 그리고 그의 조카와 자신의 아들이 약간의 시비가 걸렸으니 적당히 조카를 다독여 사건을 무마해 주면 고맙겠다고 했다.

그는 이걸로 백작에게 콧대를 세울 생각이었다. 하지만 일이 이 정도로 크면 콧대 세우는 거로는 부족하다.

"기사단 단장이 네 약혼자잖니."

게일은 다시 부드럽게 말했다.

"공작이 네게 푹 빠졌다던데, 네가 말을 좀 해 주면 어떻겠니?"

"반역이 제가 말한다고 무마되겠어요?"

"그렇다 해도 공작은 폐하의 조카 아니냐? 어떻게 조금이라도 낮출 수 있지 않겠니?"

숙부가 바이트 백작에게 뭔가를 받은 모양이군. 세이레나는 그렇게 생각했다. 아니면 받기로 한 모양이거나.

무슨 상관일까. 세이레나는 고개를 저었다. 그녀는 그런 멍청이들과 멍청한 숙부를 위해 애쉬에게 이야기할 생각이 없다.

"서로 돕고 살아야지, 안 그래?"

게일은 세이레나가 고개를 젓자 조급하게 말했다. 그래? 세이레나는 생각하는 척하다가 말했다.

"서로 돕는다기엔, 바이트 백작님이 제게 도와주신 게 없는데요. 바이트 경들은 더 하고요."

게일의 표정이 일그러졌다. 바이트 백작은 세이레나에게 부탁하지 않을 것이다. 그는 재빨리 말했다.

"빚을 만들어 두면 언젠가 도움이 되겠지."

"숙부님께요?"

"응?"

"지금 바이트 백작님께 빚을 만들어 두는 건 제가 아니라 숙부님이잖아요."

게일의 눈동자가 흔들렸다. 그는 세이레나가 거기까지 생각할 줄은 몰랐다. 아니, 거기까지 생각하지 못하는 조카였다.

"이기적으로 굴지 말거라, 세이레나."

짐짓 혼내는 듯한 말투에 세이레나는 피식 웃었다.

"숙부님은 에즈라의 가정 교사를 해고한 돈으로 아드리아나의 드레스 값을 지불하신다면서요."

'누가 더 이기적일까요?'라는 말은 굳이 붙이지 않아도 게일은 알아들었다. 그의 얼굴이 붉어졌다.

여기까지만 할까. 세이레나는 자리에서 일어나며 말했다.

"하지만 그렇게까지 말씀하시니 생각해 볼게요."

"그, 그래?"

게일의 표정이 눈에 띄게 환해졌다. 세이레나는 응접실을 나가며 말했다.

"아시겠지만 아버지께 숙부님이 소중한 동생이었던 것처럼 에즈라도 제 소중한 동생이라서요. 그 애가 상처받지 않는다면 저도 마음이 편해서 생각하기 쉬울 것 같네요."

그러니 에즈라의 가정 교사는 손대지 말라는 뜻이다.

게일의 얼굴이 다시 어두워졌다. 하지만 그는 곧 고개를 끄덕였다.

잘 해결된 모양이군. 세이레나는 한숨을 내쉬었다. 여차하면 그녀의 봉급에서 가정 교사의 봉급을 주려고 했다. 오 분단으로 승단해서 다행이다. 영지에서 올라오는 세금으로는 빠듯하다.

세이레나는 애쉬와 머리를 맞대고 지출 계획을 빡빡하게 세울 수밖에 없었다.

왕궁에 내야 할 세금을 제외하면 세이레나와 애쉬가 가장 먼저 잡은 건 사용인들을 위한 봉급이었다. 그건 밀리면 안 된다.

그리고 그다음이 에즈라.

"누나."

그녀가 응접실에서 나와 이 층으로 올라가자 계단 위에서 기다리고 있던 에즈라가 몸을 내밀었다.

세이레나는 미소 지으며 동생의 어깨를 끌어안았다.

"놀랐겠다."

"아니야."

아니라고 하지만 놀란 게 분명하다.

에즈라에게 남은 건 세이레나와 이 집의 사용인들뿐이다. 그 중에서도 가정 교사는 세이레나를 제외하면 그와 가장 가까운 사람일 것이다.

"선생님은 계속 이 집에 계실 수 있는 거야?"

"선생님이 그만두신다고 하실 때까지."

에즈라의 얼굴에 안도가 떠올랐다. 다행이다. 그런 표정에 세이레나는 문득 돌아오기 전의 삶에서도 게일이 이런 식으로 에즈라를 고립시켰을 거라는 생각이 떠올랐다.

그녀를 고립시켰던 것처럼, 에즈라도 고립됐던 거다.

그렇구나. 세이레나는 저도 모르게 에즈라를 꽉 끌어안았다.

"누나?"

"미안해, 에즈라."

"누나가 왜 미안해?"

어리둥절해 하는 에즈라에게 세이레나는 아무 말도 하지 않았다. 정확히 말하면 지금의 에즈라가 아니라 돌아오기 전의 에즈라에게 했어야 할 말이다. 하지만 그때의 에즈라는 이미 없다.

앞으로도 없을 것이다.

"이런 일을 겪게 해서."

"그게 왜 누나 잘못이야."

부모님이 돌아가신 탓이지. 에즈라는 차마 내뱉지 못하는 말을 입 안으로 웅얼거렸다. 부모님이 갑자기 돌아가실 줄은 아무도 몰랐다. 헌터 백작 부부도 몰랐을 것이다.

에즈라는 잠깐 망설이다가 말했다.

"누나, 내가 기사단을 포기하면 어떨까?"

"뭐? 왜?"

"우리 집, 재정이 별로 안 좋다며."

누가 그래? 세이레나의 질문에 에즈라는 고개를 저었다. 아무도 그렇게 말하지는 않았다. 하지만 소년도 느끼고 있었다.

매년 바꾸던 커튼과 시트를 올해는 바꾸지 않았다. 이 시기면 세이레나와 어머니가 새로 맞춘 드레스를 입고 어떠냐고 귀찮게 굴었다.

하지만 올해는 아무것도 없었다.

"기사단에 가는 것도 돈이 많이 든다며."

숙부가 그렇게 말했다. 에즈라가 기사단에 입단하는 게 얼마나 돈이 많이 드는지 아느냐고. 가정 교사에게 줄 돈 따위는 없다고 했다.

"그런 거 걱정할 필요 없어."

"하지만 돈이 많이 들잖아."

"에즈라. 넌 헌터 백작가의 사람이야. 내 동생이고. 당연히 기사단에 들어가야 해."

에즈라의 얼굴이 일그러졌다. 기사단에 헌터라는 이름이 지워지지 않도록 하겠다는 맹세. 그는 그게 아주 멍청한 소리처럼 느껴졌다.

"그런 바보 같은 맹세를 우리가 지켜야 할 필요가 없잖아."

처음으로 보는 동생의 반항에 세이레나는 눈을 동그랗게 떴다가 한숨을 내쉬었다.

그렇군. 그녀는 동생과 좀 더 대화해야 한다는 것을 깨달았다.

"난 맹세 때문에 네가 기사단에 들어가길 바라는 게 아니야."

세이레나는 에즈라를 데리고 자기 방으로 들어갔다. 동생에게 의자를 권한 그녀는 그 맞은편에 앉아 말을 이었다.

"귀족의 당연한 의무이기 때문에 들어가라는 거야. 타인머스의 모든 귀족은 기사단에서 이 년 동안 수도를 수호해야 할 의무가 있으니까."

스스로 말하면서도 어쩐지 우스워서 세이레나는 피식 웃었다. 그녀는 십 년 전에도, 그리고 지금도 그 의무를 중요하게 여기지 않는다.

"난 그런 의무 싫어."

에즈라의 말에 세이레나는 그녀도 그렇다고 말하려다가 입을 다물었다. 대신 다른 대답을 내놨다.

"친구가 생길 수 있지."

"난 친구 필요 없어."

"그건 모르는 거야."

세이레나도 그랬다. 어차피 사교계의 친구들이란 가벼운 이야기나 하는 관계라고, 어른스럽고 진지한 이야기를 하지는 못하는 모양이라고.

십 년 전에는 그렇게 생각했다. 하지만 재판정에 선 그녀를 변호해 주던 기사들을 봤을 때, 얼굴을 붉히며 펄펄 뛰던 모아나를 봤을 때 생각이 달라졌다.

"에즈라, 나는 언제나 너와 함께 있을 테지만 그게 영원이라는 말은 아니야."

세이레나는 한숨을 내쉬며 말을 이었다. 동생과 평생 같이 있었으면 좋겠다. 그녀가 겪고 돌아온 미래에서 비참하고 증오에 찬 에즈라가 아닌 지금의 에즈라로 나이를 먹도록 돕고 싶었다.

"내가 죽을 수도 있고 다칠 수도 있어."

누나의 말에 에즈라의 얼굴이 일그러졌다. 두 달 전에 부모를 모두 잃은 소년에게는 가혹한 말이었다.

세이레나는 몸을 내밀어 에즈라의 손을 잡았다.

"물론 안 죽으려고 노력할 거야. 아프지도 않고, 다치지도 않으려 애쓸 거야. 하지만 내 노력만으로는 안 되는 일이 있지."

부모님처럼. 그녀의 뒷말은 나오지 못하고 다시 삼켜졌지만 에즈라 역시 알아들었다. 그는 울음을 참기 위해 입술을 깨물었다.

"내가 잠깐 집을 비울 수도 있어. 기사단이니까. 어딘가로 출정을 갈 수도 있지."

그리 흔한 일은 아니지만 드문 일도 아니다. 다른 지방에 문제가 생기면 기사들이 출정을 나가기도 한다. 그녀가 왕비였을 때 무역상들이 잠적한 사건처럼.

"나는 그때 네가 지금처럼 혼자 있길 바라지 않아. 같이 이야기하고 마음을 털어놓을 친구가 있었으면 좋겠어."

세이레나가 왕비였을 때, 그녀가 마음을 털어놓고 의지할 수 있는 사람이 게일과 아드리아나뿐이었던 것처럼 에즈라도 의지할 수 있는 사람이 그녀 하나만이길 바라지 않았다.

의지할 수 있는 사람이 좋은 사람이고 나쁜 사람이고 와는 상관없이 주변에 사람이 적으면 적을수록 세계가 작을 수밖에 없다.

돌아온 삶에서 세이레나는 왕비일 때의 자신의 세계가 얼마나 작았는지 하나둘 깨닫고 있었다.

"나는 누나만 있으면 돼."

에즈라가 울 것 같은 얼굴로 말했다.

안다. 세이레나는 동생의 손을 토닥였다. 나도 다른 사람은 필요 없어. 너만 있으면 돼. 나를 사랑해 주는 너 하나만 있으면 충분해.

하지만 그건 잘못된 생각이다. 세계가 좁아지고, 사람이 쉽게 어긋나 버린다. 세이레나는 그걸 에즈라에게 설명하는 대신 다른 말을 꺼냈다.

"애쉬는 어떻게 생각해? 그레이윈드 공작 말이야."

"공작님은 괜찮아."

에즈라의 눈에 금세 동경이 담겼다. 그녀는 동생이 애쉬를 얼마나 좋아하는지 깨닫고 한숨을 내쉬었다. 그게 못마땅한지, 다행인지 모르겠다. 다행이겠지. 집사가 애쉬 덕분에 에즈라가 요새 편식이 줄었다고 했으니까.

"기사단에 말이야, 내 친구가 있어. 모아나는 알지?"

에즈라가 고개를 끄덕였다. 예쁘장한 누나.

세이레나는 말을 이었다.

"로렌이라고 소드 마스터도 있어."

"여자야?"

"여자야."

에즈라의 눈이 커졌다. 여자인데 소드 마스터라니, 손가락을 꼽는다.

세이레나는 피식 웃으며 말했다.

"이것 봐. 너는 지금 여자도 소드 마스터가 될 수 있다는 걸 알았잖아."

"여자도 소드 마스터가 될 수 있다는 건 원래 알고 있었어."

에즈라는 못마땅한 표정을 지었다. 그런 건 알고 있었다. 애초에 타인머스를 세운 다섯 기사 중 한 명이 여자였으니까. 하지만 실제로 여자 소드 마스터를 만나는 건 다른 문제다. 그런 사람과 누나가 친구인 줄은 몰랐다.

"어떤 사람이야?"

에즈라의 질문에 세이레나는 조금 고민하다가 말했다.

"다정하고 강한 사람."

"공작님이랑 같네."

애쉬와? 세이레나의 눈이 커졌다. 그녀는 조금 생각하다가 말했다.

"그러게."

데니스도, 그리 친한 건 아니지만 다정하고 강한 사람이다.

"어쨌든, 기사단에 가는 건 걱정하지 마. 이미 말도 사 놨으니까."

"말도?"

에즈라의 눈이 커졌다. 헌터가의 아이들은 기사단에 들어가는 것과 동시에 자기 말을 갖게 된다.

세이레나는 빙그레 웃으며 말했다.

"비밀이야."

특히 숙부와 아드리아나에게.

에즈라는 진지한 표정을 짓더니 고개를 끄덕였다.

"무슨 색이야?"

자리에서 일어나면서 에즈라가 물었다.

무슨 색? 세이레나는 곧 그게 말의 색을 말한다는 것을 알아차렸다.

"글쎄. 네가 고를래?"

"고를 수 있어?"

에즈라가 활짝 웃으며 물었다.

그럴걸? 그녀의 말은 헌터 백작이 골랐다. 하지만 생각해 보면 자신이 탈 말을 자신이 고르는 것도 괜찮을 것 같다.

"그래."

에즈라의 얼굴이 활짝 피어올랐다. 진한 파랑색의 눈동자가 기쁨으로 색이 옅어졌다.

"고마워, 누나!"

에즈라는 그렇게 외치며 세이레나를 덥석 끌어안았다. 그렇게 기쁜가? 세이레나는 당황해서 동생의 등을 다독이며 말했다.

"그러니까 가서 공부 열심히 해야 해?"

"알았어!"

에즈라는 그렇게 말한 뒤 신난다는 듯 달려 나갔다.

달리지 말라고 해야 하나. 세이레나는 한숨을 내쉬며 소파에 몸을 기댔다.

"괜찮으세요?"

애나가 차를 가져오며 물었다.

퇴근하자마자 차 한 잔 못 마시고 부리나케 옷만 갈아입고 숙부와 싸웠다. 그리고 바로 에즈라를 달랬고.

간절한 차 한 잔에 세이레나는 미소를 지으며 잔을 들어 올렸다.

"맛있네. 고마워, 애나."

찻잎을 저렴한 걸로 바꾸면서 사용인들은 차를 우리는 데 좀 더 신경 쓰게 됐다. 그렇지 않으면 떫은맛이 나기 때문이다.

신경 썼다는 걸 알아주는 세이레나의 칭찬에 애나는 활짝 웃었다. 그녀는 설탕 병을 들어 올리며 물었다.

"설탕 더 넣을까요?"

"그럴까."

설탕은 비싸지만 이렇게 피곤할 때 한 스푼 정도 넣는 걸로 헌터가가 망하지는 않는다.

세이레나는 애나가 설탕을 넣고 저은 찻잔을 받아 들었다.

"목욕물 받아 놨는데요."

소파에 머리를 대고 멍하니 있는 세이레나에게 애나가 말했다.

목욕물? 그녀가 고개를 들자 애나가 재빨리 말했다.

"헤이스 백작님의 파티에 가기로 하셨잖아요."

"아."

맞아. 잊어버릴 뻔했다. 헤이스 백작이 세이레나를 초대했다. 그 역시 아버지의 친구다.

"가야지."

애나가 능숙하게 세이레나의 찻잔을 받아 들어 테이블에 올려 둔 뒤 그녀의 옷을 벗겼다.

바로 옆방에 준비된 욕조 안에 따듯한 물이 찰랑대고 있었다.

"아, 살겠다."

욕조 안으로 들어간 세이레나가 욕조에 팔을 걸치며 신음했다.

애나는 그녀에게 다시 찻잔을 쥐여 주며 말했다.

"또 멍이 늘었네요."

"어디?"

팔에 멍이 들어 있다.

몰랐다.

세이레나는 할 수 없지, 하고 차를 홀짝 마셨다. 훈련을 시작한 후로 멍이 점점 늘어났다. 세이레나의 피부는 하얗기 때문에 멍이 더 도드라진다.

속상한 마음에 애나가 투덜거렸다.

"왜 자꾸 멍이 늘어나는 거예요?"

"오늘은 그래도 덜 생긴 거야."

로렌이 봐줬기 때문이다. 그녀가 원래 실력대로 했다면 세이레나는 지금쯤 온몸이 멍투성이일 것이다.

"얼마 전에는 팔이 찢어져서 오시더니."

애나가 스펀지에 비누 거품을 묻혀 세이레나의 왼팔을 들어올렸다. 괴조의 발톱에 찢어진 흔적이 아직 남아 있다.

하지만 세이레나는 희미하게 웃었다. 이런 상처는 좋다. 무력하게 검에 찔린 상처에 비하면 이건 그녀가 강하고 용감했다는 증거다.

"드레스는 어떻게 하시겠어요?"

"글쎄."

심드렁한 세이레나의 말에 애나가 눈을 부릅떴다. 그녀는 문 옆에서 대기하고 있던 하녀에게 눈짓하며 말했다.

"선물 받은 거 입으실 거죠?"

'무슨 선물?'이라고 생각했던 게 우습다.

이걸 잊어버릴 수야 없지. 세이레나는 쓰게 웃으며 마차에서 일어났다.

헤이스 백작의 저택에 도착했는지 마차들로 길이 어수선했다.

"사람 많네."

모아나가 따라 내리며 말했다. 이럴 때는 빨리 내려 주는 게 예의라 모아나는 재빨리 마차에서 떨어졌다. 끝날 시간쯤에 모시러 오겠다는 말과 함께 쿨린가의 마차가 멀어졌다.

"무슨 발표를 한다던데?"

세이레나는 초대장을 떠올리며 말했다. 즐거운 소식을 알리고 싶어 초대한다고 나와 있었다.

"누가 결혼하나?"

"헤이스 백작의 자녀는 하나뿐이잖아?"

"필리는 재작년에 결혼했지."

두 사람의 머릿속에 기사단 기사였던 필리 헤이스가 떠올랐다. 밝은 갈색 머리카락에 코를 문지르는 게 버릇인 여기사였다.

"그럼 결혼은 아니네."

모아나는 그렇게 말하며 어깨에 두른 코트에 손을 댔다. 기다리고 있던 사용인이 재빨리 모아나와 세이레나의 코트를 받아들었다.

"세이레나 헌터와 모아나 쿨린이에요."

"알겠습니다."

모아나는 코트를 사용인들에게 넘기고 세이레나를 돌아봤다가 눈을 크게 떴다.

"세상에! 새 드레스야?"

"어, 으응."

"너무 예쁘다. 언제 샀어?"

"으음."

세이레나는 민망함에 볼을 붉적이다가 누가 들을세라 속삭였다.

"사실 애쉬가 준 거야."

"단장님이?"

모아나의 눈동자가 다시 세이레나의 드레스를 훑었다. 짧은 금발과 쇄골이 드러난 상체 사이로 분홍색 다이아몬드가 달린 목걸이가 존재감을 뽐내고 있었다. 그녀는 세이레나의 손을 마주 잡으며 속삭였다.

"목걸이도?"

"전부."

"전부?"

모아나의 눈이 세이레나의 옷차림을 다시 훑었다. 그제야 그녀는 세이레나가 말한 전부의 의미를 깨달았다.

보석과 리본으로 하나하나 수놓은 분홍색과 자주색의 드레스.

다이아몬드 목걸이.

자수정 귀걸이.

다이아몬드와 루비가 섞인 팔찌까지.

모아나의 입이 딱 벌어졌다. 그녀는 세이레나를 향해 몸을 내밀며 속삭였다.

"전부? 팔찌까지?"

"응. 사실은 머리핀도."

모아나의 시선이 세이레나의 머리카락으로 향했다. 이건 본거다. 며칠 전에도 하고 왔었다. 그녀는 눈을 동그랗게 뜨고 물었다.

"뭐야, 설마 받은 지 좀 된 거야?"

"그렇다고 할 수 있지."

"그런데 왜 이제야 입은 건데?"

"좀, 그렇잖아."

"뭐가 좀 그래?"

"파혼할 건데, 받기 좀 그렇잖아."

애 뭐라니? 모아나는 어이없다는 눈으로 세이레나를 쳐다봤다. 말도 안 되는 소리를 하고 있네. 그녀는 세이레나와 팔짱을 끼며 말했다.

"난 그렇게 약한 친구를 둔 적 없다. 단장님 정도면 매 시즌마다 이렇게 몇 번씩 사 주셔도 티도 안 날걸?"

그건 그렇지만. 세이레나는 자신이 무슨 말을 해도 친구의 마음에 들지 않을 것을 깨닫고 입을 다물었다.

미인들이네. 세이레나와 모아나가 등장하자 사람들이 돌아보기 시작했다.

뭘 잘못했나? 세이레나는 저도 모르게 어깨를 움츠렸다. 집에서 나올 때는 하녀들이 예쁘다고 해 줘서 기분 좋았는데 정작 헤이스 백작 저택에 오니 어딘가 불안했다.

"모아나, 나 괜찮아?"

"예뻐, 아아아아주 예뻐."

"너무 파진 거 아니지?"

애 왜 이래? 모아나는 어이가 없어서 세이레나의 가슴 쪽으로 고개를 내밀었다.

"뭐, 뭐 하는 거야?"

세이레나가 깜짝 놀라서 가슴을 가리며 물러났다. 하지만 그렇게 가리지 않아도 세이레나의 드레스는 가슴이 보이지 않는다.

모아나는 어휴 하고 큰 소리로 한숨을 내쉬며 세이레나의 팔을 잡았다.

"안 보인다니까. 그 옷에서 네 가슴을 보려면 누가 잡아 뜯지 않으면 안 될걸?"

"그, 그렇겠지?"

"네 다른 옷보다 그렇게 많이 파지지도 않았어."

고작해야 손가락 한 마디 정도다. 아니, 그보다 덜 될까. 하지만 세이레나는 그것만으로도 너무 많이 파진 것처럼 느껴졌다.

모아나는 친구의 행동이 이상해서 고개를 갸웃했다. 갑자기 왜 이래? 그녀는 친구를 위해 한마디 더 했다.

"그리고 너보다 더 파진 드레스 많아."

확실히 가슴골이 거의 보일 정도로 파인 드레스를 입은 사람도 많다.

세이레나는 그녀가 왕비가 된 후에는 꽤 파인 드레스가 유행했다는 것을 기억해 냈다. 이 정도면 오히려 덜 파진 것에 가깝다.

괜찮겠지? 세이레나는 간신히 가슴에서 손을 떼고 모아나와 함께 헤이스 백작에게 향했다.

"안녕하세요, 백작님."

"초대해 주셔서 감사합니다."

"이게 누구야, 내가 제일 좋아하는 미인 기사들 아니야?"

헤이스 백작이 유쾌하게 두 사람을 맞이했다.

다행이다. 세이레나는 속으로 한숨을 내쉬었다.

사실 걱정하고 있었다. 헤이스 백작은 어느 순간 세이레나를 미워하기 시작한 사람 중 하나였다. 아버지의 친구였지만 그녀가 왕비가 된 후로 그녀를 미워했다.

왕비인 세이레나를 멀리한 사람은 많았다. 그녀는 게일과 아드리아나, 왕 외에는 만나지 못했고 세 사람은 그걸 이용해 그녀를 휘둘렀다.

왕이 그녀를 육체적으로 학대했다면 게일과 아드리아나는 정신적으로 학대했다. 게일은 그 자신을 통하지 않으면 왕비와 편지조차 나누지 못하게 했고 그걸 자신의 이익으로 이용했다.

물론, 그때의 세이레나는 전혀 몰랐다. 사람들은 점차 세이레나를 멀리하기 시작했고 때때로 그녀를 미워하거나 증오하는 사람들도 생겨났다.

헤이스 백작은 후자였다.

왜 미워했던 걸까. 세이레나는 굳은 얼굴을 펴며 생각했다. 그가 세이레나에게 뭔가를 요구했다고 들었다. 세이레나가 왕비라는 것을 이용해서 범죄를 덮으려 했다고, 게일이 말했다.

그때는 믿었다. 왕비인 그녀를 모두가 이용할 것이라고 게일이 말했으니까.

하지만 지금은 그 말이 거짓일 수도 있다는 것을 안다.

"제 다음으로 말이죠, 아버지?"

그의 뒤에서 필리가 고개를 내밀며 말했다.

필리 헤이스 경. 헤이스 백작의 외동딸이자 후계자다.

헤이스 백작은 껄껄대고 웃으며 딸의 어깨를 감싸더니 말했다.

"그래. 우리 필리만 빼고."

세이레나는 멍하니 그 모습을 바라봤다. 그녀의 아버지도 그녀를 아꼈다. 다정한 분은 아니었다. 귀족답게 조금은 이기적인 부분도 있었다.

하지만 아버지였다.

"내 예쁜 세이렌."

아버지가 부르던 그 별명이 악담으로 바뀐 것은 그녀가 왕비가 되고 몇 년 후의 일이었다.

"어머, 헤이스 경!"

모아나는 필리의 옷을 보고 눈을 동그랗게 떴다.

왜? 세이레나는 모아나를 쳐다봤다가 필리가 배를 내미는 것을 깨닫고 입을 딱 벌렸다.

"몇 개월이야?"

"이제 오 개월."

"세상에. 그럼 발표한다는 게?"

헤이스 백작과 필리가 미소 띤 얼굴로 고개를 끄덕였다. 필리의 임신 발표였구나.

"잘됐다. 축하해."

모아나와 세이레나가 각각 필리를 끌어안으며 말했다. 재작년에 결혼하면서 기사단을 그만두기 전까지 그래도 종종 같이 놀러 다녔다.

"헤이스 경은?"

모아나가 필리의 남편의 행방을 물었다. 필리나 남편이나 둘 다 헤이스 경이지만 여기 있는 건 필리 헤이스뿐이라 문제없이 답이 나왔다.

"입구에서 사람들에게 인사하고 있는데, 못 만났어?"

못 봤다.

필리의 남편이 누구더라? 그렇게 생각하며 세이레나가 말했다.

"남편은 어때?"

"좋아해. 근데 여자애였으면 좋겠대."

"너는?"

"난 남자애였으면 좋겠어."

어느 쪽이나 백작이 될 테니 상관없을 거다. 필리가 다음 헤이스 백작이 되는 것처럼. 하지만 세이레나는 필리가 딸을 낳을 것이라는 것을 알았다. 그녀가 살고 온 인생에서 필리는 그녀와 똑 닮은 딸을 낳았다.

그렇구나. 말없이 고개를 끄덕이는 세이레나 옆에서 모아나가 손을 저으며 말했다.

"여자애가 더 좋아. 예쁜 옷을 입힐 수 있잖아."

"하긴 그건 그래."

필리는 빙그레 웃으며 배를 쓰다듬었다. 요즘 유행하는 어깨가 드러나고 허리를 조인 드레스가 아니라 목까지 감싸고 가슴 바로 아래에서 뚝 떨어지는 드레스를 입고 있어서 임신했다는 것을 알기는 어려웠지만 저렇게 행동하니 부푼 배가 보인다.

"움직이기 힘들진 않아?"

세이레나는 좀 신기한 기분으로 필리의 배를 쳐다보며 물었다. 십 년이나 살고 돌아왔지만 그 인생에서 그녀는 임신한 적이 없었다.

필리는 뿌듯한 미소를 지으며 말했다.

"힘들어. 근데 아버지도 많이 도와주시고, 저스틴도……."

저스틴. 낯익은 이름이다. 필리의 남편이라 그런가?

세이레나가 고개를 갸웃했을 때였다. 그녀의 뒤에서 다가온 사람이 모아나와 세이레나를 지나쳐 필리를 끌어안았다.

"내가 뭐?"

저스틴 헤이스는 필리의 어깨를 감싸 안으며 돌아섰다.

모아나와 세이레나의 눈에 저스틴의 얼굴이 보였다.

"헤이스 경이 얼마나 부인을 도와주는지 이야기 중이었죠."

모아나는 사교적인 표정을 지으며 말했다. 하지만 세이레나는 저스틴의 얼굴을 보자마자 딱딱하게 굳었다.

기억났다.

"헌터 경?"

세이레나의 표정을 본 필리가 무슨 일이냐는 듯 눈을 동그랗게 떴다.

"무슨 일 있어?"

필리는 저스틴을 쳐다봤다가 세이레나의 얼굴을 쳐다봤다. 무슨 일이지?

그녀의 반응에 세이레나가 허둥지둥 대답했다.

"아, 아니야. 방금 잊어버리고 있던 게 생각나서."

"뭔데 저스틴 얼굴을 보니까 생각나?"

"어, 아니, 음. 에즈라한테 말을 사 줘야 한다는 생각?"

어쩌다 보니 에즈라의 말 이야기가 튀어나왔다. 여기 오기 전에 대화한 탓이다.

그녀의 말에 모여 있던 사람들이 웃음을 터트렸다. 저스틴은 자기 얼굴을 문지르며 말했다.

"제가 말상인가요?"

"아, 아뇨. 그게 아니라……."

상대방의 얼굴을 보고 말을 떠올리다니, 엄청난 실례다. 세이레나는 허둥지둥 말했다.

"에즈라가 자기 말은 꼭 자기가 고르고 싶다고 했거든요. 전 남자애들은 어떤 말을 좋아하는지 모르니까, 어……."

뭐라고 말해야 할지 모르겠다. 그때 누군가 세이레나의 곁으로 다가오며 말했다.

"내가 도와주면 되지."

사람들의 눈이 커졌다.

세이레나는 사람들의 반응으로 애쉬가 왔다는 것을 알았다. 기척 없이 다가온 그가 그녀의 옆에 서자 마자 순식간에 존재감을 뽐내기 시작했다.

"초대해 주셔서 감사합니다, 헤이스 백작님."

"나야말로 와 줘서 고맙습니다, 그레이윈드 공작."

애쉬는 헤이스 백작과 악수를 하고 곧이어 필리에게도 손을 내밀었다.

"축하합니다, 헤이스 경."

그는 필리의 남편인 저스틴과도 악수한 뒤 세이레나에게 몸을 돌렸다.

싱글벙글 웃는 모아나의 얼굴이 놀란 세이레나의 얼굴 뒤로 보였다.

"예쁘네."

애쉬는 그렇게 말하며 고개를 기울였다. 응. 그래. 예쁘다. 여기 있는 사람들 전부 세이레나만 쳐다보고 있다. 그는 그녀의 어깨에 팔을 두르고 싶은 것을 참느라 가슴 위로 팔짱을 꼈다.

"어, 언제 왔어요?"

세이레나가 눈을 깜빡이며 물었다. 그가 올 줄은 몰랐다.

넌 알았어? 그녀가 모아나를 돌아봤을 때 모아나는 이미 자리를 비운 뒤였다.

"방금."

애쉬는 팔짱을 풀고 팔을 내밀었다. 손을 얹으라는 행동에 그녀는 반사적으로 그의 팔 안쪽으로 손을 얹었다.

"헤이스 백작님과 알아요?"

"백작님은 잘 모르지만 헤이스 경들은 알지."

필리 헤이스와 저스틴 헤이스. 둘 다 기사단 소속이었고 한 명은 아직 기사단 소속이니 당연히 알 것이다.

그렇군. 세이레나는 고개를 끄덕였다.

헤이스 백작이 아니라 헤이스 경이 초대한 것이다.

"생각해 보니 기사단장은 초대장을 엄청나게 받겠네요."

"거의 쏟아진다고 할 수 있지."

애쉬는 쿡쿡 웃으며 말했다. 그에게 오는 초대장은 말 그대로 쏟아진다. 기사단의 대부분은 귀족이고 그들의 집안에서 대외적인 행사가 있다면 그는 반드시 초대받는다.

"안녕하십니까, 그레이윈드 공작, 헌터 경."

사람들이 애쉬와 세이레나에게 계속 인사를 건넸다. 안녕하세요, 가볍게 인사를 건네면서 세이레나는 그가 얼마나 인기가 있는지 새삼 깨달았다.

여자들은 물론 남자들도 선망하는 게 보인다. 공작이라거나 잘생겼다는 점 외에도 그는 최연소 소드 마스터라는 점으로 사람들의 선망을 받고 있었다.

"그래서, 에즈라의 말은 언제 고를 거야?"

에즈라의 말? 세이레나는 그게 무슨 소린가 하고 애쉬를 쳐다 봤다가 곧 알아차렸다.

아, 에즈라의 말. 대충 핑계 댄 게 어째 일이 커지고 있다.

세이레나는 망설이다가 말했다.

"에즈라와 함께 가려고요."

"자기 말은 자기가 고르고 싶기 마련이지."

애쉬는 그렇게 말하며 자신의 말을 떠올렸다. 그는 열세 살 때 처음으로 말을 선물 받았을 때부터 자신이 골랐다. 평소에도 타고 다니지만 전투에도 나가야 하니 직접 고르고 싶었다.

"남자애들은 어떤 말을 고르고 싶어 할까요?"

세이레나의 질문에 애쉬는 빙그레 웃으며 말했다.

"멋진 말."

그의 말에 세이레나는 애쉬의 말을 떠올렸다. 새까만 털을 가진 커다란 말이다. 애쉬와 닮았다.

그녀는 그를 한번 힐끔 쳐다보고 그의 말에 에즈라가 타는 것을 상상했다.

안 된다. 저도 모르게 미간에 주름이 생겼다.

애쉬의 말에 에즈라가 타면 말은 에즈라가 탄 줄도 모를 것 같다.

"당신 말 같은 말은 절대 안 돼요."

무슨 생각을 하는지 알 것 같아서 애쉬는 쿡쿡대며 말했다.

"지금은 그렇지만 몇 년 후에는 에즈라도 커질걸?"

그럴 리가. 세이레나는 에즈라가 나이를 먹어도 많이 커지지는 않을 거라고 생각했다. 그녀가 살고 돌아온 삶에서도 에즈라는 그리 크지 않았다.

애쉬처럼 커지는 건 건의 불가능에 가깝지 않을까.

그때 세이레나의 눈앞으로 저스틴이 지나갔다. 움직이기 힘든 필리를 대신해서 손님을 맞이하러 가는 것이다.

"잠시만요."

세이레나는 애쉬에게 양해를 구하고 저스틴에게 다가갔다. 그는 입구를 향해 서 있다가 세이레나가 말을 걸자 뒤를 돌았다.

"아, 헌터 경. 필요한 거라도 있나요?"

싹싹한 저스틴의 말에 세이레나는 미소를 지으며 고개를 저었다. 그보다 꼭 하고 싶은 말이 있다. 그녀는 주변에 들리지 않도록 몸을 기울여 저스틴에게 속삭였다.

"도박, 그만둬요."

저스틴의 눈동자가 튀어나올 것처럼 커졌다. 그는 재빨리 주변을 살피고 세이레나에게 속삭였다.

"도, 도박 아닙니다."

카드 게임이겠지. 아직은.

세이레나는 단호하게 말했다.

"도박이에요. 그만두세요. 아이도 생겼잖아요."

어떻게 알았지? 저스틴은 당황해서 세이레나와 주변을 두리번거리다가 애쉬를 발견했다.

애쉬는 무슨 일인가 하고 눈을 가늘게 뜨고 그와 세이레나를 쳐다보고 있었다.

"어떻게, 아니, 필리에게 말했습니까? 단장님께는요?"

저스틴은 기사단에서 필리와 만나 결혼했다. 어차피 필리는 헤이스 백작이 될 테니 장자보다는 작위가 없는 사람이 나았고 저스틴은 평민 출신의 기사였으니 딱 맞았다. 서로 좋아하기도 했고.

그렇기 때문에 그는 간단한 카드 게임이라면 몰라도 도박이 되면 필리의 아버지인 헤이스 백작이 자신을 가만두지 않으리라는 것을 잘 알았다.

"아직 아무에게도요. 그러니 지금 그만두세요."

"그냥 카드 게임이라고요."

저스틴이 억울하다는 듯 말했다. 하지만 세이레나는 고개를 저었다.

지금은 그렇겠지.

하지만 조만간 저스틴의 카드 게임은 어마어마한 규모의 도박이 된다. 그는 빚을 지게 되고 그걸 갚지 못해 피해를 헤이스 가에게까지 끼치게 된다.

헤이스 백작이 게일을 통해 세이레나에게 도움을 요청한 건 그거였다. 빚을 탕감해 달라는. 하지만 세이레나가 빚을 탕감해 줄 수 있을 리가 없다. 게일은 그래서 거절했다고 말했다.

"누가 말했습니까?"

저스틴이 심각한 표정으로 물었다. 그건 남자들만의 카드 게임이었다. 그는 아무에게도 말하지 말라는 말을 들었고 지켰다. 그러니 누군가 말했다면 그자가 배신자인 것이다.

"그건 중요하지 않아요."

"헌터 경⋯⋯."

저스틴이 세이레나에게 몸을 내민 순간 애쉬의 팔이 끼어들었다. 그는 세이레나의 몸을 감싸듯 팔을 뻗으며 저스틴에게 물었다.

"내가 알아야 할 일이라도?"

냉정한 말에 저스틴의 몸이 움찔했다. 그는 애쉬를 한 번 보고 세이레나를 다시 본 뒤 말했다.

"아닙니다."

저스틴은 그대로 물러났다.

젠장. 세이레나는 입술을 깨물며 저스틴의 뒷모습을 지켜봤다. 이걸로 그만두면 좋겠는데. 하지만 그러진 않을 것 같다. 적어도 그녀가 안다는 것을 알게 됐으니 조심하지 않을까.

그렇게 생각하는 세이레나에게 애쉬가 물었다.

"뭐였어?"

헤이스 경과 이야기하는가 싶더니 갑자기 헤이스 경이 적대적으로 변했다.

무슨 대화를 한 걸까? 하지만 세이레나는 그의 질문에 답해 줄 생각이 없었다.

"그럴 필요 없었어요."

"필요?"

애쉬의 미간에 주름이 생겼다.

세이레나는 화를 참으며 말했다.

"절 보호하려고 할 필요 없었다고요."

그녀는 자신의 몸 정도는 지킬 수 있다. 게다가 여긴 헤이스 백작의 파티다. 그의 사위인 저스틴이 손님인 세이레나에게 위험을 가할 리가 없다.

애쉬는 한쪽 눈썹을 들어 올렸다. 저스틴이 감히 세이레나를 위협하지 않으리라는 것은 그도 잘 안다. 그는 자세를 고치며 말했다.

"말했잖아. 필요의 문제가 아니라고."

그냥 몸이 제멋대로 나간 것뿐이다. 하지만 그는 세이레나가 더 말하기 전에 재빨리 주제를 바꿨다.

"그보다, 헌터 경이 살던 지방으로 보냈던 사람이 돌아왔는데."

분노로 반짝이던 세이레나의 눈빛이 바뀌었다. 적대적이던 세이레나의 분위기가 바뀌는 것을 보고 애쉬는 저도 모르게 미소 지었다.

"헌터 백작 부부가 사고를 당할 때 거기 있었다더군."

애쉬는 다시 팔을 내밀며 말했다. 세이레나가 그의 팔 안쪽에 손을 얹자 두 사람은 파티장을 천천히 걷기 시작했다.

"누군가에게 시켰을 가능성은요?"

그것도 확인했다.

애쉬는 고개를 저었다. 헌터 경이 헌터 백작이 죽기 전에 방문자를 받거나 편지를 주고받은 게 있는지도 확인했다.

"그럼 최소한 부모님의 죽음에 숙부는 관련이 없다는 거군요."

세이레나는 조금 안도했다. 다행이다. 아버지가 최소한 자신의 동생의 손에 죽은 게 아니라서.

그때 누군가 애쉬를 향해 뛰어왔다.

이런 곳에서 뛰는 사람이 있어? 세이레나는 가까워진 소년을 보고 눈을 동그랗게 떴다.

기사복을 입고 있다. 다른 점이라면 페이지의 남색 기사복이라는 점이다.

전령으로 온 모양이군. 애쉬는 그대로 서서 고개를 끄덕였다.

주변 사람들이 무슨 일인가 하고 세 사람을 주시했다.

"외곽에 몬스터가 나타났습니다."

세이레나는 저도 모르게 긴장했다. 출전인가? 하지만 애쉬는 아무 말도 하지 않았다.

페이지가 계속해서 보고했다.

"동물형으로 수는 반 분단 정도라고 합니다."

"누가 상대하고 있지?"

밤 근무라면 짝수 분단이다. 세이레나의 눈이 모아나를 찾았다. 모아나도 출전해야 할지도 모른다.

"팔 분단이 상대하고 있습니다. 곧 십 분단이 출동하고요."

"그래. 가 봐도 좋아."

페이지가 고개를 꾸벅하고 물러났다.

세이레나는 애쉬의 팔을 잡아당기며 물었다.

"출전해야 하는 거 아니에요?"

"동물형 대여섯 마리 정도로?"

이미 팔 분단이 상대하고 있으니 문제없다. 게다가 십 분단이 곧 출동한다니 걱정할 필요가 없을 거다.

십 분단이 도착할 때쯤이면 팔 분단은 처리를 끝냈을 거다.

세이레나는 입을 다물었다. 기사단장인 만큼 애쉬의 판단이 옳을 것이다. 그녀는 말없이 애쉬와 함께 파티장을 걷다가 물었다.

"최근, 몬스터의 습격이 잦네요."

"겨울이니까, 먹을 게 부족한 탓이겠지."

그렇게 말하면서도 애쉬는 자신의 말을 믿지 않았다. 세이레나의 말대로 몬스터의 습격이 너무 잦다.

매년, 기사단은 겨울이 되면 먹을 것을 찾아 인가를 습격하는 몬스터와 짐승에 대비한다. 그러기 위해서 행정 기사들이 예년 기록을 찾아 보고서를 작성해 애쉬에게 제출한다. 그러면 애쉬는 습격이 잦았던 쪽에 더 상위 분단을 배치하는 식으로 대비하는 것이다. 그렇게 애쉬는 피해를 최소한으로 해 왔다.

하지만 이번 겨울은 좀 달랐다. 습격도 잦고 수도 많았다. 예년 기록에 의하면 가장 많은 수가 습격한 경우가 한 분단이다.

사실 몬스터가 습격하는 건 작은 마을 정도다. 하지만 타임머스는 드래곤을 물리치고 그 시체 위에 나라를 세웠다는 전설이 내려오는 만큼 수도 주변에도 몬스터가 많았다.

그리고 그런 몬스터로부터 일반인을 지키기 위해 기사단의 실력도 다른 나라의 기사단보다 월등한 편이다.

"다친 사람이 없었으면 좋겠네요."

세이레나는 한숨을 내쉬며 말했다. 그녀가 왕비일 때는 다친 사람은 전부 남자였다. 여기사들이 거의 다 나가 버렸으니 당연하다.

하지만 지금은 바뀌었다. 여기사들은 여전히 기사단에 남아 있고 그중 몇몇과는 전과 다르게 친분이 생겼다.

"맙소사."

세이레나는 저도 모르게 신음을 내뱉었다. 그 말은, 그녀가 살고 온 인생에서는 멀쩡히 살아남은 사람이 지금은 죽거나 다칠 수도 있다는 뜻이다.

내가 무슨 짓을 한 거지? 세이레나의 몸이 가늘게 떨리기 시작했다.

"레나?"

애쉬는 세이레나의 몸이 군자 고개를 숙였다가 핼쑥해진 세이레나의 얼굴을 발견하고 당황했다.

어디 안 좋나? 그는 재빨리 세이레나는 테라스로 이끌었다. 차가운 공기를 마시면 좀 나아질지도 모른다.

"괜찮아?"

애쉬의 질문에 세이레나는 멍하니 고개를 들었다. 그녀의 자줏빛 눈동자에 눈물이 글썽였다.

"레나?"

무슨 일이지? 그는 세이레나가 추울 것 같아 부랴부랴 재킷을 벗어 그녀의 어깨에 얹었다.

"누군가 다치면 어떻게 하죠?"

세이레나는 부들부들 떨며 물었다. 딱히 애쉬에게 물어본 건 아니었다. 그녀의 걱정이 입 밖으로 나온 것에 가까웠다.

"누구? 기사들?"

세이레나의 고개가 끄덕였다. 그녀는 누군가 다치길 바라지 않는다. 그녀의 인생이 바뀌길 바랐지만 다른 사람의 인생도 바뀌길 바란 건 아니다. 좋은 방향으로 바뀌는 거라면 다행이지만 나쁜 방향으로 바뀐다면 그 죄책감을 견디기 어려울 것이다.

"레나, 기사들은 누구나 다치기 마련이야."

애쉬는 세이레나의 어깨를 잡고 다정하게 말했다. 이런 건 페이지 때 누구나 한번쯤 겪기 마련이다.

싸우거나 친하게 지내던 동료가 어느 날 전투에서 다쳐 기사단을 그만두거나 죽기도 한다.

그걸 견디지 못하고 중간에 기사단을 떠나는 자들도 있다. 하지만 세이레나는 버텨 왔고 지금까지 문제없이 기사로 살고 있다.

그는 오히려 그녀가 갑자기 이러는 게 놀라웠다.

"그게 아니라……."

세이레나는 말하려다 말고 입을 다물었다. 이걸 애쉬에게 설명할 수는 없는 노릇이다. 그녀가 십 년을 더 살다 돌아왔다는 것을.

말하고 싶지만 말할 수 없다. 운이 좋아야 그녀가 꿈을 꿨다고 생각할 거고 운이 나쁘다면 그녀가 미쳤다고 생각할 것이다.

"당신은 어떻게 버텨요?"

세이레나는 애쉬의 재킷을 꽉 쥐며 물었다. 그는 단장이니 더 많은 기사들의 부상과 죽음을 봐 왔을 것이다. 라고말리 기사단의 기사는 사망이 적은 편이지만 고작 십 인 분단이었던 그녀가 보는 것보다 더 많이 봤겠지.

"그냥……."

애쉬는 쓰게 웃었다. 이런 걸 물어볼 줄 몰랐다. 솔직히 말하면 그걸 물어본 건 세이레나가 처음이다.

기사단에서 누군가 죽거나 다치면 그나 데니스가 찾아가서 알린다. 가족의 부상이나 죽음 통지를 듣는 사람들의 반응은 거의 비슷하다.

"다음에는 한 명이라도 더 지킬 수 있길 바라지."

"한 명이라도."

세이레나는 이미 돌아왔다. 그리고 왕비의 죽음을 막았다. 왕비가 죽지 않기 때문에 다른 사람이 죽는다면? 세이레나는 그건 자신의 탓이라고 생각했다.

죽었을 누군가의 목숨을 구함으로써 세이레나는 미래를 바꿔 버렸다.

그녀가 알던 미래가 조금씩 달라졌다. 달라진 미래에서 다른 누군가가 죽을지는 아무도 모른다.

왕비가 죽지 않기를 바라는 만큼 세이레나는 기사들도 죽지 않기를 바랐다. 모아나, 로렌, 베키. 모두 좋은 사람들이다.

그리고 애쉬도.

세이레나는 문득 미래가 조금 바뀐 만큼 다른 사람의 안전도 확실하지 않다는 것을 깨달았다.

애쉬도 다칠 수 있다. 그건 그녀에게 엄청난 충격으로 다가왔다.

"강해지면 다른 사람들을 지킬 수 있겠죠?"

세이레나는 애쉬를 향해 말했다. 그녀의 물음은 질문이 아니라 다짐이었다. 그녀의 인생을 구하고 에즈라와 집안을 지키기 위해서 강해지려 했던 지난번과 달랐다. 이번에는 그녀가 바꾼 미래로 다치거나 죽을지도 모르는 사람들을 구하기 위해서였다.

"그러길 바라지."

애쉬는 세이레나를 향해 고개를 기울이며 말했다. 하지만 아무리 강해진다 해도 모든 사람을 지킬 수는 없다. 그는 그 사실을 잘 알았지만 굳이 그걸 말해서 세이레나를 실망시키고 싶지 않았다.

맹세

"헌터 경, 있습니까?"

저스틴 헤이스가 세이레나를 찾아온 것은 헤이스 백작의 파티가 끝나고 며칠 뒤의 일이었다.

세이레나는 퇴근 준비를 하다가 고개를 들었다. 퇴근이라고 해도 별 건 없다. 근무 도중 무슨 일이 있었는지 보고를 하고 근무를 마쳤다는 표시로 그녀의 네임텍을 빼놓는 것뿐이다.

"헤이스 경?"

세이레나는 깜짝 놀라서 다가갔다. 무슨 일이지? 필리와도 그리 친한 건 아니었지만 그녀는 저스틴과는 더더욱 친하지 않았다.

"잠깐 이야기 좀 할 수 있을까요?"

저스틴의 말에 세이레나는 재빨리 퇴근 준비를 끝내고 대기실을 빠져나왔다.

싸늘한 바람이 복도를 강타했다. 누군가 환기시킨답시고 창문을 열어 둔 모양이다.

"퇴근하는 길인데, 어디 들어갈까요?"

세이레나의 말에 저스틴은 고개를 저었다. 그럴 필요까지는 없다.

그는 복도를 걸으며 말했다.

"제가 그, 카드 게임을 한다는 걸 누구에게 들었습니까?"

갑자기 무슨 일인가 했더니 그게 신경 쓰인 모양이다.

세이레나는 단호한 표정으로 말했다.

"그건 말씀드릴 수 없어요."

어차피 그녀가 진실을 말한다 해도 그는 믿지 않을 것이다.

그렇다면 그냥 누군가에게 이야기를 들은 것처럼 말하면 된다.

세이레나는 저스틴이 알려 달라고 억지를 부릴 경우 화낼 각오도 했다. 하지만 그는 억지를 부리지 않았다. 그저 곤란한 표정을 지으며 말했다.

"혹시, 제가 뭔가 위험한 일에 휘말린 건가요?"

"네?"

이게 무슨 소리야? 세이레나가 어리둥절해 하자 저스틴은 고개를 갸웃하며 말했다.

"헌터 경에게 바이트가 형제들이 위해를 가하려 했다는 걸 들었거든요."

그런데? 세이레나는 무표정한 얼굴로 그를 쳐다봤다.

저스틴은 머리를 긁적이며 말했다.

"혹시, 그것 때문에 바이트가의 형제들이 조사받고 있는 건가요?"

응? 세이레나의 눈이 동그래졌다. 그녀는 입을 벌렸다가 닫았다. 그리고 다시 입을 열었다.

"혹시, 그 도박을 주최하는 게 바이트 경인가요?"

이번에는 저스틴의 눈이 커졌다. 그는 '어라?' 하고 놀라더니 말했다.

"혹시 몰랐습니까?"

"네. 지금 처음 들었어요."

이런. 저스틴은 혀를 찼다. 괜히 말했다. 지난 며칠간 그는 세이레나가 그에게 도박을 멈추라는 경고를 한 이유를 알아내려 애썼다.

하지만 아무리 생각해도 세이레나가 카드 게임을 멈추라고 할 이유가 없다.

그러다가 그는 기사단장인 그레이윈드 공작이 바이트 경들에게 매우 화가 났다는 이야기를 들었다. 그의 약혼자인 헌터 경을 공격했다는 게 그 이유였다.

저스틴이 참여하고 있는 카드 게임의 판은 바이트 형제가 주최하는 거다.

그렇다면 간단하게 이어진다.

그렇지 않아도 바이트가의 형제에게 화가 났던 기사단장은 바이트 형제가 주최하는 도박판을 알아차렸고 거기 연루된 사람들을 모두 징계를 주려고 하는 거다.

거기까지 생각한 저스틴은 부랴부랴 세이레나를 찾아왔던 거다.

"그럼 카드 게임과 단장님은 아무 관계없는 겁니까?"

다행이라는 표정으로 저스틴이 물었다.

세이레나는 그렇다고 말하려 했다. 애쉬는 도박판에 대해 전혀 모를 것이다. 하지만 그녀는 곧 말을 바꿨다.

"글쎄요."

"글쎄라니, 단장님이 아시는 겁니까, 모르시는 겁니까?"

차라리 잘됐다.

세이레나는 저스틴을 도박판에서 빼낼 좋은 기회라고 생각했다.

"제가 말씀드릴 수 있는 건, 헤이스 경은 거기서 손을 떼셔야 한다는 것뿐이에요."

거짓말은 아니다.

세이레나는 그렇게 말하고 입을 다물었다.

저스틴은 뭔가를 더 묻고 싶어서 입을 벌렸다가 세이레나의 뒤를 바라보더니 입을 다물었다.

뒤에 뭐가 있나? 그녀는 뒤를 돌아봤지만 아무것도 없었다.

기사단 정원이 보이는 창문이 있을 뿐이다.

"알겠습니다. 실례가 많았네요."

저스틴은 그렇게 말하고 물러났다.

생각보다 쉽게 떠나네. 세이레나는 그렇게 생각하며 퇴근을 위해 걸음을 서둘렀다.

당연히 그녀는 창문 너머로 애쉬가 지나가다가 저스틴과 그녀를 쳐다봤다는 것을 몰랐다.

"공작님도 함께 가신다고?"

며칠 뒤, 말을 고르러 가기 위해 자기 방에서 나오던 에즈라가 눈을 반짝이며 물었다.

세이레나는 희미하게 웃으며 고개를 끄덕였다. 어쩐지 에즈라는 누나와 함께 가는 것보다 더 즐거워하는 것 같다.

"에즈라, 설마 누나가 못 미덥니?"

세이레나는 뺨에 손을 대며 물었다. 애쉬도 그러더니 동생도 이런다. 혹시 그녀가 어딘가 못 미더운 부분이 있는 걸까.

에즈라는 고개를 저었다. 누나가 못 미더운 건 아니다. 오히려 전보다 훨씬 믿음직스럽다.

에즈라는 팔랑팔랑 놀러 다니는 걸 좋아하던 예전의 누나도 좋아했지만, 지금의 어딘가 굳건한, 믿을 수 있는 존재인 누나가 더 좋았다.

"그건 아니고, 공작님 말이 엄청 멋지거든."

세이레나는 애쉬의 말을 떠올리며 인상을 썼다.

"그런 말은 안 돼."

"비싸서?"

그 이유도 있다. 애쉬의 말은 엄청나게, 어마무시하게 비쌀 거다. 그렇게 윤기 흐르는 검정색 털을 가진 거대한 말은 굳이 묻지 않아도 비쌀 거라는 감이 온다.

하지만 그것 때문만은 아니다. 세이레나는 고개를 저으며 말했다.

"아니, 아직 네가 타기엔 너무 커."

"에이, 그렇게 큰 말이 좋은데."

"그런 말은 네가 박차를 가해도 눈썹 하나 까딱하지 않을걸?"

말리기 위해 한 말이지만 너무 현실성 넘치는 말이라 세이레나는 신음을 내뱉었다. 그녀는 한동안 에즈라가 애쉬의 말 근처에 접근하지 못하게 해야겠다고 생각하며 현관으로 향했다.

"아가씨."

집사는 세이레나가 나오자 고개를 숙였다.

에즈라와 말을 사러 다녀오겠다고 말해 둔 터다. 그녀가 다녀오겠다고 말하기 전에 집사가 말했다.

"공작님께서 오셨습니다."

"애쉬가?"

세이레나의 눈이 깜빡였다. 데리러 온다는 말 없었는데? 그녀가 고개를 돌리자 집사가 현관문을 열었다.

"왜 들이지 않고……."

세이레나의 말이 중간에 멈췄다. 애쉬가 문 앞에서 그녀를 보고 미소 지었기 때문이다.

"왜 들어오지 않고요?"

"방금 왔어."

그는 그렇게 말하며 들고 있던 코트를 벌렸다.

이게 뭐야? 세이레나의 눈이 코트를 향했다.

새하얀 모피 코트였다.

애쉬가 입기엔 좀 작지 않나? 그녀가 그렇게 생각했을 때 집사가 다가와서 세이레나가 입고 있던 코트에 손을 댔다.

"뭐 하는……."

어라. 세이레나의 시선이 다시 애쉬가 들고 있는 코트로 향했다.

애쉬가 입기엔 현저하게 작은 여성용 코트다.

"설마."

저도 모르게 뒷걸음치는 그녀에게 애쉬가 고개를 갸웃하며 물었다.

"마음에 안 들어?"

"마음에 안 드는……."

세이레나가 벌컥 화를 내는 것과 동시에 에즈라가 우와 하고 뛰어 나갔다.

"우리, 공작님 마차 타고 가나요?"

에즈라가 물었다.

젠장. 마음 같아서는 다 때려치우라고 하고 싶은 세이레나와 빙그레 웃는 애쉬의 눈이 마주쳤다.

그 틈을 타서 집사와 하녀가 세이레나의 코트를 벗겨 내고 애쉬가 가져온 코트를 입혔다.

"다녀오십시오."

사용인들의 배웅을 받으며 세이레나는 애쉬의 마차에 올랐다.

과하다. 너무 과하다.

사륜마차는 세 사람이 누워도 될 만큼 널찍했다. 이런 마차는 그녀가 왕비였을 때나 타 봤다. 타고 다닌 게 아니라 타 봤다고 하는 건 그리 자주 왕궁 밖을 나가지 못했기 때문이다.

그리고 세이레나는 애쉬가 이런 마차를 타는 걸 본 적이 없다.

"당신 거예요?"

"응."

애쉬는 세이레나의 맞은편에 앉으며 말했다. 그가 천장을 툭툭 치자 마차가 움직이기 시작했다.

"한 번도 못 봤는데요."

"뭐, 나 혼자서는 탈 일이 없으니까."

"그럼, 이렇게 좋은 마차를 안 타는 거예요?"

에즈라가 물었다.

엄청 좋다. 시트도 푹신해서 마차가 움직인다는 느낌도 없었다.

애쉬는 즐거워하는 에즈라에게 미소 지으며 말했다.

"그렇지. 네 덕분에 올해 한 번은 달리게 됐으니 마부도 좋아할 거야."

"공작님은 그럼 평소엔 말만 타고 다니나요?"

"여행용 마차도 있고, 이 인용 마차도 있지."

에즈라의 입이 딱 벌어졌다. 마차가 세 대나 있어? 소년은 다시 물었다.

"말은요?"

애쉬의 시선이 세이레나를 향했다. 어쩐지 그녀는 이런 대화가 불편해 보인다. 그는 그녀가 걸친 코트를 훑어보고 다시 에즈라를 쳐다봤다.

역시 잘 어울린다.

지난번 헤이스 백작의 파티에서 그는 자신의 실수를 깨달았다.

요즘 유행하는 스타일이라길래 그대로 만들어서 보냈는데 그가 선물한 드레스는 소매가 없었다. 차가운 바람에 창백해지는 세이레나의 얼굴을 본 애쉬는 돌아가자마자 코트를 주문했다.

"말도 몇 필 있지."

"검정색 말 말고도요?"

에즈라는 애쉬가 늘 타고 다니는 검정색 말을 떠올리며 물었다. 그 말은 엄청나게 멋있다. 크고, 강해 보였다.

애쉬는 고개를 끄덕이며 말했다.

"그 녀석이 다치거나 아플 때도 있을 수 있으니까."

에즈라의 시선이 세이레나에게로 향했다.

헌터가에도 마차가 두 대나 있었다. 백작 부인의 것과 백작의 것. 거기에 맞춰 말도 여러 마리 있었지만 세이레나는 아버지의 빚을 갚기 위해 마차를 팔았다.

물론 게일과 아드리아나가 자기 것인 양 타고 다닐 거라고 생각하니 안 팔 수도 없었다.

"누나 말이 아프면 내 말 써도 돼."

아직 사지도 않은 말을 가지고 양보하는 모습에 세이레나와 애쉬의 웃음이 터졌다.

"고마워."

세이레나는 에즈라의 어깨를 쓰다듬었다.

마차가 멈췄다. 너른 말 농장 안으로 들어오는 내내 에즈라는 창밖에서 시선을 뗄 줄 몰랐다.

세이레나도 여길 온 건 처음이라 그녀의 시선 역시 에즈라와 함께 창밖을 향했다.

닮은 듯 안 닮은 남매. 애쉬는 허리를 펴고 앉은 채 에즈라와 세이레나를 쳐다봤다.

에즈라가 또래에 비해 워낙 작은 탓에 세이레나와 비슷해 보이지만 자라면 꽤 달라질 거다. 키가 더 크고, 체격이 단단해지면 그는 멋진 청년이 될 것이다.

애쉬는 마차가 멈추고 마부가 문을 열자 제일 먼저 나가서 세이레나를 향해 손을 내밀었다.

괜찮은데. 세이레나가 그렇게 생각하는 게 눈에 보인다. 그녀는 미간에 주름을 만들면서도 애쉬의 손을 잡고 내렸다.

그걸 에즈라가 빤히 쳐다보고 있었다.

"왜 자꾸 주는 거예요?"

에즈라가 말을 보고 앞으로 달려가자 세이레나가 재빨리 말했다.

뭘? 애쉬는 세이레나의 손을 자신의 팔에 얹으며 쳐다봤다.

"이런 거요."

이런 거. 코트나 드레스, 목걸이 같은 거. 드레스로 부족해서 이제는 코트까지 받았다. 세이레나는 너무 과하다고 생각했다.

"뭐 어때, 약혼자인데."

"파혼할 거잖아요."

"그 말은 죽을 건데 뭐 하러 사냐는 거와 같지."

"그게 아니라……."

세이레나는 말을 멈추고 침을 삼켰다. 뭐라고 말해야 할까. 애쉬의 호의가 무서웠다. 그녀는 누군가에게 이런 식으로 구애를 받아 본 적이 없다. 이게 구애라는 것도 몰랐다. 그녀가 보답할 수 없는 감정이 두려웠다.

"어차피 파혼할 여자한테 이런 걸 주는 건 낭비라는 말이에요."

세이레나의 말에 애쉬는 우뚝 걸음을 멈췄다. 그의 팔에 손을 얹고 있던 세이레나도 덩달아 걸음을 멈췄다.

응? 그녀가 고개를 들자 애쉬가 심각한 표정을 짓고 그녀를 쳐다보고 있었다.

"왜 낭비야?"

"네?"

"나는 내 약혼자한테, 너한테 주고 싶어. 그럴 능력이 있고. 그게 왜 낭비라고 생각해? 네가 에즈라를 위해 말을 사는 것처럼 나도 그래."

화났나? 세이레나는 눈을 동그랗게 뜨고 애쉬를 쳐다봤다. 그의 검정색 눈동자가 분노로 빛나고 있었다. 하지만 그녀는 그가 왜 화를 내는지 이해하지 못했다.

애쉬는 파혼하고 싶지 않았다. 세이레나가 결혼하고 싶지 않다면 계속 약혼 상태로 있는 것도 괜찮다. 하지만 그가 그녀에게 아무것도 아닌 존재가 되는 것만은 싫었다.

"에, 에즈라는 내 동생이잖아요. 내가 그 애를 위해서 말을 사는 건 당연한 거고요."

"너는 내 약혼자잖아. 내가 네게 뭔가를 주는 것도 당연해."

"하지만 우린 파혼할 거고……."

"언젠가 파혼할 거니까 아무것도 하지 말라? 주지도, 받지도 말자고?"

세이레나의 턱이 단단해졌다. 그녀는 턱을 내밀며 말했다.

"그게 깔끔하잖아요."

애쉬는 저도 모르게 주먹을 꽉 쥐었다. 왜 이러는 걸까. 그녀는 늘 어느 순간 벽을 세운다. 조금 가까워졌다 싶으면 그녀가 세운 벽을 보여 준다.

그게 싫어서 견딜 수 없었다. 대체 왜 그러는 거냐고, 뭐가 문제냐고 묻고 싶었다.

하지만 그럴 수 없다.

애쉬는 고개를 숙여 세이레나의 얼굴 앞에서 이를 갈며 말했다.

"싫어."

어쩌 누나와 공작님의 분위기가 심상치 않았다.

에즈라는 건물 안으로 들어오는 두 사람을 보고 고개를 갸웃했다. 오다가 싸웠나? 둘 다 표정이 굳어 있었다. 특히 누나 쪽이.

다퉜음에도 애쉬는 자신의 팔에 세이레나의 손을 얹고 그녀의 보폭에 맞춰 걷고 있었다. 그리고 세이레나가 들어갈 수 있도록 문을 열어 주었다.

"세이레나 헌터입니다."

세이레나는 카운터에 서 있는 사람을 향해 말했다. 미리 에즈라를 위한 말 값을 지불해 놨다. 그녀는 남자가 괜찮은 말을 가져오기 전에 에즈라가 먼저 고르게 하고 싶다고 말할 생각이었다.

하지만 그보다 남자의 입에서 나온 말은 전혀 다른 이야기였다.

"아, 추가금을 내러 오셨습니까?"

"추가금이요?"

이게 무슨 소리야? 고개를 갸웃하는 세이레나에게 남자가 말했다.

"네. 미리 지불한 금액보다 더 비싼 말을 가져가셨잖습니까? 추가금을 곧 보내신다고 하셔서 기다리고 있었는데요."

세이레나의 미간에 주름이 생겼다. 그녀는 불쾌하다는 듯 말했다.

"뭔가 착오가 있는 모양이네요. 전 제 동생의 말을 사러 왔고 가져오겠다고 하신 걸 직접 고르겠다고 말씀드렸을 텐데요."

"네, 그건 몇 주 전 일이잖습니까."

남자는 곤란한 표정을 지으며 말을 이었다. 뭔가 일이 잘못되고 있다는 생각이 들었다. 그의 시선이 세이레나와 그 옆에 선 에즈라로 옮겨 가더니 곧 세이레나의 뒤에 보호자처럼 선 애쉬를 향했다.

"며칠 전에 헌터가에서 오셨잖습니까. 추가금은 나중에 내겠다고 하시고 가져가셨고요."

세이레나의 표정이 일그러졌다. 그녀의 목소리가 낮아졌다.

"누가 왔죠?"

남자는 세이레나의 단호한 태도에 조금 놀랐다. 누군지 몰라도 이 아름다운 아가씨가 가만두지 않을 거라는 생각이 들었다.

"잠시만요."

그는 카운터 서랍에서 장부를 꺼내 명단을 살피기 시작했다.

어디 보자. 말을 가져가면서 수취인의 이름과 가져가는 사람의 이름을 적도록 되어 있다.

"게일 헌터 경입니다."

미친놈이. 세이레나는 반사적으로 욕을 내뱉으려 입을 벌렸다가 멈췄다.

젠장. 이 남자에게 화내 봐야 아무 소용 없다. 그녀는 화를 눌러 참고 물었다.

"부족한 금액이 얼마죠?"

남자의 시선이 다시 장부를 향했다. 그가 금액을 말하자 세이레나는 눈을 질끈 감았다.

딱 그녀가 미리 지불해 둔 말의 가격이다. 그러니까 게일은 에즈라에게 사 주려 한 금액의 두 배짜리 말을 가져갔다는 말이다.

"추가금을 지불하실 겁니까?"

남자는 불안한 표정을 지으며 물었다. 일이 잘못됐다. 그는 슬슬 이 금액을 받지 못할 수도 있다는 생각이 들었다.

"아뇨."

세이레나는 단호하게 말했다. 그녀는 카운터 위에 손을 얹으며 말했다.

"분명 제가 미리 말한 수취인은 게일 헌터가 아니라 에즈라 헌터일 텐데요. 누구 허락으로 말을 내준 거죠?"

"하지만 게일 헌터 경이라면 헌터 백작님의 동생이잖습니까. 헌터 경의 후견인이고요."

이런 건 신뢰의 문제다.

헌터가는 죽은 헌터 백작 때부터 괜찮은 구매자였고 그의 동생도 몇 번 이곳에 왔었다.

헌터 백작 부부가 죽은 후로 게일 헌터가 세이레나와 에즈라의 후견인이 되었다. 그렇기 때문에 남자는 게일에게 말을 내준 것이다.

젠장. 세이레나는 입술을 깨물며 에즈라를 쳐다봤다. 소년은 불안한 표정으로 세이레나를 쳐다보고 있었다.

어떻게 하지? 세이레나는 정신없이 생각했다.

완전히 뒤통수 맞았다. 생각해 보면 이 농장은 아버지 때부터 거래하던 곳이니 게일도 알았을 것이다.

에즈라의 가정 교사도 자르려 한 작자니 말 정도는 더 쉽게 갈취했겠지.

에즈라에게 고르게 하지 않고 괜찮은 말로 가져오라고 했어야 했다.

수많은 후회들이 그녀의 머릿속으로 나타났다가 사라졌다. 하지만 후회가 이 상황을 타개할 수 있는 건 아니다.

"그럼 돈은 나중에 줄 테니……."

"이미 말 한 마리 분의 외상이 있는데요."

남자가 곤란하다는 표정으로 말했다. 헌터가의 재정이 좋지 않다는 소문은 이미 들었다. 게일이 걸고 간 말 한 마리 분의 외상이 그가 해 줄 수 있는 헌터가를 향한 최대의 호의였다.

뭔가를 맡길까. 세이레나는 잠시 생각했다. 그녀의 봉급이 나오면 지불할 수 있을 것이다. 하지만 맡길 만한 게 남아 있을 리가 없다. 값어치가 나가는 액세서리는 다 팔아 버렸다. 세이레나의 손에 남은 건 그리 값이 나가지 않는 것 두어 개와 애쉬에게 선물 받은 것들뿐이다.

"내가 내지."

그때 애쉬가 말했다. 세이레나가 싫어할 거라는 걸 알았지만 그녀가 곤란해하는 걸 보고 싶지 않았다. 그리고 에즈라가 실망하는 것도.

세이레나가 애쉬를 휙 돌아봤다. 또 그럴 필요 없다고 말할 것 같아 그는 그녀의 팔꿈치를 잡고 슬쩍 물러나서 말했다.

"에즈라를 실망시킬 순 없잖아."

"하지만……."

이렇게까지 애쉬의 도움을 받고 싶지 않다. 그녀의 시선이 에즈라를 향했다.

"갚을게요."

세이레나의 말에 애쉬는 한숨을 내쉬었다.

"그걸로 네 마음이 편하다면."

받을 생각은 없지만. 애쉬는 속으로 덧붙이며 카운터로 다가갔다.

남자의 얼굴이 조금 환해져 있었다.

"내가 내지. 에즈라가 직접 고르게 하고 싶은데."

"그럼 추가금은……."

남자는 게일이 남겨 두고 간 금액도 받을 수 있을까 싶어서 말을 꺼냈다.

세이레나가 카운터를 탕 하고 치며 말했다.

"가져간 사람한테 받아요."

"알겠습니다."

아무래도 추가금은 못 받을 모양이다. 남자는 카운터를 빙 돌아 나와서 세 사람을 안내했다.

"저 검은색 말을 더 가까이에서 보고 싶어요."

에즈라는 다섯 살짜리 말을 모아 둔 울타리에 서서 말했다. 그가 이 년의 페이지 기간을 마치면 말은 일곱 살이 될 테니 딱 좋을 것이다.

헌터 백작이 미리 돈을 낸 말도 다섯 살짜리 가격이었다.

남자의 손짓에 안쪽에 있던 직원이 검은색 말의 고삐를 잡고 끌고 왔다.

"괜찮네."

애쉬가 팔짱을 낀 채 말했다. 검정색 털이 윤기가 흐르는 게 보인다. 골격도 괜찮고 이빨도 괜찮다. 이마에 하얀 털이 조금 나 있는 게 멋스러워 확실히 누구나 탐낼 만한 말이긴 하다.

"저 갈색 말은 어때?"

세이레나는 가까운 곳에 있는 온순해 보이는 말을 가리키며 말했다. 체구도 조금 더 작은 게 에즈라가 타기도 쉬워 보인다.

"저 검정 말이 좋아."

에즈라가 단호하게 말했다.

세이레나는 말을 한 번 보고 다시 말했다.

"저건 네가 타기엔 좀……."

거칠어 보인다.

하지만 에즈라는 단호했다. 난 이걸 탈 거야.

동생의 태도에 세이레나는 한숨을 내쉬며 애쉬를 돌아봤다. 그는 재미있다는 듯 웃으며 말했다.

"그래. 그걸로 하지."

애쉬의 말에 남자가 슬쩍 세이레나의 눈치를 살피며 말했다.

"죄송하지만 저 말은 좀 더 비싼데요."

이렇게 멋진 말은 더 비쌀 수밖에 없다.

에즈라가 세이레나를 돌아봤다.

"얼마나요?"

"상관없어."

애쉬와 세이레나의 말이 겹쳤다. 남자는 두 사람의 눈치를 살피다가 돈 내는 쪽의 의견을 따랐다. 그가 손짓하자 직원이 말을 다시 가지고 갔다.

"며칠 안에 보내 드리겠습니다."

이 상황이 마음에 안 든다. 하지만 에즈라 앞에서 마음에 안 든다는 티를 낼 수가 없다. 결국 세 사람은 다시 애쉬의 마차를 타고 돌아왔다.

집으로 돌아가는 마차 안에서 신이 난 에즈라가 애쉬와 말에 대해 이야기한 것은 말할 것도 없다.

"숙부는 어떻게 할 거야?"

저택에 돌아오자 집사가 준비해 둔 차를 마시며 애쉬가 물었다.

애쉬 옆에서 알짱거리던 에즈라는 가정 교사에게 잡혀 이 층 공부방으로 끌려갔다.

"글쎄요."

세이레나는 차를 홀짝이며 건성으로 말했다. 에즈라가 행복해하니까 된 걸까. 자꾸만 애쉬에게 도움을 받는 것 같다. 저도 모르게 한숨이 흘러나왔다. 어휴.

세이레나의 한숨에 애쉬가 한쪽 눈썹을 들어 올리며 물었다.

"왜 그래?"

"그냥……."

그냥? 애쉬가 고개를 갸웃하자 세이레나는 못마땅한 표정으로 말했다.

"도와준 건 고마워요. 근데 내가 그걸 다 갚을 수 있을지 모르겠어요."

이미 갚고 있는데.

애쉬는 목까지 올라온 말을 꿀꺽 삼켰다. 그는 그냥 세이레나
가 기뻐하는 게, 행복해하는 게 좋았다. 그녀의 곤란이 사라져서
안도하는 걸 보는 게 그에게는 보답이나 마찬가지다. 하지만 그
렇게 말하면 또 벽을 세우겠지.

애쉬는 찻잔을 내려놓으며 말했다.

"우린 둘 다 젊으니까, 시간은 많아."

"갚을 시간도 많겠죠."

세이레나는 빙그레 웃으면서 말했다. 그래. 그녀에게는 시간
이 있다. 더 이상 왕비로 살지 않아도 된다. 스물아홉 살에 죽지
않을 것이다.

그런 세이레나를 따라 애쉬도 빙그레 웃었다. 갚을 새 없이 계
속해서 선물하면 되겠다는 생각이 들었기 때문이다. 그 순간 그
는 세이레나에게 약간 죄책감이 들었다.

그는 점점 더 세이레나와의 파혼을 막기 위한 궁리를 세우고
있었다.

처음에는 세이레나가 원한다면 파혼해도 상관없다고 생각했
다. 어차피 왕의 명령으로 한 약혼이고 그녀가 그렇게까지 파혼
을 원한다면 굳이 결혼할 필요는 없다. 그는 진심으로 그렇게 생
각했었다.

하지만 지금은 다르다. 애쉬는 세이레나와 파혼하고 싶지 않

았다. 그녀의 성실함이, 다정함이 좋았다. 동생을 아끼는 것도, 주변 사람을 아끼는 것도 좋았다.

"숙부는 어떻게 할 거야?"

애쉬는 재빨리 말을 바꿨다. 그의 질문에 세이레나가 잠시 고민하다가 말했다.

"말이 왜 필요한 걸까요?"

"헌터 경은 이미 자기 말이 있지?"

세이레나는 고개를 끄덕였다. 마차도 두 대나 가지고 있고 말도 여러 필 있다. 물론 수도가 아니라 게일과 아드리아나가 사는 지방의 저택에.

수도에 올라오면서 자기 마차를 가지고 왔으니 굳이 이동 수단이 필요할 것 같지는 않았다.

그럼 말이 왜 필요한 걸까.

세이레나는 잠시 생각하다가 말했다.

"숙부가 아무래도 빚이 있는 게 아닌가 싶어요."

"흠."

그럴지도 모른다.

애쉬는 소파에 몸을 기대며 게일의 재정 상태에 대해 들은 것을 떠올렸다.

씀씀이가 좋은 사람이라고 했다. 그의 형처럼. 하지만 게일의 씀씀이는 헌터 백작의 주머니에서 나왔다. 헌터 백작이 죽은 지금은 대체 어디서 그 돈이 나오는 걸까.

"그러고 보니 헌터 경이 손을 댄 사업이 다 망했다고 하더군."

애쉬의 말에 세이레나의 얼굴이 어두워졌다. 그래. 그럴 것 같았다. 게일은 늘상 헌터 백작에게 사업 이야기를 했지만 그게 성공했다는 말은 없었다. 사업을 시작하기 위해 돈이 필요하다고 했고 그 사업이 어떻게 됐는지는 아무도 몰랐다.

세이레나는 사업을 시작한다는 말이 그저 돈을 받아 가기 위한 핑계라고 생각했지만 다시 돌아온 뒤론 어쩌면 진짜로 사업을 했을지도 모른다는 생각을 했다.

그렇다면 그게 더 나쁘다. 차라리 돈을 가져가서 쓰기만 했다면 빚이라도 없을 테지만 사업이 망했다면 빚이 생겼을 것이다.

순진한 백작 영애로, 왕궁에 갇힌 왕비로만 살았지만 세이레나도 사업이 망하면 빚이 생긴다는 걸 알았다.

"아버지가 숙부의 보증을 서지 않아서 다행이에요."

세이레나의 한숨 섞인 말에 애쉬는 음 하고 고개를 끄덕였다.

동생에게 퍼 주는 헌터 백작이 그것만은 하지 않은 모양이다.

"아버지의 친구분들은 어때?"

"친구분들도 숙부의 보증을 서지는 않았을 것 같은데요. 한 번 물어볼게요."

"아니, 그게 아니라."

애쉬는 몸을 내밀며 나직하게 물었다.

"헌터 백작이 어울렸던 사람 말이야."

세이레나의 머릿속에 한 명이 떠올랐다. 무디 백작과 스티븐슨 자작이 말한 사람이 같은 사람이라면.

"한 명 있어요."

세이레나 역시 애쉬를 향해 몸을 내밀고 목소리를 낮춰 말했다.

누구? 애쉬의 검정색 눈동자가 동그래졌다.

"아버지께서 제 배우자감으로 마음에 둔 사람이 있었던 모양이에요."

순식간에 애쉬의 눈동자가 가늘어졌다. 그는 세이레나를 향해 손을 내밀다가 멈칫하고 애써 침착하게 물었다.

"그래?"

"네. 금발에 지위가 좀 있는 사람이라더군요."

"누군지는 모르고?"

"아버지 친구분들도 누군지 모르는 모양이에요."

"그럼 아직 결혼 이야기가 오가지는 않았던 모양이네."

"그래요?"

세이레나가 고개를 갸웃했다. 하지만 아버지는 그녀의 배우자 감이라고 했는데?

"만약 결혼 이야기가 오갔다면 너와 내가 약혼을 발표했을 때 조용히 있을 이유가 없지."

"잘됐다 싶어서 가만히 있었을 수도 있죠."

"왜?"

왜라니? 세이레나는 당연하다는 듯 말했다.

"몰락 직전의 백작가인 걸요. 약혼한 것도 아니고 결혼해야 할 의무도 없으니까요."

애쉬는 참 이상하다고 생각하며 입을 열었다. 이렇게 아름답고 능력 있고 영리한 사람이 왜 자꾸 자길 아무것도 아니라는 듯 말하는 걸까.

"그 멍청한 녀석 덕분에 내가 너와 약혼했으니 고맙다고 해야겠네."

참 다정한 사람이라니까. 세이레나는 찻잔을 들며 생각했다. 그렇게 말해 줄 필요는 없는데. 그녀는 자신을 잘 알고 있다. 스스로 잘 알고 있다고 생각했다.

예쁘긴 하지만 크게 특출 나지는 않은 외모. 재정적으로 어려움에 처한 몰락하기 직전의 백작가. 가지고 있는 건 검술에 대한 재능뿐.

혼자 먹고살기엔 괜찮을지 몰라도 누군가의 배우자로 그리 인기 있는 조건은 아니다.

애쉬와 모아나가 알았다면 말도 안 되는 생각이라고 화를 냈을 것이다. 다른 사람들은 그녀가 농담한다고 생각할 테고.

하지만 세이레나는 자신이 정말로 누군가의 배우자로 인기 있는 조건은 아니라고 생각했다. 게다가 그녀는 누군가의 배우자가 될 수 없는 가장 큰 이유가 있다.

"바이트 백작가는 어때요?"

찻잔을 내려놓으며 세이레나가 물었다.

바이트 백작가? 애쉬가 무슨 소리냐는 듯 쳐다봤다. 그녀는 머뭇거리다 말했다.

"혹시 백작가에서 당신한테 뭔가, 부탁하지 않았어요?"

애쉬의 표정이 굳었다. 그는 소파 등받이에 몸을 기대며 물었다.

"백작가에서 연락 왔어?"

바이트 형제와 그 패거리들이 세이레나를 공격한 사건으로 애쉬는 이미 그들을 기사단에서 쫓아내고 왕궁에 처벌을 요청해 놓았다.

죄목은 왕궁 치안을 어지럽히려 한 죄와 같은 귀족을 공격한 죄.

물론 젊은이들의 치기 어린 실수니 한 번만 봐주자는 의견도 꽤 있었다. 그들의 부모가 여기저기에 부탁을 하고 다니는 모양이었다.

"나한테는 안 왔어요."

"그럼?"

애쉬의 질문에 세이레나는 조금 망설이다가 말했다.

"아마 숙부에게 좀."

아마? 그리고 좀? 애쉬의 눈이 가늘어졌다. 그는 못마땅하다는 표정도 감추지 않은 채 말했다.

"피해자의 숙부가 가해자를 옹호하고 나서면 꼴이 우스워질 텐데?"

"아, 숙부가 옹호하는 건 아닌 것 같아요."

세이레나는 차로 목을 축인 뒤 다시 말했다.

"제게 당신을 설득해 달라고 하더군요."

"누가?"

애쉬가 고개를 기울였다. 그는 천천히 분노하고 있었다. 다행히 그 사실을 눈치채지 못한 세이레나는 조용히 말했다.

"바이트 백작이 숙부에게 부탁한 모양이에요."

"네 숙부는 그걸 너한테 말했고?"

"뭐, 숙부는 그렇다 쳐도 바이트 백작도 그런 사람이었던 거죠."

애쉬는 뻣뻣한 손가락을 찻잔에서 간신히 떼어 냈다. 그는 백작의 다기를 망가트리고 싶지 않았다. 표정을 감추기 위해 고개를 떨어트리자 관절이 하얗게 된 그의 손이 보였다.

미친놈들.

게일과 바이트 백작의 행동은 무례하다 못해 파렴치한 짓이다. 피해자에게 가해자를 옹호해 달라는 말을 피해자의 약혼자에게 전달해 달라고 했다?

애쉬는 그딴 짓을 하는 작자들이 있다는 게, 그리고 그게 세이레나의 후견인이라는 게 믿을 수가 없었다. 그리고 그걸 담담하게 말하는 세이레나의 모습이 가슴 아팠다.

화가 났다. 미친 듯이 화가 나서 눈앞에 잠시 뿌옇게 보였을 정도다.

하지만 그는 꾹 눌러 참았다. 그가 화를 내야 할 상대는 게일과 바이트 백작이다. 지금 여기서 화를 내면 세이레나가 놀랄 것이다.

"그래서, 그 녀석들을 봐달라고 말하고 싶은 거야?"

애쉬의 목소리가 탁하게 흘러나왔다. 그는 문득 세이레나의 모습이 학대받은 사람 같다고 생각했다. 자신이 학대받았다는 것도 모르는 사람. 학대에 익숙해져서 그게 얼마나 나쁜 건지, 얼마나 이상한 건지 모르고 도와주려는 사람을 경계하는 모습이 비슷했다.

그럴 리가.

재빨리 자신의 생각을 부인하는 애쉬에게 세이레나가 말했다.

"그럴 리가요."

세이레나는 애쉬가 무슨 생각을 하는지 모르고 말을 이었다.

"난 그들이, 특히 바이트 경들이 크게 혼이 나야 한다고 생각해요."

"그래?"

애쉬의 표정이 눈에 띄게 풀렸다. 하지만 세이레나는 말을 고르느라 그의 표정 변화를 깨닫지 못했다.

이건 잘못 말하면 다른 사람들에게도 피해가 간다. 최대한 다른 사람의 피해를 막아야 한다.

그녀는 찻잔을 감싸 쥐며 천천히 말했다.

"바이트 형제가 카드 게임을 하고 있다고 해요."

그런데? 애쉬의 한쪽 눈썹이 올라갔다.

타인머스는 도박이 금지다. 하지만 카드 게임은 사람들의 중요한 놀 거리 중 하나기 때문에 그 법에는 한 가지 제약이 있다. 그냥 도박이 아니라 과도한 도박일 경우.

누가 봐도 과도한 도박은 금지다. 꽤 느슨한 법이기 때문에 애쉬 본인은 카드 게임을 그리 즐기는 편은 아니지만 주변에서 하는 것을 말리지도 않았다.

그리고 상당히 많은 사람들이, 특히 귀족들은 친한 사람들끼리 모여 카드 게임을 하고 있었다. 거는 것은 기껏 해 봐야 차 한 잔, 식사 한 번 정도의 금액.

어디까지나 재미로 하고 있는 것이다.

"바이트가를 도박으로 신고하고 싶은 거야?"

꽤 어려울 텐데. 그런 표정을 지으면서도 애쉬는 어떻게 하면 바이트가를 도박으로 벌 받게 할 수 있을지 궁리하기 시작했다.

"그게 아니라……."

세이레나는 찻잔으로 시선을 떨어트렸다. 붉은색의 홍차 표면에 그녀의 얼굴이 떠올랐다.

헤이스 백작가와 바이트 백작가에 대해 아는 것을 떠올리려 애쓰느라 세이레나는 이맛살을 찌푸렸다.

저스틴 헤이스 경은 바이트 경들이 연 카드 게임에 빠져 크게 돈을 잃는다. 그 빚을 헤이스 백작가로 넘어오지 않게 하기 위해 헤이스 백작은 할 수 있는 노력을 다 했지만 그건 어려웠다. 그녀의 기억에 따르면 저스틴 헤이스는 헤이스 백작가에서 쫓겨났다.

하지만 바이트 백작가가 어떻게 됐는지는 들은 기억이 없다. 세이레나가 바이트 백작가에 대해 들은 것은 그 후에 그의 아들들이 싸우다 사람을 죽였을 때다.

그게 언젠지, 누구를 죽였는지는 기억나지 않는다. 돈 문제로 싸우다가 밀었는데 죽었다고, 바이트 백작이 호소했던 건 기억난다. 그때는 별생각 없었는데 지금은 그게 거짓말일지도 모른다는 생각이 들었다. 싸우다가 밀었더니 재수 없게 죽었다가 아니라 사실은 공모하고 죽인 게 아닐까. 하지만 그런 건 중요하지 않다. 세이레나는 고개를 저은 뒤 말했다.

"그 카드 게임이 좀 정도를 넘은 게 아닌가 싶어요."

정도를 넘었다고? 하지만 과도한 도박으로 신고할 정도는 아니고?

애쉬는 심각한 표정으로 세이레나를 쳐다봤다. 그녀의 생각을 모르는 그는 바이트 경의 카드 게임과 게일 헌터가 연결되어 있을지도 모른다고 생각했다.

"네 숙부가 거기서 빚을 진 것 같아?"

어? 세이레나는 생각도 못 한 말에 고개를 번쩍 들었다. 그건 생각도 안 해 봤다. 하지만 문득 그럴지도 모른다는 생각이 들었다. 물론 걸리는 게 있긴 하다.

"바이트 경들의 카드 게임에 끼기엔 숙부의 나이가 좀 많죠."

게일과 바이트 형제들은 거의 부모 자식뻘이다.

애쉬 역시 고개를 끄덕였다. 카드 게임은 비슷한 사람들이 모여서 하기 마련이다. 나이와 돈, 작위. 이 순서대로 비슷한 사람들이 모인다.

애쉬는 고개를 끄덕이며 말했다.

"그래. 한번 알아 보지."

고마워요. 세이레나가 솔직하게 감사를 표했다.

애쉬는 씩 웃으며 주제를 바꿨다.

"이번 주말에 뭐해?"

괜찮은 공연이 있다. 함께 가자고 권하려는 애쉬에게 세이레나가 찻잔을 들어 올리며 말했다.

"어시스 백작님의 티 파티가 있어요."

어시스 백작? 애쉬의 머릿속에 나이 지긋한 여백작이 떠올랐다.

로렌이 그녀가 세이레나를 마음에 들어 한다고 했다.

"어, 음. 좋은 분이지."

"근데 표정이 왜 그래요?"

애쉬는 아무 말도 하지 않았다. 그는 그녀가 자신이 남자를 좋아하는 게 아닌지 걱정했다는 걸 알고 있다. 그걸 세이레나에게 말할 수는 없었다.

"그래서, 숙부가 에즈라 말을 훔쳐 간 거야?"

주말, 세이레나는 모아나와 함께 어시스 백작의 집으로 향하며 에즈라의 말 사건을 간단하게 이야기했다.

당연히 모아나는 말 위에서 펄펄 뛰기 시작했다.

"양심도 없다! 열세 살짜리 조카 말을 훔쳐 가냐, 어떻게?"

"누가?"

뒤에서 로렌이 다가왔다. 그녀의 말이 세이레나를 가운데에 두고 모아나의 반대편에서 걷기 시작했다.

세이레나와 모아나의 시선이 겹쳤다.

뭔데? 로렌이 다시 묻자 세이레나가 슬쩍 시선을 피했다. 그걸 신호로 모아나가 말했다.

"글쎄, 세이레나 숙부가 에즈라의 말을 훔쳐 갔대."

로렌은 모아나의 얼굴과 세이레나의 얼굴을 번갈아 보다가 물었다.

"에즈라가 세이 동생이야?"

"응. 올해 기사단에 들어가."

"페이지면 말이 필요할 텐데, 그걸 훔쳐 갔다고?"

"정확히 말하면 훔쳐 간 건 아니고."

집안의 부끄러운 일이라 세이레나의 얼굴이 달아올랐다. 그녀는 간단하게 설명했다.

에즈라의 말을 사려고 농장에 미리 돈을 줬는데 숙부가 그 돈으로 자기 말을 사서 가 버렸다고.

"심지어 더 비싼 말을 사서 외상도 달아 놨다는 말도 해야지!"

모아나의 말에 로렌의 눈이 커졌다. 어디나 골치 아픈 친척은 있기 마련이다. 그녀도 그런 친척이 있었다.

"너희 집도 골치 아프겠구나."

부끄러움에 세이레나가 입을 다물었다.

모아나가 거침없이 말했다.

"어디나 비슷한 거지, 뭐. 골치 아픈 친척들. 어휴."

모아나의 한숨에 로렌도 재빨리 말했다.

"아니, 우리 집도 그런 친척 있거든. 난 아버지가 슈발리에잖아?"

로렌의 아버지도 슈발리에라는 건 몰랐다. 세이레나가 모아나를 쳐다보자 그녀는 알고 있었다는 듯 고개를 끄덕였다.

"검술 훈련에는 도움도 안 준 친척들이 자기 덕분에 슈발리에가 된 거 아니냐고 으스대면서 찾아오고 그랬어."

"슈발리에도 힘들구나."

"내가 기사단 들어갈 때는 더 했어. 귀족도 아닌데 왜 기사단에 들여 보내냐고 그 돈으로 자기 자식들 넣어 달라는데 기도 안 찼지."

"아, 그건 나도 그랬어."

모아나가 손을 들었다.

응? 세이레나가 그녀를 돌아봤다. 모아나는 뾰로통한 표정을 지으며 말했다.

"기사단에 넣어서 뭐에 쓸 거냐고 지참금이나 잔뜩 줘서 시집 보내라고 난리였지."

"허."

세이레나는 어이가 없어서 입을 떡 벌렸다.

모아나가 계속해서 말했다.

"한 번은 무슨 집안을 소개해 주겠다고 난리여서 나갔는데 글쎄, 중간에 소개비를 엄청 받으려고 했더라고. 양심도 없어, 진짜."

로렌의 말대로 다 비슷한 모양이다.

세이레나는 조금 안도했다. 그녀의 집만 이런 부끄러운 일이 있는 건 아니구나. 그리고 친구들에게 감사했다. 일부러 자기 집안의 부끄러운 이야기를 꺼내서 그녀의 기분을 달래 준 것이다.

세 사람이 대화하는 사이에도 말은 쉬지 않고 어시스 백작의 저택으로 향했다.

"어서 와요."

어시스 백작은 미소를 지으며 세 기사를 맞이했다. 여기사 출신만 초대한 덕에 집 안은 여자들로 가득 차 있었다.

"사실 특별한 손님도 오셨답니다."

특별한 손님?

어시스 백작의 말에 사람들의 시선이 부딪쳤다. 다들 현직 기사거나 과거 기사였던 귀족들이다. 페이지들은 초대받지 못했다. 그리고 움직이기 힘들거나 수도에 없는 사람도.

세이레나는 재빨리 사람을 훑어보고 누구일지 예상하려 했다.

"높은 분인 모양인데."

모아나가 속삭였다.

가장 상석이 비워져 있었다. 후작 중에 여후작은 없는데. 백작이라면 어시스 백작보다 상석에 앉을 이유가 없다.

티 파티가 열리는 온실 안이 사람들의 수군거림으로 시끄러워졌다.

어시스 백작이 문 옆에 선 사용인에게 눈짓했다.

"미카엘라 타인머스 왕비님이십니다."

사용인의 외침과 함께 열린 문으로 왕비가 모습을 드러냈다. 그 순간 온실 안에 정적이 찾아왔다.

왕비라고? 세이레나는 깜짝 놀라서 허둥지둥 일어났다.

다들 왕비를 맞이하기 위해 자리에서 일어나고 있었다.

"내가 괜히 참석해서 자네들을 불편하게 하는 게 아닌지 모르겠네."

왕비의 말에 사람들이 고개를 숙였다.

어시스 백작은 재빨리 그녀를 상석으로 인도하며 말했다.

"그럴 리가요. 초대에 응해 주셔서 얼마나 영광인지 모르겠습니다, 전하."

"초대해 줘서 고맙네, 백작."

왕비가 자리에 앉자 사람들도 우르르 자리에 앉았다.

어시스 백작은 다시 사용인에게 손짓했다. 곧이어 사람들이 우르르 들어왔다. 제일 먼저 들어온 건 열 명으로 이뤄진 악단이었다. 그들은 미리 준비된 대로 자리 잡고 악기를 연주하기 시작했다.

"다섯 가지 차와 다섯 가지 케이크, 다섯 가지 과자를 준비했답니다. 차는 순서대로 내오도록 하지요."

바퀴가 굴러가는 소리와 함께 대기하고 있던 사용인들이 다과를 가지고 들어왔다.

제일 먼저 들어온 사용인이 찻주전자를 들어 올렸다.

"이거 맛있다."

모아나가 세이레나에게 속삭였다. 한입 크기의 쿠키 위에 구운 넛츠류를 시럽으로 고정시켜 놓아 바삭하고 고소했다.

세이레나 역시 차를 홀짝이며 고개를 끄덕였다. 이전에 나온 것도 맛있었다. 과일 콤포트를 끼얹은 치즈케이크였다. 겨울이라 생과일을 구하기 힘들다는 것을 생각하면 대단히 훌륭한 음식이었다.

"그러고 보니 필립스 경과 헌터 경이 얼마 전에 대련을 했다면서요?"

누군가의 말에 사람들의 시선이 세이레나와 로렌에게로 모아졌다.

차를 홀짝이고 있던 세이레나는 얼어붙었고 케이크를 먹어 치우고 있던 로렌은 씩 웃었다.

"필립스 경은 대련을 별로 안 좋아한다고 들었는데요."

다들 기사거나 기사였던 사람들이 그 말에 고개를 끄덕였다.

로렌이 대련을 좋아하지 않는 건 유명하다. 그리고 그녀에게 유독 대련 신청이 많이 들어온다는 것도.

하하. 로렌은 머쓱하게 웃으며 입가를 닦아 낸 뒤 말했다.

"대련은 기술을 겨루는 거니까요. 힘으로 덤비는 녀석들은 짜증 나죠."

무슨 소린지 알겠다. 사람들이 고개를 끄덕였다. 대련은 승패를 겨루는 게 다가 아니다. 자신의 실력이 어느 정도인지를 가늠하고 실력을 키우기 위한 연습의 일종이다. 그런데도 승패에 집착하는 사람이 꼭 있다.

"맞아요. 힘겨루기 할 거면 팔씨름을 하지 뭐 하러 검을 드나 몰라요."

젊은 여기사의 말에 테이블에서 웃음이 터져 나왔다. 단련하지 않은 남자라면 이길 수 있다. 하지만 단련한 남자를 힘으로 이기는 건 어렵다.

"그게 검의 좋은 점이죠."

세이레나는 저도 모르게 중얼거렸다. 검을 들면 그녀도 왕과 대등하게 싸울 수 있다. 막 돌아왔던 몇 달 전과 달리 지금은 왕이 그렇게 무섭지 않았다.

처음엔 생각하는 것조차 무서웠다. 악몽을 꿨고 왕이 그녀를 잡으러 올까 봐 겁에 떨었다. 하지만 지금은 생각하는 것 정도는 할 수 있다. 그가 눈앞에 있다면 또 왕궁 파티 때처럼 그렇게 될지 모르지만.

"맞아요. 그게 검의 좋은 점이죠."

세이레나의 말을 들은 사람들이 맞장구쳤다.

타인머스의 여귀족들은 다른 나라의 귀족보다 더 강한 편이다. 모든 귀족은 남녀를 가리지 않고 어릴 때부터 검술 훈련을 받기 때문이다. 아무리 가녀린 귀족 영애라 해도 검을 잡는 법을, 검을 휘두르는 법을 알고 있다.

검만 든다면 남자라 해도 평민 정도는 이길 수 있다. 그게 검의 좋은 점이다. 자신을 지킬 수 있다는 것.

세이레나는 돌아와서 기사로 살기로 결심하길 잘했다고 새삼 생각했다. 그때는 단순히 그녀 혼자 힘으로 먹고살기 위해 선택한 길이지만 그녀에게 검이라는 건 생계뿐 아니라 자신의 안전과 존귀함을 쌓을 수 있는 길이 되었다.

"요즘 검은 좀 더 가늘어졌더군요."

중년의 귀족이 입을 열었다. 그녀가 기사단에 있을 때는 검 면이 좀 더 넓었다.

맞아, 맞아. 나이가 지긋한 사람들이 고개를 끄덕이자 젊은 사람들이 고개를 갸웃하며 말했다.

"예전에는 검 면이 더 넓었나 봐요?"

"그럼요. 우리 땐 검 면이 지금보다 손가락 한 마디 정도 넓었어요."

어시스 백작의 말에 사람들이 고개를 끄덕였다.

맞아. 세이레나는 어시스 백작을 쳐다보며 말했다.

"맞아요. 아버지 검이 제 검보다 넓더라고요."

평민 출신이 아닌 이상 부모가 귀족이라면 다들 집에 부모님이 쓰던 검이 있기 마련이다.

로렌 역시 고개를 끄덕이며 말했다.

"공격을 막기엔 예전 검이 더 편하긴 한데 전 지금 검이 더 좋아요."

"맞아요. 휘두를 때 그 느낌이 좀 다르죠?"

사람들의 이야기가 검으로 이어졌다. 모두 기사 출신이거나 기사다 보니 가능한 분위기다.

어시스 백작은 사람들을 지켜보다가 왕비에게 물었다.

"전하께서는 어떤 검이 좋으세요?"

"글쎄요."

사람들의 시선에 왕비를 향했다. 오늘도 그녀는 늘 그렇듯이 목까지 올라오는 드레스를 입고 있었다.

손목까지 꼼꼼하게 가리는 장갑을 끼고 우아하게 찻잔을 들어 올리는 왕비의 모습은 어딘지 모르게 세이레나와 비슷했다.

"제가 기사단에 있을 때 사용하던 검과 조금 달라지긴 했더군요."

왕비는 찻잔을 들어 올리며 미소 지어 보였다. 그녀의 머릿속에 얼마 전 기사단에서의 시연이 떠올랐다.

솔직히 말하면 왕비는 무슨 차이가 있는지 여기서 이야기가 나오기 전까지는 전혀 몰랐다. 그녀는 기사단에 있는 게 지긋지긋했다. 억지로 이 년을 버티긴 했지만 바로 나와 버렸다. 그래서 왕비는 오히려 기사로 이 년 이상 기사단에 남아 있는 사람들이 신기하게 느껴졌다.

"하지만 각자 저마다의 매력이 있는 거겠죠."

왕비의 표본 같은 말에 사람들이 고개를 끄덕이며 동의했다. 나이 지긋한 귀족이 입을 열었다.

"갑옷에도 유행이 있더군요."

"그래요?"

"우리 때는 가슴에 무늬를 넣는 게 인기 있었거든요."

지금은 무늬 없이 장식을 다는 게 인기다.

그렇구나. 다들 검과 갑옷의 유행에 대해 이야기를 시작했다. 그사이 왕비의 시선이 세이레나를 향했다. 그녀는 모아나와 로렌 사이에 앉아서 이야기하고 있었다. 기사라기엔 좀 작은 체구에 밝은 금발과 자주색의 눈동자. 그리고 눈에 확 띄는 아름다운 외모. 그녀에게 도움을 받지 않았다면 왕비도 세이레나의 실력을 의심했을 것이다.

하지만 세이레나는 습격당한 왕비를 구해 주었다. 로렌이야 소드 마스터인 슈발리에라 실력을 익히 들어 알고 있었지만 세이레나의 등장은 충격적이었다.

처음에는 세이레나를 향한 가벼운 질투심이 일었다. 그녀의 젊음이, 실력이 부러웠다.

왕비는 세이레나가 왕의 명령으로 애쉬와 약혼했다는 것을 알고 있는 몇 안 되는 사람 중 하나였다.

그녀는 왕이 왜 애쉬를 싫어하는지 알았다. 자신의 약혼자가 왕에게 미움받고 있다는 것을 헌터 경이 알까.

왕비의 질투심은 조금씩 호기심으로 변해 갔다.

"헌터 경은 그레이윈드 공작과 약혼했다지요."

왕비의 질문에 세이레나를 향했다.

각자 이야기하고 있던 사람들의 시선이 왕비와 세이레나를 향하자 세이레나의 얼굴이 굳었다.

남의 시선을 받는 게 불편한 것 같다. 왕비는 신기한 일이라고 생각했다. 이렇게 아름다운데 남의 시선을 불편해 한다니. 게다가 그레이윈드 공작과 결혼해 그레이윈드 공작 부인이자 헌터 백작이 된다면 세이레나는 더욱더 남의 시선을 받을 것이다.

"아, 네. 전하."

세이레나는 재빨리 손에 든 잔을 내려놓고 대답했다.

"그리고, 헌터 백작가는 맹세를 했고요."

맹세? 헌터가가 한 맹세를 떠올리지 못하는 사람에게 옆 사람이 속삭였다.

"기사단에 헌터라는 이름이 사라지지 않게 하겠다는 맹세요."

다들 "아." 하고 고개를 끄덕였다.

왕비는 그들이 이야기할 수 있도록 조금 기다렸다가 말을 이었다.

"그렇다면 공작과 결혼해도 기사단을 그만둘 수 없는 건가요?"

다들 세이레나를 쳐다봤다.

그러게? 의문 섞인 시선에 세이레나는 조심스럽게 입을 열었다.

"네, 전하. 물론 제게는 동생이 있고 동생이 기사단에 들어오면 저는 기사단을 그만둘 수 있습니다. 하지만 계속 기사로 남아있을 생각이에요."

세이레나의 뜻밖의 대답에 사람들이 수군거리기 시작했다.

"결혼하고도 기사단에 남아 있을 거라네요."

"어머, 어째서요?"

결혼하고도 기사단에 남는 사람은 물론 있다. 하지만 그건 대부분 작위가 없는 남자들이다. 작위가 있는 사람은 작위를 이어받고 나면 기사단을 나갔다.

작위가 없다 하더라도 여자들은 결혼과 함께 그만두는 경우가 많았다. 부유하지 않은 사람은 아이를 키워야 하기 때문이고 부유한 사람은 부유하기 때문에 군이 위험한 기사단에 남아 있고 싶어 하지 않았다.

"어째서?"

왕비가 물었다.

세이레나는 어떻게 말해야 할지 고민하고 있었다. 이유는 간단하다. 애쉬와 결혼하지 않을 거니까. 그리고 작위를 에즈라에게 넘겨줄 거니까.

귀족 영애가 작위도 없이 혼자 산다는 건 귀족 사회에서는 말도 안 되는 일이다. 그녀가 아무와도 결혼하지 않고 혼자 살기 위해서 기사단에 남는 건 선택이 아니다. 반드시 해야 하는 일이다. 하지만 이런 이야기를 할 수는 없다.

모아나는 세이레나를 도와줘야 하나 하고 눈치를 보고 있었다. 로렌 역시 기사단에 남아 있겠다는 세이레나의 말에 당황하고 있었다. 이거 단장님도 알고 있나?

당황하는 로렌과 모아나 사이에서 세이레나가 침착하게 말했다.

"훌륭한 기사가 되는 게 꿈입니다."

거짓말이다. 하지만 거짓말이 아니기도 했다.

처음엔 아무도 그녀를 건드릴 수 없도록, 집안과 동생을 지키기 위해 선택한 거였다.

하지만 지금은 아니다. 세이레나는 누군가를, 그리고 그녀 때문에 인생이 바뀌었을지 모를 사람들을 지키고 싶었다.

"지금도 훌륭한 기사예요."

왕비의 말에 사람들이 웃음을 터트렸다. 세이레나는 지금도 훌륭한 기사다. 왕비를 구했고 전투에서 잘 싸웠다. 여기 있는 사람들은 모두 그렇게 생각했다.

세이레나만 빼고.

"와 줘서 고마워요."

티 파티가 끝나자 어시스 백작은 사람들에게 일일이 선물과 함께 인사를 건넸다.

"재미있었어요."

"주기적으로 이렇게 하면 어떨까요?"

"맞아요. 검 이야기도 하고, 기사단 이야기도 하고."

기사단이라는 공유할 수 있는 주제에 티 파티는 성황리에 끝이 났다.

어시스 백작은 빙그레 웃으며 고개를 끄덕였다.

"다음엔 현직 여기사끼리만 모여 볼까?"

로렌이 세이레나와 모아나에게 속삭였다. 그것도 괜찮을 것 같다. 검에 대한 정보를 나눌 수도 있고.

고개를 끄덕이던 모아나가 눈을 반짝이며 말했다.

"나 방금 좋은 게 생각났어."

"뭔데?"

"아버지처럼 나도 여기사 클럽을 만들까 봐."

그것도 괜찮을 것 같다. 재미있을 것 같다고 여기저기에서 이야기가 나왔다. 그때 어시스 백작가의 집사가 들어와서 말했다.

"왕궁 마차가 도착했습니다."

왕비를 모셔 갈 마차가 왔다. 사람들이 우르르 일어나자 왕비도 천천히 일어났다.

즐거웠다. 왕궁에 들어가기 전으로 돌아간 것처럼. 다시 왕궁
으로 들어갈 생각을 하니 기분이 가라앉았지만 왕비는 미소를
지으며 말했다.

"불러 줘서 고마워요, 백작."

"초대에 응해 주셔서 영광입니다, 전하."

우리도 가야 할 것 같은데. 세이레나는 모아나에게 속삭였다.

"모아나, 오늘 저녁 근무지?"

"응. 바로 기사단으로 갈 거야."

"그럼 같이 가자."

"나 데려다주게?"

"그러지 뭐."

세이레나는 모아나를 데려다주고 애쉬가 있는지 봐야겠다고
생각했다.

어시스 백작의 티 파티에 간다고 했더니 이상한 표정을 하던
그가 떠올랐다.

잠깐 이야기하고 집으로 가면 되지 않을까. 세이레나는 그렇
게 생각하며 일어났다.

로렌 역시 같이 가자며 일어났기 때문에 세 사람은 어시스 백
작에게 인사를 건네고 저택을 빠져나왔다.

"그러고 보니 코트도 못 보던 건데, 새로 샀어?"

나란히 말을 타고 걸으면서 모아나가 물었다.

세이레나는 하얀 자신의 코트를 내려다보고 얼굴을 붉혔다. 확실히 예쁘다. 그리고 따뜻했다. 가볍기도 했고. 마법이 걸려 있는 게 아닐까. 그렇게 생각하며 그녀는 우물우물 말했다.

"응, 애쉬가."

"단장님이 선물한 거야?"

"응."

모아나의 말에 로렌도 고개를 돌려 세이레나의 코트를 쳐다봤다. 예쁘다. 세이레나에게 잘 어울렸다.

"단장님, 보는 눈이 있네."

로렌도 씩 웃으며 말했다.

새하얀 모피 코트를 입은 세이레나는 사랑스러웠다. 체구가 작으니까 이런 게 어울린다.

"자꾸 받기만 해서……."

세이레나는 저도 모르게 변명처럼 말했다.

자신 없는 듯한 그녀의 말에 모아나와 로렌은 깜짝 놀라서 입을 딱 벌렸다.

"받는 게 어때서?"

"맞아. 내가 단장님만큼 돈이 많고 누군가에게 홀딱 빠졌으면 코트 한 벌이 뭐야? 일주일에 한 벌씩 갖다 준다."

응? 당황하는 세이레나에게 모아나와 로렌이 계속해서 말했다.

"구혼은 그렇게 하는 거야. 자기 잘난 걸 계속 어필해야 사랑받는 거 아니겠어?"

"그래, 세이. 약혼했다고 구혼 안 하는 사람이 멍청한 거지. 평생 함께할 사람인데 평생 사랑받으려면 계속 사랑받기 위한 노력을 하는 게 당연한 거라고."

하지만 애쉬는 세이레나를 사랑하는 게 아니다.

세이레나는 그렇게 생각했다. 그는 그녀를 이성으로 좋아하는 게 아니라 좋은 부하로, 동료로 좋아한다고 말했다.

게다가 세이레나는 애쉬와 파혼할 거다. 그녀가 뭐라 말하려 입을 열었을 때 로렌이 고개를 돌렸다.

이어서 세이레나의 귀에도 소란스러운 소리가 들려왔다.

"저쪽이다!"

기사단 쪽이 아니라 왕궁 쪽으로 가는 길에서 검이 부딪치는 소리가 들리고 있었다.

반사적으로 말을 달리는 세이레나와 모아나의 머릿속에 그녀들보다 먼저 출발한 사람이 떠올랐다.

왕비님!

"보호해!"

과연, 말을 달려 도착한 끝에 마차가 습격을 당하고 있었다.

세 사람 다 처음 보는 마차지만 그게 왕비의 마차라는 것을 직감적으로 알 수 있었다.

왕비는 보호를 위해 아무 특징 없는 마차를 타고 왔다. 왕족 표시는 물론 수행원들도 최소한으로 했다. 그만큼 오늘 티 파티의 참가는 비밀리에 움직였다는 뜻이다.

단순한 강도인가? 세이레나는 말을 박차며 생각했다.

복면을 한 남자들이 하녀로 분장한 기사들과 싸우고 있었다.

"세이! 검 있어?"

말을 달리며 로렌이 물었다.

세이레나는 반사적으로 허리춤을 만지고 검이 없다는 것을 깨달았다. 오늘은 근무도 없고 티 파티 후에 바로 집으로 돌아갈 생각이었기 때문에 검을 가지고 나오지 않았다.

"없어."

"젠장."

로렌도 없었다. 그녀도 오늘 쉬는 날이라 검을 빼놓고 나왔다.

여기서 검이 있는 건 모아나뿐이었다.

모아나는 자신의 검을 빌려준다고 하려다 말았다. 그녀도 기사다. 자신의 검을 자신보다 더 실력 있다는 이유로 로렌이나 세이레나에게 빌려줄 수는 없다.

뭐 던질 거라도 없나? 세이레나는 아쉬운 마음에 품을 뒤졌다.

여차하면 은화라도 던질 생각이었다.

"이게 뭐지?"

세이레나는 말 고삐를 잡은 채 품에서 상자를 꺼냈다. 그러고 보니 티 파티가 끝날 때 어시스 백작이 선물로 준 거다. 이거라도 던질까? 무게도 적당하니 괜찮았다.

"선물?"

로렌도 세이레나가 꺼낸 선물을 보고 자신이 받은 선물을 꺼냈다. 어, 이거? 그녀의 눈이 동그래졌다. 무게며 크기며, 뭔지 알 것 같다.

로렌은 허겁지겁 상자에서 물건을 꺼냈다.

"검이다!"

"검?"

이게? 모아나도 자신이 받은 상자를 꺼냈다. 확실히 검이 들어 있긴 했다. 손바닥만 한. 단검이라고 하기에도 이건 너무 작다. 장식용인 게 분명하다. 하지만 지금 당장 로렌과 세이레나에게는 필요했다.

로렌은 검날을 검지와 엄지로 쥐고 마차를 공격하는 남자를 조준했다.

"활은 몇 번 당겨 봤는데."

이건 안 해 봤다. 그녀는 그대로 남자를 향해 검을 던졌다.

"악!"

단검이 남자의 등에 꽂혔다.

우와. 감탄하는 모아나를 뒤로하고 세이레나는 검을 쥔 채 말을 박찼다.

그 뒤를 따라 모아나와 로렌도 달리기 시작했다.

"관계없는 일에 끼어들지 마라!"

남자가 그렇게 소리치며 세이레나에게 검을 휘둘렀다. "쨍!"
하고 그의 검이 세이레나의 단검에 막혔다.

"장난감 가지고 장난치지 마시지."

남자의 비웃음에도 세이레나는 눈썹 하나 까딱하지 않았다.
검이 부딪친 순간 부서지면 어쩌나 했는데 어시스 백작의 선물
은 잘 버티고 있었다. 대신 손아귀가 찢어질 것 같다.

로렌보다 손이 작은 세이레나니까 이 검을 잡고 휘두를 수 있
는 거다. 그녀는 로렌과의 대련에서 배운 대로 검을 비틀어 남자
의 검을 미끄러트렸다.

"어?"

힘을 준 탓에 남자의 몸이 무너졌다. 재빨리 몸을 틀어 남자의
몸을 피한 세이레나는 그대로 단검을 고쳐 쥐고 남자의 옆구리
를 찔렀다.

"으아아악!"

손바닥만 한 검이라 그리 깊이 들어가진 않는다. 고통은 주겠
지만 남자를 전투 불능으로 만들지는 못할 것이다.

젠장. 세이레나는 눈을 꽉 감고 검을 비틀었다.

"끄아아악!"

고통 섞인 절규가 남자의 입에서 흘러나왔다. 그와 동시에 남
자의 손에서 그의 검이 툭 떨어졌다. 싫다. 세이레나는 비틀거리
며 단검에서 손을 뗐다.

이게 얼마나 아픈지, 얼마나 고통스러운지 안다. 그래서 그녀

는 필요 이상으로 검으로 누군가를 아프게 하고 싶지 않았다.

"미안."

작게 중얼거리며 세이레나는 남자가 떨어트린 검을 집어 들었다. 그녀도 자신이 아이러니한 행동을 하고 있다는 것을 알고 있었다.

어차피 검으로 싸우다 보면 다치고 죽기 마련이다. 그녀가 공격하지 않으면 남자가 그녀를 다치게 했을 거다. 하지만 어차피 상처 입히고 죽일 거라면 고통스럽지 않게 죽이고 싶었다.

그녀도 그걸 바랐으니까.

"세이! 검 잡았어?"

"응."

어느새 로렌도 누군가의 검을 탈취한 뒤였다.

세이레나는 마차 문을 열려고 하는 남자에게 덤벼들었다.

"비켜."

세이레나의 입에서 경고가 흘러나왔다. 하지만 남자는 그녀의 얼굴을 보고 픽 웃었다. '이런 미인이 검을 휘두를 수 있기나 할까?' 따위의 그녀를 얕보는 표정이 남자의 얼굴에 떠올랐다.

"아가씨, 괜히 겁 없이 휘두르다가 예쁜 얼굴만 다친다."

"넌 예쁜 구석이 없어서 겁 없이 휘두르는 거야?"

그렇게 말하며 세이레나는 문을 잡은 남자의 손을 향해 검을 찔렀다. 힉 하고 손을 뗀 남자의 몸이 휘청였다. 세이레나는 재빨리 남자의 발목을 걸어찼다.

"악!"

남자가 땅바닥을 나뒹구는 것과 동시에 다른 남자가 세이레나를 향해 검을 찔러 왔다. 정확하게 세이레나의 목을 노리고 있었다.

일반 강도가 아니다. 세이레나는 반사적으로 그렇게 생각했다. 남자의 검이 강도가 쓰기엔 좋은 검이라는 것도 한몫했다.

"쓸데없는 짓 하지 말고 물러나."

남자의 경고에 세이레나는 덤덤하게 말했다.

"쓸데없는지 있는지는 내가 결정하지."

"괜히 끼어들었다고 후회하지 마라."

그렇게 말하면서도 세이레나와 남자의 검이 부딪쳤다 떨어지길 반복했다.

남자는 집요하게 세이레나의 목을 노리고 있었다. 죽이려는 거다. 세이레나는 그들이 강도가 아니라는 것을 다시 한번 깨달았다. 강도라면 집요하게 목격자를 죽이려 할 리가 없다.

그때, 마차 문이 벌컥 열렸다.

"앗!"

세이레나는 왕비를 막으려 했지만 왕비님이라고 부를 수 없어 멈췄다. 그 틈을 타서 남자가 왕비의 뒤를 쫓기 시작했다.

"로렌!"

세이레나는 로렌을 한 번 부른 뒤 왕비와 남자의 뒤를 쫓기 시작했다. 그녀와 왕비가 어디로 사라지는지 확인한 로렌이 상대하던 남자의 복부에 검을 꽂아 넣었다.

"사, 사람⋯⋯."

사람 살려. 왕비는 헐떡이며 소리치려 애썼다. 하지만 뛰는 것
도 힘들어서 비명이 제대로 나오지 않았다. 그녀의 뒤로 남자가
검을 들고 따라오고 있었다.

잡힌다! 섬뜩한 느낌에 눈을 질끈 감은 왕비는 그대로 덤불로
몸을 던졌다.

"그만둬!"

남자가 왕비의 등을 향해 검을 휘두르려 하자 세이레나는 그
대로 남자의 허리를 끌어안고 매달렸다.

"익!"

세이레나와 함께 바닥을 뒹군 남자가 화를 내며 세이레나의
턱을 팔꿈치로 후려쳤다.

눈앞이 흔들렸다. 세이레나는 이를 악물고 검을 고쳐 잡았다.

"저리 꺼져!"

'꺼지는 건 너야!'

입 밖으로 흘러나오지 못한 말을 삼키며 세이레나는 검을 남
자의 목으로 찔러 넣었다. 끅 하고 숨넘어가는 소리와 함께 천천
히 남자의 몸에서 힘이 빠져나갔다.

"헉, 허억."

여전히 눈앞이 빙글빙글 돌았다. 턱을 세게 얻어맞은 탓에 세
이레나는 비틀거리며 일어났다. 팔 안에서 남자의 몸이 죽어 가

는 느낌이 생생해서 진저리 쳤다. 하지만 여기서 주저앉아 있을
수 없다.

그녀는 비틀거리며 왕비가 몸을 던진 덤불 안으로 들어갔다.

"와……."

목소리가 탁하게 갈라져 나왔다.

세이레나는 크흠 하고 헛기침한 뒤 눈을 문질렀다.

"왕비님."

몸 어딘가에 피가 묻었는지 코끝에서 피 냄새가 맴돌았다.

모아나가 사람들을 불러오면 좋을 텐데. 그녀는 그렇게 생각
하며 덤불을 뒤졌다.

"왕비님."

힉 하고 거친 숨소리가 들렸다.

세이레나의 고개가 휙 돌아갔다. 왕비는 나무 뒤에 웅크리고
숨어 있었다. 피와 먼지로 엉망인 세이레나와 달리 그녀는 옷만
좀 찢어졌을 뿐 멀쩡했다.

다행이다. 세이레나는 안도의 한숨을 내쉬었다. 적어도 어딘
가 다친 것처럼은 안 보인다.

"왕비님, 접니다. 세이레나 헌터."

"허, 헌터 경?"

머리를 감싸고 웅크려 있던 왕비가 세이레나의 이름을 듣고
고개를 들었다.

왕비의 한쪽 장갑은 어디로 날아갔는지 보이지 않았다. 옷

도……. 세이레나는 왕비의 옷차림을 보고 자신의 코트를 벗었다.

덤불에 몸을 던지며 나뭇가지에 걸렸는지 왕비의 옷이 찢어져 있었다. 가슴이 드러나거나 하는 건 아니었다. 하지만 목부터 쇄골까지의 천이 찢어져서 피부에 남은 상처가 도드라져 보였다.

"입으세요."

그제야 왕비는 자신의 차림을 깨달았다. 허둥지둥 목과 쇄골을 감추려 했지만 소용없었다. 그녀는 세이레나가 건네준 코트를 입으며 겁에 질린 표정으로 물었다.

"그, 그들은?"

왕비를 공격한 자들은 어떻게 됐냐는 뜻이다.

세이레나는 솔직하게 말했다.

"아직 모릅니다. 왕비님을 쫓아온 녀석은 제가 처리했고요."

다행이다. 적어도 자신을 쫓아온 자는 죽었다는 말에 왕비는 안도의 한숨을 내쉬었다. 그녀는 세이레나의 손을 잡으며 말했다.

"고맙네. 내가 몇 번이나 도움을 받는군."

"아닙니다, 전하."

오히려 그녀가 살아 있음으로 세이레나가 도움을 받았다. 왕비는 모르지만.

세이레나는 왕비를 보고 망설이고 있었다. 그녀의 목과 가슴에 난 상처. 그건 검에 난 상처였다. 찔리고 베이고, 누군가가 학대한 흔적이었다. 그리고 세이레나는 그 상처를 아주 잘 알았다. 왕비를 돕고 싶다. 하지만 그녀가 뭘 어떻게 해야 도울 수 있는지 몰랐다.

"다른 사람들은 어떻게 됐지?"

왕비의 질문에 세이레나는 이번에도 솔직하게 말했다.

"저와 필립스 경, 그리고 쿨린 경뿐입니다."

"다른 기사들은 없고?"

"누군가 불렀을지 모르지만 아직 여기까지 오지는 않은 것 같습니다."

그러니 여기서 조금만 숨어 있다가 나가자고 할 생각이었다. 하지만 세이레나가 말하기 전에 왕비가 대뜸 말했다.

"그럼, 헌터 경. 날 못 본 것으로 해 주게."

"네?"

왕비는 세이레나의 코트로 몸을 가리려 애쓰며 말했다.

"내, 내가 언젠가 이 빚을 갚을 테니까, 날 못 봤다고⋯⋯."

"도망치실 건가요?"

세이레나의 입에서 저도 모르게 말이 흘러나왔다. 그녀의 말에 왕비의 눈이 커졌다.

그리고 세이레나의 눈도. 그녀도 자신이 이렇게 말할 줄은 몰랐다.

물론 생각한 거긴 하다. 그녀가 왕비였을 때, 몇 번이나 생각했다.

도망칠까.

이대로 죽어 버릴까.

왕의 학대를 받으며 그녀는 매일 생각했다.

도망칠 수 있을까.

실제로 세이레나는 두 번 도망쳤다. 그리고 두 번 다 끌려왔다. 처음엔 숙부에게 잡혔고 두 번째에는…… 기억나지 않는다.

세이레나는 고개를 젓고 왕비를 쳐다봤다. 그녀는 눈을 크게 뜨고 세이레나를 쳐다보고 있었다.

"아, 아니, 난, 난, 그게 아니라……."

"도망치면 계실 곳은요?"

왕비의 몸이 굳었다.

세이레나는 나직하게 다시 물었다.

"숨어 계실 곳은 정하셨습니까? 돈은요?"

왕비의 시선이 세이레나의 얼굴을 훑었다. 이 어리고 아름다운 기사는 대체 뭘 알고 있는 걸까. 그녀는 세이레나를 쳐다보다가 속삭였다.

"뭘 알고 있지?"

"왕비님이 살기 위해선 도망쳐야 한다는 것을요."

잠시 침묵이 흘렀다.

왕비는 세이레나의 자줏빛 눈동자를 빤히 쳐다봤다. 믿을 수 있을까? 믿어도 될까? 그녀는 이미 한번 가장 가까운 사람에게 배신당했다. 이 기사는 믿어도 되는 걸까?

숨 막힐 것 같은 침묵이 이어졌다. 멀리서 말발굽 소리가 들려오기 시작했다.

"날, 도와줄 수 있나?"

멈추고 있던 숨을 탁 내쉬는 것처럼 왕비가 속삭였다. 세이레나는 고개를 끄덕였다.

"네."

"그럼 날 보내 주게. 여기서 날 못 봤다고 하고."

"안 됩니다."

"어째서!"

왕비의 마지막 말은 거의 비통에 차 있었다.

세이레나는 재빨리 말했다.

"지금 사라지시면 왕비님을 찾아 전국을 뒤질 겁니다. 왕비님을 찾지 않도록 준비하셔야 합니다."

세이레나의 말이 맞다. 지금 사라지면 왕비가 납치당했다고 생각할 것이다. 그리고 그녀를 구하기 위해 기사단이 총출동할 것이다.

그렇다면 왕비가 숨어 있던 곳은 곧 들킬 것이 분명했다. 왕비의 눈동자에서 천천히 희망이 사그라졌다.

"왕비님!"

"헌터 경!"

지원 나온 기사들이 왕비와 세이레나를 찾기 시작했다. 그중에 애쉬의 목소리도 있었다.

세이레나는 왕비를 향해 속삭였다.

"지금은 돌아가세요."

"하지만……."

"그리고, 날을 잡아서 왕비님을 빼 드릴게요."

다시 왕비의 눈에 희망이 차오르기 시작했다.

"레나!"

애쉬의 목소리가 점점 더 가까워졌다.

왕비는 세이레나의 손을 잡고 절박하게 물었다.

"정말로?"

"네, 반드시 왕비님을 그곳에서 빼 드리겠다고 맹세하겠습니
다."

12

연회

기사단에 연회가 열린 것은 왕비가 두 번째 습격에서 무사히 보호되고 며칠 뒤의 일이었다.

두 번째 습격은 사람들에게 알려지지 않았다.

누군가 왕비의 목숨을 노린다는 것이 알려지면 신년부터 나라 분위기가 흉흉해진다는 이유로 왕궁에서도 입을 다물기로 했다.

대신 왕비는 기사단에 연회를 화려하게 열어 주었다. 기사단의 기사는 물론 그 가족까지 초대되었다. 평민도 연회에 참석할 수 있는 기회였다.

"사람 많네."

모아나는 부채를 팔랑이며 중얼거렸다.

기사단 건물에 사람이 꾸역꾸역 들어오는 바람에 덥다.

창문 좀 열었으면 좋겠는데. 그녀는 그렇게 생각하며 세이레나를 기다리고 있었다.

"쿨린 경."

데니스가 인사를 건넸다. 그의 시선이 모아나 주변을 훑었다. 그러더니 믿을 수 없다는 듯 물었다.

"혼자 왔어?"

다들 가족과 함께 왔다. 가족들이 너무 지방에 있어서 오지 못하는 사람을 빼면.

모아나는 뾰로통하게 말했다.

"무역 때문에요."

무역? 데니스가 모르겠다는 표정을 짓자 모아나는 짜증 난다는 표정으로 설명했다.

"드럼란리그로 간 무역상들에게 무슨 일이 일어난 모양이에요. 그래서 며칠 전에 급하게 가셨어요."

"저런."

그래서 혼자 있었군. 다들 가족과 함께 오는 연회에 혼자 오면 짜증 나기야 할 거다. 그는 안됐다는 듯 말했다.

"헌터 경 기다리는 거지? 좀 오래 걸릴 텐데."

"알아요."

그레이윈드 공작 부인이 왔다. 그러니까 애쉬의 어머니가.

신경증 때문에 왕의 동생과 결혼하고도 평생을 공작 영지에서만 사는 사람이다. 하지만 아들의 약혼자를 보러 올라왔다.

공작 부인이 영지에서 나오는 건 몇 년 만의 일이라 다들 역시 아들의 약혼자가 궁금한 모양이라고 생각했다. 하지만 모아나는 헌터 경을 기다리는 게 아니다.

"같이 있어 줄까?"

데니스의 말에 모아나는 그의 주변을 훑었다. 어쩐 일로 혼자 있다.

"부단장님 가족은요?"

"아버지는 안 오신다고 하셔서."

순식간에 모아나의 머릿속에 부단장에 대한 정보가 스쳐 지나갔다.

데니스 발자크. 아버지와 사이가 안 좋다는 말이 있다. 어린 그를 데리고 그의 어머니가 발자크와 결혼했으나 곧 사망했다고 들었다.

흠. 모아나는 데니스를 향해 턱을 내밀며 말했다.

"같이 있어 줄까가 아니라 같이 있어 줘겠죠."

너나 나나 둘 다 가족 없이 혼자 왔는데 뭘 같이 있어 줄까야? 그런 태도에 데니스는 씩 웃으며 말했다.

"그쪽이 더 멋있어 보이잖아."

"나, 분단장님이 필립스 경한테 맞고 우는 거 봤거든요."

"언제? 아니, 안 울었거든?"

"필립스 경이 이렇게 때리니까 울었잖아요."

"그건 너무 놀라서 눈물이 찔끔 나온 거지, 운 건 아니잖아."

앗, 데니스랑 모아나다. 로렌은 두 사람을 발견하고 다가가려다 두 사람이 투닥거리는 것을 듣고 그대로 뒷걸음질 쳤다.

세이레나가 어디 있는지 물어보려 했는데 아무래도 틀린 모양이다.

"처음 뵙겠습니다. 세이레나 헌터입니다."

세이레나는 바짝 긴장한 채 서 있었다.

그레이윈드 공작 부인은 단장실 의자에 앉아 세이레나를 보고 손을 저었다.

"앉아요, 앉아."

아름다운 사람이다. 세이레나는 그렇게 생각했다. 하나로 묶어 둥글게 만 뒤 목덜미 위에 고정한 금발과 푸른 눈. 약간 큰 입이 오히려 우아해 보였다. 큰 편에 속하는 키와 긴 팔다리가 우아하게 움직였다.

카시아는 찻잔을 자연스럽게 애쉬의 책상 위에 올려놓더니 세이레나를 본격적으로 쳐다보기 시작했다.

"만나서 반가워요. 나는 카시아 그레이윈드예요."

카시아가 손을 내밀었다. 세이레나는 그녀의 옆 의자에 앉아 그 손을 잡았다. 애쉬는 심각한 표정으로 문 옆에 서 있었다.

"앉으렴, 애쉬. 정신없다."

그렇지 않아도 큰 녀석이 심각한 표정을 하고 서 있으니 더 신경 쓰인다.

카시아의 말에 애쉬는 조심스럽게 세이레나 옆으로 돌아 자기 자리에 앉았다.

"헌터 백작가라고요."

카시아의 말에 세이레나는 "네." 하고 대답했다. 딱히 힘을 가진 집안도, 그렇다고 아주 약한 집안도 아니다.

지금은 죽은 헌터 백작의 빚을 갚느라 재정적으로 허덕인다는 말을 듣고 있지만 일단 빚이 없다는 점에서 긍정적이다.

그리고 세이레나가 기사단의 오 분단 기사라는 점과 그레이윈드 공작과 약혼했다는 점에서 몰락 직전에 있을지언정 몰락하지는 않을 거라는 평을 듣고 있다.

더 나아가서 세이레나의 실력이 두각을 나타내고 있기 때문에 십 년 정도만 지나면 헌터 백작가가 원래대로 돌아올 거라 생각하는 사람도 많았다.

"애쉬의 약혼자가 기사라 다행이군요."

카시아는 그렇게 말하며 웃었다. 그녀도 기사이긴 했다. 하지만 그녀는 더 이상 검을 쥘 수 없다.

애쉬의 걱정스러운 시선이 어머니를 향했다.

"귀족은 모두 기사인 걸요."

세이레나의 말에 카시아는 쓰게 웃었다. 맞다. 귀족은 모두 기사다. 기사였어야 한다.

그녀는 세이레나를 향해 나직하게 물었다.

"선단(先端) 공포증이라고 알아요?"

안다. 세이레나의 표정이 굳었다. 날카롭거나 뾰족한 것에 대한 공포증이다. 가끔, 아주 가끔 선단 공포증을 가진 사람이 있다고 들었다.

카시아는 세이레나의 표정을 보고 그녀가 안다는 것을 알았다.

"나 때문에 애쉬는 내 곁에서는 검을 지닐 수가 없거든."

그제야 세이레나는 단장실에 있던 모든 날카롭고 뾰족한 것이 사라졌다는 것을 깨달았다.

장식되어 있던 검은 물론이고 펜촉까지 싹 책상 위에서 사라져 있었다.

세이레나는 반사적으로 자신의 허리춤을 만지고 오늘 연회 때문에 드레스를 입고 왔다는 것을 떠올렸다.

다행이다. 안도의 한숨을 내쉬는 그녀를 보고 카시아가 미소지었다.

"주의하겠습니다."

"주의하라고 하는 말이 아니에요. 게다가 어차피 난 여기 올 일이 없으니까."

세이레나는 '여기'가 기사단을 말하는 건지 수도를 말하는 건지 궁금했지만 묻지 않았다.

카시아는 지친 표정으로 말했다.

"헌터 경을 보려고 잠깐 올라온 거라 곧 내려갈 거예요."

그레이윈드 공작 부인은 신경증을 앓고 있다고 들었다. 세이레나는 걱정스러운 표정으로 말했다.

"괜찮으세요?"

"괜찮아요, 괜찮아."

몸이 아픈 게 아니다. 오히려 건강한 편이다.

카시아는 세이레나에게 걱정하지 말라는 듯 손을 저으며 일어났다. 재빨리 세이레나가 그녀의 몸을 부축했다.

"몸은 괜찮으니 걱정 말아요."

카시아는 그렇게 말하며 애쉬를 쳐다봤다. 심각한 표정으로 앉아 있던 그는 세이레나를 따라 일어나던 참이었다. 왜 저런 표정인지 안다.

"다음에 또 기회가 되면 만났으면 좋겠네요."

카시아의 말에 세이레나가 어리둥절한 표정을 지었다. 그녀는 카시아를 위해 단장실 문을 열며 물었다.

"어디 가세요?"

"내일 내려갈 거거든."

"이렇게 빨리요?"

세이레나의 시선이 애쉬를 찾았다.

언제 올라오셨냐고 묻는 듯한 표정에 애쉬는 한숨을 내쉬며 말했다.

"어제 올라오셨지."

"바로 내려가시기엔 피곤하지 않으시겠어요?"

마차로 그레이윈드 공작의 영지까지 가려면 며칠 정도 걸린다.

세이레나의 걱정에 카시아는 고개를 저었다.

"괜찮아요. 난 들어갈 테니 재미있게 놀거라."

마지막 말은 애쉬를 향한 말이었다. 애쉬는 재빨리 어머니의 손을 잡으며 말했다.

"마차까지 바래다 드릴게요."

"저도……."

세이레나가 나섰지만 카시아는 손을 내저었다.

"얼굴 봤으니 됐어요. 나 신경 쓰지 말고 친구들과 만나요."

어차피 그녀가 애쉬와 결혼한다 해도 카시아와 만나는 일은 별로 없을 것이다. 기껏 해 봐야 일 년에 한 번, 어쩌면 몇 년에 한 번 정도가 될 수도 있겠지.

카시아는 억지로 세이레나를 사람들 사이로 돌려보냈다. 그녀의 말대로 카시아는 세이레나의 얼굴이 보고 싶었을 뿐이다.

왕의 명령으로 아들이 약혼해야 했던 여자.

왕의 명령으로 세이레나 헌터라는 백작 영애와 약혼한다는 소식을 편지로 들었을 때만 해도 카시아는 아들에 대한 걱정은 있을지언정 세이레나가 궁금하지는 않았다.

하지만 최근에 받은 편지에서 아들은 헌터 경과 약혼을 명령한 왕에게 감사하고 있을 정도라고 했다.

그래서 억지로 올라왔다. 공포심을 억누르고 헌터 경의 얼굴을 보기 위해.

"아름다운 기사네."

세이레나가 몇 번이나 인사를 하고 떠나자 카시아는 애쉬를 향해 말했다. 분홍색과 자주색 드레스를 입고 걸어가는 모습이 요정 같았다. 밝은 금발이 목덜미쯤에서 흔들리는 것을 보며 카시아는 곧 단발이 유행할 거라고 생각했다. 그만큼 아름다운 기사였다.

"네."

애쉬는 짧게 대답했다. 하지만 아들의 얼굴을 본 카시아는 그의 얼굴에 미소가 번지고 있다는 것을 알아차렸다.

"그렇게 좋니?"

애쉬는 대답 대신 씩 웃었다.

나 참. 카시아는 어이가 없어서 픽 웃었다. 한편으로는 다행이라는 생각도 들었다. 그녀는 자신의 아들이 원하지 않는 결혼을 해야 할지도 모른다는 생각에 걱정했었다.

애쉬는 그녀가 아는 한 어느 여자에게도 관심을 보이지 않았다. 그게 차라리 나을지도 모른다는 생각을 하기도 했다. 어차피 왕은 애쉬를 괜찮은 집안과 이어 주지 않으려 할 테니까.

부모가 사망하고 빚뿐인 집안, 한참 어린 동생이 딸린 몰락 직전의 백작 영애.

카시아는 왕이 애쉬에게 세이레나와 약혼하라고 명령했을 때 어떤 생각이었는지 알 수 있었다.

왕은 애쉬를 싫어하는 한편 그를 경계하고 있었다. 그러니 헌터 경은 딱 좋은 상대였을 것이다. 불쌍한 귀족 영애를 자신의 조카와 짝지어 준 마음씨 좋은 왕.

자신의 이미지를 챙기는 것과 동시에 애쉬의 기반을 약화시킬 수 있다.

"다정한 사람이더구나."

카시아는 그녀가 선단 공포증이 있다고 했을 때 재빨리 허리춤을 살피던 세이레나를 떠올리며 말했다. 그리고 영리하기도 하고.

많은 사람들이 선단 공포증이라고 하면 제일 먼저 그게 뭔지 묻는다. 그리고 두 번째로 검은 상관없을 거라고 생각한다.

하지만 카시아가 가장 무서워하는 게 검이다. 그녀는 검 끝을 상상만 해도 기절할 것처럼 정신이 아득해진다.

"네. 다정하고, 실력 있는 기사기도 하죠."

"소문은 들었다."

저 작은 기사가 왕비를 구했다는 소문은 들었다.

카시아는 마차를 타러 복도를 걸어가며 물었다.

"헌터 경의 실력이 정말 소문만큼이니?"

"소문은 어떤데요?"

애쉬는 순수한 호기심에 물었다. 과연 어머니가 사는 지방에는 무슨 소문이 퍼졌을까.

카시아는 잠시 생각하다가 말했다.

"곧 소드 마스터가 될 거라더구나."

정확히 말하면 현 기사단에 두 번째 여자 소드 마스터가 나올 것 같다는 소문이었다.

어머니의 말에 애쉬는 씩 웃었다.

"불가능한 이야기는 아닙니다."

"그 정도니?"

"네. 재능도 있고 노력도 엄청나게 하거든요."

그건 좋다. 카시아는 애쉬의 손등을 토닥이며 말했다.

"노력하는 사람은 좋은 사람이지."

그녀의 남편도 엄청나게 노력했다. 카시아의 사랑을 얻기 위해.

"그렇죠."

애쉬는 고개를 끄덕였다.

두 사람은 카시아를 위해 장식을 모두 치운 복도를 걸어 마차가 대기하고 있는 후문으로 향했다.

"헌터 경, 맞죠?"

세이레나가 단장실에서 나와 연회장으로 사용하는 대련장으로 향하고 있을 때 소녀가 말을 걸었다.

복도는 사람들로 가득해서 처음엔 소녀의 목소리를 알아차리지 못했다.

"누구시죠?"

"앗, 저는 제랄딘 코헨입니다."

모르는 이름이다. 처음 보는 사람이었고.

세이레나는 코헨이라는 귀족가를 떠올리려 했지만 기억나지 않았다.

"어머니가 기사단이셨어요. 원래 성은 베일리였구요."

제랄딘은 재빨리 자신이 누군지 설명했다. 결혼과 함께 기사단을 그만둔 여기사의 딸이다. 그럼 베일리 경이었을 거다. 지금은 코헨 경이 됐겠지.

현직 기사뿐 아니라 전직 기사도 초대한 모양이다. 어쩐지 사람이 많더라니.

세이레나는 베일리 경이 기억나지 않았지만 고개를 끄덕였다.

"만나서 반가워요, 코헨 양. 저는 세이레나 헌터예요."

"저, 저기……."

세이레나의 인사를 받은 제랄딘의 얼굴이 달아올랐다.

왜? 어리둥절해 하는 그녀에게 제랄딘이 머뭇거리다가 말했다.

"실례가 되지 않는다면, 저, 손수건을 받아 주시겠어요?"

응? 세이레나는 무슨 소린지 몰라서 눈을 깜빡였다.

제랄딘이 꽉 쥐고 있던 손을 살짝 내밀었다. 그 안에 하얀 천이 보였다.

손수건인 모양이다.

"나한테 준다고요?"

세이레나의 질문에 제랄딘이 고개를 끄덕이며 손을 좀 더 내밀었다.

에즈라 또래로 보인다. 그 말은 한 열 살쯤 돼 보인다는 말이다.

"팬이에요!"

팬이라는 단어에 내가 모르는 뜻이 또 있나? 세이레나는 어리둥절해 하며 제랄딘에게 손수건을 받았다.

긴장으로 굳어 있던 소녀의 얼굴이 풀어졌다.

"헌터 경을 만나고 싶어서 부모님을 졸라서 왔거든요. 꼭 손수건을 드리고 싶었어요."

세이레나가 아는 팬의 의미가 맞았다. 그녀의 얼굴이 확 하고 붉어졌다. 세이레나는 제랄딘에게 물었다.

"나에 대해서 어디서 들었어요?"

"헌터 경, 미인이고, 실력도 엄청나니까요. 지난번에 전투에서 몬스터를 몇십 마리나 잡았다면서요? 왕비님도 구했고요."

소문이 부풀려진 모양이다.

아니, 그 정도는 아닌데. 부인하려는 세이레나에게 제랄딘이 재빨리 덧붙였다.

"저도 헌터 경처럼 강하고 멋진 기사가 되는 게 꿈이에요!"

어? 멈칫하는 세이레나에게 제랄딘이 계속해서 말했다.

"열세 살이 되면 헌터 경처럼 기사단에 입단하려고 훈련하고 있어요."

그렇게 말하며 펼치는 소녀의 손바닥에 검을 쥐어 생기는 굳은살이 보였다.

멀리서 누군가 제랄딘을 부르는 소리가 들렸다.

"저, 이 년 뒤면 입단 시험 볼테니까요! 그때까지 꼭 기다려 주세요!"

그러니까 뭘? 어리둥절해 하는 세이레나에게 꾸벅 인사한 제랄딘이 부모에게 달려갔다.

이게 지금 뭐지? 세이레나는 멍하니 서 있었다.

내가 꿈을 꿨나? 하지만 그녀의 손에는 제랄딘이 준 손수건이 남아 있었다.

기분이 이상했다. 저렇게 어린 소녀가 그녀의 팬이라는 게. 그녀를 존경해서 그녀처럼 기사가 되고 싶어 한다는 게.

세이레나의 얼굴에 미소가 번졌다.

"헌……."

유진은 세이레나를 발견하고 말을 걸려다 멈칫했다. 손수건을 꼭 쥐고 빙그레 웃는 세이레나의 얼굴이 눈에 들어왔다.

답답했던 복도가 그 순간 환하게 빛나는 것처럼 느껴졌다.

* * *

"오랜만입니다, 헌터 경."

게일은 자신에게 인사를 건네는 기사의 손을 맞잡으며 환하게 웃었다.

왕비님이 기사단에 연회를 열면서 전직 기사들에게도 연락이
왔다.

최대한 빨리 많은 사람과 안면을 터야 하는 그에게 아주 요긴
한 자리였다.

게일은 기사에게 아드리아나를 소개하며 말했다.

"여기 제 딸 아드리아나입니다."

"안녕하세요."

아드리아나는 얌전하게 인사했다. 오는 내내 얌전히 있으라
고 아버지에게 혼난 터다. 그녀는 오늘 입은 드레스가 지난번 왕
궁 파티에서도 입은 드레스라는 사실이 마음에 들지 않았지만
최근 아버지의 기분이 나쁘다는 사실을 떠올리며 참았다.

"아리따운 따님을 두셨군요."

예쁘다는 칭찬에 아드리아나의 기분이 좋아졌다. 하지만 이
어진 기사의 말에 그녀의 기분이 바닥으로 곤두박질쳤다.

"아름답다고 해서 생각났는데 헌터 경의 조카도 아주 미인이
던걸요."

"하하, 세이레나가 조금 미인이긴 하죠."

"조금 미인이라뇨."

게일의 대답을 겸손이라고 생각한 기사가 고개를 흔들며 말
했다.

"엄청난 미인 아닙니까? 그런 미인이 검술 실력도 출중하다니,

아주 뿌듯하시겠습니다."

게일의 표정이 희미하게 굳었다. 아드리아나 역시 굳은 표정으로 고개를 돌렸지만 상대방은 알아차리지 못했다.

"네, 그렇죠."

억지로 대답하는 게일에게 기사가 말했다.

"그런 훌륭한 조카가 다음 백작이 된다니, 헌터 백작가도 걱정이 없겠습니다. 심지어 배우자가 그레이윈드 공작이라니 말 다 했지요."

"왕비님도 아주 마음에 들어 하신다더군요."

다른 기사가 끼어들었다.

뭐? 게일은 처음 듣는 소리라 고개를 돌렸다. 끼어든 기사가 웃으며 말했다.

"지난번 습격 때 왕비님을 쏟아지는 화살 속에서 구해 냈다고 하더군요. 필립스 경과 함께요. 여기사들의 미래가 아주 밝아요."

"그, 그렇군요."

게일은 억지로 웃어 보였다. 기사가 아드리아나를 쳐다보며 물었다.

"따님도 기사단을 계속 다니셨으면 더 재미있었을지도 모릅니다."

아드리아나와 게일의 표정이 당혹으로 물들었다.

응? 분위기가 썰렁해지자 말을 꺼낸 기사는 자신이 무슨 실수를 했는지 몰라 어리둥절한 표정을 지었다.

"딸아이는 기사단에 들어가지 않았습니다."

"아, 그렇군요. 전 헌터 경의 자제라 당연히 들어간 줄 알았습니다."

"하하. 이 애는 기사단과 어울리지 않지요."

게일이 변명처럼 말했다. 주변 사람들이 아드리아나를 향해 한번씩 시선을 던졌다.

"헌터 양은 헌터 경과는 전혀 다른 모양이네."

"아드리아나 헌터 양 말이지? 그러게. 세이레나 헌터 경은 미인에 재능도 있는데 정작 헌터 경의 딸은 재능도 없는 모양이지?"

"헌터 경은 노력도 엄청나게 하더라."

"나도 봤어. 검을 손에서 안 떼더라."

애쉬가 헌터 저택에 훈련장을 지어 주기 전까지 기사단 훈련장에 와서 훈련하던 세이레나를 본 사람이 많았다.

항상 가장 일찍 와서 늦게까지 훈련하고 갔다.

"오죽하면 필립스 경이 지도까지 해 주겠냐."

"그 정도로 열심히 하면 누가 봐도 보기 좋긴 하지."

게다가 로렌의 지도를 따라 왔다.

로렌과 세이레나의 지도에 가까운 대련은 기사단 내부를 고무시켰다.

십이 분단에 머물던 기사가 훈련에 매진하더니 오 분단까지

홀쩍 올라왔다.

재능과 훈련. 세이레나는 그 두 가지가 가장 잘 어우러진 케이스였다. 재능만으로 올라왔다면 이 정도까지 반응이 좋지는 않았을 것이다. 하지만 세이레나는 그 재능을 가지고도 그동안 계속 십이 분단에서 머물러 있었다.

그녀가 상위 분단으로 간 것은 맹훈련을 한 다음이다. 훈련의 효과가 눈에 바로 보이자 기사단은 전반적으로 훈련에 열중하기 시작했다. 그리고 여기사들에게 좋은 본보기가 되어 주었다. 작고 가느다란 세이레나가 전투에서 활약하는 건 시각적으로 신선한 충격이 되어 주었다.

검술은 힘이 다가 아니다. 새삼스럽지 않은 사실이 새삼 여기사들 사이에 번졌다.

"세이."

로렌은 기사단장실 쪽에서 걸어오는 세이레나를 발견하고 다가갔다. 웅? 그녀의 시선이 세이레나의 손에 들린 손수건을 향했다.

"그게 뭐야?"

"아, 손수건. 누가 줬어."

올. 로렌의 눈이 휘었다. 그녀도 받아 봤다. 로렌은 세이레나의 어깨를 끌어안으며 말했다.

"팬 생겼네."

"손수건을 주는 게 팬이야?"

"응. 옛날에 연인한테 손수건을 받은 기사가 갑옷에 그걸 달고 다녔다고 하더라고."

갑옷을 다 장착하면 얼굴이 안 보이니까. 로렌의 덧붙이는 말에 세이레나는 고개를 끄덕였다.

연인이 기사에게 손수건을 줬다는 말은 들었다. 그게 기원이었구나.

"그럼 나도 갑옷에 달아야 하나?"

"에이, 요새는 그냥 주는 거로 만족할걸? 뭣보다, 연인도 아니잖아?"

손수건을 준다는 건 그냥 좋아한다, 존경한다는 의미일 뿐이다.

"근데 동생은?"

로렌이 세이레나의 주변을 살피며 물었다. 세이레나의 동생이면 아주 귀여울 거다. 한번 보고 싶었다.

"설마 안 왔어?"

다들 가족을 데리고 왔는데? 그런 표정에 세이레나는 웃으며 말했다.

"아니야, 가정 교사가 데려올 거야. 난 먼저 와야 해서 따로 왔어."

그레이윈드 공작 부인이 자신을 보고 싶어 한다는 말에 먼저 왔다. 물론 애쉬가 보내 준 마차를 타고.

곧이어 종소리와 함께 페이지들이 사람들 사이를 돌아다니며 식사 준비가 됐다고 알렸다.

엄청난 수의 사람이 왔기 때문에 식사는 뷔페식으로 준비되었다.

모든 사람에게 음식을 나를 인원이 없었기 때문이다.

"세이레나! 여기."

세이레나와 로렌은 모아나와 데니스가 미리 잡아 둔 자리로 향했다. 이미 에즈라는 모아나 옆에 얌전히 앉아 있었다. 어쩐지 기가 죽은 모습에 세이레나는 모아나를 쳐다봤다.

"무슨 일 있었어?"

"누님이 없어서 겁먹은 모양이야."

"아니에요."

에즈라가 재빨리 말했지만 그게 맞다. 데니스는 킬킬대고 웃었다. 그는 자신을 처음 봤을 때 에즈라의 푸른색 눈동자가 엄청나게 커지는 것을 봤다.

"부단장님이 키가 좀 크긴 하지."

로렌은 그렇게 말하며 앉았다.

세이레나는 에즈라의 맞은편에 앉으며 데니스를 한 번 쳐다봤다.

확실히 에즈라가 데니스를 보고 놀라긴 했을 거다. 애쉬보다 큰 사람이니까.

"에즈라, 부단장님과 모아나는 알지?"

세이레나의 말에 에즈라가 고개를 끄덕였다. 모아나는 이미 몇 번 만나서 같이 놀기도 했다. 세이레나는 로렌을 가리키며 말했다.

"로렌, 이쪽은 내 동생 에즈라 헌터. 올해 기사단에 들어올 거야. 에즈라, 이쪽은 로렌 필립스 경."

"필립스 경?"

에즈라의 눈이 커졌다.

와, 세이레나랑 똑같네. 로렌은 좀 신기한 기분으로 에즈라를 쳐다보고 있었다. 눈동자 색이 다를 뿐이지 하는 짓이 비슷하다.

"어, 소드 마스터. 맞죠?"

"응. 맞아."

어린 소년의 경의 어린 시선은 어딘지 우쭐해지게 만들기 마련이다. 뿌듯한 표정을 애써 참는 로렌을 보고 데니스가 불만 어린 표정으로 말했다.

"잠깐, 에즈라. 나도 소드 마스터야, 나도. 그런데 그때 왜 나한테는 안 놀랐어?"

철없는 행동에 로렌뿐 아니라 모아나와 세이레나의 한심하다는 시선이 동시에 데니스에게 날아갔다.

에즈라는 우물거리다 말했다.

"여자 소드 마스터는 처음이니까요."

남자 소드 마스터는 이미 애쉬를 봤기 때문에 안 놀랐다는 뜻이다.

으아, 억울해. 억울하다는 데니스를 무시하고 에즈라와 여기사들은 차례대로 자기 음식을 가져오기 시작했다.

"단장님은?"

로렌이 세이레나에게 물었다.

세이레나는 에즈라가 먹는 것을 보며 대답했다.

"어머니를 바래다 드리고 온다고 했어."

"공작 부인 가신대?"

"응. 내일 내려가신다네."

"공작 부인은 정말 수도를 싫어하시는구나."

"원래 수도 출신이 아니었나?"

데니스의 말에 사람들은 고개를 갸웃했다. 원래 수도에서 살던 사람이 아니라 수도가 불편한 걸 수도 있다. 하지만 모아나가 재빨리 말했다.

"내가 알기로 그레이윈드 공작 부인은 수도 태생일걸?"

"그래? 그럼 왜 수도가 불편하신 거지?"

"너무 번잡해서 싫을 수도 있지."

다들 카시아가 신경증을 앓고 있다는 소문을 떠올렸다.

세이레나는 덤으로 그녀가 선단 공포증이 있다는 것도 함께 떠올렸다.

수도에는 라고말리 기사단이 있다. 그리고 그 기사단이 구역을 나눠 근무를 하기 때문에 검을 든 기사를 볼 가능성이 높다. 그래서가 아닐까.

하지만 그녀는 굳이 입 밖으로 내지 않았다.

"저기, 저 테이블에 있는 금발 머리 기사가 헌터 경이에요."

서서 이야기를 나누던 기사가 세이레나가 앉아 있는 테이블을 가리키며 말했다.

식사를 마친 사람들은 여기저기 서서 이야기를 나누고 있었다. 평민과 귀족이 어우러진 만큼 자유로운 분위기였다.

테이블은 대련장뿐 아니라 기사들의 대기실이나 회의실에도 준비되어 있어서 기사단 건물은 어디나 사람으로 넘쳤다. 날이 춥기 때문에 밖으로 나가는 사람이 적어서 더 그랬다.

아드리아나는 음식을 가져오기 위해 서 있다가 저도 모르게 기사가 가리킨 쪽으로 시선을 돌렸다.

기사단에서 왕비님이 열어 주는 연회라길래 기대했는데 완전 실망이다.

음식을 직접 가져와야 한다니. 짜증이 잔뜩 난 아드리아나의 눈에 세이레나가 보였다.

"미인이군요."

모든 사람이 세이레나를 보자마자 제일 먼저 하는 말은 그거다.

미인이다. 아름답다.

아드리아나는 그것도 마음에 들지 않았다. 뭐가 미인이라는 거야? 눈만 커다래서. 그녀는 세이레나의 금발도, 자주색 눈동자도 싫었다.

미웠고, 질투가 났다.

"그레이윈드 공작이 반할 만하죠."

웃으며 말하는 여기사의 목소리가 아드리아나의 귀에 파고들었다. 그것도 미치게 질투가 났다.

왕의 조카인 공작. 기사단장의 약혼자라는 게.

"그레이윈드 공작이 반해서 쫓아다녔다더군요."

"참 다행이에요. 헌터 백작가는 재정이 힘들다던데 부유한 약혼자를 만나서 말이에요."

아드리아나의 눈이 빛났다. 그녀의 시선이 세이레나의 드레스를 향하고 있었다. 저건 못 본 드레스다. 그녀의 드레스 값은 못 내준다고 했으면서. 나쁜 년.

"아무리 괜찮아도 사치하면 곤란하지 않아요?"

기사들의 대화에 아드리아나가 끼어들었다.

무슨 소리야? 여기사와 남자가 어리둥절한 표정으로 그녀를 쳐다봤다.

"헌터 경 말이에요. 저렇게 사치해서야, 헌터 백작가의 재정이 휘청이는 것도 당연하죠."

아드리아나는 한숨을 내쉬며 말했다. 정말 헌터가를 걱정하는 것처럼 보인다.

라고말리 기사단의 여기사, 몰리는 무슨 소린가 하고 어리둥절한 표정을 지었다.

"집안도 어려운데 사치하는 건 안 좋긴 하죠."

사정을 모르는 남자의 말에 아드리아나의 얼굴이 펴졌다.

응? 여기사가 물었다.

"누가 집안이 어려운데요?"

"헌터 백작가요. 집안의 돈을 다 탕진하고도 저런 드레스를 입고 오다니, 큰일이에요."

"무슨 소리예요? 저 드레스는 헌터 경의 약혼자가 선물해 준 건데?"

"네?"

몰리의 말에 아드리아나의 눈이 커졌다. 어라? 당황한 그녀는 말하는 여기사를 멍하니 쳐다봤다.

몰리는 몰랐냐는 표정으로 말했다.

"헌터 경 약혼자가 그레이윈드 공작이잖아요? 기사단장이요."

그건 안다.

아드리아나의 표정이 굳었다.

라고말리 기사단의 여기사들 사이에 세이레나의 사촌인 아드리아나가 세이레나를 질투해서 악의적인 소문을 퍼트린다는 이야기가 퍼져 있었다. 하지만 아드리아나의 얼굴을 아는 자는 별로 없다.

아직은.

몰리는 아드리아나가 누군지 모르는 채 말했다.

"정말 다행이지 않아요? 안 그래도 친척 때문에 빚이 생겼다는 말을 듣고 안됐다고 생각했거든요. 그 빚을 갚느라 헌터가 재정이 휘청였다고 하더라고요."

"그래요?"

남자가 몰리의 말에 흥미를 드러냈다.

몰리는 그녀가 알고 있는 정보를 긁어모았다.

"그럼요. 글쎄, 헌터 백작에게 동생이 하나 있는데 사업 병에 걸렸다지 뭐예요?"

몰리가 은밀한 이야기를 하듯 몸을 기울였지만 그녀의 주위에 있던 사람들은 다 들을 수 있는 크기였다.

아드리아나의 얼굴이 달아올랐다.

"저런, 거머리 같은 친척이 있었군요."

"저 드레스도 약혼자가 선물해 준거래요. 올해 처음 만든 드레스가 저 한 벌이라고 하더군요."

올해가 된 지 거의 삼 개월째다. 모인 사람들의 얼굴에 놀라움이 떠올랐다.

누군가 끼어들었다.

"헌터 경은 오 분단이라고 들었는데요? 오 분단이면 봉급도 꽤 많지 않아요?"

"뻔하죠, 뭐. 그것도 다 그 거머리 같은 친척이 빼앗을 거예요. 아직 스물한 살이 안 됐잖아요?"

모여든 사람들의 머릿속에 동시에 후견인 제도가 떠올랐다.

"아, 후견인 제도."

누군가 신음처럼 내뱉었다.

양날의 검인 제도다. 타인머스의 국민은 열아홉 살이면 결혼이 가능하다.

그러니 만약 후견인이 없다면 스물한 살 이전의 피후견인은 누군가에게 납치당해 강제로 결혼하게 될 수도 있다. 혹은 아직 어린 피후견인을 유혹해서 결혼해 재산을 빼앗기도 한다.

그걸 위해 마련된 제도였다. 피후견인이 스물한 살이 되기 전까지는 피후견인의 결혼과 재산은 후견인이 관리하게 된다. 물론 후견인이라고 해서 피후견인의 결혼과 재산을 마음대로 손댈 수 있는 건 아니다. 누가 봐도 피후견인을 위한 방향으로만 손댈 수 있다.

이 제도를 양날의 검이라 하는 건 바로 이것 때문이다. 누가 봐도 피후견인을 위한 방향이라고 하지만 그게 정작 피후견인은 원하지 않는 방향일 수도 있다.

세이레나가 돌아오기 전에 왕비가 되었던 것처럼. 누가 봐도 그건 세이레나에게 좋은 미래였다. 하지만 세이레나는 불행했고 전혀 좋지 않은 선택이 되었다.

또한 피후견인의 재산을 불려 주겠다며 유용해도 사적으로 유용했다는 증거가 없으면 처벌할 수 없다.

"양날의 검이죠."

"없으면 피해자가 속출할걸요?"

후견인은 피후견인의 안전을 보호해야 할 의무가 있다.

피후견인이 후견인의 보호하에서 사망한다거나 크게 다친다면 후견인은 사회적으로나 법적으로 크게 질타를 받는다.

"뭐, 올해만 지나면 헌터 경도 스물한 살이 될 테니까요."

"아, 맞아요. 그래서 결혼도 내년 이후로 미룬다면서요?"

사람들의 주제가 세이레나와 애쉬의 결혼으로 넘어갔다.

"그레이윈드 공작과 약혼해서 다행이에요. 부모님의 추모식을 여느라 결혼 자금을 전부 썼다는 소문을 들었거든요."

어느 남자의 말에 사람들의 입에서 안됐다는 탄식이 흘러나왔다.

"정말 약혼자를 잘 만났군요."

"그러게요. 그레이윈드 공작이면 돈 걱정은 없을 테니까요."

"약혼자만 믿고 결혼 자금을 다 쓰는 건 너무 위험한 짓 아닌가요?"

아드리아나가 끼어들었다.

흠? 몰리는 아까부터 계속 세이레나에 대해 비판적인 아드리아나를 보고 고개를 갸웃했다.

이 여자는 누구지?

지금 라고말리 기사단에서 세이레나에게 비판적인 입장을 가진 여자는 없다.

남기사라면 모를까.

혹시 이 여자가 헌터 경을 질투한다는 그 사촌인가? 몰리가 누구냐고 묻기 전에 남기사가 말했다.

"약혼은 추모식 다음이었을걸요?"

"약혼할 줄 알고 미리 다 쓴 걸 수도 있죠."

아드리아나의 말에 사람들의 시선이 그녀를 향했다. 다들 비슷한 생각을 하고 있었다.

아까부터 이 여자는 뭐지?

"그럴 수도 있겠네요."

몰리가 컵을 들며 말했다. 아드리아나의 표정이 환해졌다.

헌터 경의 그 못된 사촌인 모양이군. 확신한 몰리는 짐짓 모르는 척하며 말을 이었다.

"헌터 경의 사촌 말이에요. 헌터 백작 부부의 추모식에 참석하러 올라오자마자 의상 가게로 돌진했다더라고요."

"아, 그건 저도 들었어요."

근처에 서 있던 다른 여기사, 바네사가 끼어들었다. 바네사는 몰리에게 눈짓하고 말을 이었다.

"그 의상실, 저도 거래하고 있거든요. 글쎄 헌터 경의 사촌이라는 여자가 와서 한 푼도 내지 않고 옷을 스무 벌이나 주문하더니 헌터 백작가에서 받으라고 했다지 뭐예요?"

"한 푼도요?"

기사의 부인인 듯한 여자가 믿을 수 없다는 듯 물었다. 바네사는 술잔을 들어 올리며 말했다.

"한 푼도요. 계약금도 안 냈다더군요. 헌터 백작가에서 아주 곤란해했던 모양이에요."

"세상에."

"뭐 그런 사람들이 다 있죠?"

사람들의 분노에 찬 신음이 이어졌다.

젠장. 아드리아나는 재빨리 몸을 돌려 사람들 사이에서 빠져나왔다. 세이레나, 그것이 자신의 욕을 하고 다닌 게 분명하다.

몰리와 바네사는 눈짓하고 잔을 들어 올렸다. 쨍하고 두 여자의 잔이 축하하듯 부딪쳤다.

"헌터예요."

아드리아나는 돌아가려고 기사단 현관에서 코트를 관리하는 페이지에게 말했다.

창피해서 여기에 있을 수가 없다. 다 세이레나 때문이다.

페이지는 코트를 보관한 옷걸이 번호를 확인하기 위해 헌터라는 성을 찾았다.

헌터, 헌터 경. 여기 있다.

그가 코트를 가져왔을 때 아드리아나는 반사적으로 코트로 손을 뻗으려다 멈칫했다.

"뭐야? 이건 내 거가 아니잖아? 일 똑바로 못 해?"

"네? 하지만 헌터 경이라고……."

"난 헌터 양이야!"

아드리아나는 자신과 세이레나를 헷갈렸다는 사실에 이를 갈며 소리쳤다.

페이지가 부랴부랴 세이레나의 코트를 끌어안았다.

잠깐. 아드리아나의 눈이 반짝였다. 저 코트. 엄청 비싸 보인다. 윤기 흐르는 모피 코트는 아주 부유한 부인들이나 입을 수 있는 거다.

"잠깐, 그게 세이레나 헌터의 코트야?"

"네? 네. 바로 헌터 양의 코트를⋯⋯."

"됐어."

아드리아나는 몸을 휙 돌렸다.

세이레나, 이 나쁜 년. 그녀의 드레스는 지불해 줄 수 없다고 했으면서 자기는 코트를 새로 샀다. 아니면 누군가에게 받았거나.

다시 안으로 들어가던 아드리아나의 걸음이 멈췄다. 그러고 보니 드레스도 약혼자에게 받았다고 했지.

아드리아나의 표정이 구겨졌다.

애쉬 그레이윈드. 아드리아나는 아주 예전부터 그의 이름을 알았다. 어릴 땐 웃기는 이름이라고 생각했다. 하지만 그가 젊은 공작이라는 것을, 그리고 부유하다는 것을 알고 나선 생각이 달라졌었다.

세이레나보다 내가 낫지. 아드리아나는 그런 남자와 결혼한다면 세이레나가 아니라 자신일 거라고 생각했었다. 하지만 애쉬는 세이레나를 선택했고 그녀는 그게 짜증이 났다.

세이레나와 똑같은 남자일 거야.

아드리아나는 그렇게 생각했다. 세이레나처럼 멍청할 거야. 그러니까 그런 멍청한 것과 약혼했지.

하지만 그럼에도 아드리아나의 머릿속에 잘생긴 애쉬의 얼굴과 그가 그녀를 귀찮아하던 표정이 떠올랐다.

"짜증 나."

아드리아나는 세이레나에게 애쉬가 저 예쁜 코트를 입혀 주는 것을 상상하고 욕을 내뱉었다.

약혼자에게 기생해서 사는 주제에!

창녀 같은 것!

"그래 놓고 나한테 거머리라고 해?"

세이레나가 앉아 있는 테이블은 사람들의 이목이 집중되고 있었다.

현 라고말리 기사단의 소드 마스터 데니스와 로렌 때문만은 아니다. 가장 전도유망한 기사이자 아름다운 영애, 세이레나와 그녀의 동생 에즈라가 앉아 있기 때문이기도 했다.

애쉬는 어머니를 배웅하고 연회가 열리는 대련장으로 들어오자 자연스럽게 세이레나를 찾아냈다. 어딜 가나 사람들의 시선이 향하는 곳을 찾으면 된다.

특히 남자들의 시선을.

"애쉬, 여기 앉아."

데니스가 자신의 맞은편을 가리키며 말했다. 그를 위해 비워 둔 자리다.

애쉬는 데이스가 비워 둔 세이레나 옆자리에 앉으며 에즈라에게 인사를 건넸다.

"안녕, 에즈라."

"안녕하세요, 공작님."

음식을 입에 넣고 있던 에즈라가 우물우물 인사를 건넸다.

세이레나가 목소리를 낮춰 말했다.

"입 안에 뭘 넣고 말하지 말라고 했지."

지적에 에즈라가 재빨리 음식을 꿀꺽 삼켰다. 누나에게 혼났다. 사람들의 눈치를 살피는 에즈라를 보고 애쉬가 씩 웃으며 말했다.

"형제가 있는 게 좋은 것 같아."

"음, 나도."

애쉬의 말에 데니스가 음료를 홀짝이며 동의했다. 자식이 돈 안 드는 일꾼인 평민과 달리 귀족은 작위를 물려줄 자식 하나만 있으면 된다. 성별에 관계없이 무조건 첫 아이에게 작위에 대한 권리가 주어지기 때문에 귀족들은 외동이 많았다. 옛날처럼 영아 사망률이 높은 것도 아니니 괜히 둘, 셋을 낳아 형제 간의 분란을 만들지 않으려는 것이다.

정 둘째를 보고 싶으면 헌터 백작처럼 둘째 아이를 몇 년 늦게 갖기도 한다. 그러면 둘째가 첫째의 위협이 되지 않을 테니까.

"헌터 경."

세이레나가 친구들과 대화를 나누며 음식을 먹는 테이블로 여기사 몇 명이 다가왔다.

뭐지? 세이레나가 눈을 동그랗게 뜨고 일어나자 베키가 대표로 목소리를 낮춰 말했다.

"친척이 와 있어."

"숙부가?"

"응. 그리고 네 사촌도."

전직 기사와 그 가족도 와 있는 걸 보고 숙부와 아드리아나도 오지 않을까 하고 생각하긴 했다. 이미 와 있었던 거다.

세이레나의 표정이 어두워지는 것을 보고 베키는 입을 다물었다. 굳이 아드리아나가 그녀에 대한 나쁜 이야기를 하고 있다는 말을 할 필요는 없겠지.

"알았어. 알려 줘서 고마워."

"괜찮겠어?"

베키의 걱정 어린 말에 세이레나는 고개를 끄덕였다. 에즈라가 여기 올 자격이 있는 것처럼 아드리아나도 여기에 올 자격이 있다. 하지만 얌전히 당해 줄 생각은 없다.

"뭔데?"

자리로 돌아오자 모아나가 물었다.

세이레나는 아무것도 아니라는 듯 잔을 들어 올리며 말했다.

"숙부님과 아드리아나가 와 있대."

에즈라의 어깨가 움츠러들었다. 그 역시 숙부와 아드리아나가 싫었다.

걱정하는 듯한 동생의 표정에 세이레나는 에즈라의 머리를 쓰다듬으며 말했다.

"괜찮아."

에즈라는 괜찮을 거다. 세이레나는 에즈라의 머리를 쓰다듬으며 생각했다. 동생은 손도 못 대게 할 거다. 무슨 일이 있어도.

다행히 아드리아나의 험담은 세이레나에게만 국한돼 있었다. 또래에 같은 성별이니 상대적으로 더 경쟁하게 되기 때문이기도 하다.

"헌터 경이 사촌이라고요?"

아드리아나는 게일에게 소개받은 남자와 이야기하고 있었다.

게일의 기사단 동기인 렌 경의 아들이다. 그레이디는 기사단에 들어가지 못했다. 열세 살부터 입단 시험을 봤지만 열일곱 살까지 한 번도 페이지 후보로도 들어가지 못했다. 열여덟 살이 된 후로는 기사단에 입단하는 것을 포기했지만 여전히 그레이디는 기사단에 대한 선망이 있었다.

"아뇨, 제 아버지가 헌터 경이세요."

"아, 제가 말하는 헌터 경은 세이레나 헌터 경입니다."

그레이디의 말에 아드리아나의 얼굴이 굳었다. 또 그녀 이야기다.

어찌 된 일인지 여기 있는 사람들은 그녀의 성을 들으면 세이레나의 이야기를 꺼내려 했다.

"아, 세이레나요."

아드리아나는 억지로 표정 관리를 했다. 문득 젊은 여자들이 그녀 쪽을 바라보며 수군거리는 게 보였다. 무슨 이야기를 하는 걸까.

세이레나가 기사단에 그녀에 대한 욕을 한 게 분명하다. 그 나쁜 년.

"헌터 경의 실력이 대단하다면서요? 부럽습니다."

그레이디는 빙그레 웃었다. 그는 열일곱 살까지는 치욕스러웠다. 아버지처럼 기사단에 들어가고 싶었다. 하지만 그도, 그의 동생도 입단에 실패했다.

기사단에 입단한다는 건 그 자체만으로도 상당한 실력을 필요로 한다. 괜히 귀족들이 자식들에게 어릴 때부터 검술 훈련을 시키는 게 아니다.

아드리아나도 검술 훈련을 받았었다. 아주 잠깐.

세이레나가 받는다길래 그녀도 받았지만, 결과는 별 볼 일 없었다. 재능이 있는 세이레나와 달리 그녀는 재능이 없었다. 하지만 그보다 훈련을 그만둔 이유는 아드리아나가 검술을 바보 같다고 생각했다는 점이다.

"그런가요?"

아드리아나는 샐쭉한 표정을 지었다.

"스무 살인데 벌써 오 분단이라고 하던데요? 역시 이런 게 재능의 차이인가 봅니다."

그레이디의 말에 아드리아나의 눈에 짜증이 담겼다. 그 소리는 그녀가 세이레나와 처음 검술을 배울 때도 들었다. 검술 교사에게 수업을 받는 세이레나와 아드리아나를 지켜보던 게일과 헌터 백작이 지나가는 말처럼 이야기했었다.

"세이레나는 검술에 재능이 있는 것 같은데?"

그때는 그리 신경 쓰지 않았다.

세이레나는 못 들은 눈치였고 아드리아나는 검술이 바보 같다고 생각했기 때문에 이런 거에 재능이 있어서 뭐에 쓰냐고 생각했다. 그리고 소심하고 멍청한 세이레나답게 쓸모없는 검술에나 재능이 있다고 비웃었다.

"세이레나에게는 많은 재능이 있죠."

아드리아나는 얌전하게 입을 열었다. 그녀는 그레이디를 올려다 보며 말을 이었다.

"그 애는 어릴 때부터 남자의 호감을 잘 샀거든요. 기사단장과 약혼한 걸 보면 참 대단한 아이에요."

"그렇습니까?"

그레이디가 고개를 갸웃했다. 그는 지금 아드리아나의 말을 자신이 생각한 그런 의미가 아닐 거라고 생각하고 있었다.

설마. 사촌이라고 했잖아. 그는 그렇게 생각했다.

세이레나는 헌터 백작가의 가주고 아드리아나의 아버지가 후견인이기는 하지만 그냥 헌터가의 일원일 뿐이다. 가문의 일원이 가주에 대해 나쁜 소문을 퍼트리는 건 자기 무덤을 파는 꼴이다.

"다행히 약혼자가 그 애를 참 많이 아끼는 모양이더라고요.

오늘 세이레나가 입고 온 옷도 전부 약혼자가 사 준 거거든요."

"그래요?"

그레이디는 반사적으로 세이레나의 옷차림을 떠올리려 했다. 잠깐 지나가면서 봤다. 엄청난 미인이었지. 하지만 옷차림은 그리 잘 떠오르지 않았다. 세이레나의 얼굴에만 정신이 팔려 있었기 때문이다.

"드레스에, 모피 코트에, 몸에 감고 있는 건 전부 부자 약혼자에게 받은 거니까요. 그 애를 생각하면 참 다행이에요."

아드리아나는 뺨에 손을 대며 정말 다행이라는 듯 말했다. 천연덕스러운 그녀의 태도에 그레이디는 역시 자신이 잘못 들은 모양이라고 생각했다.

상식적으로 자기 가문의 가주가 될 사람에 대해 나쁜 소문을 내는 사람은 없다. 가주의 이름을 더럽히면 가문도 욕을 먹는다. 그 가문의 이름으로 살아야 하는 사람에게도 피해가 간다.

그러니 아무리 가주가 인간쓰레기라 해도 말을 조심하는 게 당연했다. 하지만 아드리아나가 거기까지 생각할 리 없었고, 아드리아나가 그 정도로 멍청한 줄은 모르는 그레이디는 그녀가 정말로 세이레나를 걱정한다고 생각했다.

"너무 많이 받는 게 아닌가 싶긴 하지만요. 솔직히, 부끄럽잖아요? 몸에 걸치는 건 전부 약혼자한테 받는다니, 코르티잔도 아니고요."

응? 그레이디는 자신이 잘못 들었나 하고 눈을 크게 떴다.

코르티잔? 정말 코르티잔이라고 말한 건가?

귀족이나 부자만을 상대하는 고급 창녀를 코르티잔이라고 한다. 지금 헌터 양이 자기 집안의 다음 가주를 고급 창녀라고 말한 거야?

당황한 나머지 그레이디가 멈칫한 사이 여기사가 끼어들었다.

"세상에, 헌터 양! 아무리 시골에서 올라왔다고 해도 그렇지 사교계에서 쓸 말과 못 쓸 말도 구분을 못 하는군요?"

사람들의 이목이 순식간에 집중됐다. 아드리아나는 당황해서 얼굴을 붉혔다.

"무슨 말이에요?"

"코르티잔이라니, 저라면 그런 말은 입 밖에 내지도 못하거든요."

흥. 아드리아나는 팔짱을 꼈다. 수도 계집애들이 순진한 척하는 거다. 세이레나도 이랬지. 아드리아나는 턱을 들어 올리며 말했다.

"코르티잔이 어때서요?"

사람들이 몰려들었다. 사람들과 함께 있던 베키가 시치미를 뚝 떼고 물었다.

"그런데, 코르티잔이 뭐예요?"

"어머, 코르티잔이 뭔지도 몰라요? 몸 파는 여자 말이에요."

잘난 척하는 아드리아나의 말에 정적이 찾아왔다. 다들 그녀를 미친 게 아니냐는 시선으로 쳐다보고 있었다.

왜 이러지? 아드리아나는 당황해서 팔짱을 풀었다. 이미 그녀의 곁에 있던 그레이디스는 슬쩍 도망친 뒤였다.

"누굴 몸 파는 여자라고 한 거예요?"

"헌터 경이요. 세이레나 헌터 경. 단장님 약혼자 말이에요."

"누가 그런 미친 소릴 한 거죠?"

"아드리아나 헌터라고, 헌터가의 아가씨예요. 그녀의 아버지인 게일 헌터 경이 세이레나 헌터 경의 후견인이죠."

"어머, 세상에."

사람들이 수군거리기 시작했다. 다들 말은 못 하지만 표정만으로 이렇게 말하고 있었다.

아드리아나 헌터 양은 미친 여자구나!

"헌터 양이 자기 가주에게 몸 파는 여자라고 했다고요? 어째서요?"

몰리가 끼어들었다. 제일 처음 끼어든 여기사, 헤이젤이 말했다.

"약혼자에게 선물 받았다고 몸 파는 여자래요."

사람들 사이에 헉 하는 신음이 흘러나왔다.

약혼자가 자신의 약혼자에게 선물을 건네는 것은 예의를 넘어서서 당연한 거다.

물론 누구나 애쉬처럼 비싼 선물을 주는 건 아니다. 꽃이나 초콜릿, 손수건이나 인형 같은 것을 주기도 한다. 중요한 것은 약혼자에게 선물을 받지 못하는 사람도, 주지 않는 사람도 없다는 사실이다.

"아무리 시골에서 갓 올라온 무지한 아가씨라고 해도 이건 좀……."

주변에 서 있던 나이 지긋한 부인이 중얼거렸다. 누구나 실수는 한다. 하지만 이건 실수를 넘어섰다.

"헌터 양은 약혼자에게 선물을 받으면 창녀라고 생각하나 봐요?"

베키가 큰 소리로 물었다. 헤이젤이 뒤따라 말했다.

"하지만 자기 드레스 비용은 친척에게 떠넘겼다면서요?"

"맞아. 세이레나 헌터 경에게 자기 드레스 값을 내놓으라고 했다면서요?"

"그런 짓도 했어요?"

사람들의 어이없다는 표정이 아드리아나를 향했다. 여기사들이 신이 나서 말했다.

"아까, 저쪽에서 헌터 경이 사치한다고 떠들고 다녔죠?"

"드레스 한 벌이 사치고 선물 받은 게 창녀라니, 사촌에게 드레스 스무 벌 값을 대신 내달라고 하는 사람은 그럼 뭐죠?"

여기사들의 비웃음에 아드리아나의 얼굴이 달아올랐다. 그녀는 앞뒤 가리지 않고 소리쳤다.

"당신들! 기사들이죠? 이래서 검이나 휘두르는 기사들은 싫다니까. 머리 빈 주제에 우르르 몰려와서 사람 한 명을 괴롭히기나 하고, 아주 저질이야!"

혹 하고 촛불을 불어 끈 것처럼 주변이 싸늘해졌다. 하지만 아드리아나는 몰랐다. 그녀는 계속해서 소리쳤다.

"당신들도! 뭐 하는 거예요? 저 여자들이 사람을 괴롭히고 있으면 말려야지! 기사라면서 거들먹거리더니 이럴 때만 모른 척이지?"

몰리와 베키는 눈을 동그랗게 뜨고 아드리아나를 쳐다봤다.

이 정도로 바보인 줄은 몰랐는데.

"죄송합니다."

그때 사람들 사이에 길이 생겼다.

세이레나는 사람들에게 양해를 구하며 소란의 진원지로 다가왔다. 누군가 아드리아나가 소란을 피우고 있다고 알려 준 덕이다.

"너지! 이 나쁜 년! 니가 한 짓이지?"

아드리아나는 세이레나를 보자마자 삿대질을 시작했다. 놀랍게도 세이레나는 아드리아나가 화가 나서 펄펄 뛰는 게 전혀 두렵지 않았다.

예전에는 아드리아나가 화를 내면 어쩔 줄 몰라 했는데, 지금은 우습게만 느껴졌다.

"그만둬, 아드리아나."

세이레나는 한숨을 내쉬었다. 부끄럽다. 헌터가의 사람이 그녀가 일하는 직장에서 이런 추태를 보인다는 게 부끄러워 견딜 수가 없었다.

"그만두긴 뭘 그만둬!"

아드리아나는 화가 난 나머지 세이레나에게 달려들었다. 하지만 지금은 그걸 그대로 당할 세이레나가 아니다. 그녀는 몸을 틀어 아드리아나를 피한 뒤 사촌이 넘어지지 않도록 아드리아나의 손목을 잡아 비틀었다.

"악!"

손목이 비틀리자 아드리아나가 비명을 질렀다. 하지만 세이레나는 놔주지 않고 말했다.

"내일 당장 네 집으로 돌아가."

"네, 네가 뭔데!"

비틀린 손목이 아팠지만 아드리아나는 세이레나에게 약한 모습을 보이고 싶지 않아서 억지로 아무렇지 않은 척했다.

세이레나는 담담하게 말했다.

"내가 헌터가의 가주니까."

"네가 왜 가주야? 우리 아버지가 가주거든!"

헉 하고 다시 한 번 사람들의 입에서 신음이 흘러나왔다. 그때 사람들을 헤치고 게일이 헐레벌떡 달려왔다.

"세이레나! 아드리아나를 놔주거라!"

게일의 명령에 세이레나는 그를 빤히 쳐다봤다. 사람들의 시선을 의식한 게일이 다시 말했다.

"세이레나, 내 딸을 놔주지 않겠니?"

"그걸 바라신다면요."

세이레나는 한숨을 내쉬고 아드리아나의 손목을 놓았다. 그러자 허우적대던 아드리아나가 바닥에 풀썩 나동그라졌다. 풋하고 사람들 사이에서 비웃음이 흘러나왔다.

가만두지 않을 거야. 이를 가는 아드리아나를 부축하며 게일이 엄한 목소리로 말했다.

"이게 무슨 짓이냐, 세이레나. 아무리 네가 가주라 해도 사촌에게 이런 모욕을 주다니!"

"모욕은 여기 있는 모든 분들이 받았죠."

세이레나는 자신의 두 손을 잡고 세게 비틀었다. 긴장돼서 심장이 목구멍으로 튀어나올 것 같다. 그녀는 이렇게 많은 사람들 앞에서 게일과 대척한 적이 없다.

지금까지는 헌터 저택이었고 보는 건 사용인들뿐이었다. 하지만 여기는 그녀의 직장이고 동료들과 동료의 가족들 앞이다.

"기사 집안의 사람으로서, 그리고 기사의 딸로서 아드리아나는 기사를 모욕하고 바보 취급했어요. 가문을 욕되게 한 건 말할 것도 없고요."

거기까지 말한 세이레나는 깊게 숨을 내쉬었다. 마음 같아서는 아드리아나를 가문에서 추방하고 싶다. 하지만 그럴 수 없을 것이다. 아직은.

"바, 바보 취급했다니, 네가 너무 예민하게 구는구나. 여러분, 제가 대신 사과하겠습니다."

게일은 상황을 빨리 벗어나려 했다. 아드리아나를 등 뒤로 감추며 사람들에게 미소를 짓는 그에게 나이 지긋한 부인이 나섰다.

"헌터 경, 댁의 따님은 여기 있는 헌터가의 가주를 모욕하고 기사들을 멍청하고 기사도를 모르는 저질이라고 말했는데요."

게일의 얼굴이 미소가 떠오른 그대로 굳었다. 그는 믿을 수 없다는 표정으로 아드리아나를 돌아봤다.

'네가 그랬어?'라는 표정에 아드리아나가 턱을 들었다. 그녀는 고자질하는 어린아이처럼 소리쳤다.

"저 계집애들이 날 먼저 괴롭혔다고요!"

"네가 먼저 헌터 경보고 창녀라며!"

몰리가 소리 질렀다.

헉 하고 신음을 삼킨 게일의 눈동자가 다시 아드리아나를 향했다.

번들거리는 아버지의 눈동자를 마주한 아드리아나의 어깨가 움츠러들었다.

"헌터 경."

애쉬가 나섰다. 그는 냉정한 표정으로 말했다.

"그만 가 주시죠. 두 분 다."

단장으로서 그는 게일과 아드리아나를 쫓아낼 수 있다.

게일의 시선이 세이레나를 찾았다. 그녀는 더 이상 자신의 손을 쥐어짜지 않았다.

"아드리아나는 내일 당장 짐을 싸서 집으로 돌려보내세요."

"누구 마음대로!"

아드리아나가 펄펄 뛰려 했지만 게일이 더 빨랐다. 그는 재빨리 아드리아나를 향해 손을 내밀었다.

"짝!" 하고 제법 큰 소리가 났다. 아버지에게 뺨을 맞은 아드리아나의 몸이 바닥으로 넘어졌다.

"악!"

맙소사. 세이레나는 아드리아나가 바닥에 넘어지자 눈을 감았다. 끔찍하다. 하필이면 이런 곳에서 이런 일이 일어나다니. 창피한 걸 넘어섰다.

아드리아나 역시 깜짝 놀라서 넘어진 채 자신의 뺨을 감쌌다. 한 번도 맞아 본 적 없는데 맞았다. 아픔보다 맞았다는 사실이 충격이라 그녀는 아무 생각도 할 수가 없었다.

"죄송합니다. 제가 딸을 잘못 교육시킨 탓입니다."

게일은 사람들을 향해 허리를 숙였다. 지금 당장은 이 상황을 넘겨야 한다. 그는 사람들을 향해 허리를 숙이며 사죄했다.

"아버지!"

뒤늦게 일어난 아드리아나가 소리쳤지만 그는 딸에게 눈길 하나 주지 않았다. 멍청한 것. 지금은 그럴 때가 아니다.

별꼴을 다 보겠네. 혀를 차며 사람들이 흩어졌다.

세이레나는 흩어지는 사람들을 향해 고개를 숙였다. 아드리아나는 기사들의 화를 불러일으켰고 그건 가주인 세이레나가 사과해야 한다. 하지만 다들 세이레나가 안됐다고 생각했다.

"힘내요, 헌터 경."

나이 지긋한 부인이 세이레나의 손을 다독였다.

"아닙니다. 죄송합니다."

"가주라는 자리가 보통 힘든 자리가 아니지. 하물며 나이가 어리면 더해."

부인은 그렇게 말하고 애쉬에게 시선을 건넸다. 그레이윈드 공작이 약혼자라 다행이다. 그녀의 시선은 그렇게 말하고 있었다.

그가 가볍게 묵례하자 부인은 세이레나의 손을 다시 다독인 뒤 떠났다.

세이레나 헌터 경은 괜찮은 헌터 백작이 될 거 같다고 게일과 아드리아나의 행동을 본 사람들은 다들 그렇게 생각했다.

13

계획된 사고

기사단에서 왕비가 열어 준 연회가 끝나고 이틀이 지났지만 아직 그레이윈드 공작 부인은 수도에 남아 있었다. 그녀가 남고 싶어서 남은 게 아니다. 연회 날 밤부터 눈이 내리기 시작했기 때문이다.

길이 미끄러워 위험하니 조금 더 있다가 가라는 아들의 부탁에 카시아는 그대로 수도에 있는 그레이윈드 저택에 며칠 더 묵기로 했다.

아마 이번 주 내내 수도를 빠져나가는 사람들은 모두 발이 묶일 것이다.

"그래서 공작 부인은 아직 수도에 계신 거야?"

데니스의 질문에 애쉬는 말없이 고개를 끄덕였다. 신경증이

도지지 않으면 좋겠는데. 그의 어머니는 수도에 있으면 예민해진다.

문단속을 과할 정도로 철저하게 하고 자신이 수도에 있다는 것 자체를 남에게 알리고 싶어 하지 않아 했다.

의사를 불러와야 하는 게 아닐까.

애쉬가 가볍게 걱정할 때 뒤에서 여기사가 달려왔다.

"뭐야?"

데니스와 애쉬의 말이 멈췄다.

날이 꽤 쌀쌀했다. 오늘 아침까지도 눈이 내렸다. 그럼에도 밖으로 나와 있는 건 왕비가 억지를 부렸기 때문이다.

"여기서 멈추라고 하십니다."

여기서? 절벽이 가까워서 위험하다.

애쉬는 한쪽 눈썹을 들어 올렸다. 마음에 들지 않는다. 하지만 상대는 왕비라 그는 한숨을 내쉬며 말에서 내렸다.

"전하."

왕비는 마차 안에 앉아 있었다. 창문 안쪽으로 모자를 눌러쓴 왕비가 얼굴을 들었다. 추운 날씨 때문에 기사들도 모두 모자를 눌러쓰고 있었다.

애쉬의 시야에 마차를 보호하는 로렌과 세이레나가 들어왔다.

모자를 쓴 것도 예쁘군. 애쉬는 세이레나를 힐끔 보고 그렇게 생각했다.

"공작."

왕비가 애쉬에게 고개를 끄덕했다. 그는 왕비에게 인사를 한 뒤 고개를 숙이며 말했다.

"조금 더 가시면 쉴 만한 넓은 공터가 있습니다."

"괜찮네. 경치 구경하기엔 여기가 더 나을 것 같기도 하고."

"하지만 앞이 절벽이라⋯⋯."

왕비는 이미 두 번의 공격을 받았다. 또 다른 공격을 걱정하면 차라리 여기가 낫다. 하지만 애쉬는 절벽이 너무 가깝다는 점이 불편했다. 그리고 길목이 좁아서 기사들이 넓게 퍼지지 못한다는 점도.

"걱정 말게."

왕비는 애쉬의 걱정을 이해하는 것처럼 말했다.

"이 앞은 강이잖나. 자네들이 경호하기엔 여기가 더 낫지 않겠나."

그렇긴 하다. 애쉬는 속으로 한숨을 내쉬었다.

요 며칠, 왕비의 상태가 좋지 않았다. 몸 상태가 아니라 정신적으로 좋지 않았다. 왕궁 안에서만 은밀히 전해진 이야기라 기사단에서도 일 분단에게만 알려진 사실이다.

우울해했고 사람들에게 소리를 지르기도 했다고 했다. 때로는 밤에 복도를 서성거리다가 발견되기도 했다는 말을 들었다.

그런 왕비가 기분을 달래고 싶으니 조금 멀리 산책을 나가겠다고 했을 때 반대할 수 있는 사람은 아무도 없었다.

심지어 왕조차 일박으로 다녀와도 된다고 허락했을 정도다.

"알겠습니다."

애쉬가 물러나자 왕비는 마차에서 나왔다. 그녀를 보필하는 여백작이 따라 나오려 했지만 왕비는 손을 들어 저지했다.

"잠시 이 주변을 걷지. 다 따라올 필요 없네. 거기 기사들만 따라오게."

왕비의 지목에 세이레나가 말에서 내렸다. 그녀와 함께 왕비에게 지목된 여기사들도 말에서 내렸다. 하지만 로렌은 아니었다.

"전하, 저도."

로렌이 따라나서려 하자 왕비는 그녀를 힐끔 쳐다봤다.

"그러게."

잠시, 왕비의 시선이 세이레나를 향했다가 지나갔다. 여기사 몇 명만을 대동하고 왕비는 기사단을 가로질러 천천히 강 쪽으로 걷기 시작했다.

"여기서 잠시 쉬어 간다."

애쉬의 명령에 기사들이 말에서 내렸다. 맨 뒤에 있던 페이지들이 재빨리 모닥불을 피우기 시작했다.

왕비는 말없이 강가를 향해 걷고 있었다.

날이 많이 추운 탓에 기사들의 코가 붉었다. 이틀이나 내린 눈은 어젯밤에야 그쳤다. 속에 옷을 껴입느라 몸이 둔하지만 그렇지 않았다면 모닥불을 피울 때까지 버티기 힘들었을 것이다.

이렇게 추운데 왕비님은 괜찮은 걸까. 로렌은 걱정스러운 마음에 왕비를 쳐다봤다. 그녀도 왕비의 상태가 좋지 않다는 소식은 들었다. 불안해하고 우울해한다고 했다.

조금 나아지신 걸까. 불안과 안도가 왕비와 그녀를 보호하는 여기사들 사이에 맴돌고 있었다.

"잠깐 여기서 쉬지."

강에서 그리 떨어지지 않은 지점에서 왕비가 멈췄다. 그렇지 않아도 그만 가자고 말하려던 차라 로렌은 안도하며 재빨리 왕비가 앉을 수 있도록 자리를 마련했다.

이쪽은 산에서 떨어져 내리는 폭포 바로 아래에 위치한 강이라 가파르고 물줄기가 빠르다.

위험하기 때문에 로렌은 왕비가 더 가까이 가지 않도록 살펴야겠다고 생각했다.

"전하, 차입니다."

세이레나가 모닥불로 끓인 차를 왕비에게 전했다. 두 사람의 손이 스치자 왕비가 세이레나를 쳐다봤다.

"고맙네, 헌터 경."

세이레나는 말없이 고개를 꾸벅하고 물러났다. 잠시 따듯한 차를 마시는 시간이 이어졌다.

"조금 괜찮아지신 모양이네."

로렌이 세이레나에게 다가와 속삭였다. 세이레나는 무슨 소리냐는 듯 그녀를 쳐다봤다.

자신의 몫인 따듯한 차가 담긴 컵을 쥐자 차가운 손에 온기가
돌기 시작했다.

"신경증이라는 소문이 있거든."

"신경증?"

로렌의 말에 세이레나는 저도 모르게 뒤를 돌아보았다. 애쉬
가 그리 멀리 떨어지지 않은 곳에 서 있었다.

로렌은 자신의 잔을 감싸며 말했다.

"갑자기 사람들한테 소리를 지르고 어느 날은 갑자기 우울해
하셨다잖아. 신경증이 아니냐고 하더라고."

"그런가?"

"아니면 우울증이라고도 하던데……."

우울증이면 저렇게 산책을 하실 수 있나? 로렌이 그렇게 말하
려 했을 때였다.

왕비가 자리에서 일어났다. 사람들의 시선이 그녀를 향하자
왕비는 두리번거리다 세이레나에게 말했다.

"헌터 경, 잠시 이쪽으로 와 주겠나?"

"네, 전하."

뭐지? 다들 왕비와 세이레나의 행보를 지켜보고 있었다. 기사
들은 두 사람이 큰 나무 뒤로 숨는 것을 보고 쓰게 웃었다.

"이런."

요의를 느끼신 모양이다.

다들 예의 바르게 고개를 돌렸다. 나무 뒤에 있지만 나왔을 때

왕비가 부끄러워하지 않도록 하기 위해서였다.

"나오셨어?"

몇 분의 시간이 지나고, 애쉬가 로렌에게 다가와 물었다.

"아니."

로렌의 대답에 애쉬의 눈이 가늘어졌다.

"큰 볼일인가 보지."

로렌이 천연덕스럽게 말했다. 그렇지 않고서야 이렇게 오래
걸릴 리가 없다.

"그런가."

애쉬는 그렇게 말하며 몸을 돌렸다.

"세이도 있으니까."

괜찮을 거야. 로렌의 다음 말은 이어지지 못했다.

"어?"

한 여기사가 놀란 듯한 신음을 내뱉었다.

"어?"

로렌 역시 벌떡 일어났다.

왕비가 세이레나와 함께 강 쪽으로 향하고 있었다. 정확히 말
하면 말리는 세이레나와 그런 그녀를 억지로 끌고 가는 왕비였
다.

"전하?"

애쉬가 소리쳤지만 둘 다 돌아보지 않았다. 뭔가 이상하다.
애쉬가 왕비와 세이레나를 향해 발을 내디뎠을 때였다.

"레나!"

왕비가 세이레나를 절벽 쪽으로 밀어 버렸다.

"세상에!"

"헌터 경!"

기사들이 벌떡 일어나 왕비 쪽으로 달려오는 순간, 왕비도 그대로 절벽을 향해 몸을 던졌다.

*   *   *

죽을 것 같다.

세이레나는 이를 꽉 물며 팔을 뻗었다. 너무 추워서 온몸이 꽁꽁 언 탓에 팔다리가 제대로 움직이지 않았다. 게다가 옷이 너무 치렁치렁하다.

그녀가 돌아오기 전에 왕비로 살지 않았다면, 익숙하지 않은 이 옷 때문에 급류에 휘말려 죽었을지도 모른다.

세이레나는 이를 악물고 손을 뻗었다. 가장자리에 뻗어 나온 나뭇가지가 아슬아슬하게 그녀의 손에 잡혔다.

"큭."

"퍽!" 하고 수면 아래 뻗은 나뭇가지와 세이레나의 옆구리가 부딪쳤다.

고통에 온몸에 힘이 빠져나갔지만 세이레나는 이를 악물고 나뭇가지를 놓지 않았다.

이걸 놓치면 진짜로 죽는다.

그만큼 위험했다. 세이레나의 작은 몸 따위는 급물살에 몇 번이나 휩쓸렸다.

"학, 하악……."

무릎이 땅에 닿고 나서야 세이레나를 숨을 몰아쉬었다. 누가 꽉 쥐고 비트는 것처럼 폐가 아팠다.

완전히 탈진한 나머지 그녀는 잠시 땅바닥에 쓰러졌다. 긴 스커트가 온몸을 칭칭 감싸는 바람에 수면에서 땅 위로 올라오는 것도 힘들었다.

기사복과는 다르다.

처음 왕비와 옷을 바꿔 입었을 때는 고작 몇 달 지났다고 이렇게 치렁치렁한 옷의 느낌을 잊었던 자신에게 놀랐었다.

하지만 단련된 몸은 예전보다 훨씬 강했다. 그녀의 팔 근육이 아니었다면 지금쯤 여기가 아니라 강바닥에 가라앉아 있었을 것이다.

세이레나는 후들후들 떨리는 팔과 다리로 일어나 위를 쳐다봤다. 절벽이라 벽 쪽에 붙으면 그녀의 모습은 위에서 보이지 않을 것이다.

왕비님은 무사하시겠지. 그러길 바라며 세이레나는 옷을 벗기 시작했다.

"세이레나 헌터."

갑자기 짐승이 숨을 몰아쉬는 듯한 소리가 들렸다.

화들짝 놀라 고개를 든 세이레나는 애쉬를 발견했다. 애쉬의 검정색 눈동자가 흉포하게 빛나고 있었다.

힉. 세이레나의 몸이 뒤로 움찔하고 물러난 순간 애쉬가 눈 깜짝할 사이에 그녀에게 접근했다.

"내가……."

애쉬는 이를 악물고 분노를 토하려다 멈췄다.

머릿속에 빙글빙글 돌던 말이 세이레나 앞에서 차마 나오지 않았다. 가만두지 않겠어. 용서 못 해. 평생 밖에 못 나갈 줄 알아.

이를 갈며 중얼거리던 욕이 세이레나를 보자 전부 날아가 버렸다. 안 그래도 하얀 세이레나의 피부가 거의 회색으로 질려 있었다.

젖어서 찰싹 달라붙은 머리카락 사이로 겁에 질린 세이레나의 자주색 눈동자만 부풀어 오른 것처럼 보였다.

"내가, 진짜……."

죽는 줄 알았다.

세이레나가 아니라 애쉬가. 그녀가 절벽에서 떨어진 순간 그의 심장도 같이 떨어졌다. 어쩌면 아직도 거기 남아 있는지도 모른다. 세이레나가 떨어진 그 절벽 끝에.

"날 죽일 셈이야?"

그는 자신의 망토를 벗으며 윽박지르듯 말했다. 다시 뛰기 시작한 심장이 아파서 가슴을 쥐어뜯고 싶은 심정이다. 하지만 세이레나가 살아 있다는 사실에 눈물이 나올 것 같아서 애쉬는 이를 꽉 깨물었다.

"어, 어떻게……."

어떻게 알았지? 어떻게 여기에 왔지? 여러 가지가 섞인 세이레나의 질문을 무시하며 애쉬는 자신의 망토를 세이레나의 어깨에 둘렀다. 그의 체온이 담긴 망토 덕분에 세이레나의 몸이 조금이나마 따듯해졌다.

"애쉬, 여긴 어……."

어떻게 왔냐는 질문은 채 나오지 못했다.

애쉬는 세이레나를 무시하고 그녀의 몸을 안아 들었다. 헉 하고 놀라는 세이레나의 몸이 굳는 게 느껴졌지만 그는 신경 쓰지 않고 걸음을 옮겼다.

"애쉬……."

"말하지 마."

애쉬는 거칠게 세이레나의 말을 막았다. 그녀의 목소리가 듣기 싫어서가 아니다. 지금 말하면 세이레나가 지치기 때문에 그렇다. 그래도 화가 나는 건 어쩔 수 없어서 말이 거칠게 나왔다.

세이레나는 애쉬의 어깨에 손을 댄 채 눈을 동그랗게 뜨고 있었다. 따듯한 그에게 안겨 있어서 몸이 조금이나마 풀렸다. 하지만 그녀는 그가 여기에 있다는 게 믿을 수 없었다.

어떻게 여기에 왔지? 어떻게 알았지? 몇 가지 의문이 세이레나의 머릿속을 빙글빙글 돌았다.

애쉬는 세이레나를 찾느라 뛰어다니다가 발견한 동굴로 그녀를 안고 들어갔다. 깜짝 놀라는 세이레나의 반응을 보니 그녀도 이 동굴을 알고 있었던 모양이다.

어디부터 세이레나의 계획일까.

애쉬는 이를 꽉 물었다. 품에 안은 몸이 깜짝 놀랄 만큼 차가워서 마음이 급해졌다.

"저기, 애쉬……."

"말하지 말라고 했어."

그는 세이레나를 조심스럽게 내려놓고 재빨리 모닥불을 피웠다.

누군가 준비해 둔 모닥불이다. 그 누군가가 높은 확률로 세이레나일 거라고 생각한 애쉬의 표정이 더욱 굳었다.

처음부터 계획했다는 뜻이다. 여기로 왕비가 산책을 나오는 것부터 전부.

이유가 뭘까, 왜 그런 위험한 짓을 했을까. 왕비와 옷을 갈아입고 절벽으로 몸을 던지는 짓은 제정신이 아니라면 아무도 생각할 수 없는 짓이다. 하지만 왜 그런 짓을 했냐고 채근하기 전에 더 중요한 일이 있다.

애쉬는 그의 망토로 몸을 감은 채 창백한 표정으로 서 있는 세이레나를 돌아봤다.

물이 뚝뚝 떨어져서 세이레나의 발밑을 적시고 있었다. 입술이 새파랗게 질린 게 보인다.

적어도 피부가 회색으로 보이진 않는군. 그는 약간 안도하며 젖은 갑옷을 벗었다. 안에 입은 셔츠는 다행히도 젖지 않았다. 그는 셔츠 단추에 손을 대며 말했다.

"벗어."

뭐? 세이레나는 깜짝 놀라서 뒤로 물러났다. 하지만 그녀가 한 걸음 물러난 것쯤은 애쉬에게 그리 멀어진 것도 아니었다.

그는 세이레나에게 다가가며 말했다.

"젖었으니까 벗어야 할 거 아니야."

애쉬의 목소리는 무뚝뚝하기는 했지만 조금 부드러워졌다.

아, 옷. 세이레나는 그제야 자신이 여전히 왕비의 옷을 입고 있다는 것을 깨달았다. 물에서 나오자마자 벗으려고 했는데 애쉬에게 발견되는 바람에 벗지 못했다.

그 사이 애쉬는 자신의 셔츠를 벗고 있었다.

입고 있던 왕비의 옷에 손을 대던 세이레나의 눈이 동그래졌다.

"당신은 왜……."

세이레나가 말을 채 끝마치기도 전에 애쉬가 자신의 셔츠를 벗었다. 그는 자신의 셔츠를 왼손에 들고 오른손을 세이레나에게 내밀었다.

"뭐 하는……."

애쉬의 손이 세이레나의 망토를 잡았다. 정확하게는 애쉬의 망토다. 그는 자신의 망토를 잡아당기며 말했다.

"이거 입어."

애쉬의 몸에서 뿜어져 나오는 열기 때문에 주변이 훈훈하게 느껴질 정도였다.

세이레나의 어깨에서 애쉬의 망토가 벗겨져 나갔다. 그녀는 그가 억지로 쥐여 주는 마른 셔츠를 받아 들고 멍하니 서 있었다.

"빨리."

가볍게 재촉한 뒤, 애쉬는 자신의 망토를 들고 동굴 입구로 걸어갔다. 그가 등을 돌리자마자 세이레나는 허겁지겁 옷을 벗기 시작했다.

옷이 젖어서 피부에 찰싹 달라붙은 바람에 벗겨지지 않는다. 왕비의 옷은 특히나 시녀가 없으면 입고 벗기가 힘들다.

입을 때는 할 만했는데. 세이레나는 그렇게 중얼거리며 손가락에 감기는 끈을 털어 내려 애썼다.

왕비와 바꿔 입을 때는 괜찮았다. 왕비가 있었으니까. 게다가 옷이 이렇게 젖지도 않았었다.

젖은 천과 리본이 자꾸만 세이레나의 언 손가락에 달라붙었다.

"도와줄게."

갑자기 들려오는 애쉬의 목소리에 세이레나는 펄쩍 뛰어올랐다.

어느새 동굴 입구를 망토로 막은 애쉬가 그녀의 등 뒤에 다가

와 있었다.

"괘, 괜찮……."

"안 보이잖아."

평소보다 무뚝뚝하다.

늘 다정한 말투였는데, 무뚝뚝한 그의 말투가 서러워서 세이레나는 입술을 깨물었다. 하지만 애쉬가 이러는 것도 다 그녀의 탓이다.

평소 애쉬의 다정함에 너무 익숙해진 탓이다. 오히려 지금의 그는 그녀가 한 짓에도 불구하고 다정한 편이다.

세이레나는 그걸 알았고 그렇기 때문에 애쉬에게 죄책감이 들었다.

애쉬의 손이 세이레나의 드레스에 달린 리본과 단추를 풀기 시작했다. 차가운 몸에 뜨거운 손가락이 닿았다. 그는 세이레나가 끙끙대던 것을 어렵지 않다는 듯 풀어내더니 살짝 틈을 벌리고 물러났다.

"됐어."

"고, 고마워요."

애쉬가 다시 몸을 돌리자 세이레나는 허둥지둥 옷을 벗었다. 그가 아니었다면 아주 오래 걸렸을 것이다. 손가락에 감각이 사라지기 시작해서 그녀는 재빨리 애쉬의 셔츠를 주워 입었다.

"됐어?"

부스럭부스럭하는 소리가 멈추자 애쉬가 물었다. 그가 돌아봤을 때 세이레나는 애쉬의 셔츠만 입은 채 모닥불 앞에 서서 불을 쬐고 있었다.

"이리 와."

애쉬는 세이레나에게 다가가며 말했다. 이리 오라니, 뭘? 왜? 세이레나의 눈이 동그래졌다. 그는 한숨을 내쉬며 그녀의 손을 잡았다.

"담요가 있으면 좋겠지만 없으니까."

"없으니까?"

애쉬의 망토는 젖었고 동굴 입구를 막고 있었으며 세이레나의 망토는 왕비에게 줬다.

애쉬는 그대로 세이레나를 끌어안았다.

"뭐, 뭐 하는……."

깜짝 놀라서 버둥대던 그녀는 곧 애쉬가 담요 대신이라는 것을 깨달았다.

애쉬는 그대로 세이레나를 끌어안은 채 차가운 바닥에 앉았다. 세이레나의 몸이 애쉬의 허벅지 위로 올라왔다.

"이렇게까지 해 주지 않아도 돼요."

"난 해야 돼."

다시 애쉬의 목소리에 화가 실렸다. 세이레나가 싫다고 해도 그는 이렇게 해야겠다. 그녀는 아주 작았고 얼음장 같은 강물에 빠져 완전히 젖었다.

세이레나의 온몸이 차가웠다. 애쉬는 세이레나의 발과 손을 만진 뒤 나직하게 욕을 내뱉었다.

차갑다. 너무 차가워서 깜짝 놀랄 정도다. 그는 자신의 다리 사이에 세이레나의 발을 집어넣고 그녀의 손을 잡았다.

"그럴 필요 없어요."

"필요의 문제가 아니라고 했지."

거의 으르렁거리는 것처럼 들린다. 세이레나는 애쉬의 목소리에 그를 쳐다보려 했지만 쉽지 않았다.

애쉬는 세이레나의 손을 감싸 쥔 채 천천히 문지르기 시작했다.

필요 없다고 한 건 확실히 허세였다. 세이레나는 손과 발이 따끔거리기 시작하자 입술을 깨물었다.

애쉬는 그녀의 손에 온기가 돌기 시작하자 이번엔 세이레나의 발을 문질렀다.

"아, 안 그래도 돼요!"

손이라면 모를까 발은 너무 창피하다. 게다가 더럽다.

하지만 애쉬는 신경 쓰지 않았다. 그는 세이레나가 빠져나가지 못하도록 한쪽 팔로 그녀의 몸을 감싼 채 계속해서 발을 문지르며 말했다.

"잘못하면 잘라야 했을 수도 있어."

동상은 무섭다. 손과 발을 잘라야 했을 수도 있다. 손을 자른다면 검을 들 수가 없다.

세이레나는 아무 말도 할 수가 없었다. 무슨 말을 할 수 있을까. 그의 말대로 손과 발을 잘라야 하는 상황이 왔을 수도 있다. 하지만 아닐 수도 있다.

최소한 애쉬 덕분에 상황이 더 나아졌다는 것만 맞다.

"고마워요."

잠긴 목소리로 세이레나가 말했다.

"아무래도 내가 미친 모양이야."

애쉬는 그렇게 말하고 한숨을 내쉬었다. 세이레나의 고맙다는 말 한 마디에 화가 풀렸다. 전부 다 풀린 건 아니지만 그녀와 대화를 해야겠다는 이성은 돌아왔다.

세이레나가 무슨 소린가 하고 고개를 돌리려는 게 느껴졌다. 하지만 애쉬는 그녀의 정수리에 턱을 얹고 말했다.

"그래서, 왜 이런 미친 짓을 했는지 말해 줘."

그는 알 자격이 있다. 그의 심장이 아직도 저 절벽 위에 떨어져 있으니까.

하지만 얄밉게도 세이레나가 망설이며 말했다.

"말해도 안 믿을 거예요."

"시도해 봐."

세이레나의 발을 놓은 애쉬가 듣겠다는 듯 허리를 폈다.

믿지 않을 텐데. 그녀는 망설이며 모닥불을 쳐다보다가 입을 열었다.

"왕비님과 옷을 바꿔 입고 제가 왕비님인 척 절벽에서 뛰어내렸어요."

"그건 알아."

"안다니, 다른 사람들도요?"

"아니."

애쉬는 다시 한숨을 내쉬었다. 세이레나가 왕비와 옷을 바꿔 입고 왕비인 척 뛰어내린 건 알 수 있었다. 그녀가 자신으로 변장한 왕비를 절벽에서 밀었을 때, 애쉬는 뭔가 이상하다고 생각했다. 밀려 떨어지는 세이레나의 모습이 세이레나가 아니라는 생각이 들었다. 행동이, 느낌이 달랐다. 그의 느낌은 왕비로 변장한 세이레나가 절벽에서 뛰어내렸을 때 확실해졌다.

저게 세이레나다!

"다른 사람들은 왕비가 널 밀고 뛰어내렸다고 생각해."

어디까지나 그의 감이라 누구에게도 말할 수 없었다. 그는 세이레나와 왕비를 찾기 위해 기사들을 보낸 뒤 혼자 왕비로 변장한 세이레나를 찾기 시작했다.

기사들은 왕비에게 밀려 떨어진 기사 세이레나와 자살 시도한 왕비를 찾았기 때문에 좀 더 아래쪽을 뒤졌다.

하지만 애쉬는 왕비로 변장하고 자살한 척한 세이레나를 찾았기 때문에 좀 더 위를 뒤졌다. 그게 그가 세이레나를 발견할 수 있었던 이유였다.

"다행이네요."

세이레나가 한숨을 내쉬자 애쉬의 눈이 가늘어졌다.

"정말? 그게 다행이라고 생각해?"

처음으로 듣는 애쉬의 빈정거리는 말투에 세이레나의 얼굴이 달아올랐다. 그녀가 일부러 그런 게 아니다. 하지만 어쨌거나 다른 사람들에게 큰 폐를 끼치긴 했다.

"왕비님을 돕고 싶었어요."

"왕비님을 기사를 살해하고 자살한 사람으로 만드는 게 어떻게 돕는 건데?"

"그래야 사람들이 왕비님을 찾지 않을 테니까요."

애쉬의 한쪽 눈썹이 올라갔다. 하지만 그를 등진 채 그의 품에 안긴 세이레나는 보지 못했다.

애쉬는 입을 열어 물었다.

"어째서?"

"들어도 안 믿을 거예요."

"시도해 보라고 했잖아."

안 믿을 거야. 세이레나는 얼굴을 두 손에 묻었다. 아무도 믿지 않았다. 그리고 아는 사람들은 입을 다물었다. 자신의 안전을 위해서.

애쉬는 그러지 않을 거라는 걸 안다. 하지만 그도 믿지 않을까 봐 겁이 났다.

"왕은, 폐하는……."

세이레나의 목소리가 탁하게 흘러나왔다. 그녀는 얼굴을 두 손에 묻은 채 말을 이었다.

"변태적인 성벽을 가지고 있어요."

뭐? 애쉬의 입이 딱 벌어졌다. 지금 세이레나가 뭐라고 했지? 그는 가느다란 목덜미만 보이는 세이레나를 내려다봤다. 지금 농담하나?

하지만 세이레나는 심지어 가볍게 떨고 있었다. 그게 춥기 때문만은 아니라는 것을 그는 곧 깨달았다.

"어떤 변태적인 성벽인데?"

잠시 침묵이 흘렀다.

세이레나는 차마 입 밖으로 내뱉을 수가 없어서, 애쉬는 그녀를 재촉할 수가 없어서.

"다, 다른 사람의 피를 보는 걸 좋아해요."

가느다랗게 세이레나의 말이 흘러나왔다.

애쉬는 그걸 어떻게 아느냐고 반사적으로 물어보려다가 입을 다물었다.

"왕비님이 그래?"

왕이 어떤 변태적인 성벽을 가지고 있는지 세이레나가 알 수 있는 방법이 없다. 있다면 그건 왕비가 말했기 때문이다.

애쉬의 머릿속에서 그런 논리가 빠르게 이뤄졌다.

세이레나는 고개를 번쩍 들었다. 왕비님은 한 마디도 하지 않았다. 그저 왕궁에 있다간 그녀가 죽는다고 말했을 뿐이다. 하지만 그것 말고는 세이레나가 왕의 성벽을 알고 있는 이유를 설명할 수가 없었다.

"네."

세이레나는 눈을 꼭 감고 대답했다. 그에게 등을 돌리고 있어서 다행이라는 생각이 들었다.

애쉬의 검정색 눈동자를 마주했다면 거짓말이 나오지 않았을 것이다.

이건 좋은 거짓말이야. 세이레나는 그렇게 생각했다. 하지만 애쉬를 속이고 있다는 죄책감이 따끔따끔하게 그녀의 가슴을 찔러 댔다.

"증거는?"

이어진 애쉬의 의문은 합당했다. 왕이 다른 사람의 피를 보며 흥분한다면 피를 본 사람이 있을 것이다. 하지만 세이레나는 고개를 흔들었다.

"왕비님뿐이에요. 하지만 왕비님은 아무 말도 하지 않을 거예요."

어째서? 반문하려던 애쉬는 곧 그 이유를 깨달았다.

왕비는 하급 귀족의 딸이었다. 유스 자작은 영향력이 없는 귀족이었고 거의 몰락했었다. 그가 백작이 되어 아들에게 백작 위를 물려줄 수 있었던 것은 그의 딸이 왕비가 되었기 때문이다.

지금도 그리 영향력 있는 가문은 아니지만 왕비가 왕과 결혼함으로써 유스 자작가는 유스 백작가가 되었고 살아났다.

"유스 백작은 그걸 알고 있어?"

모른다. 세이레나는 흔들려다 멈칫하고 말했다.

"몰라요. 아는지 모르는지."

"알겠지."

애쉬의 말에 세이레나는 고개를 들었다. 어째서? 그녀는 그의 품에서 억지로 몸을 돌려 그를 마주 봤다. 애쉬는 씁쓸한 표정으로 말했다.

"네 도움을 받았잖아."

세이레나의 눈이 커졌다.

그렇구나.

유스 백작이 모른다면 그에게 알리고 도움을 요청하면 된다. 하지만 동생의 도움이 아닌 세이레나의 도움을 받았다는 건 유스 백작이 왕비의 도움 요청을 거절했다는 뜻이 된다.

"세상에."

세이레나는 저도 모르게 신음을 내뱉었다.

유스 백작은 누이가 왕에게 어떤 취급을 받는지 알면서 모른 척했다. 누이를 팔아 얻은 지위다. 그 지위를 위험하게 하고 싶지 않았던 거다.

"레나?"

애쉬는 세이레나가 눈물을 글썽이기 시작하자 깜짝 놀라서 그녀를 불렀다.

왜, 왜 우는 거지? 당황한 그를 앞에 두고 세이레나는 눈물을 뚝뚝 흘렸다. 그녀 자신과 왕비가 겹쳐 보였다. 돌아오기 전에, 왕이 죽기 전의 세이레나도 그랬다.

게일은 왕이 변태적인 성벽을 가지고 그녀를 괴롭힌다는 것을 알면서도 아무것도 하지 않았다.

오히려 모든 남자는 다 어느 정도 변태적인 부분이 있다며 왕을 두둔했다. 그녀를 도와줄 사람은 아무도 없었다.

"당신은……."

세이레나는 훌쩍이며 애쉬에게 물었다.

"내가 만약 왕비라면, 날 도와줬을까요?"

왕을 죽일 거야. 애쉬는 반사적으로 그렇게 말하려다 멈췄다. 잠깐 침묵이 흘렀다.

애쉬는 눈물을 뚝뚝 흘리는 세이레나의 자수정 같은 눈동자를 응시했다. 말도 안 되는 이야기다. 세이레나는 왕비가 아니고 왕은 그녀를 괴롭히고 있지 않다.

하지만 애쉬는 이게 그녀에게 아주 중요한 질문이라는 것을 직감했다. 이해할 수 없고, 이상한 질문이지만 세이레나에게는 중요했다.

"그래."

침묵을 깨뜨리며 애쉬가 말했다. 그는 자신의 셔츠를 입은 세이레나의 등을 안으며 말했다.

"그게 너라면 나는 너를 데리고 도망쳤을 거야. 아주 멀리."

애쉬의 손에 그의 셔츠 한 장만 걸친 세이레나의 체온이 느껴졌다. 조금 식었지만 그의 품에서 그녀의 체온은 다시 따듯해지고 있었다.

잠시 멈칫했던 세이레나의 눈에서 커다란 구슬 같은 눈물이 뚝뚝뚝 떨어져 내렸다.

그거면 됐어. 그녀는 그렇게 생각하며 애쉬의 목을 끌어안았다. 그녀에게는 그 대답이면 차고 넘쳤다. 그녀가 왕비를 도와준 것처럼 세이레나를 도망치게 해 준다고만 했어도 만족했을 것이다.

애쉬는 왕의 조카고 공작이다. 자신이 가진 모든 것을 버리고 그녀와 함께 도망친다는 게 어떤 의미인지 세이레나는 잘 알았다.

"레나?"

세이레나가 애쉬의 목을 끌어안자 셔츠 한 장 차이로 그녀의 가슴이 그의 가슴에 부딪쳐 왔다.

당황하는 애쉬의 목을 끌어안고 세이레나는 서투르게 그의 입술에 입을 맞췄다.

여전히 세이레나는 애쉬에게 아무 말도 해 주지 않았지만 그는 그 순간 그녀가 자신에게 벽을 하나 허물었다는 것을 깨달았다.

부서질까 봐 걱정된다는 듯 부드럽게 세이레나의 등을 감싸고 있던 애쉬의 팔에 힘이 들어갔다. 그는 잠깐, 아주 잠깐 이성을 잃었다.

"읏."

마치 잡아먹을 것처럼 세이레나의 입술을 빨던 애쉬는 그녀가 저도 모르게 내뱉은 신음에 정신을 차렸다.

어느새 세이레나는 그의 몸 아래에 깔려 있었다. 그녀는 애쉬의 목을 끌어안고 매달려 있었다.

그는 반사적으로 몸을 굴려 세이레나를 자신의 몸 위로 올렸다. 딱딱한 바닥에 셔츠 한 장만 입은 세이레나의 몸이 닿으면 차갑고 아팠을 것이다. 게다가 그가 덮치고 있었으니 무겁기도 하고.

"무거웠겠군."

욕망 때문에 그의 입에서 가볍게 쉰 목소리가 흘러나왔다. 하지만 애쉬의 손은 세이레나의 허리에서 벗어나지 않았다. 그는 그 상황에서도 세이레나가 겁먹지는 않았는지 주의 깊게 살폈다.

무게감이 기분 좋았는데. 세이레나는 멍하니 애쉬의 얼굴을 쳐다보다가 자신의 상태를 깨닫고 얼굴을 붉혔다.

내가 무슨 생각을 한 거지? 그녀는 심지어 자신이 그의 배 위에 앉아 있다는 것을 깨닫고 움찔했다.

다리 사이로 단단한 복근이 느껴졌다.

"괘, 괜찮……."

세이레나가 바르작거리자 애쉬는 재빨리 상체만 일으켜 앉았다. 그는 그녀의 허리를 잡은 채 세이레나의 눈을 똑바로 응시했다. 자수정 같은 눈동자가 눈물 탓에 더 반짝이는 것처럼 보였다. 보석이 보석을 떨어트리는 것 같다고 생각하며 애쉬는 그대로 고개를 숙였다.

"눈."

"네?"

시선을 뗄 수가 없을 정도로 강렬한 눈빛에 세이레나는 멍하니 물었다.

숨결이 닿았다. 애쉬는 그녀의 입술에 입술을 대며 속삭였다.

"눈 감아."

세이레나가 저도 모르게 시키는 대로 눈을 감자 이번에는 느긋하고 부드럽게 입술이 닿았다. 애쉬는 천천히 세이레나가 쫓아올 수 있는 속도로 그녀의 입술을 자신의 입술로 문질렀다.

얼어붙었던 세이레나의 입술이 다시 온기를 품고 있었다. 그가 그녀의 입술을 다시 빨기 시작했을 때까지도 여전히 애쉬의 손은 세이레나의 허리에서 벗어나지 않았다.

그는 그녀가 입은 자신의 셔츠가 그가 찢으려고 하면 얼마나 쉽게 찢어지는지 알았지만 내색하지 않았다. 대신 세이레나가 숨을 쉴 수 있도록 입을 떼고 그녀의 표정을 살폈다.

"응, 애쉬."

세이레나는 숨을 헐떡이며 그의 목을 끌어안았다. 누군가와 이렇게 가까운 건 처음이라 어색하고 두려웠다. 그러면서 동시에 그의 체온이 기분이 좋았다. 키스를 하는 것도 처음이었다.

이게 키스구나.

손끝까지 찌르르했다. 기분이 좋으면서 동시에 두려운 기분.

세이레나는 한숨을 내쉬며 솔직하게 말했다.

"당신이라면, 검으로 날 찔러도 괜찮아요."

웅? 세이레나의 목에 얼굴을 묻었던 애쉬는 무슨 소린가 하고 고개를 들었다. 자신의 셔츠를 입은 탓에 세이레나의 체취와 그의 체취가 섞여 있었다.

"뭘, 어쩐다고?"

"검이요."

세이레나의 얼굴이 사뭇 진지해졌다. 그녀로서는 엄청난 결정이고 각오다.

"당신의 검으로 날 찔러도 괜찮다고요."

이게 무슨 소리야. 애쉬는 멍하니 세이레나를 쳐다보며 눈을 깜빡였다.

검으로 찔러도 괜찮다니, 대체 무슨 의미일까.

그는 잠시 생각하다가 꽤 예전에나 쓰던 말을 떠올렸다. 남녀의 정사를 은유적으로 표현하는 말 중에 그런 게 있다. 검으로 찌른다는. 이것도 몇십 년 전에나 쓰던 말이다.

관계를 가져도 된다고 허락하는 건가? 애쉬는 예상치 못한 세이레나의 말에 조심스럽게 말했다.

"난 처음은 따듯한 침대에서 안전하게 하고 싶은데."

여긴 너무 춥고, 딱딱하다. 이런 곳에서 세이레나를 안고 싶지는 않다.

게다가 여기가 그의 저택, 그의 침실 안 침대 위라고 해도 할 생각은 없다.

애쉬는 최대한 부드럽게 말했다.

"그리고 결혼 전에는 할 생각이 없고."

"아이 때문에요?"

"그래."

애쉬의 생각대로 세이레나가 하는 말은 관계를 갖는 것을 말하는 게 맞았던 모양이다. 그는 안도의 한숨을 내쉬었다. 이제 겨우 키스한 약혼자에게 그런 이야기까지 하는 건 부담스러워하지 않을까 하고 고민하던 차다.

게다가 세이레나는 그와 약혼을 파기하고 싶어 했기 때문에 그는 가능한 그 부분은 이야기하고 싶지 않았다. 그녀의 마음이 돌아설 때까지는.

"그거에 대해 할 말이 있어요."

세이레나는 애쉬의 몸에서 손을 떼며 말했다. 아주 중요한 이야기다. 그녀는 무슨 할 말이냐는 듯 자신을 쳐다보는 애쉬의 눈동자를 맞닥트리고 잠시 입을 다물었다.

그에게 이런 말을 해도 될까.

세이레나의 약점을 안 애쉬가 그녀를 싫어하게 될까 봐 두려웠다. 하지만 애쉬는 그런 사람이 아니다.

세이레나는 한숨을 내쉬고 마음을 가라앉힌 뒤 작게 속삭였다.

"나, 아이를 가질 수 없어요."

천천히 애쉬의 눈이 다시 깜빡였다. 그는 자신이 들은 말이 무슨 소리인지 이해하고 있었다.

거짓말일까? 그의 시선이 세이레나의 표정을 살폈다.

애쉬와의 결혼을 피하기 위해 그런 거짓말을 한 것인지도 모른다. 하지만 그렇게 생각하기엔 세이레나의 표정이 결의에 차 있었다.

"어떻게 알아?"

꽤 길다고 느껴진, 하지만 그리 길지 않은 침묵 뒤 애쉬가 물었다.

그렇게 물어볼 줄 알았다. 세이레나는 시선을 떨어트리며 말했다.

"말할 수 없어요."

그녀의 말에 세이레나의 허리를 잡은 애쉬의 손에 힘이 들어갔다.

그는 잠시 숨을 고른 뒤 침착하게 물었다.

"누군가 네게 해를 끼쳤어?"

크게 다쳤거나, 병으로 불임이 됐느냐는 질문이다.

세이레나는 고개를 흔들었다. 그렇지 않다. 그녀는 처음부터 그랬다.

왕비로 산 구 년 동안 그녀는 아이를 갖지 못했다. 왕 외의 다른 남자가 없었지만 왕에게는 이미 두 아들이 있다. 그러니 문제가 있다면 그건 왕이 아니라 세이레나일 것이다.

선천적인 문제인 모양이라고 애쉬는 생각했다. 그러다 그는 문득 또 다른 사실을 깨닫고 물었다.

"나와 결혼할 수 없다고 한 것도 그것 때문이야?"

세이레나는 이번에는 고개를 끄덕였다. 그 움직임이 기운이 없어 보여서 그녀의 허리를 잡은 애쉬의 손에 다시 힘이 들어갔다.

"내가 싫어서 그런 건 아니고?"

이어진 애쉬의 질문에 세이레나의 눈이 동그래졌다. 그녀는 머뭇거리다가 말했다.

"처음에는요. 하지만 지금은……."

지금은? 애쉬의 한쪽 눈썹이 올라갔다. 그가 얼마나 긴장한 채 그녀의 다음 말을 기다리는지 모르는지 세이레나는 한참을 머뭇거리다가 말했다.

"당신이 검으로 날 찔러도 괜찮아요."

그래. 그렇다고 했지. 애쉬의 입가에 미소가 떠올랐다. 세이레나 헌터답게 고리타분한 말을 이용한 귀엽고 사랑스러운 고백이었다.

"레나."

애쉬는 세이레나의 입술에 다시 자신의 입술을 문질렀다. 사랑스럽고 또 사랑스럽다. 그는 이성을 잃지 않도록 조심하며 말했다.

"나는 너와 결혼하고 싶은 거지 내 아이를 낳아 줄 여자와 결혼하고 싶은 게 아니야."

"하지만 귀족의 의무잖아요."

모든 귀족은 후계자를 낳아 자신의 작위와 재산을 물려줄 의무가 있다.

세이레나가 백작 위를 동생에게 넘겨주려는 것도 그런 이유였다. 백작이라면 반드시 후계자를 낳아 백작 위를 물려줘야 한다.

돌아온 직후에는 돌아오기 전 인생이 너무 끔찍해서 남자가 싫었다. 결혼할 생각도 없었다. 그래서 에즈라에게 백작 위를 넘겨줄 생각이었다. 하지만 결혼한다 해도 그녀는 자식을 가질 수 없으니 반드시 에즈라에게 넘겨줘야 할 것이다.

애쉬와 결혼한다면, 그녀는 공작 부인으로서 애쉬에게 후계자를 낳아 줘야 할 의무가 있다.

세이레나가 지적하는 건 바로 그 지점이었다. 하지만 애쉬는 대답 대신 세이레나의 입술을 덥석 물어 빨고 핥았다.

"응, 으읏, 애쉬."

세이레나는 다시 애쉬의 목을 끌어안고 매달렸다. 그녀의 허리를 꽉 끌어안았던 애쉬는 여기가 동굴 안이라는 것을 가까스로 깨닫고 멈췄다.

"난 너와 결혼하고 싶은 거야, 세이레나 헌터."

욕망 때문에 애쉬의 목소리가 탁하게 흘러나왔다. 그는 자신의 욕망을 숨기려 하지도 않은 채 말을 이었다.

"내가 원하는 건 너야. 아이를 가질 수 있는 여자가 아니라, 강하고 아름다운 기사."

세이레나 헌터 경이 결혼해도 기사를 그만두지 않을 거라고 했다는 말은 애쉬의 귀에도 들어왔다. 그는 그녀가 그걸 원한다면 그러면 된다고 생각했다.

애쉬가 검을 쥐는 게 행복했던 것처럼 세이레나가 기사인 게 행복하다면 그녀가 행복한 채로 있길 바랐다.

"하지만 공작가에는 후계자가……."

"후계자는."

애쉬는 자신이 그와 결혼할 수 없는 이유를 대려는 세이레나의 말을 가로채며 말했다.

"네가 꼭 아이를 키우고 싶다면 입양해도 돼."

"내가 키우고 싶은 게 아니에요. 작위를 물려줘야 하잖아요."

"레나, 그레이윈드 공작은 왕의 둘째 자식에게 주어지는 작위야. 내 자식부터는 후작이 된다고. 굳이 물려줘야 할 이유가 없어."

하지만.

세이레나의 눈동자가 흔들렸다. 그녀가 왕비였을 때, 주변에서 그녀에게 왜 아이를 갖지 못하냐고 비난했다. 그건 결혼의 의무고 그 의무를 제대로 이행하지 못한 그녀는 반쪽짜리 왕비라고 비난했다.

"헌터 경."

애쉬는 세이레나의 눈동자가 흔들리는 것을 보고 진지하게 그녀를 불렀다.

세이레나는 불안한 표정으로 그를 쳐다봤다.

"나, 애쉬 그레이윈드와 결혼해 주시겠습니까?"

윽 하고 세이레나의 입에서 억눌린 신음이 흘러나왔다. "네."라고 대답하고 싶다. 하지만 그래도 될지 몰라 입을 열 수가 없었다.

그녀가 이렇게 훌륭한 기사와, 멋진 남자와 결혼해도 되는 걸까.

줄 수 있는 게 하나도 없는데.

세이레나는 떨리는 목소리로 입을 열었다.

"나는 작위도, 돈도, 명예도, 자식조차 줄 수가 없어요."

애쉬의 눈동자가 부드럽게 휘었다. 그는 세이레나에게 아무것도 바라지 않았다. 그저 그의 옆에서 행복하게 있어 준다면 그것만으로 그는 만족할 것 같았다.

하지만 딱 하나 바라는 게 있다면…… 그는 고개를 기울이며 속삭였다.

"내가 바라는 건 당신의 사랑뿐입니다."

저도 모르게 세이레나는 다시 애쉬를 끌어안았다. 그녀에게 그걸 바라는 사람은 처음이었다. 몸이나 자식이 아닌 오직 사랑만을 바라는 사람은 애쉬뿐이었다.

세이레나는 흐느끼며 속삭였다.

"네. 네, 네."

그가 그녀에게 바라는 게 그것뿐이라 다행이었다. 줄 수 있는 게 그것밖에 없으니까.

그러면, 애쉬라면 자신의 심장에 칼을 꽂아도 좋다고, 세이레나는 생각했다.

피부 위를 긋는 얄팍한 상처가 아니라 깊은 상처라고 해도 그게 애쉬가 준 상처라면 감수할 수 있을 것 같았다.

다시 긴 키스가 이어졌다.

세이레나가 숨을 헐떡일 정도로 그녀에게 입을 맞춘 애쉬는 문득 생각났다는 듯 물었다.

"그런데, 그럼 헌터 백작은 어떻게 돼?"

뭐? 세이레나는 키스의 여운 탓에 멍하니 그를 쳐다봤다. 몸에 힘이 풀려서 그녀는 애쉬의 가슴에 몸을 기대고 있었다.

"어, 아, 백작 위요."

부끄러운 마음에 세이레나의 얼굴이 달아올랐다. 그녀는 그제야 부랴부랴 자기 얼굴과 머리카락을 정돈하며 말했다.

"동생에게 넘길 거예요. 에즈라가 스물한 살이 되면요. 그전까지는 제가 가지고 있고요."

어차피 동생에게 넘길 작위라면 그냥 그와 결혼해도 되는 게 아닐까. 그렇게 생각하던 애쉬는 곧 게일 헌터를 떠올렸다.

세이레나가 백작이 되지 않고 그와 결혼하면 백작 위는 에즈라에게 넘어간다. 그리고 세이레나는 세이레나 헌터가 아니라 세이레나 그레이윈드가 되니 에즈라의 후견인은 세이레나가 아니라 게일에게로 넘어갈 것이다.

"그렇군."

애쉬는 한숨을 내쉬며 다시 세이레나를 끌어안았다. 결국, 그는 세이레나가 스물한 살이 될 때까지 그녀와의 결혼을 미뤄야 한다는 뜻이다.

할 수 없지.

그렇다고 에즈라를 게일의 손에 둘 수도 없는 노릇이다. 애쉬는 이제 꽤 친해진 소년을 떠올렸다. 어린 나이에 부모님을 잃고 아름다운 누나와 단둘이 남은 남자아이.

게일은 에즈라에게 전혀 좋지 않다. 그는 세이레나를 향한 게일과 아드리아나의 행동이 에즈라에게 향할 것이라고 확신했다. 그리고 어린 에즈라에게 그건 전혀 좋지 않겠지.

애쉬는 그 아름다운 외모의 남매가 한 명이라도 게일의 보호 하에 있길 바라지 않았다. 그는 한숨을 내쉬고 주제를 바꿨다.

"왕비님을 어떻게 도피시키려 했는지 이야기해 줘."

14

도움

왕비의 시신은 발견되지 않았다. 이틀을 꼬박 강을 뒤진 기사단이 발견한 것은 왕비의 찢어진 소매 한 조각이었다.

왕궁은 발칵 뒤집어졌지만 왕비가 자신을 보호하던 여기사를 죽이고 자신도 죽으려 한 행동에 대해 입을 다물기로 결정했다. 그들은 왕궁의 명예를 위해 왕비가 실족했고 기사들이 그녀를 구하려 했으나 물살이 빨라 가장 가까운 곳에 있던 여기사마저 휩쓸렸다고 소문냈다.

세이레나의 판단대로 왕궁에서는 기사단에게 왕비의 죽음에 대해 책임을 묻지 않았다. 묻고 싶어도 그럴 수 없었을 것이다.

왕비가 자살하기 전에 기사를 데려가려 했다. 자살만으로도 엄청난 추문인데 왕족이 자신을 보호하는 기사를 죽이려 했다면 왕궁의 명예뿐 아니라 기사단의 기강과 충성이 흔들린다.

"누나."

에즈라가 헌터 저택의 훈련장 문으로 고개를 내밀었다. 세이레나가 막 검을 늘어트린 참이었다. 뭔가가 잡힐 것 같으면서 잡히지 않는다. 그 뭔가가 검기라는 것은 알기 때문에 답답했다. 안타까운 마음에 그녀는 한숨을 내쉬고 말했다.

"에즈라, 누나가 아니라 누님이라고 해야지."

"누님."

에즈라는 머쓱한 표정을 지으며 다가왔다. 그사이 하녀가 세이레나의 어깨에 가운을 얹고 수건을 건넸다.

에즈라는 수건으로 땀을 닦는 누나를 쳐다봤다. 아무리 화로가 있다고는 하지만 훈련장은 쌀쌀하다. 세이레나의 몸에서는 모락모락 김이 오르고 있었다.

"무슨 일이니?"

세이레나는 땀을 닦아 내며 물었다.

왕비가 강에서 떨어진 날로부터 보름이 지났다. 세이레나는 왕비를 구하려다 강에 떨어져 크게 다친 탓에 쉬고 있는 것으로 되어 있다.

실제로 크게 다치기도 했다. 나무에 부딪혀 멍이 든 곳을 본 의사는 내장이 상할 뻔했다고 혀를 찼다.

의사를 불러온 애쉬의 얼굴이 굳었지만 세이레나는 상처를 살피느라 그의 얼굴을 보지 못했다.

"공작님 오셨어."

"애쉬가?"

세이레나의 시선이 시계를 향했다. 오늘 오기로 했었나? 쉬는 동안 그녀는 많은 방문을 받았지만 실제로 맞이한 건 가까운 사람들뿐이다.

로렌, 모아나, 데니스. 그리고 애쉬. 그중에서도 애쉬의 방문이 가장 잦았다. 그는 약혼자로서, 그리고 상사로서 방문했다.

애쉬를 떠올리자 세이레나의 얼굴이 가볍게 달아올랐다. 그 날, 동굴에서의 일이 떠올랐기 때문이다.

그 이후로 애쉬가 그녀의 몸에 허락 없이 손을 대는 일은 없었지만 여전히 그녀는 저도 모르게 그때의 일이 떠오르곤 했다.

차가운 몸에 닿던 뜨거운 애쉬의 몸과 온몸이 찌릿찌릿하던 키스.

어느 날은 꿈을 꾸기도 했다. 그리고 늘 그 꿈은 애쉬의 손이 셔츠 안으로 들어오는 순간 끝이 났다.

그다음은 어떻게 되는 거지? 세이레나는 자신의 몸을 닦아 주는 하녀의 손길에 몸을 맡긴 채 고개를 갸웃했다.

"검으로 찌르나?"

옷 속에서? 저도 모르게 중얼거리는 세이레나의 말에 하녀가 눈을 동그랗게 뜨고 물었다.

"뭐가요, 아가씨?"

"음, 남녀 관계 말이야."

아가씨의 약혼자가 기다리고 있다는 소식 때문에 하녀들의 손이 빨라졌다. 몸을 닦고 머리를 말리는 하녀들에게 세이레나가 계속해서 말했다.

"그, 자식을 얻기 위한 관계와 쾌락을 얻기 위한 관계가 다르다고 하잖아?"

애나를 위시한 하녀들의 손이 멈칫했다. 그 관계가 그 관계였어? 하녀들의 눈이 마주쳤지만 세이레나는 알아차리지 못한 채 물었다.

"자식을 얻기 위한 관계는 알겠는데 쾌락을 얻기 위한 관계는 어떻게 하는 건지 알아?"

안타깝게도 이 자리에 있는 여자들 중 그걸 제대로 아는 사람은 한 명도 없었다.

두 개가 다른가? 애나는 눈을 굴리다가 대답했다.

"어, 자식을 얻기 위한 건 아프고, 쾌락은, 쾌락이니까요. 안 아프지 않을까요?"

"그렇겠지?"

세이레나의 얼굴이 밝아졌다. 애쉬라면 그녀를 검으로 찔러도 괜찮다고 했지만 역시 아픈 건 좀 무섭다.

머리카락이 짧은 덕에 세이레나의 단장은 빠르게 끝났다. 부지런히 옷을 갈아입은 그녀는 부랴부랴 응접실로 내려갔다. 그 사이에 애쉬는 에즈라의 자세를 봐주고 있었다.

"팔을 이렇게."

애쉬는 검 대신 신문을 돌돌 말아 쥔 에즈라의 손을 잡고 천천히 움직였다.

보기 좋네.

세이레나는 문 앞에 서서 들어가지 않은 채 에즈라와 애쉬를 구경했다. 몰랐는데 애쉬와 나란히 서니까 에즈라가 자란 게 보였다. 잘 먹고 걱정이 사라진 덕분이다. 그리고 꾸준히 하는 운동도 도움이 되었을 것이다.

"그래. 이렇게 뻗는 거야."

애쉬는 에즈라의 손에서 손을 뗀 뒤 몸을 폈다. 그가 가르쳐 준 대로 에즈라가 팔을 움직였다.

씩 웃는 표정 그대로 애쉬가 고개를 들어 세이레나를 쳐다봤다. 마치 그녀가 거기 있는 것을 알았다는 듯이.

세이레나는 저도 모르게 움찔했다.

"왜 거기 있어?"

스스럼없이 손을 내밀며 애쉬가 물었다.

그러게. 세이레나는 천천히 그에게 걸어갔다. 사이좋은 형과 동생 같아서 보기 좋았다. 애쉬가 있어서 다행이라는 생각이 들었다.

"보기 좋아서요."

"뭐가?"

세이레나는 말없이 애쉬가 뻗은 손을 잡고 그의 팔을 한 번 끌어안았다. 드디어 세이레나가 자신에게 스스럼없이 다가오는 게 기분 좋아서 그는 씩 웃었다.

"앉아요."

세이레나가 맞은편으로 건너가며 말했다. 그날, 만약 자신이 왕비라면 어떻게 하겠냐는 세이레나의 질문에 애쉬는 그녀를 데리고 아주 멀리 도망칠 거라고 말했다. 그건 그녀에게 많은 위안을 가져다 주었다.

돌아오기 전, 두 사람이 불륜 관계였다면 애쉬는 그녀를 죽게 내버려 두지 않았을 것이다. 하지만 세이레나는 죽기 직전에 돌아왔고 그 이야기는 애쉬와 그녀는 아무 관계도 아니었다는 말이 된다.

만약 연인이었다면 애쉬는 자신의 연인이 그런 일을 당하게 둘 사람이 아니다.

그녀가 왕비를 구하려 한 것처럼 그도 세이레나를 구하려 했을 것이다.

그럴 줄 알았어.

세이레나의 마음이 가벼워졌다.

아이러니하게도 세이레나는 돌아오기 전 인생에서 애쉬가 그녀를 구하지 않았다는 사실에서 자신이 도덕적으로 아무 잘못이 없다는 사실을 확인했다.

자신이 그럴 리 없다고, 애쉬는 그런 사람이 아니라고 생각했지만 기억이 없다는 건 불안할 수밖에 없다. 불륜이었기 때문에 기억을 지운 게 아닐까. 애쉬만, 애쉬와 있었던 일만 콕 집어서 지운 이유는 그와의 관계를 후회해서가 아닐까. 그런 고민들이 있었다. 그리고 그 고민은 애쉬를 대하는 데 벽을 세우기에 충분했다.

"당신이 보기에 에즈라의 실력은 어때요?"

세이레나의 질문에 애쉬는 찻잔을 들어 올리며 말했다.

"괜찮아. 힘이 좀 부족하긴 하지만."

소드 마스터인 애쉬의 입에서 괜찮다는 말이 나왔다는 건 꽤 좋다는 뜻이다. 하지만 그걸 곧이곧대로 들은 세이레나의 표정이 어두워졌다.

"힘이 약한 건 나 때문이 아닌가 싶어요."

"어째서?"

"모델이 나뿐이니까요."

세이레나의 걱정은 타당했다. 아직 기사단에 들어가지 않은 에즈라가 보고 배울 수 있는 건 세이레나뿐이다.

헌터가의 재정은 검술 교사까지 고용하는 건 무리가 있다. 대신 세이레나는 틈틈이 에즈라의 검술을 봐주었다.

"나도 있잖아."

애쉬의 말에 세이레나가 고개를 기울이며 웃었다. 맞다, 애쉬도 종종 와서 남매의 검술을 봐주었다.

세이레나의 고맙다는 표정에 애쉬는 잠깐 멈칫했다.

부드럽게 풀린 얼굴이 깜짝 놀랄 정도로 아름답다. 실내복을 입고 있었지만 세이레나의 미모는 옷 따위는 눈에 보이지 않을 정도로 아름답다고, 애쉬는 생각했다.

"그런데, 무슨 일이에요?"

세이레나가 찻잔을 감싸 쥐며 물었다. 손등에 생겼던 자잘한 상처는 거의 나아 가고 있었다. 그날, 강에서 빠져나오기 위해 필사적으로 나뭇가지를 잡느라 생긴 상처다.

애쉬는 그 손을 잡고 싶어서 저도 모르게 손을 뻗었다가 멈칫하고 말했다.

"바이트 백작가 말이야. 네 말대로 꽤 큰 여흥을 즐기고 있었던 모양이야."

바이트 백작가?

세이레나는 그가 무슨 말을 하는지 바로 알아차렸다. 바이트 경이 아니라 바이트 백작가라고 했다. 그 말은 도박판을 벌리는 게 바이트 형제뿐 아니라 그 아버지까지 얽혀 있다는 말이다.

"백작이 주도하고 있어요?"

세이레나는 몸을 내밀며 속삭였다. 금빛 속눈썹이 자수정 같은 눈동자 위로 팔랑였다.

애쉬는 잠시 세이레나의 얼굴을 멍하니 보다가 크흠 하고 헛기침한 뒤 몸을 기울였다.

"응."

그렇구나. 세이레나의 표정이 굳었다.

바이트 백작이 얽혀 있을 거라는 생각을 하기는 했다. 그렇지 않고서야 왕비인 그녀에게 헤이스 백작이 도움을 요청할 리가 없다.

도박판을 주도하는 게 바이트 경들이고 그 아버지는 관계가 없다면 바이트 백작에게 아들들의 과도한 도박을 정리해 달라고 요청하면 된다.

하지만 그게 안 됐다는 건 바이트 백작이 얽혀 있을 뿐 아니라 도박판을 주도하고 있었다는 말이다.

"숙부가 거기 끼어 있겠군요."

세이레나는 담담하게 말했다.

게일은 헤이스 백작과 친하다. 그가 수도로 올라올 때마다 헤이스 백작은 자신이 여는 파티나 연회에 게일과 아드리아나를 초대했다. 하지만 그녀가 왕비였을 때, 게일은 헤이스 백작의 도움을 묵살했다. 그 말은 게일이 바이트 백작과 어울렸다는 말이고, 바이트 백작의 도박판에 그도 끼어 있었을 가능성이 높다.

"그래."

애쉬는 신중하게 말했다. 그는 세이레나의 표정을 살피고 있었다. 그녀가 충격받지 않기를 바랐다.

하지만 세이레나는 이미 게일에게 실망하고 돌아왔다. 죽은 형을 대신해서 후견인이 된 조카들을 이용하고 버린 남자에게 작위도 없는 자신을 친우로 대해 준 사람을 저버리는 행위는 죄책감이 들지도 않았겠지.

"얼마나……."

세이레나는 숙부가 도박판에 돈을 얼마나 갖다 바쳤는지를 물어보려다 멈칫했다. 그 돈은 대부분 그녀의 아버지에게서 나왔을 것이다.

하지만 아버지가 살아 있었을 때의 일이라면 어떻게 할 수가 없다. 그녀는 잠시 말을 고른 뒤 말했다.

"그 도박에 제 돈이 들어갔나요?"

"돈은 아니고."

애쉬의 눈이 열린 문을 힐끔 쳐다봤다. 아주 약간 열려 있다. 주인인 세이레나의 명령 때문이다.

하지만 다른 사람들에 비해 그 틈이 아주 작다는 것을 그는 아직 몰랐다.

"말이……."

애쉬의 말에 세이레나의 눈이 커졌다.

말? 그녀는 벌떡 일어나 애쉬의 곁으로 가서 앉았다. 그녀가 입고 있는 드레스가 펄럭이는 바람에 애쉬의 코끝에 세이레나의 냄새가 흘러들어 왔다.

아, 이거 안 좋은데. 애쉬는 주먹을 꽉 쥐며 생각했다.

"전에, 에즈라의 말 말하는 거죠?"

애쉬의 생각을 전혀 모르는 세이레나는 그에게 바짝 붙으며 물었다.

"그래."

세이레나의 반짝이는 머리카락이 그의 팔에 닿았다. 만지고 싶어서 애쉬의 손이 움찔했다. 저 머리카락이 얼마나 부드러운지 그는 안다.

새하얗다 못해 투명하기까지 한 세이레나의 피부가 얼마나 매끄러운지, 그녀의 손과 발이 얼마나 작고 예쁜지, 그리고 끌어안고 있던 세이레나의 몸이 얼마나 부드럽고 따듯한지 그는 알고 있다.

"최근에 바이트 백작이 크게 판을 벌였다더군. 거기에 헌터 경도 참여했고."

애쉬는 세이레나에게서 슬쩍 몸을 떼며 중얼거렸다.

아들들이 벌을 받게 생겼는데 그는 아무 걱정 없는 것처럼 보였다고 했다. 그야, 도박에서 포커페이스는 중요할 테지만 그보다 신경 쓰이는 건 괜찮겠냐는 질문에 바이트 백작이 걱정할 필요 없다고 했다는 점이다.

"숙부가 말을 도박에 걸었군요?"

슬쩍 피한 애쉬의 마음도 모르고 세이레나가 다시 그에게 몸을 기울이며 물었다. 이번엔 심지어 세이레나의 손이 그의 팔에 닿았다.

애쉬는 주먹을 꽉 쥐고 말했다.

"그래. 말을 걸었다더군. 갈색 털, 네 다리가 전부 하얀 털이고 일곱 살짜리, 수컷."

게일이 에즈라의 말 대신 가져간 말의 특징에 대해서는 이미 알아 났다.

세이레나는 고개를 끄덕였다. 같은 말이다. 골격도 괜찮고 털

색도 잘 나와서 가격이 조금 더 나갔다고 들었다.

"말은 잃었겠죠?"

그래. 세이레나의 질문에 애쉬는 고개를 끄덕이며 말했다.

"권리서도 넘겼다더군."

"숙부가 에즈라의 말을 바이트 백작에게 넘겼다는 증인은요?"

그게 문제다. 애쉬는 고개를 저었다.

젠장. 세이레나는 입술을 깨물었다.

"그럼 바이트 백작의 집을 수색하는 수밖에 없네요."

게일이 에즈라의 말을 자신의 여흥을 위한 도박에 사용했다는 것을 증명하려면 말이 바이트 백작의 손에 있다는 것을 찾아내야 한다.

바이트 백작가에 숨어 들어가는 건 안 된다. 그건 합법적으로 얻은 증거가 아니니까.

"수색하기 위한 이유가 필요하지."

애쉬는 덤덤하게 말했다. 바이트 백작이 도박판을 벌이고 있다는 건 안다. 하지만 언제, 어디서 그 판이 벌어지는지는 모른다.

함부로 쳐들어갔는데 도박이 벌어지지 않을 수도 있고 벌어졌더라도 법에 걸릴 만큼 규모가 크지 않을 수도 있다.

"골치 아프군요."

세이레나는 인상을 쓰며 말했다. 뭔가, 방법이 없을까? 그러다가 그녀는 자신의 몸이 상당히 기울어져 있다는 것을 깨달았다.

"응?"

세이레나의 몸은 애쉬를 향해 기울어져 있었다. 그리고 애쉬
는 반대쪽으로 기울어져 있었고.

마치 세이레나가 애쉬에게 기대는 것을 그가 필사적으로 피
하는 것 같은 모습에 그녀의 눈이 동그래졌다.

"아, 미안해요."

재빨리 세이레나의 자세가 돌아갔다. 그녀는 부끄러워하며
말을 이었다.

"냄새나요? 닦고 오긴 했는데."

애쉬가 오기 전까지 훈련하느라 땀을 많이 흘렸다. 그래도 씻
고 옷을 갈아입었는데 부랴부랴 내려오느라 제대로 닦지 못한
모양이라고 생각하며 세이레나는 옷을 정리했다.

"아, 아니……."

냄새나서가 아니다. 애쉬는 그렇지 않다고 말하려다 마음을
바꿔 솔직하게 말했다.

"키스하고 싶어져서."

세이레나의 눈이 동그래졌다. 그녀는 이해가 안 된다는 듯 물
었다.

"그런데 왜 피하는 거예요?"

"널 놀라게 하고 싶지 않거든."

어머. 세이레나의 눈이 부드럽게 휘었다.

맙소사. 애쉬는 그녀가 마녀라고 생각했다. 그의 심장을 쥐고 쥐었다 놓았다 하는 장난을 치는 사악하고 가장 아름다운 마녀.

"하면 되죠."

그렇게 말하며 세이레나는 몸을 일으켜 애쉬의 뺨에 입술을 갖다 댔다. 그녀의 기준에서 약혼한 미혼 남녀가 공식적인 자리에서 해도 되는 가장 친밀한 행위였다.

"아니."

애쉬는 물러나려는 세이레나의 허리를 붙잡았다.

응? 세이레나의 눈이 동그래졌다. 그 순간 애쉬가 그녀를 잡아당겼다.

"홋."

커다란 손이 세이레나의 뒷 목을 감쌌다. 그녀는 눈 깜짝할 사이에 잡아먹혔다.

세이레나가 움직이지 못하도록 그녀를 꽉 끌어안은 애쉬는 정신없이 세이레나의 입술을 물고 빨다가 입 안을 헤집었다.

벌써 몇 번째인 키스에도 세이레나는 정신을 차릴 수가 없었다. 그녀의 몸을 끌어안은 애쉬가 시작한 것만큼이나 갑작스럽게 키스를 끝내고 세이레나의 얼굴을 들여다봤다.

"이런 키스 말이야."

뭐라고 해야 할지 몰라서 세이레나는 멍하니 애쉬의 얼굴을 쳐다보고 있었다. 그가 잡아당긴 탓에 그녀의 몸은 애쉬의 허벅지 위로 올라와 있었다.

세이레나의 몸이 당황해서 굳은 게 느껴진다.

이것 봐. 애쉬는 씁쓸하게 웃으며 그녀를 자신의 옆자리로 조심스럽게 옮겨 놓았다.

"놀랄 거라고 했잖아."

머뭇머뭇 세이레나는 자신의 입술에 손을 가져다 댔다. 닿은 입술이 데인 것처럼 뜨겁다.

"노, 놀란 게 아니에요."

"놀랐잖아."

애쉬는 부드럽게 정정했다.

세이레나는 확실하게 놀랐다. 몸이 굳었으니까. 그는 마음 같아서는 더 길게 키스하고 싶었지만 참았다.

세이레나를 여기서 더 겁먹게 하고 싶지 않았다. 하지만 세이레나는 그래서 놀란 게 아니다. 그녀는 망설이다가 말했다.

"내가 놀란 건, 그냥."

"그냥?"

애쉬의 고개가 그녀의 말을 기다린다는 듯 기울어졌다. 세이레나는 우물쭈물하며 말했다.

"당신은 여자한테 관심이 없다고 들었거든요."

사실이다. 그는 자신이 꽤 평범하다고 생각했지만 세간의 평은 전혀 달랐다. 금욕적인 걸 넘어서서 여자에게 관심이 없는 게 아니냐는 소문이 돌았을 정도니까.

애쉬는 손을 들어 턱을 쓰다듬었다. 내가 여자에게 관심이 없나? 하지만 세이레나에게는 관심이 아주 많았다. 그건 훌륭한 재능을 가진 기사에 대한 관심으로 시작했지만 세이레나라는 여자에 대한 관심으로 이어져 호감으로, 사랑으로 변했다.

"그런데?"

"그, 당신의 키스는 여자한테 관심 없는 걸로는 안 보여서요."

말을 끝내기도 전에 세이레나의 얼굴을 달아올랐다. 그녀는 돌아오기 전에도 누군가와 키스를 해 본 적이 없다.

생각해 보면 왕은 그녀의 입술에 입을 맞추지 않았다. 사람들 앞에서 자신의 왕비에게 키스를 해야 할 경우에는 차갑게 그녀의 뺨에 입을 맞췄을 뿐이다. 그게 세이레나가 아는 키스의 전부였다. 그녀는 키스라는 게 이렇게 뜨겁고 몸이 찌릿찌릿해지는 거라는 걸 처음 알았다.

애쉬의 눈이 커졌다. 확실히 그는 세이레나를 원하고 있다. 그 역시 자신이 누군가에게 이 정도로 욕망을 품게 될 거라는 걸 몰랐다.

하지만 그가 세이레나를 원하는 만큼이나 그는 그녀가 다치지 않고 두려워하지 않기를 바랐다.

"혹시 내 행동이 무서운 거면……."

애쉬의 말이 끝나기도 전에 세이레나가 끼어들었다.

"무서운 게 아니에요."

그녀는 저도 모르게 애쉬에게 몸을 내밀었다. 세이레나의 손이 그의 허벅지에 닿았다.

"평소의 당신과 달라서 조금 놀란 것뿐이지."

평소의 나? 애쉬는 무슨 소린지 몰라서 세이레나를 멍하니 쳐다봤다. 평소에 내가 어떻지? 그는 잠시 생각하다가 말했다.

"주의할게."

주의할 필요까지는 없는데. 그렇게 생각하던 세이레나의 얼굴이 확 하고 달아올랐다.

이렇게 반듯하게 잘생긴 남자가 키스할 때는 그렇게 저돌적으로 달려든다는 데에 놀란 것뿐이다.

그 태도의 차이가 그녀를 이상한 기분이 들게 만들었다.

*　　*　　*

"오 분단!"

단장의 고함에 대기하고 있던 오 분단 기사들이 말을 박차고 달려 나갔다.

삼 분단과 칠 분단이 그물처럼 몰고 온 몬스터들은 바로 오 분단을 맞닥뜨렸다.

세이레나는 가장 선두에 달리다가 속도를 늦추지 않고 그대로 달려오는 몬스터의 목을 베고 지나갔다. 몬스터 사이로 파고드는 그녀를 따라 오 분단 기사들도 전투에 합류했다.

"헌터 경!"

유진은 그렇게 소리친 뒤 전속력으로 달려 세이레나를 물어뜯으려는 몬스터의 머리를 걷어찼다. 두 마리의 몬스터를 동시에 상대하고 있던 세이레나가 그것을 보고 고맙다는 듯 빙그레 웃었다.

좋아. 유진의 얼굴에도 미소가 떠올랐다. 세이레나에게 도움이 됐다. 그는 그것만으로도 만족했다.

몬스터의 수가 꽤 많다.

세이레나는 검을 휘두르며 남은 몬스터의 수를 헤아리려 했다. 여기 있는 기사단은 일 분단과 삼 분단, 오 분단, 칠 분단. 전부 상위 분단이고 네 분단이나 된다.

이 정도의 기사들이 모여야 할 정도로 이번 몬스터의 수는 많았다.

"어디서 파티라도 여나."

누군가 검을 휘두르며 투덜거리는 소리에 로렌은 픽 웃었다. 그러게. 어디서 몬스터의 파티라도 열리는 것처럼 종류도 다양했다.

머리가 두 개 달린 개와 사람의 얼굴을 한 새, 꼬리에도 머리가 달린 뱀.

로렌은 뱀처럼 생긴 몬스터의 꼬리 쪽 머리를 자르며 치를 떨었다.

"으으, 난 뱀이 딱 질색이야."

"벌레가 아니고?"

데니스가 로렌이 꼬리를 자른 뱀의 머리를 자르며 툭 끼어들었다.

"벌레도 싫어."

그 순간 웅웅 하는 빠른 날갯짓 소리가 들리기 시작했다. 그 소리에 로렌의 몸은 굳었고 데니스는 혀를 차며 말했다.

"저런."

반짝이는 등딱지를 가진 거무스름한 벌레들이 이쪽을 향해 날아오고 있었다. 저게 뭔가 하고 쳐다보던 기사들은 그 존재를 깨달은 순간 비명을 지르며 검을 휘두르기 시작했다.

"으아아악!"

"악악악!"

"으아, 제일 싫어! 으아아아!"

싫다고 하는 와중에도 몬스터 토벌은 착실하게 해 나가고 있다.

세이레나는 새의 배를 찌른 검을 뽑아낸 뒤 소리가 나는 쪽을 돌아보았다. 새까맣게 벌레들이 몰려들고 있었다.

"윽."

싫다. 세이레나의 표정이 일그러졌다. 쥐보다 더 싫은가 하면 그건 아니지만 역시 벌레는 싫다. 게다가 저렇게 큰 건 더더욱 싫다.

그녀는 다른 사람들의 반응을 십분 이해했다. 겉보기엔 평범한 바퀴벌레인데 크기가 개만 했다. 세이레나는 비장한 마음으로 검을 고쳐 잡았다.

"바퀴벌레는 반으로 갈라도 안 죽는다며?"

"말하지 맛!"

데니스의 말에 로렌이 빽 소리를 질렀다. 세이레나와 달리 그녀는 세상에서 가장 싫은 게 벌레다. 그것도 바퀴벌레.

벌레들이 가까워지자 날개 소리가 더 크게 파다닥하고 들리기 시작했다.

으으, 너무 싫어. 누군가 하소연하며 검을 휘둘렀다. 기사의 앞에 있던 몬스터가 "컹!" 하고 단말마를 내뱉더니 쓰러졌다.

세이레나 역시 눈앞의 몬스터를 먼저 처리해야 했다. 그녀는 펄럭이는 몬스터의 날개를 검으로 베어 낸 뒤 추락한 몬스터의 머리에 검을 꽂아 넣었다.

"두 번째로 온다."

애쉬가 목소리를 높였다. 벌레들은 이미 지척이었다. 파다닥거리는 벌레의 날개 소리 때문에 귀가 따가울 지경이라 기사들은 인상을 찡그리며 검을 휘둘렀다.

"컹!"

몬스터가 한 번 짖고 세이레나를 향해 달려들었다.

윽. 세이레나는 반사적으로 말에서 뛰어내렸다. 벌레에 정신이 팔려서 주의력이 부족했다.

딱 하고 몬스터가 허공을 무는 소리가 들렸다. 동시에 세이레나의 몸이 그녀의 말 아래를 미끄러져서 통과했다.

세이레나는 뛰어오른 몬스터가 착지하는 순간 검을 세웠다.

"캥!"

몬스터의 뱃가죽에 세이레나의 검이 파고들었다. 그건 세이레나의 힘이 아니었다.

몬스터가 착지한 무게 그대로 그녀의 검이 파고들었다. 검은 그대로 몬스터의 뱃가죽을 갈랐다. 주르륵 흘러내린 피와 내장이 철퍽이며 바닥에 쏟아졌다.

"으으."

몬스터의 피와 내장이 세이레나의 머리에도 쏟아졌다. 그녀는 질색하며 몸을 일으켰다.

다행인 건 얼굴에는 그리 묻지 않았다는 점이다. 대신 그녀의 머리카락이 피에 젖어 버렸다.

너무 싫다.

세이레나는 머리카락에 묻은 피를 손으로 문지른 뒤 그 손을 죽은 몬스터의 가죽에 문질렀다.

피 냄새는 몇 번을 맡아도 익숙해지지 않는다. 그저 역할뿐이다. 그래도 다행인 건 이 피 냄새가 그녀의 것이 아니라는 거겠지.

"레나!"

멀리서 애쉬가 소리쳤다. 그녀가 말에서 뛰어내려 사라지는 바람에 걱정한 모양이다.

세이레나는 손을 들어 자신이 무사한 것을 확인시킨 뒤 다시 말 위에 올라탔다.

이 정도는 괜찮아. 팔이 좀 쓸리긴 했지만.

세이레나는 다른 기사를 공격하는 몬스터를 향해 검을 휘둘렀다. 두 개의 머리가 샤악 하고 위협하다가 잘려 나갔다.

파다닥하고 벌레의 날개 소리가 가까워졌다. 하늘이 점차 새까만 색으로 물들었다.

"으아, 오지 마, 오지 마, 오지 맛!"

로렌은 기묘한 소리를 내며 무서운 속도로 몬스터를 베어 내고 있었다.

귓가에 파다닥하는 날개 소리가 들릴 때마다 그녀의 어깨가 움츠러들었다. 세상에서 제일 싫다. 컹 하고 몬스터가 짖는 소리 따위는 귀엽게 느껴질 정도다.

로렌은 그대로 몬스터의 눈을 찌른 뒤 걷어찼다. "캥!" 하고 단말마의 비명과 함께 몬스터가 나가떨어졌다. 그 순간, 벌레 한 마리가 로렌의 얼굴 앞으로 날아들었다.

"으아아아아아아아악!"

엄청난 비명에 기사들의 시선에 그녀를 향했다. 하지만 마찬가지로 기사들의 얼굴 앞으로 벌레들이 날아들었다.

"우왁!"

"악! 악!"

진짜 싫다. 다들 질색을 하며 검을 휘둘렀다. 더 싫은 건 퍽 하고 벌레의 몸이 검에 맞아 갈라지면 녹색의 내장이 터져 나왔다는 점이다.

로렌은 거의 기절하기 직전이었다. 세상에서 제일 싫은 게 벌레인데 심지어 개만 한 벌레라니! 그게 날아다닌다니! 얼굴 앞에 있다니!

"데니스!"

그녀가 도움을 요청했지만 상황은 데니스도 마찬가지였다. 그는 입을 열면 비명이 나올 것 같아서 입을 꽉 다물고 검을 휘두르고 있었다. 보통의 벌레라면 그래도 좀 나았을 거다. 하지만 개만 한 크기의 벌레가 터지면서 녹색 내장까지 튄다.

로렌은 그게 진저리치게 싫었다. 생리적인 혐오감이 들었다. 그 순간 벌레가 로렌의 머리 위에 앉았다. 여섯 개의 털이 달린 가느다란 다리가 그녀의 머리카락을 움켜잡았다. 뾰족한 털이 두피를 찌르는 감각에 그녀의 몸이 얼어붙었다.

"힉!"

차마 비명도 지르지 못한 채 로렌은 눈만 커다랗게 뜨고 얼어붙어 있었다. 그런 그녀에게 사람의 얼굴을 가진 새가 날개를 펄럭이며 날아들었다.

큰일 났다.

로렌은 반사적으로 검을 들어 올렸다. 하지만 머리에 앉은 벌레가 날개를 떨기 시작하자 저도 모르게 어깨를 움츠렸다.

"퉁!" 하고 몬스터의 발이 로렌의 어깨를 걷어찼다. 그대로 말 아래로 떨어진 그녀를 향해 꼬리에도 머리가 달린 뱀이 빠르게 기어 왔다.

"로렌!"

"로렌!"

멀리서 데니스와 세이레나가 소리를 질렀지만 로렌은 머리 위의 벌레를 떼어 내느라 허우적대고 있었다. 그녀의 주위로 몬스터가 몰려들었다.

"로렌!"

세이레나는 반사적으로 말을 돌렸다. 그녀가 몸을 돌린 순간 덤벼든 몬스터가 아슬아슬하게 비켜 갔다. 하지만 그걸 돌아볼 시간이 없다.

세이레나는 로렌을 향해 말을 달리다가 결국 말에서 뛰어내렸다.

몬스터와 말을 탄 기사들이 엉켜 싸우고 있어서 더 이상 말을 타고 접근할 수가 없었다.

"저리 꺼져!"

로렌 주위로 몬스터들이 몰려들고 있었다. 세이레나는 가장 가까운 곳에 있는 뱀의 머리를 잘라 내며 소리쳤다. 떨어져 나간 뱀의 머리가 툭 떨어지자 몬스터들이 움찔하고 멈췄다.

샤악 하고 뱀이 세이레나를 향해 위협을 가했다. 하지만 그녀는 눈썹 하나 까딱하지 않고 다시 검을 휘둘렀다.

이를 드러낸 몬스터의 목을 찔러 몬스터가 물러난 틈을 통해 세이레나는 안으로 들어갔다.

"레나!"

그제야 로렌과 세이레나의 상황을 파악한 애쉬가 두 사람을 향해 달려오기 시작했다. 하지만 이미 두 사람은 몬스터에게 포위된 후였다.

가까스로 벌레를 떨쳐 낸 로렌은 자신이 포위됐다는 것을 깨달았다.

"젠장."

그녀는 엉망이 된 머리를 뒤로 넘기며 이를 악물었다. 아직도 손이 떨렸다. 벌레는 진짜 싫다. 진짜, 진짜, 진짜 싫다. 하지만 그게 약점이 될 줄은 몰랐다.

눈앞의 몬스터가 로렌을 향해 이를 드러냈다. 반사적으로 검을 들어 올렸지만 손에 힘이 들어가지 않았다. 벌레 때문에 너무 놀란 탓이다.

큰일 났다. 그녀가 그렇게 생각했을 때였다.

"로렌!"

그 순간 눈앞의 몬스터를 가르며 세이레나가 나타났다.

어? 로렌은 예상하지 못한 인물의 등장에 놀라 눈을 동그랗게 떴다.

"괜찮아?"

그렇게 외친 뒤 세이레나는 로렌의 대답을 들을 새도 없이 오른쪽으로 몸을 틀었다.

딱 하고 그녀의 왼쪽 어깨가 있던 자리에 몬스터의 이빨이 부딪쳤다.

로렌은 세이레나가 그대로 몸을 돌려 빠르게 몬스터의 목에 검을 찔러 넣는 것을 보고 저도 모르게 감탄했다.

빠르다. 그리고 정확하다. 지난번에 그녀와 대련했을 때보다 훨씬 실력이 좋아져 있었다.

여전히 찔러 넣는 힘은 좀 약하지만 세이레나는 정확하게 급소를 공격하고 물러났다. 몬스터가 어리둥절해 하더니 그대로 미끄러지듯 쓰러졌다.

"괜찮아?"

세이레나가 다시 물었다.

로렌은 그런 그녀의 모습에 씩 웃었다. 누군가 그녀를 구해 줄 거라고는 생각도 못 했는데. 그게 심지어 세이레나일 거라고는 더더욱 생각 못 했다.

"기사님이 구해 주셨네."

"뭐?"

세이레나는 로렌의 말에 무슨 소린가 하고 고개를 갸웃했다.

로렌은 검을 고쳐 잡으며 다시 말했다.

"누가 구해 주러 올 줄 몰랐거든."

여전히 모르겠다. 세이레나는 로렌과 등을 마주 대며 물었다.

"누가 안 도와주면 어떻게 해?"

세이레나의 반문에 로렌은 쓰게 웃었다. 그러게. 너무 당연한 사실인데 그동안 모두 잊고 있었다. 기사도 도움이 필요하다. 누군가 도와줘야 한다. 하지만 소드 마스터는 워낙 강하니까 다들 누군가의 도움이 필요할 거라고는 꿈에도 생각하지 못했다.

심지어 도움이 필요한 지금의 로렌마저도.

"레나!"

애쉬는 세이레나와 로렌이 주변의 몬스터를 반쯤 해치웠을 때에야 두 사람에게 접근할 수 있었다.

세이레나가 슬쩍 몸을 낮춰 몬스터의 발을 찌르자 로렌이 팔을 뻗어 몬스터의 목을 베어 냈다. 두 사람은 물 흐르듯 원래 자세로 돌아오며 서로의 검을 가볍게 부딪쳤다.

응? 엄청 잘 맞는 듯한 모습에 애쉬의 눈이 가늘어졌다.

"늦었어, 늦었어."

로렌은 그렇게 말하며 머리 위로 날아드는 몬스터를 공격했다. 세이레나가 자연스럽게 뛰어드는 몬스터를 발로 걷어찬 뒤 오른쪽에서 덤벼드는 뱀의 머리를 자르는 게 보였다.

"괜찮아?"

애쉬는 눈 깜짝할 사이에 몬스터 두 마리의 목을 베어 내며 물었다.

로렌에 애쉬까지 가세하자 세 사람 주변의 몬스터는 순식간에 줄어들었다.

세이레나는 몇 번 움직이지도 않았는데 확 트인 주변을 돌아보고 입을 딱 벌렸다.

이 남자는 진짜 강하구나.

"레나."

애쉬는 머리를 쓸어 넘기며 세이레나에게 다가갔다. 머리카락 끝에 피가 좀 묻었는지 그의 손에도 피가 묻어났다.

하지만 세이레나는 더 엉망이었다. 반짝이는 금발이 피에 젖어 있었다. 갑옷 역시 마찬가지. 하얀 얼굴 위에도 거무스름한 핏방울과 벌레의 녹색 체액이 튀어 얼굴이 제대로 보이지 않을 정도다.

하지만 그럼에도 세이레나의 자수정 같은 눈동자는 반짝반짝 빛나고 있었다.

"아, 네. 괜찮아요."

세이레나는 그렇게 말하고 검을 휘둘러 피를 털어 냈다. 피는 어느 정도 털어지지만 벌레의 체액은 아니다.

그녀는 얼굴을 찡그리며 바닥에 떨어진 몬스터의 날개에 검을 문질렀다. 검날이 또 상한 것 같다.

"단장, 난 안 물어봐?"

로렌이 마지막 남은 몬스터의 머리에 검을 박아 넣은 뒤 물었다.

응? 애쉬는 그런 그녀를 향해 고개를 돌렸다가 떨떠름하게 말했다.

"어, 응. 괜찮아?"

"아, 너무하네. 위험한 건 나였거든? 세이가 날 도와주러 온 거였거든?"

그건 알고 있다.

애쉬는 세이레나에게 뭐라고 할까 하다가 포기했다. 동료를 구하러 갔다고 한마디 하는 건 웃기는 짓이다. 그걸 알면서도 마음에 들지 않는 건 세이레나의 실력을 의심해서가 아니다.

이건 좋지 않아. 그는 그렇게 생각하며 한숨을 내쉬었다. 세이레나는 엄연히 기사고 부하이자 동료다. 로렌과 합을 맞춰 싸운 그녀의 눈동자가 반짝반짝 빛나는 것을 봤음에도 그는 세이레나가 다칠까 봐 전전긍긍했다.

"로렌, 괜찮아?"

전투가 끝나고 나서야 데니스가 달려왔다.

이 바보 자식! 로렌은 데니스의 어깨를 주먹으로 때리며 소리쳤다.

"너나 단장이나 둘 다 하나도 도움 안 돼!"

가까스로 전투를 마치고 검에 기대 주저앉아 있던 기사들이 그 모습을 보고 웃음을 터트렸다.

진짜 힘들었다, 이번 전투는. 몬스터의 수가 너무 많아서 죽여도 죽여도 재생되는 것처럼 느껴졌다.

몬스터의 시체 위에 아무렇게나 걸터앉아 있던 모아나는 로렌의 주먹을 맞고 나가떨어지는 데니스를 보고 킬킬거렸다.

"아니, 가려고 했는데……."

데니스는 바닥에 주저앉았다가 일어나며 변명처럼 말했다.

필요 없어! 로렌은 세이레나를 끌어안으며 소리쳤다.

"세이가 안 도와줬으면 큰일 날 뻔했다구."

응? 기사들은 이게 무슨 소린가 하고 고개를 돌렸다.

사람들의 시선이 집중되자 세이레나의 얼굴이 달아올랐다. 오물이 묻어서 별로 티가 나지는 않았지만.

"어, 헌터 경이?"

데니스는 세이레나와 로렌의 얼굴을 번갈아 쳐다봤다. 놀랍다는 태도에 세이레나는 시선을 둘 곳을 찾지 못하고 고개를 숙였다.

"그, 그 정돈 아니야."

"아니, 진짜로. 세이가 오지 않았다면 진짜 위험했다니까."

"와, 헌터 경 대단하네."

데니스의 칭찬에 세이레나의 고개가 더욱더 떨어졌다. 그 정도로 칭찬받을 일을 한 게 아니다. 그녀는 우물우물 말했다.

"그냥 로렌이 걱정돼서 달려간 것뿐이야."

"그게 대단한 거지."

애쉬는 세이레나의 뺨에 묻은 오물을 닦아 내며 나직하게 말했다.

로렌에게 누군가의 도움이 필요할 거라고 생각하는 사람은 그리 많지 않다.

소드 마스터가 위험하다면 평범한 기사는 도움이 안 된다, 소드 마스터를 도울 수 있는 건 소드 마스터뿐. 그런 생각이 기사단 내외부에 흐르고 있다.

다들 로렌이 위험한 걸 봤어도 자신은 도움이 되지 않을 거라고, 데니스나 애쉬가 도와줄 거라고 생각했다. 하지만 세이레나는 그렇지 않았다.

"헌터 경이 필립스 경을 구했다고?"

잠시 쉬는 시간 동안 약간 떨어진 곳에서 기사들이 이야기했다.

헌터 경이 그 정도로 실력이 좋나? 다들 그런 의문을 품었을 때 누군가 말했다.

"운이 좋았던 거겠지. 아니면 넘어진 필립스 경에게 일어날 시간을 벌어 준 정도를 가지고 구했다고 하거나."

사실에 가까운 이야기에 "그럼 그렇지." 하고 기사들이 고개를 끄덕였다.

그때 베키가 허리에 손을 얹으며 말했다.

"어쨌든 필립스 경을 헌터 경이 도와줬다는 거잖아?"

그렇지. 다들 고개를 끄덕였다. 그러다가 "어라?" 하고 뭔가를 깨달았다.

지금까지 그들은 로렌과 데니스, 애쉬는 무적이라고 생각했다. 아무 도움도 필요하지 않고 오히려 자신들이 도움받는 존재라고 생각했다.

하지만 방금 세이레나의 행동으로 그 세 사람도 누군가의 도움을 필요로 하고 받을 수 있는 존재라는 것을 깨달았다.

"아, 맞다. 베키, 아까 고마웠어."

"어? 뭐가?"

"아까 그 벌레가 날아왔을 때 앞에 막아 줘서. 나 벌레는 진짜 싫거든."

"아, 나도."

여기저기에서 가벼운 감사가 오고 갔다. 실력이 좋은 상위 분단 기사들에게도 약점이 있다. 벌레가 싫다거나 뱀이 싫다거나. 로렌처럼 공포감에 순간적으로 몸이 얼어붙는 건 드물지 않다.

그때마다 옆에 있던 하위 분단 기사들이 시간을 벌어 준 덕에 피해가 적을 수 있었다.

기사들은 점차 그것을 깨닫기 시작했다. 누구나 도움이 필요하고 도움을 받을 수 있다는 것을.

〈다음 권에서 계속〉